KB231442

사 랑의 목소 리

La Conversation Amoureuse

by Alice Ferney

Copyright ⓒ Editions Actes Sud, 2000
Korean Translation Copyright ⓒ MUNHAKDONGNE Publishing Corp., 2005

This Korean Edition is published by arrangement
with Actes Sud through Shinwon Agency.
All Rights Reserved.

이 책의 한국어판 저작권은 신원 에이전시를 통해
Actes Sud 출판사와 독점 계약한 (주)문학동네에 있습니다.
저작권법에 의해 한국에서 보호를 받는 저작물이므로
무단 전재 및 무단 복제를 금합니다.

이 도서의 국립중앙도서관 출판시도서목록(CIP)은
e-CIP 홈페이지(http://www.nl.go.kr/cip.php)에서 이용하실 수 있습니다.
(CIP제어번호: CIP2005002331)

사랑의 목소리

La Conversation Amoureuse

알리스 페르네 장편소설 | 홍은주 옮김

문학동네

이반 가브릴로프에게

—당신은 뭘 알아?

—여자들이 남자들에게 품을 수 있는

사랑이 어떤 것인지 아주 잘 알지.

W. 셰익스피어, 「왕들의 저녁」 중에서

차례

그녀는 점점 더 그가 자신을 유혹하도록 내버려두었다. 왜냐하면, 그랬다, 이들 두 사람은 분명 동의한 사이였고, 그녀는 막 사랑에 빠지기로 결심했기 때문이었다. 그리고 그는, 이 합의된 열기에 몸이 젖은 그는 신호와 은닉된 말과 암초로 가득한 그 순간 속에서 망을 보고 있었다. 사랑에 빠지는 순간보다 더 정확을 기해야 할 때가 어디 있겠는가?

I

저녁의 시작

1

　장차 연인이 될 남녀 한 쌍이 이른 저녁 보행자 전용 도로 한가운데를 걷고 있었다. 저녁의 빛깔들이 도시를 불 속에 붙잡아놓았다. 기우는 태양의 마지막 빛을 받아 옛 건물들이 찬란히 빛났고, 건물 정면의 오렌지빛 돌들은 벌겋게 달아오른 쇳덩이 같았다. 젊은이들은 무리지어 하릴없이 걷고, 떠들고, 웃고, 여자들에게 치근거렸다. 여기 옛 대학거리에는 축제를 떠올리게 하는 태평한 무언가가 남아 있었다. 아름다운 6월이었고, 한낮의 열기가 아직 공기 중에 떠돌고 있었다. 여자는 목선이 별로 파이지 않은 하늘하늘한 원피스를 입고 목에는 노란 모슬린 스카프를 두르고 있었다. 얼굴을 보지 않아도 몸의 실루엣이며 거동이 그녀가 젊다는 것을 말해주었다. 그러나 그녀 안의 다른 것들, 이를테면 활달한 태도와 유연함 같은 것은 그녀가 마냥 어린 아가씨는 아니란 것을 드러냈다. 그녀에게는 서투름, 말하자면 처녀성을 봉인처럼 보호하는 동시에 은근히 그것을 내비치는 내면의 두려움 같은 것이 없었다. 아무튼 그녀는 분명 매력적으로 보이고자 기꺼이 노력했고, 그것은 그녀가 남자들 곁에, 그들과 나란히 존재하는 여자임을 말해주었다. 그녀와 함께 있는 남자는 불꽃같은 시절을 이미 떠나보내고, 자신보다 늦게 이 땅에 온 이들에게서 발견되는 젊음에 마음부터 빼앗기고 찬미하는 나이에 이른 사람이었다. 그는 마흔아홉 살이었고, 아직은 숱 많은 금발이었으나 이목구비의 윤곽은 무너지기 시작하고 있었다. 그는 미남이 아니었지만, 그렇게 보이려고 노력하지도 않았다. 그런 것은 그에게 중요하지 않았는데, 그건 그가 상당한 자신감을 갖고 있음을 증명했다. 특별히 신경을 써서 옷을 입은 것도 아니었다. 밝은 색 정장에 색다를 것 없는 넥타이를 매고, 그리고 그 넥타이의 매듭 아래까지 단추를 채운 하얀 셔츠를 입었다. 옷은 구겨져 있었다. 땀을 흘린 게 분명했다. 갑자기 이 도시의 길목들 사이를 짧게 훑고 지나가는 산들바람은 아스팔트에 후끈하게 달궈진 공기의 방향만 바꿀 뿐이었다. 그러므로 그가 동반한 여자가 제법 오랫동안 공들여 치장을 한 것과는 달리, 그는 약속 전에 옷을 갈아입기 위해 집에 들르지 않았음을 눈치챌 수 있었다. 마찬가지로 이 약속이 직업적인 만남도 일과를 마친 후의 가족 모임도 아닌, 연애와 관련된 만남이라는 것 또한 알 수 있었다. 이 모든 것은 그 두 사람이 함께 있는 모습을 보면 단번에 알 수 있었다.

그들은 바쁜 듯 빨리 걸었다. 가볍게 춤추듯 걷는 두 사람의 발걸음은 서로 묶여 있는 것처럼 보였다. 그들은 세상에서 가장 한가한 사람들이었다. 군중 속에서 빠져나가고 싶다는 욕구가 그들이 걸음을 빨리 하는 이유였다. 그들은 북적대는 행인들 속에서 사람들을 앞지르기 위해 열심히 걸었다. 나란히 걷고, 멀어지고 가까워졌다가 다시 멀어지기를 반복했다. 두 사람 사이가 너무 벌어지면 남자가 여자를 따라잡기 위해 걸음을 빨리 했다. 남자의 눈은 여자에게서 떠나지 않았고, 여자는 남자가 존재하지 않는 양, 마치 혼자 놀러 나온 것처럼, 모르는 사람들 사이로 앙증맞은 손가방을 흔들면서 보도 가장자리를 암사슴처럼 경쾌하게 걸었다. 그러므로 이런 발랄한 모습이 실은 근육의 떨림을 감추기 위한 위장, 내면의 동요에 대한 귀여운 표현이라고는 아무도 생각할 수 없었을 것이다. 그녀는 사내의 마음에 들고 싶어 안달복달하고 있었다! 그리고 흔히 있는 일이지만, 그런 여성적인 갈망 때문에 침착할 수가 없었다.

　그러므로, 이야기가 시작되는 이 순간 그녀는 이미 자연스러운 태도를 취할 수 없었다. 남자가 그녀를 바라보자 그녀는 평정을 찾으려고 애썼다. 남자는 여자를 뚫어져라 보았다. 그녀는 처음에는 화장이 잘못됐나 걱정했다. 너무 이렇거나 너무 저런 건 아닐까? 그녀는 자연스러운 모습을 유지하고 싶었다. 이제 그녀는 자신의 몸짓에 대해서까지 골똘히 생각했다. 내가 왜 뜀박질하듯 걷고 있지? 그녀는 자문했다. 그건 어린애 같은 짓이었다. 그래서 그녀는 뜀박질하듯 걷기를 그만두었다. 그는 웃으면서 그녀를 바라보고 있었다. 예의상 짓는 미소가 아닌, 기껍고 즐거운 웃음이었다. 정말 예쁜데, 그는 생각했다. 학교에서 그녀가 그의 눈에 들어온 것은 실수가 아니었다. 이 노란 원피스는 그녀에게 썩 잘 어울렸다. 수수하고 풋풋한, 얇은 포플린으로 지은 옷이었다. 그는 직물 이름들을 잘 알고 있었는데, 그건 그가 여자들을 좋아하기 때문이었다. 여자들의 흥미를 끄는 것이라면 절대로 무관심할 수 없었다. 폴린 아르누가 다가오는 것을 보며 그는 중얼거렸다. 정말 스타일 있는 여자야. 그녀는 금발인데도 황금색이 잘 어울렸고, 치마는 무릎 위에서 맵시 있게 찰랑거렸다. 그녀는 그런 멋을 연출할 줄 아는 여자였다. 그는 이렇게 아름다운 여자와 함께인 것이 기뻤다. 이제 막 여자에 눈뜬 남자처럼 만족스러웠다. 그는 그녀에게 빠져들게 될 것이다. 그는 이 빨랫돌처럼 매끈한 얼굴과 단단하고 투명한 피부를 찬미했다. 그가 원하는 것을 보여주는 얼굴이었다. 얼굴이란 것이 쉽게 숨길 수 있는 것이 아니고 그런 얼굴들이 유달리 더 눈에 띄기 때문이 아니라, 사람들이 그런 얼굴을 훔치고 싶어하기 때문이다. 그는 싫증을 느끼지 않았다. 싫증나기는커녕, 그럴 수 있다는 사실조차 잊고 있었다. 그 여자의 모습이 그를 온전한 의식 너머로 데려갔고, 그는 지금 황홀경 한가운데 있었다. 그는 풍경을 감상하듯 그녀를 관찰했다. 그녀는 조각 같았다. 윤곽이 완벽하다는 의미에서가 아니라 불연속적인 것이 없다는 의미에서. 어디서 통째로 베어낸 듯한 얼굴이었다. 한창때 누리는 특권이겠지만, 이마에서 눈썹까지 주름 하나 없이 미끈했으며, 코는 인중까지 반듯하고 곧은 선을 그리고 있었다. 눈 밑의 보드랍고 환한 뺨에는 주름살 하나 없었다. 반질반질한 돌 같았다. 물론 운 좋은 그녀는 자신의 그 깨끗하고 단단한 아름다움을 별로 의식하지 못했다. 사람들은 자기 얼굴을 감상하지 않는 걸까? 그녀는 기껏해야 자신이 유리한 외모를 가졌다는 것 정도를 느낄 것이다. 때론 물론 그녀도 의구심을 가졌다. 균형 잡힌 아름다움이란 너무 쉽게 깨어지고 미세하고 불가해한 것이 아니던가. 특히 그녀는 자기 얼굴을 잘 보지 않는 편이었으니까. 그녀는 자신을 미소짓게 만드는 것들만 관찰했다. 사람들은 그녀의 두 앞니 사이가 벌어진 것(흔히 행운의 이라고 한다)을 알아채고는 곧잘 그 이야기를 했는데, 그것은 사실상 그들이 그녀에게 오랫동안 시선을 집중시키고 있음을 들키지 않고 그녀에 대해 이야기하는 방식이었다. 사람들이 노골적으로 보면 그녀는 얼굴을 붉혔다. 그녀의 커다랗고 푸른 두 눈이 늘 영민해 보이지는 않았지만 그녀는 사람들의 시선을 계속 끌어당겼다.

그들은 혼잡한 보도를 벗어나 다시 나란히 걷게 되었다. 걷는 동안 그들 사이를 가르고 있던 공간이 차츰 줄어들어, 마침내 그들의 팔이 가볍게 서로 스쳤다. 그는 그녀에게서 여름 향기를 맡았다. 바닐라 향 같았다. 그는 부러 그녀에게 다가갔다. 어떤 힘이 그를 이 젊은 여자 쪽으로 떠밀고 있었다. 그녀가 어떤 반응을 보일까? 예측할 수 없었다. 그는 그녀를 충분히 알지 못했다. 그러나 그녀는 약속 장소에 나타나지 않았는가…… 그러니까 그녀는 유혹하기 그리 어려운 타입은 아니었다. 그는 계속 그녀에게 다가갔다. 그녀는 접촉을 저지하는 몸짓은 보이지 않았다. 그녀는 무슨 생각을 하고 있는 걸까? 그는 그녀를 탐색하듯 은밀히 살펴보았지만 황홀감은 줄지 않았다. 그는 줄기차게 그녀를 바라보았다. 그녀는 한 번도 그에게로 눈길을 돌리지 않았지만, 그 시선의 무게를 느끼고 있었다. 그녀는 그가 자신을 관찰하는 것을 알았지만, 아무것도 눈치채지 못한 듯 묵묵히 걷기만 했다. 그는 도박꾼이었고 그녀에게 적극적으로 접근했지만, 그녀는 그가 존재하지도 않는 양 끄떡도 하지 않았다. 그 순간 그녀야말로 지독한 속임수꾼, 그러나 스스로도 당혹해하는 속임수꾼이었다! 그는 그것을 꿰뚫어보았다. 그녀는 너무나 가까운 그의 눈길에 혼란을 느꼈지만 그렇지 않은 것처럼 꾸미고 있었다. 한마디로 말해, 일어나고 있는 일을 부인하는 것, 그건 늘 있는 일이다. 이게 무슨 놀음이람! 그는 생각했다. 이런 유희라면 속속들이 알고 있지 않던가? 하지만 이번에는 뭔가 다르다. 그는 로맨틱해졌다. 아무것도 아닌 이 가벼운 스침에서 강렬한 쾌락을 느꼈고, 남자들의 시선을 끄는 매혹적인 여자와 걷고 있는 것에 개구쟁이처럼 자부심을 느꼈다. 곁에서 걷고 있는 여자에게서 눈길을 거두어들였을 때 그 사실을 깨달았다. 그는 잡다한 인파 속으로 눈길을 돌렸다. 곁에서 걷고 있는 그들은 이 순간 그에게는 그저 그의 욕망 주변에서, 그가 좇고 있는 영상의 한가운데서 꿀벌처럼 부지런히 이동하는 익명의 사람들에 불과했다.

그들은 키가 같았고(그녀는 매우 컸고 그는 남자치고는 작은 편이었다), 걸으면서 물결치는 둘의 어깨에는 리듬이 실려 있었다. 지극히 여성적인 노란 실루엣과 그 노랗고 섬세한 실루엣 쪽을 집요히 향하고 있는 어두운 실루엣은 묘하게도 가족처럼 조화로운, 잘 어울리는 한 쌍으로 보였다. 그들은 나란히 걸으면서 제각기 침묵중에 생각에 잠겼고, 웃음 짓게 하는 즐거움을 느꼈다. 그러나 이 두 사람이 상대에게 품은 것은 비밀, 그리고 타인이라는 어색함뿐이었다. 질 앙드레와 폴린 아르누는 두세 번 이야기를 나눴을 뿐이다. 말하자면 그들은 잘 모르는 사이였다. 그들의 태도에는 과도한 충동 그리고 억제된 듯하지만 충분히 감지되는 환희가 깃들어 있었다. 어떤 몸짓은 어색하고 어떤 동작은 너무 컸으며, 시선은 매우 빨리 움직였고 분위기는 어딘지 모르게 도취되어 있었다. 그러니까 두 사람에게서는 억눌린 듯하면서도 사로잡힌 뭔가가 흘러넘치고 있었다. 그들은 쾌락에 아주 가까이 있었다. 그들을 부부로 볼 수는 없었다. 그렇다고 실은 연인도 아닌 그들을 연인으로 보는 이유에는 선명한 동시에 설명하기에 모호한 구석이 있었다.

그것은 미래였다. 가차없는 미래가 그들 앞에 닥쳐 있었다. 그들은 저항하고 단념하고 그리고 휩쓸려들어갈 것이었다. 그들은 친밀함의 문턱에서 떨고 있었다. 두 사람은 사랑이라는 운명의 먹이였다. 무엇보다 기이한 것은 운명 자체가 아니라, 그들이 그 사실을 알고 있다는 것과 그 운명이 실현되는 방식, 그리고 그에 대한 예감이 그들의 운명에 아무 역할도 할 수 없다는 것이리라. 주문(呪文)이 그들의 만남이라는 비밀 안에, 피할 수 없는 접촉 안에, 자유 안에 두 사람을 가두었다. 소용돌이가 일어 그들을 서로에게 떠밀었다. 이 숙명 전에 그들은 어떤 삶을 누렸던가? 그런 것은 묻지도 않은 채, 연정은 그들을 꽃피게도 하고 파괴할 수도 있는 욕망을 창조했다. 이 비밀스런 격정은 누가 보아도 알아볼 수 있는 것이었다. 그것은 빛을 발했고, 빛은 웃음과 미소가 되어 그들 주위에서 땡그랑땡그랑 소리를 내며 울렸다. 신중함이 사라져버리지 않았다면 그들은 마땅히 그 격정의 빛을 두려워했어야 하리라. 그 두 사람을 보면서 사람들은 무슨 생각을 할까? 사람들은 그들이 연인이라고, 아직 연인이 아니라면 이제 곧 연인이 될 거라고 생각했다. 이제 곧.

다른 곳에서 그리고 오래 전부터, 그들은 서로를 관찰해왔다. 그리고 상대방의 순간적인 근심을 포착했고, 자신이 원하는 바로 그 무언(無言)의 갈망을 발견했다. 그들에게는 헤아릴 수 없을 만큼 많은 시선과 절대적인 동기가 있었으며, 감전된 듯한 열정이 그들을 둘러쌌다. 지금 그들은 눈에 띄지 않고 이 상황을 벗어나길 바라고 있을 테지만, 실제로 일어난 일은 그 반대였다. 겉으로는 욕망의 한 자락조차 보이지 않는, 너무나 희귀한 경우였다. 그러나 그들의 심장과 들끓음과 동요와 일탈과 정욕은 마음을 뒤흔들 정도로 수다스러웠다. 숨기려 해도 즐거운 기색은 어쩔 수 없이 드러났고, 그것은 그 두 사람이 가깝게 묶여 있음을 말해주었다. 친밀감이라는 비밀을 보호해주는 것은 닫힌 방밖에 없다. 저항할 수 없는 유혹을 죽이지 않고 벽 뒤에 숨기기 위해서는 방이 필요한 법이다. 그러므로 서로에게 사로잡혀 있음에도 그저 걷고 있을 뿐인 두 사람은 눈에 띄었다. 정신없이 여자를 바라보는 남자와 그 시선의 그물코 안에서 충만감을 느끼는 여자가 발산하는, 바야흐로 시작이다라는 기쁨은 눈길을 끌었다. 잠시 후 웃음을 흘리고 애교를 부리면서 발걸음을 멈출 운명이긴 했지만, 공범처럼 잘 맞는, 균형 잡히고 춤추는 듯한 그들의 발걸음은 그들이 할 일도 갈 데도 없다는 것을 증언했다. 이날 저녁 그들의 약속, 친밀감이라는 그 불가해한 기적, 그들이 느끼는 황홀감, 그들의 침묵과 미소, 이 모든 것은 행인들의 먹이로 제공되고 판독되었다. 모든 연애사건이 그렇듯, 그들의 욕망이 만들어내고 있는 연애 장면도 하나의 구경거리였다. 길들은 항상 똑같기 마련이고, 그 길을 한 번이라도 지나간 적이 있는 사람이라면 단번에 사랑의 관계를 향해 돌진하는 이들 특유의 어딘지 부자연스런 태도를 꿰뚫어볼 줄 알기 때문이다. 그들은 돌진했다.

둘 사이의 거리가 자주 멀어지는 것을 핑계삼아 그들은 아무 말 없이 걸었다. 그러나 이제는 침묵을 깨지 않으면 안 될 때였다. 남자나 여자나 무슨 말을 해야 할지 몰랐다. 필요한 것이 말뿐이었을까? 침묵은 저 혼자 말했다. 더욱이 그녀는 그가 말하는 것을 약간 거북해했다. 한 여자와 한 남자가 할 일 없이, 그것도 저녁이 시작될 무렵 길에 함께 있을 때 사람들은 그들이 무슨 일을 꾸미고 있는지 모르는 걸까? 무슨 일이 일어날지 과연 모르는 걸까? 아마 남자는 어색한 분위기를 일신하고 싶었을 것이다. 당신이 과연 올까 생각했어요, 그런데 정말이지 확신할 수 없더군요, 그는 옆에 있는 여자를 향해 몸을 돌리면서 말했다. 그들의 어깨가 스쳤고, 그는 젊은 여자의 얼굴, 매끈하고 환한 얼굴과 불과 몇 센티미터를 사이에 두고 정면으로 마주 보게 되었다. 너무 가까워서 그녀의 눈 밑까지 세련되게 뻗어 있는 광대뼈 위의 솜털까지 보일 정도였다. 왜요? 약속을 했잖아요, 그녀가 말했다. 그리고 그녀의 입술은 루주를 바를 때처럼 꽉 다물어졌다. 그는 다문 그 입술을 바라보았다. 그와 그렇게 가까워지자 그녀는 몹시 당황했다. 도대체 왜 그렇게 그녀의 입술을 바라보는 걸까? 그녀는 혼란을 감추기 위해 눈웃음을 지었다. 당신 생각이 바뀔 수도 있었으니까요, 그가 말했다. 난 약속한 자리에는 꼭 나가요, 폴린 아르누가 말했다. 그렇게 말하는 그녀의 목소리는 떨리지 않았다. 그녀의 생각이 모호한 동기와 상상 속에서 엉클어진 것과는 반대로 그녀의 목소리는 맑고 용감했다. 나도 그럴 거라 생각해요, 하지만 약속 상대가 나니까…… 남자가 응수했다. 그가 말하기 시작하자, 그녀는 그에게서 멀리 떨어졌다. 그리고 그가 다음과 같이 속삭이기 위해 다가가자, 그녀는 또 멀어졌다. 당신은 나를 전혀 모르니까요. 그는 가까워졌다 멀어지고 다시 가까워졌다. 소리 없이 반복되는 이 행동에 웃음이 나왔다. 당신 정말 대담한데요! 그가 말했다. 정말 그런 것 같아요? 그녀는 갑자기 걱정스런 얼굴이 되어 물었다. 그가 한 말이 그녀의 자존심을 건드리는 말인지 칭찬인지 알 수 없었기 때문이다. 아니, 실은 당신은 전혀 대담하지 않아요, 그건 쉽게 알 수 있죠! 그가 좀더 감미롭고 유쾌한 목소리로 말했다. 어쨌든 당신은 나를 떨쳐버릴 수도 있었는데 그렇게 하지 않았어요! 그가 솔직하게 웃으면서 말했다. 그녀는 얼굴이 온통 붉어지더니, 나쁜 짓이라도 저지른 어린 계집아이처럼 말했다. 그런 생각 한 적 없어요! 그녀 속에서, 남자의 치근거림을 받고 있는 여자의 마음속에서 뭔가가 졸졸 소리를 내고 있었다. 작고 비밀스러운 고백이자 균열이었다. 설령 그러고 싶었다 해도 그럴 수 없었을 거야, 그가 날 바라보는 순간 사로잡힌 듯한 느낌이 들다니, 이상한 일이야, 그리고 난 즉시 세세한 것들을 상상하기 시작했지. 그녀는 교태 부리는 듯한 태도로 속마음을 드러냈다. 짐짓 비난하는 양, 그러나 어느 정도는 자신 역시 공범임을 인정하는 듯 누그러진 어조로. 당신이 그런 식으로는 접근하지 못할 거라 생각했어요. 이 말은 그녀 입장에서는 오히려 일종의 고백인 동시에, 그녀가 진실이라 믿으려 애쓰는 거짓말이기도 했다. 더욱이 너무 작은 소리로 말하는 바람에 남자에게는 들리지도 않았다. 그녀는 고개를 떨군 채, 앞으로 나아가는 자기 다리만 내려다보았다. 그리고 입술을 간신히 달싹여 웅얼거리면서 자기가 하려는 말을 수정했다. 의식 속의 이성적인 구역에서는 그가 침묵하기를 원하고 있었지만, 이성적이지 않은 무의식의 구역에서는 그가 다가와 정박해주기를 바라고 있었던 것이다. 난 어떻게 생각했냐면요…… 한 무리의 여자아이들이 재잘거리며 두 사람 사이로 지나갔기 때문에 말은 맺어지지 못했다(그리고 이번에 그녀는 깡충깡충 뛰지 않았다). 그는 대답하지 않았고, 그녀는 자신의 말을 그가 들었는지 못 들었는지 알 수 없었기에 그저 침묵 속에 가만히 있기로 했다. 그들은 갈 데라도 있는 것처럼 쉬지 않고 걸었지만 합의한 것은 아무것도 없었다(그녀는 약간 늦게 왔고, 그는 멀리서 그녀가 오는 것을 보았다. 그들은 혼란과 쾌감 속에서 주먹을 꽉 쥐었다. 그는 즉시 곧장 시작해서 계속 같은 방향을 향해 걸었고, 그녀는 그를 따라갔다). 어디로 가는지도 모르고 걷고 있군! 그가 말했다. 나는 무작정 당신을 따라가고 있구요! 그녀가 말했다. 둘은 처음으로 동시에 같이 웃었다. 웃는 것은 간단한 일이었다! 그들은 웃음으로써 모든 것이 정리되고 해결되었다고 느꼈다.

폴린 아르누는 사랑에 빠진 최근 몇 주간에 대한 기억에 잠겼다. 한번은 이 사내가 나오는 꿈을 꾸었다는 사실을 고백하지 않을 수 없었다! 그녀에게 그는 신원 미상의 남자였다. 그녀가 아들을 학교에 데려다주었을 때 그의 시선이 그녀의 시선을 사로잡은 것 말고는 아무 일도 없었다. 그녀는 그날 저녁 잠자리에 드는 순간까지 줄곧 그를 생각했다…… 그녀를 줄기차게 바라보던 노골적인 경탄의 눈길 때문이다. 그랬다, 분명 그것 때문이었다. 어떻게 그런 시선을 놓칠 수 있겠는가?! 그런 눈빛은 금세 눈치챌 수 있는 성질의 것이었다. 그녀는 남편 옆에 조용히 누워 그 얼굴, 그 시선(어느 정도는 그녀가 지어낸 면도 있었을 것이다)을 다시 떠올리고 재구성해보았다. 그녀는 그가 사랑과 동경과 숭배의 눈빛으로 그녀를 바라보았다는 것이 대단히 기뻤다. 그녀의 삶을 안락하게 해주는 사람 바로 곁에 누워 지금 그 자리에 존재하지 않는 남자에게 부여한 그 부당하고 갑작스런 특권은 수치스러우며 받아들일 수 없는 것이 아닐까? 그녀는 열렬한 호소를 보내는 두 눈 속에서 이성을 잃었다. 그 두 눈은 주문에 걸려 말을 얻었다. 그런 마법에 걸렸을 때 어느 누가 달리 행동할 수 있겠는가? 그녀는 사태를 직시하고 있었다. 그녀는 자신에게 매혹당한 한 남자에게 한순간 홀딱 반해버려 몹시 흥분되는 동시에 혼란스러웠다. 그랬다. 자석처럼 이끌려들어 미래 없는 이 약속을 거절하지 못한 것이었다. 이성이 그렇게 하라고 명했으므로 그녀는 피하지 않았다. 어떻게 그런 일이 일어날 수 있었을까? 그가 첫 발을 내디뎠고, 몹시 미묘한 그 행동이 그녀의 혼을 쏙 빼놓았다. 심지어 그녀는 감탄하기까지 했다. 그녀라면 절대로 그럴 수 없었을 것이다! 그녀는 그에게서 강렬한 인상을 받았다. 그만한 나이의 남자들은 마음에 드는 여자 앞에서 힘 센 정복자가 된다는 사실을 그녀가 잊었기 때문이다. 그는 그녀가 먼저 그렇게 하는 일은 없으리라는 걸 알았기 때문에 먼저 첫 발을 뗐다. 그리고 그녀는 주저 없이 그를 따라왔다. 그녀는 넘어가지 않는 타입은 아니었다. 그녀의 말, 몸짓, 미소, 그 모든 것이 호의적이라는 것에 대해서는 어느 누구도 다르게 판단할 수 없었다. 여기까지 생각이 미치자 그녀는 고개를 들고 매우 꼿꼿한 자세로 걷기 시작했다. 지금까지의 일들이 자못 부끄러운 나머지 속마음과는 달리 더욱 거칠게 행동했다. 사람들은 이따금 마음이 약해지거나 될 대로 되라는 심정이 된다. 그리고 그러다보면 결국 서로 존중할 수 없다. 그녀는 절대로 자기 자신에게 거짓말을 하고 싶지는 않았다! 스스로의 행동이 훗날 어떤 결과를 빚게 되건 간에 자신을 기만하고 싶지는 않았다. 그러나 그럴 수 있을지는 확실치 않았다. 누구나 원하는 대로 전부 할 수 있는 것은 아니니까. 그녀는 선웃음 치고 애교 부릴 의도가 없었지만, 조금은 그렇게 행동하지 않을 수 없었다! 격하게 얽힌 감정들에 사로잡혀 흐트러진 채, 그녀는 자신이 패배했음을 느꼈다. 난 모르는 남자 옆에서 걷고 있어! 그녀는 중얼거렸다. 그녀는 정말로 걷고 있었다. 그녀가 다른 행동을 하고 있다고 보기는 불가능했다. 그녀의 마음을 사로잡은 관능적인 감정은 솔직했다. 그의 곁에서 멈추지 않고 걸으면서, 계속해서 그의 발걸음에 보조를 맞추면서(그 또한 그녀의 속도에 맞추려고 애썼다. 그것은 그들의 이미지가 물처럼 조화로움을 설명해주었다) 그녀는 처음으로 그를 바라보았다. 그리고 놀랐다. 그는 잘생기지 않고 우아하지도 않으며, 더구나 입을 다물고 있으면 아무 매력도 느낄 수 없는 남자였던 것이다. 지극히 평범한 사람이 아닌가? 어쨌거나 세련된 사람은 아니었다. 그런데도 그의 존재는 유혹의 감정을 이끌어냈으며, 그녀 안에 강한 인상을 일깨웠다. 그리고 삶을 빚는 모든 것과, 이성적이고 유용한 것들을 전부 이기는 비의들을 파헤쳤다. 그러나 무엇보다 마법처럼 느껴지는 것은 이런 감정이 아니라, 이런 흥분을 두 사람이 동시에 느꼈다는 사실이었다. 그녀는 한순간도 잘못된 질문을 좇지 않았다. 자신이 그에게 매력적으로 보인다는 것을 한순간도 의심하지 않았다. 그 두 사람은 먹잇감이었다. 결국 그것은 흔히 볼 수 있는 평범한 마술이었다. 그러한 것들이 어디까지 갈 수 있는지는 누구나 안다.

이 순간 질 앙드레는 오히려 침묵의 쪽에 서 있었다. 그는 대화의 부재가 두렵지 않았다. 생면부지나 다름없는 누군가의 앞에서 침묵할 수 있는 능력, 그저 움직임과 눈짓 안에 남아 있을 수 있는 그 능력은 곁에 있는 여자를 혼란스럽게 했다. 고의는 아니었다. 다만 그는 자기 안에 고요히 있을 뿐이었다. 그는 자신의 비밀스런 부분을 진정시킬 필요가 있었다. 기분에 따라 행동했다면 의례적인 몸짓 따위는 생략하고 당장 닫힌 방으로 여자를 데려갔을 것이다. 그는 손을 넣어 어루만지고, 입맞춤으로 침묵을 만들고 싶었다. 그리고 무엇보다 아찔한 것은 그녀 역시 그것을 원한다는 것이었다. 그는 확신했다. 그렇다, 그녀의 생각도 바로 그랬다. 그녀는 설명할 수 없는 친밀감이 불러일으키는 욕망에 사로잡혀 있었고, 그는 그녀가 말하기 위해 입을 열 필요도 없이 이미 그것을 간파하고 있었다. 그는 순응주의자도 아니며, 천박하지도 않았다. 자신들이 체험하고 있는 것을 인정하고 짐짓 태를 부리지 않는 남자였다. 한 남자가 한 여자에게 격정을 느끼고 호의적인 연정을 품었는데, 강렬히 그것을 느끼는데, 왜 억지로 기다려야 하는가? 그녀를 끌어안고 나란히 눕는 것밖에 더 있겠나, 그는 생각했다. 그의 내부에는 불경한 자유가 존재했으며, 그 자유로운 존재 방식을 비추는 예지가 있었다. 그렇지만 그는 진정한 연인, 다시 말해 예민한 연인이었으며, 이 여자는 아직 준비가 되지 않았다고 느꼈다. 그녀는 기다리고 있었다. 이날 그녀의 즐거움은 결말의 예감을 늦추는 것이었다. 이유는 알 수 없었지만 (그녀 역시 원하는 한) 그것이 누군가를 유혹할 때의 그의 행동 지침이었다. 그는 자신의 직관을 의심하지 않았다. 하여튼 그랬다. 하지만 안 될 건 또 뭐야? 그는 중얼거렸다. 그는 이 여자의 리듬을 흔쾌히 따를 수도, 그 리듬이 느린 것에 분통을 터뜨릴 수도 있었다. 그러나 그는 노력해야 한다는 의무감을 갖고 있었다. 그는 상대방의 입장이 되어보려고 애썼다. 이 여자는 나에 대해 아무것도 몰라, 그는 중얼거렸다. 그리고 이렇게 말하는 데 만족했다. 뭘 좀 마시겠소? 그러자 그녀가 대답했다. 좋아요. 그래서 그들은 사람들로 꽉 찬 테라스에 자리잡았다. 욕망을 애써 미화하며 앉아 있는 그녀를 바라보면서 그는 생각했다. 이 모든 것은 우회요 시간 낭비이며 소심함에 지나지 않아…… 한편 그녀는 문득 황금색으로 물든 아름다운 석양에 반하고 비밀과 새로움이라는 짜릿한 맛에 취한 채, 자신의 행복에 얼떨떨해하며 자신의 시간을 가득 채운 환희를 느긋하게 즐기고 있었다. 이토록 눈부신 자유가 있는데 왜 서둘러야 한단 말인가? 사랑에 빠진 여자의 시곗바늘과 남자의 시곗바늘은 같은 속도로 움직이지 않는다.

　　그렇게 해야 했으므로, 그는 말하기 시작했다. 달콤한 목소리였다. 침실에서 속삭이는 듯, 펠트처럼 부드럽고 한숨 짓는 듯한 목소리였으며, 너무 속삭이는 바람에 기진맥진한 것처럼 들리는 목소리였다. 폴린 아르누는 단번에 그 속삭임에 복종했다. 일부러 저렇게 말하는 걸까? 그가 말할 때면 그녀는 그가 그녀를 사랑하느라 지쳐버렸다는 느낌에 휩싸였다! 그가 웃을 때면(그녀는 갑자기 그 당장 웃을 수 있는 여자가 되었다), 그 목소리가 그녀를 갈망하면서 그녀 주위를 둥둥 떠다니는 느낌이 들었다. 그녀는 그 목소리에서 자신이 그 남자에게 유일무이한 존재가 될 것이며, 그 남자의 매력에 굴복하리라는 전언을 들었다. 그녀는 꼭 그렇게 되었으면 싶었다. 그리고 이미 그렇게 되었다고 생각했다. 그녀의 착각이었다. 그러나 목소리가 감미로울수록 환상은 집요했다. 그는 말이라는 매혹적인 마술에 탁월했다. 듣고, 보고, 감탄하고, 웃고, 가장 기다렸던 말을 속삭이고, 그리고 꽂은 베일을 벗었다…… 충분히 일어날 법한 일이었다. 그 효과를 가늠하지 못한 채(그래도 그녀를 관찰한 결과 한 가지 효과는 있었다고 확신했다), 그는 매우 육감적일 수도 매우 암시적일 수도 있는 어조로 도박을 벌이고 있었다. 그는 속삭임의 대가였고, 교묘한 방식으로 사랑에 빠진 척하는 데 노련했다. 정중하게 허리를 꺾어 절하듯이 헌정된 그의 목소리는 여자들의 허영심을 일깨웠고, 그들의 마음을 사로잡았다.

　말하자면 그는 마법의 음파를 지니고 있었다. 그 마법의 음파는 하나의 이름을 반복해 말하고 있었다. 난 당신 이름을 알아요,

그가 웃으면서 속삭이기 시작했다. 그랬다. 그는 완전한 언어라고는 할 수 없지만 상대에게 자기 뜻을 온전히 전달할 수 있는, 그러면서도 말처럼 해롭지 않은 속삭임이라는 기술을 사용했다. 폴린이죠, 그렇죠? 그가 나직하게 속삭였다. 그리고 미묘한 미소를 살짝 띤 채 그녀의 눈을 똑바로 바라보며 다시 한번 되뇌었다. 폴린. 그녀는 그 눈길이 과장되었다고 생각했고, 사실 그랬다. 그는 여자들이 통찰력을 발휘할 수 있음에도 불구하고 그런 눈길에 저항하지 못한다는 것을 잘 알고 있었으므로 일부러 그렇게 행동했다. 고귀한 이름이군요, 그가 말했다. 그녀는 할말을 찾았다. 난 그 이름을 참 좋아했어요. 잠시 뜸을 들인 후 그녀가 덧붙였다. 키 큰 금발 여자가 해변에서 수영복 차림으로 등장하는 영화들이 나오기 전까지는요. 당신을 좀 닮은 그 여자 말이죠…… 그가 혼잣말하듯 중얼거렸다. 난 아니길 바라는데요! 그녀가 말했다. 그 여배우 꽤 괜찮잖아요! 그가 웃으며 말했다. 그는 그녀와 함께 있고 그녀를 볼 수 있다는 숨길 수 없는 행복감에 젖어 줄기차게 그녀를 바라보았다. 그녀는 너무 흥분한 탓에 그것을 알아채지 못했고, 자신에게 완전히 몰두한 탓에 함께 있는 남자가 어떤 사람인지 보지 못했다. 그는 이름 이야기를 계속했다. 폴린이라는 이름을 지닌 여자는 한 번도 만난 적이 없다는 것이었다. 뭐라고 대답하겠는가? 그녀는 아무 대꾸도 하지 않았다. 그러자 남자의 목소리가 물었다. 폴린이라고 불러도 되겠소? 이 말 역시 과장된 것이었다. 낡은, 거의 우스꽝스런 수법. 당연히 그래도 되죠, 엉터리 수작을 꿰뚫어본, 그럼에도 불구하고 그것을 즐기고 그걸 즐긴 것을 후회하는 아름답고 가여운 여자가 대답했다. 몇 명이나 되는 여자들한테 이런 코미디 같은 방법을 썼나요? 이렇게 물었지만 폴린 아르누는 여자의 마음에 들려고 애쓰는 남자를 앞에 둔 쾌감을 충분히 맛보지 못했다. 몇 명이나 되는 여자? 그리고 하나 더 있었다. 그가 그녀를 놀리고 있는 걸까? 그녀는 놀림받는 것이 몹시 두려웠다. 사랑에 걸려들면 들수록 상대가 자신을 휘어잡으려 한다고 의심하는 법이다…… 그녀는 그저 그의 먹잇감에 불과한 게 아닐까? 그는 진지한 것일까? 그녀는 도박을 하고 싶었지만, 그러려면 그것이 놀이일 뿐이라는 조건이 필요했다. 유혹하기…… 자기도 모르게 교태를 부리고 싶지는 않았다. 그러므로 그녀는 자신의 솔직함을 포기하지 않기 위해 보이지 않는 노력을 기울였다. 그러나 그녀는 놀이에 휩쓸려들어가 미소짓고, 웃고 그리고 얼굴을 붉혔다…… 사람은 혼자 있을 때만 온전히 자기 자신일 수 있는 걸까? 그녀는 그것이 원래의 제 모습이라 주장하고 싶을 것이다! 정말 말이 없군요! 그가 외쳤다. 내 말에 대답하기 싫은 겁니까? 그가 다시 물었다. 당신을 폴린이라 불러도 되겠소? 거절할 이유가 어디 있겠어요? 날 '누구누구 부인'이라고 부르지는 않을 거잖아요! 그녀가 말했다. 안 될 건 또 뭐 있겠어요? 그가 거리낌없이 도발적으로 웃으며 말했다. 당신은 날 모르는군요, 그의 얼굴은 아예 시종일관 미소를 띠고 있었다. 아뇨, 알아요, 그녀는 에두르지 않고 대답해 이 미래의 연인을 놀라게 했다. 오래 전부터 당신을 아는 것 같은 느낌이 들어요, 그녀는 용기를 내어 이렇게 덧붙였다. 그리고 한 가지 더, 내가 당신을 모른다는 말을 그렇게 자꾸 하지 말아요! 난 여기 이렇게 당신과 함께 있잖아요? 내가 모르는 여자라면 당신은 어떻게 내 이름을 알고 있는 거죠? 그가 다시 웃었다. 여자의 환심을 사려는 남자들은 잘 웃는 법이니까. 어느 날 학교에서 한 여자가 당신을 폴린이라고 부르는 걸 들었어요, 그가 말했다. 그건 우리 할머니 이름이었죠, 그가 덧붙였다. 우리 할머니 이름은 마리 폴린이었어요, 그녀가 말했다. 뭐든지 그렇지만 이름에도 유행이 있죠, 그녀가 낮은 목소리로, 지금까지의 노래하는 듯한 부드러움이 사라진 좀더 남성적인 목소리로 약간 차갑게 말했다. 그녀는 이 만남을 숨막히게 짓누르고 있는 욕정의 공기를 흩날려보내기 위해 안간힘을 썼다. 그러나 소용이 없었다. 욕정의 공기는 실재하건 아니건 간에 생생히 느껴졌고, 흩어지지 않았다. 나 때문에 화났어요? 그가 물었다. 그녀는 말하지 않는데도 절로 입술이 달싹여지는 것에 민망함을 느끼며 고개를 저어 부인했다. 그는 그녀가 그런 식으로 입을 꽉 다물고 있는 것이 싫었다. 그는 그녀가 다시 부드럽게 행동하기를 원했다. 그는 그녀가 웃는 것이 좋았다. 그는 대담하게 다시 오랫동안 그녀의 눈을 들여다보았다. 그녀의 얼굴은 점점 달아올랐고, 마침내 모든 것이 드러났다.

　그는 다시 고삐를 쥐었다. 모든 것이 드러나기는 했지만 그렇게 되기까지 그리 수월하지는 않았다. 이루어진 것은 아무것도 없었다! 말에서 행동으로, 침묵에서 몸짓으로 옮아가는 이 단계에서 더는 앞으로 나아가지 못하는 남자들도 있고, 전혀 즐거움을 느끼지 못하는 여자들도 있다. 이를테면 불 붙기를 거부하는 성냥 같은, 선정적인 여자들. 그는 그런 여자들을 몇 명 알고 있고, 그런 여자들을 즉각 알아보는 전문가이기도 했다. 이 여자는 아니야, 그는 생각했다. 절대 그런 유의 여자가 아니야. 그는 인정해야 했다. 이 여자는 교태를 부리지 않으면서도 상대방을 사로잡는 매력을 가졌어. 그는 그 사실에 대해 심각하게 숙고하기 시작했다. 아니, 천만에, 그럴 리는 없어, 이 여자는 틀림없이 내 마음에 들기 위해 어떤 노력을 하고 있을 거야. 더욱이 그녀의 태도는 자연스럽지 않았다. 그녀가 자제하고 있다는 것은 누가 봐도 알 수 있었다. 그는 슬그머니 그녀를 관찰했다. 그녀는 존재하고 있었다. 그녀는 존재감을 가진 여인이었다. 사람이 존재하고 안 하고는 무엇과 관련이 있을까? 그는 생각했다. 그녀는 어떤 강렬한 내면의 삶을 영위하고 있음이 틀림없었으리라. 줄곧 이렇게 생각하던 그는 진정한 흥미를 갖고 그녀를 바라보았다. 그녀에 대한 몽상에 잠겨들자 그녀는 한층 강렬하게 그를 사로잡았다. 그녀는 그의 마음을 끌었고, 지금 그는 완전히 포로가 되어 있었다. 그는 홀렸다. 그리고 그녀는 침묵을 지키고 있었다! 그녀에겐 침묵하는 능력이 있었다! 그녀가 무슨 말이라도 하지 않을까? 그는 기다렸다. 침묵. 그녀는 석조건물이 뿜어대는 후텁지근한 열기 속에서 홀짝홀짝 음료를 마시고 수다를 늘어놓는 사람들을 바라보았다. 그는 어디고 사람들로 넘쳐난다는 것을 새삼 깨달았다. 그들 두 사람이 숱한 사람들에게서 벗어나 단둘이 있는 것은 가당치도 않았다. 그런데도 그의 눈에는 그녀만 보였다! 내가 단단히 사랑에 빠졌군, 그는 생각했다. 그녀가 아직도 아무 말도 안 했던가? 그랬다. 그녀는 다른 곳을 바라보고 있었다. 아이들 이름은 뭐죠? 무슨 말이든 해야 한다고 생각한 그가 물었다. 그리고 자기 입에서 나온 말을 듣고는 그만 가슴이 덜컥 내려앉았다. 대체 그가 무슨 말을 한 거지?! 그는 기어코 겁을 집어먹었다. 이따금 웃음이 나도록 어설픈 속임수가 있는 법이다. 난 당신을 원해요, 라고 말하고 싶었는데 아이들 이야기를 하고 말다니! 더구나 그녀에게 아이가 하나뿐이란 것을 알고 있었으면서도! 도무지 그답지 않은 일이었다. 이제 그는 아무 말도 할 수 없을 지경이었다. 그는 자기 연민에 빠져 웃음을 지으면서 그녀를 바라보았다. 그녀는 아직도 볼이 붉게 달아올라 있었다. 그녀도 그보다 별로 나을 게 없었다. 전기를 띤 듯한 침묵이 두 사람을 팽팽히 끌어당겼다…… 아니, 그들은 아직 본격적인 대화로 접어들지 못한 채, 폭로된 그들의 비밀과 마주쳤다 흩어지고 숨어버리는 숱한 눈길에 갇혀 본질이 아닌 것 안에서만 빙빙 돌고 있었다. 숨겨진 눈길과 드러난 눈길. 그중 무엇도 순수하지 못했다. 그러나 그녀는 그 거짓 대화 속으로 들어갔다. 그녀에게는 아들만 하나였고, 아이 이름은 테오도르였다. 당신 딸은요? 그녀가 정중히 물었다. 그녀는 예의바른, 말하자면 세상에서 가장 흥미 없는 주제라 해도 자연스럽게 이야기하고 나아가 행동으로도 옮길 줄 아는 여자였기 때문이다. 내 딸은 사라라고 해요, 그는 일단 대답하고는 변명처럼 덧붙였다. 그렇지만 이름을 지은 건 내가 아니오, 아내는 임신하고 아이를 낳은 게 자신이니까 나에게 상의하지 않고 마음대로 아이 이름을 지어도 된다고 생각했던 모양이오. 그 이름이 마음에 들지 않나봐요? 그녀는 그의 아내가 등장하는 그 고백에 조금은 거북해하며 이야기를 계속했다. 썩 좋진 않아요, 그가 털어놓았다. 사라라는 이름은 아무래도 늙은 여자 이름 같아서요, 그는 하고 싶었던 말을 덧붙였다. 그리고 한마디 더 했다. 내 딸이 늙은 여자를 사라지게 했소, 하지만 늙은 여자는 내 아내를 사라지게 했죠! 무슨 말인지 알 수 없었지만 그는 우스꽝스러운 동시에 슬퍼 보였고, 남자가 이런 모습을 보인다는 것은 감동적인 구석이 있었다. 그녀는 웃기로 했다. 그가 무슨 수를 써서라도 그녀를 웃기려고 작정했음이 확연했기 때문이다. 그는 그녀의 치아가 아이들 것처럼 조금도 상하지 않은, 아주 어여쁜 치아라는 것을 깨달았다. 그녀가 웃자 눈이 꼭 중국인처럼 길어지며 까매졌는데, 눈썹이 금발 여자치고는 매우 짙은 까닭이었다. 세상의 어떤 남자도 여자, 그것도 언제고 꼭 차지하고 싶은 여자의 몸이 코앞에 있는데 그것을 한쪽으로 밀어놓고 시시콜콜한 속내 이야기나 주고받으며 시간을 보내지는 않는다. 몸! 몸이 모든 것을 결정한다! 별로 대단치 않은 것처럼 보일지는 모르지만…… 몸은 거기 존재하고, 움직이고, 숨쉬며, 비밀스럽고 고귀한 절대 권력을 가진 향기를 흩뜨리고 있었다. 한마디로 그녀의 몸은 그를 장악했다. 그는 그녀가 웃는 모습을 보았다. 그녀의 코는 사람들이 안경을 올려놓는 자리에서 주름이 잡혔다. 그는 그렇게 매혹된 태도로 그녀를 바라보기를 멈추고 싶었지만 불가능했다. 그는 그 얼굴의 포로가 되었다. 그리고 그물에 걸려든 남자 앞의 여인은 남자의 지칠 줄 모르는 시선을 훤히 읽을 수 있었다. 여기 그녀에게 흠뻑 빠진 한 남자가 있다. 그녀가 틀렸을 리가 없다. 그녀의 한 부분은 그 사실을 즐기고, 다른 부분은 동요하고 있었다. 이렇게 그녀는 직관과 수줍음 사이에서 둘로 쪼개진 채, 불가항력적인 운명적 존재로서의 당당한 태도와 서툴기 짝이 없는 태도를 번갈아 드러내고 있었다. 그 혼돈 때문에 그녀의 눈에는 이 남자가 보이지 않았다. 그는 잘생긴 사람이 아니었지만 그녀는 그런 것 따위는 전혀 염두에 두지 않았다. 그가 그녀만 보았으므로 그녀는 그를 보지 않았다. 사냥꾼 앞에서 사냥감을 마비시키는 것과 같은 두려움이 그녀의 사고(思考)를 엄습했다. 그녀는 더욱 말을 잃었다. 그녀에게는 감정만 남았다. 그녀는 남자의 시선에 자신을 빼앗긴 듯한 느낌이었다. 크게 애쓰지 않고도 숭배의 대상이 되는 여인들은 마음에 들고 싶어 갖은 애를 쓰다 제풀에 지치거나 길을 잃고 헤매는 여인들보다 이런 상황을 훨씬 잘 이해하는 법이다. 시선을 받는다는 사실을 의식함으로써 혼란에 빠지면, 그 시선을 보내는 사람의 감정을 제대로 꿰뚫어볼 수 없다. 그러자 궁금증이 일기 시작했다. 이 남자는 사랑에 빠졌다. 그런데 그 사랑은 심각한 것일까? 자신의 판단이 틀릴 수도 있을까? 그가 조롱하는 줄도 모르고 혼자 멋대로 상상하고 흥분한 것일까? 확신과 의심이 춤추기 시작했다.

그는 황홀해서 그녀를 응시했고, 그 황홀감은 주로 미소와 장난기 어린 표정으로 표현되었다. 그랬다. 그것은 그녀를 바라봄으로써 발견한, 일종의 소박하고 완전한 행복이 마음껏 발산되도록 내버려두는 행위였다. 그녀 역시 상당히 만족하고 있었다(그녀의 몸이 거기 있었으므로, 그녀도 제대로 느낀 것이 틀림없다). 그녀도 그 못지않게 많이 웃었고 그녀의 웃음 또한 그의 웃음과 비슷한, 장난기가 밴 웃음이었다. 그러나 괴이하게도 그런 순간에도 그녀의 마음은 의심으로 가득했다. 그녀는 그가 진정으로 바라보는 것이 무엇인지, 그의 마음속 눈이 향한 곳이 어디인지 알 수 없었다. 그녀는 그의 욕망이 대체 어디서 태어나는지 알 수 없었다. 그녀는 그 기이한 눈을 통해 아무것도 볼 수 없을 터였다. 그렇다. 무엇 하나 의심스럽지 않은 것이 없었다. 그를 관찰하는 데도 그가 중얼거리는지 알 수 없었고, 그가 뭔가 말하는데도 아무 말도 하지 않고 있다고 여겨질 지경이었다. 그녀는 마음속 깊은 곳에서 당혹감을 느끼며 천천히 빨대 끝을 빨다가, 결국 빨대를 옆으로 빼놓고 한 모금 마셨다. 그녀는 그의 곁에 바싹 붙어 앉아, 조금 전부터 자신의 생각에 대해 한 마디도 하지 않는 것이 혹 지루하기 때문인지, 그렇다면 그가 원하는 것은 무엇일지 열심히 생각했다. 그는 진지하게 그녀에게 사로잡혀 있었고, 그녀의 매력과 그녀라는 사람 안에 완전히 갇혀 있었다. 그는 도박사도 아니요 사냥꾼도 아니었다. 그런데도 그녀는 확신할 길이 없었다. 몇 명이나 되는 여자와……? 원하든 원치 않든 그의 얼굴은 울타리이자 언제라도 의심받을 수 있는 가면이었다. 간단히 말해 첫째, 그가 얼마든지 거짓말을 할 수 있으며 둘째, 그보다 먼저 그녀 앞에 나타났던 사람들이 거짓말을 했기 때문이었다. 그녀는 그의 마음속에서 무슨 일이 벌어지는지 절대로 확신할 수 없을 것이다. 그가 그녀를 어떻게 생각하는지는 부분적으로만 알 수 있을 것이고, 최선의 경우라 해도 그런 의문을 잊은 척하는 정도일 것이다. 나를 사랑하나요…… 사람들은 평생 이 물음을 되풀이하지 않는가? 불투명한 것, 그리고 한 사람을 타인과 가르는 그 모든 것을 잊어야 하는지도 모른다. 우리가 말을 하고 몸으로 행동한다 하더라도. 우리는 말을 하고 몸으로 행동한다! 그러니 잘 생각해야 한다. 우리가 모든 것을 말할 줄 아는 것은 아니고, 때때로 고백해야 할 것이 있다는 걸 잊어버리기도 하기 때문이다. 표현해야 할 때 생각을 못 할 수도 있고, 생각해야 할 때 생각만으로 그칠 수도 있다. 심지어 우리는 자기 자신에게도 속내를 전부 털어놓지 못한다. 그는 그녀를 상대로 즐기고 있는 걸까? 짐작해보는 것 말고는 달리 수가 없다. 느끼고 지각하고 추측하지만, 끝내 확신에 이르지 못하고 결국 어지러이 얼키고설킨 자신의 의심을 말할 수도 없는 곳으로 되돌아올 수밖에 없는 것이다. 두 사람 모두 그런 은밀함을 속에 품고 있다는 것은 숙명적 불운이요 저주가 아닌가? 그렇다. 그것은 고약한 농담이자 거짓 놀음이다. 그러니 생각이니 감정이니 사랑이니 하는 것은, 오로지 저 넘을 수 없는 얼굴이라는 울타리에 가로막혀 육체 속에 갇힐 뿐이다. 그것들은 접근이 불가하고, 있음직하지 않으며, 늘 증명을 해야 하는 것들이다. 그들이 서로의 맞은편에 너무 조용히, 이런 저주에 갇혀 곤혹스럽게 앉아 있는 것은 침묵의 말을 믿을 수밖에 없고 동시에 의심할 수밖에 없는 상황이었기 때문이다. 얼마든지 그럴 수 있는 사실, 다른 무엇보다도 순수하고 진실한 사실을 증명해야 하다니 너무 가혹한 판결이 아닌가? 욕망이나 사랑 같은 것마저 증명해 보이지 않으면 안 된다니.

　몇 명이나 되는 여자와? 그녀는 그의 말을 들으면서 홀로 생각에 잠겼다. 그가 어떤 사람인지, 그리고 오늘은 다른 날과는 얼마나 다른지 어떻게 대답하고 그녀를 납득시킬 것인가? 성실한 존재들의 고민은 끝이 없다. 어째서 그들은 펼쳐진 책들처럼 그저여기 서로의 앞에 있을 수는 없는 걸까, 그는 자문했다. 그녀에게서 망설임을 보았기 때문이었다. 그녀는 그를 의심하고 있었다. 틀림없었다! 그녀가 그에 대해 뭘 알고 있는가? 그는 당장 그녀에게 말하고 싶었다. 난 장난하는 게 아니오, 라고. 그러나 감히 그러지 못했다. 그 말은 그 순간 사이로 끼어들지 못했다. 그녀는 키르 루아얄*을 주문하고 테이블에 혼자 앉아 있는, 여자로서의 수명이 끝났다 할 수 있는 나이가 다 된 한 여자를 멍하니 바라보고 있었다. 고독. 키르 루아얄을 주문한 여자는 퍽 아름다웠고, 터번 모양의 부인용 모자가 기품을 더해주고 있었다. 저 여자 아름답지 않아요? 폴린 아르누가 말했다. 그는 고개를 저으며 입을 삐죽 내밀었다. 입을 삐죽 내민 것은 그로서는 그 여자의 나이를 무시

---

　* 샴페인을 가미한 아페리티프.

할 수 없을뿐더러 아름답다고 생각하지도 않는다는 의미였다. 그리고 그가 그렇게 생각하는 것은 사실이었다. 여자는 좀 나이 들어 보였다. 그녀는 실망했다. 이 남자도 싱싱한 젊음에 굴복하는, 여느 남자들과 똑같은 남자인 것이다. 그렇기 때문에 저 여자는 혼자 앉아 있고, 한창때인 자신에겐 파트너가 있는 것이다. 부부라는 관계…… 어느 순간 사람들은 문득 그것이 망쳐졌음을 깨닫는다. 그것도 가장 그러지 않았으면 싶을 때! 삶이 엉망진창이 되고 정열의 행복이 젊음을 가진 사람들에게로 옮아갔음을 눈치채는 때가 온다. 그러자 폴린 아르누는 남편을 떠올렸다. 질 앙드레의 침묵하는 그 집요한 눈길이 점점 더 수시로 떠오르는 바람에 처음으로 그를 생각하는 일을 애써 피하지 않고 내버려두었을 때, 남편은 신중하게 생각하더니 이렇게 대답했다. 그래, 당신이 무슨 말을 하는지 알겠어, 내 생각에 그는 이혼남이야. 그녀는 아무렇지도 않은 얼굴로, 학교에서 그 남자를 만났는데 친절한 사람 같았다고 말했다. 친절! 그렇다. 그녀가 입에 올린 것은 분명 그 단어였다. 그 기억을 떠올리자 수치심이 일었다. 그래서 그녀는 자기가 한 말은 생각하지 않고 불쑥 다른 얘기를 다시 꺼냈다. 최근에 이혼했나요? 그녀가 물었다. 그는 놀랐다. 그녀가 그걸 어떻게 알고 있지? 클럽에서 그 이야기를 했던가? 그런 것도 같다. 사람들은 남의 말 하는 걸 좋아하니까…… 어쨌든 그런 것을 묻다니 지금 그녀의 마음이 썩 편치 않은 것이 분명했다. 그런 것 같소, 그가 말했다. 그리고 다정한 얼굴을 하고 아주 부드러운 목소리로 물었다. 그걸 어떻게 알았소? 그는 슬픈 미소를 지으며 속삭였다. 알죠, 그녀가 말했다. 어떻게 알았는지 말하기 싫다면 굳이…… 그가 중얼거렸다. 그래요, 말하고 싶지 않아요, 그녀가 말했다. 그것에 관해 남편과 대화를 나누었다는 사실을 고백할 수는 없을 터였다. 게다가 그녀는 완전히 당황해서 입을 꾹 다물어버렸다. 그는 놀라움에서 차츰 회복하고 있었다. 그래요, 난 이혼합니다, 잘 진행되가고 있는 것 같고요! 그가 말했다. 그의 검은 눈이 번뜩였다. 아무래도 몹시 괴로운 듯했다. 왜 스스로를 비웃듯 이혼 이야기를 하죠? 그녀가 물었다. 그가 입을 삐죽 내밀었다. 난 이 소송에 반대니까요, 이혼을 원하는 쪽은 아내예요, 난 아내가 하자는 대로 그냥 내버려두고 있소, 이혼 절차에도 일체 관여하지 않아요, 아내의 변호사가 전부 알아서 하죠. 그의 얼굴이 다시 생기를 되찾은 듯했다. 난 내 딸에게 부족한 것이 없길 바랍니다, 아내 역시 아무것도 잃지 않았으면 좋겠구요, 난 계산 같은 건 하지 않을 거요! 이해할 수 있어요, 그녀가 말했다. 그러나 그녀는 무슨 말을 해야 할지 몰랐다. 더이상 사랑하지 않는다고 믿으면 여자들은 아주 지독해지죠, 그가 말했다. 자기 자신에게 하는 말 같았다. 그러더니 그녀를 향해 얼굴을 돌리고 웃으면서 덧붙였다. 난 여자들이 '더이상 사랑하지 않는다고 믿으면' 라고 했어요, 여자들은 잘 틀리거든요! 그녀는 반박하지 않았다. 그러

므로 동의한 셈이었고, 그는 당황한 그 아름다운 얼굴을 보면서
웃기 시작했다. 당신은 사랑스러워요! 그가 말했다. 이번에는 그
녀가 반박했다. 그런 말 마세요! 우스꽝스러워요, 당신이 나한테
그런 식으로 말하는 거 싫어요. 오히려 그 반대 아닌가요, 그가 되
받았다. 당신은 그런 말을 좋아해요! 그는 그녀 곁으로 바싹 다가
갔다. 다만 그렇다고 고백하기 싫은 것뿐이죠……

그는 자신의 이혼 이야기를 끝맺기 위해 다시 심각한 얼굴이 되
었다. 이 문제에 대해서는 더 얘기하지 맙시다. 내게는 썩 유쾌한
화제가 아니오. 그는 그녀를 안심시키기 위해(그는 숨긴 것이 없
었다. 외려 거울처럼 정직했다) 이렇게 덧붙였다. 난 당신한테 전
부 말했어요, 난 이혼합니다, 다른 많은 사람들처럼요! 그의 입가
에 권태로운 주름이 잡혔다. 그러나 당신은 아니겠죠, 그가 잠시
침묵했다가 덧붙였다. 이 생각은 그를 즐겁게 했다. 그러나 그녀
가 이 말을 어떻게 받아들일 것인가? 그녀는 그가 그 사실을 유감
스러워한다는 의미로 그 말을 이해했다. 그가 그녀에게도 이혼을
요구한다고까지 믿은 것이다. 그는 흥분해서 말을 이었다. 도대
체 여자들이 뭘 바라고 이혼하려고 드는지 알 수가 없어요! 얼마
나 어리석은 짓인지, 여자들이 혼자 살 수 있도록 창조되지 않았
다는 걸 신께서는 아시죠, 당신네 여자들은 누군가와 함께 살아

가기 위해 만들어졌어요. 그는 여자가 사랑에 약한 존재라는 생각을 특히 좋아했다. 그가 다음과 같이 되풀이해 말한 것은 어떤 순수성에 매달리기 위해서이기도 했다. 당신이 이혼하지 않은 건 매우 현명한 일이오, 난 당신이 다른 여자들보다 현명하다고 믿을 수 있어서 무척 기뻐요. 그녀는 다시 한번 이 말을 유감천만이라는 뜻으로 받아들였고, 자기가 정말 제대로 이해한 건지 자문했다. 그녀는 제대로 이해한 것이 아니었다. 그저 자신의 생각을 투영했을 뿐. 그녀는 한 남자가 그녀를 온전히 사랑하기 위해 그녀가 자유이기를 원한다는, 기이하지만 위안이 되는 생각이 저 혼자 뻗어나가도록 내버려두었다. 그러나 그가 말했다. 당신은 이혼하지 않을 거죠, 난 당신이 그러지 않을 거라고 확신하는데요? 마침내 그녀는 자신의 생각이 진정 틀리지 않았다고, 이 남자가 빙 돌려 묻는 거라고 믿었다. 완전히 그녀의 착각이었다. 그는 그녀가 그런 바보짓을 저지르지 않으리라 확신하고 싶었던 것이다. 이번에 그녀가 자신도 모르는 사이에 직면한 것은 타인이 소유한 완고한 불명료함이자, 사실이 아닌 것을 믿는 위협 또는 사실인 것을 믿지 않는 위협, 혹은 깊이와 색깔을 착각하는 위협이었다. 그것이 바로 눈물의 근원이었다! 그리고 눈물이야말로 사랑에 맨 마지막으로 따라오는 단어가 아니던가?!

우리가 저지른 과오, 우리가 품고 있는 비밀스런 생각, 고백하지 않은 희망, 우리가 타인에게 기대하는 몸짓과 우리가 억제하는 몸짓, 우리가 듣기 원하는 말들과 듣고 있지만 말해지지 않은 말들…… 이 모두 얼마나 미묘하고 많으며 지니기 무거운 것들인지! 무질서 안에서였다. 외부의 대화를 끊지 않고 내면에서 무슨 이야기가 오가는지 침묵함으로써 무언가를 주고받고, 우리가 자신과 함께 나아가고 있으며 자신을 거짓말쟁이로 만들고 있다는 생각을 심어놓는 것은 바로 그 무질서 안에서였다. 이 순간 그녀가 아직 고백하지 않은 것은 한 가지뿐이었고(그녀가 남편 모르게, 나아가 아무도 모르게 여기 있는 이유가 바로 그것이었다), 그녀가 만든 비밀은 그녀가 듣고 말하는 방식을 조건지었다. 그녀는 이 비밀로 인해 균형을 잃고 있었다. 숨김 없이 투명했어야 했다. 그녀는 그렇게 생각했다. 그것은 불가능했거나, 아니면 바보짓이었다. 그러나 그녀는 불가능한 것을 시도했다. 사람이 할 수 있는 가장 바보스런 물음을 입 밖에 낸 것이다. 내가 왜 당신을 따라왔을까요? 내가 왜 여기 당신과 함께 있는 거죠?

정말이지 상황에 맞지 않는 말이었다. 그녀는 멋부린 대화에 점점 짜증이 났고, 그래서 감정이 내달린 나머지 그렇게 말하고 만 것이다. 그렇다. 이 게임 밖에서 관찰당하는 것에 화가 나서,

그리고 자신이 그것을 즐긴다는 것을 깨닫고 화가 나서 그녀는 이런 바보 같은 질문을 던지고 말았다. 그녀는 얼마나 애교를 부리고 있는지! 그리고 그 모든 것은 본능, 다시 말해 집요한 명령이라 불러도 좋을 내부의 전율을 숨기기 위한 것이었다. 그렇고말고. 그녀가 한 일이 바로 그것이 아닌가. 요컨대 그녀는 이미 사랑에 빠져 있었지만 그것을 고백하기는 싫었다. 그녀는 그것을 알았지만 또 모르기도 했다. 그녀는 해결책으로 주저와 유혹 두 가지를 동시에 붙들고 있었다. 그녀는 도박사이자 포로이자 죄인이었다. 그 세 가지가 합쳐져 그런 일이 가능했다. 내가 왜 여기 온 거죠? 그녀가 물었다. 그녀는 자기 자신에게는 하고 싶지 않은 질문을 그에게 던졌다. 자신이 바보인데다 거짓으로 똘똘 뭉쳐 있다고 느끼자 그녀는 괴로워졌다. 자신이 둘 중 어느 것도 아니라고 생각했던 것이다. 팽팽한 침묵, 그리고 이 바보 같은 질문! 완전히 넋이 나가 있었으므로 그녀는 자꾸 한 말을 또 했다. 내가 왜 당신을 따라온 거죠? 그가 그녀를 보고 웃었다. 나이 지긋한 신사가 어린 소녀를 보고 지을 법한 미소였다. 당황해서 살짝 얼굴을 붉히는 그녀는 대단히 매력적이었다! 그는 이 귀여운 여인에게 대답해줄 생각이었다. 그는 답을 찾아냈고, 달콤한 목소리로 속삭였다. 해로운 일이 아니니까요. 사실 그것은 그가 그녀에게 하고 싶은 질문이자, 자신의 직관 때문에 너무 산만해진 나머지 그녀가 듣지 못한 질문이기도 했다. 너무 젊고 예쁜 그녀는 말해지지 않은 것들과 침묵 속에 남는 편이 더 나을 것들을 서둘러 말해버리려 한 탓에 그 순간 바보스럽거나 어리석게 보였을지도 모르겠다. 그리고 그 때문에 반쯤은 상황을 아는 듯했고 반쯤은 꿈꾸는 듯했다. 그녀의 작은 비밀이 그녀를 당돌하게 만들었다. 그녀는 말하고자 하는 필요 속으로만 들어갔다. 말해진 것들은 말해지지 않은 것보다 덜 불확실하다. 그러나 그가 대답만으로 그칠 것인가? 느닷없이 자신의 욕망과 황홀감과 단단한 결심을 내보이기만 하는 데서 끝낼 것인가? 단도직입적으로 말하자면 이랬다. 우리가 여기 있는 건 내가 당신이랑 자고 싶고, 당신도 그것에 동의할 것이기 때문이죠. 아니면 조금 더 분명하게, 아주 낮은 목소리로 이렇게 속삭일 수도 있다. 우리가 여기 있는 건 서로 유혹하기 위해서죠, 우리가 여기 있는 건 당신이 내 마음에 들었기 때문이죠, 우리가 여기 있는 건 내가 쉴새없이 당신 생각을 하기 때문이죠, 내가 사랑에 빠졌기 때문이죠, 그리고 비록 당신은 모르는 척하면서 속이려 하지만 당신 역시 내가 마음에 들었기 때문이죠. 아니다. 그는 이런 말을 입 밖에 낼 수 없었다. 그건 결국 말해질 수 없는 말이었다. 도대체 왜? 그는 그렇게 말할 수 없을 것이다. 그 말은 해서는 안 되는 것, 지금은 말할 수 없는 것이었다. 그녀는 그런 말을 좋아하지 않을 것이다. 그럼에도 불구하고 그가 말했더라면, 그 순간 모든 것은 선명해졌을 것이다. 깊은 후회가 그를 휩쓸고 지나갔다. 그의 내부에서 말들이 들끓고 있었지만, 그는 그것들을 입 밖에 내지 않았다. 그는 대답을 알고 있었고, 반복해서 물었다. 그는 앵무새, 그리고 거짓말쟁이였다! 아, 왜냐고요? 왜 우리가 함께 있냐고요? 그가 자신이 앉아 있는 의자를 흔들면서 되물었다. 그의 눈은 웃고 있었다. 그것은 냉소의 메아리였다. 그들 두 사람은 자신들의 (밑에 숨겨진) 다리와 (자석처럼 서로를 끌어당기는) 눈 속에 열쇠가 놓여 있는 이 질문 앞에서 웃기만 했다. 그들은 자신들이 열쇠를 갖고 쥐고 있음을 알고 있었다. 어리석은 비밀처럼 간직된 그 사실이 둘을 후끈 달구었다. 그래서 그들은 또 한 번 같이 웃었다. 웃음은 그들의 연애 음모 한가운데에 있었다. 웃음은 그들을 당혹스럽게 하는 것이자 배신 행위가 내는 소음이었다. 말과 몸짓의 의미가 그토록 명백한데도, 한창 사랑에 빠져 있는데도 몸속의 피가 시끄러운 소리를 내며 흐르는 것을 못 듣는 척했기 때문이다. 당신에게 줄 선물이 있어요, 그녀가 가방을 열면서 말했다. 왜 그녀는 그에게 선물을 하고 싶어하는 걸까…… 그것은 그녀가 대답하기를 거부하는 다른 질문들 가운데 하나였다. 그녀는 책인 듯한 것을 건네면서 얼굴을 붉혔다. 이 책이 우리한테 길을 일러줄까요? 그가 물었다. 그들은 또 웃었다. 웃는 것 말고 달리 할 일이 없었기 때문이다. 길이 열리고, 우아함을 위해 한순간 거짓말을 하고, 지성(知性)을 위해 웃고, 모든 것을 고백하고, 일이 멋대로 되어가도록 내버려두었다. 그는 그녀의 몸을 상상해보았다. 그러나 불가능했다. 얼굴이 너무 가까이 있었다. 마법이 금기를 만든 것이다. 그러나 금기는 곧 깨질 것이다. 그는 그녀 곁에 아주 가까이 있게 된 그 순간부터 그것을 느꼈다. 그녀의 향기가 마음에 들었기 때문이다. 그렇다, 금기는 깨질 것이다. 태양이 지붕들 뒤로 사라졌다.

그들은 그러고도 잠시 더 얘기를 계속했다. 나란히 앉기는 했지만 그들의 자세는 매우 달랐다. 여자는 하늘하늘한 원피스 속에서 다리를 꼬고 상체는 음료수가 놓인 조그맣고 동그란 탁자 위로 약간 기울인 반면, 남자는 의자에 등을 기대고 다리를 벌린 자세였다. 그 순간 남자가 여자보다 한결 풀어진 모습이었는데, 그들이 신체적으로 가까이 있다는 것이 여자를 당혹스럽게 했기 때문이다. 테라스 좌석에는 사람들이 끊임없이 오갔다. 자리를 뜨는 사람들이 있었고, 새로 들어오는 사람들도 있었다. 그는 여자에게 질문을 퍼붓기 시작했다. 지극히 간단한 동시에 그녀가 어떤 삶을 누리고 있는지 알려주는 질문들이었다. 이미 그는 막 성년이 된 이들을 점령하는 것이 무엇인지 거의 잊은데다 남자였다! 하지만 그는 그녀에게 조금이라도 더 다가가기 위해 열심이었다. 오늘 저녁 당신 아들은 누가 돌보죠? 그가 물었다. 그애는 우리 엄마 집에 있어요, 그녀가 대답했다. 당신은 일을 하나요? 직업이 뭐죠? 아! 디자이너! 그림을 그려서 돈을 버는군요! 그림을 그려서! 그런 건 상상 못 했소, 그가 말하고는 덧붙였다. 그러나 필요한 일이죠. 침묵이 매 순간을 노리고 있었다. 그는 그야말로 종횡무진 대화를 이끌어나갔다. 제일 좋아하는 색은 뭡니까? 그가 물었다. 그녀는 그 질문이 개성적이라고 생각하고 이렇게 대답했다. 그런 걸 물어본 사람은 아무도 없었어요! 그렇다면 난 행복한 남자군요! 그는 그녀의 눈동자 속으로 빨려들어가며 말했다. 또 과장하시네요! 그녀가 받아쳤다. 안 그럴게요, 약속해요! 그가 웃으면서 말했다. 그녀도 웃었다. 안 그럴게요, 그는 다시 한 번 되뇌었다. 그렇지만 내가 당신을 얼마나 즐겁게 해줬는지 좀 봐요! 정말이지 그가 너무 대담하고 직관적이었으므로, 그녀는 얼굴을 살짝 붉히지 않을 수 없었다. 침묵이 흘렀다. 잠시 후 그는 다시 묻기 시작했다. 남편은 무슨 일을 하죠? 당신 고향은 어디죠? 그리고 이런 것도 물었다. 여기 사는 게 좋은가요? 결혼한 지는 얼마나 됐죠? 어디에서 살고 싶소? 아이를 많이 낳고 싶나요? 이 질문에 그녀는 얼굴이 새빨개졌다. 부모님은 아직 살아 계신가요? 그가 묻고는, 다음 순간 오늘 그녀의 아들이 그녀의 엄마 집에 있다는 걸 떠올렸다. 물론 그렇겠죠, 이런 바보 같으니, 당신 아들이 할머니 집에 가 있다는 걸 잊었소, 그럼 아버지는? 아직 일을 하십니까? 그녀가 놀라는 것을 보고 그는 늙은이 같은 질문을 했다는 것, 그녀가 이렇게 젊으니 부모도 일하고 있는 게 당연하다는 것을 깨달았다. 그는 슬쩍 웃고 난 뒤 진부한 말을 끄집어냈다. 두 분은 이렇게 아름다운 따님을 둔 것에 대해 뭐라고들 하시나요……? 그분들은 틀림없이 당신을 대단히 자랑스럽게 여길 거예요, 그가 중얼거렸다. 우리 부모님은 대단한 분들이세요, 폴린 아르누가 말했다. 내가 어렸을 때 우리는 이즐 아당에서 가까운 커다란 집에 살았어요…… 그녀는 에두르지 않고 연신 미소를 띠며 말했다. 그리고 덧붙였다. 당신은요? 이제 그가 말할 차례였다. 그는 그녀보다 훨씬 신중했다. 그녀는 그가 자신이 어떤 사람인가 하는 본질적인 부분에 대해서는 함구하고 있다고 느꼈다(사실이 그랬다!). 이를테면 여자에 관한 취향 같은 것이 그랬다. 그러나 그녀는 자신이 발견하길 원치 않는 것을 알려고 들진 않았다. 그러므로 그들이 알게 된 것은 상대방의 일상을 이루는 자잘한 것들이었다. 그리고 그것이 두 사람의 관계에서 바꿔놓은 것은 아무것도 없었다. 심지어 그는 그녀의 남편 이야기를 할 때 욕망이 다시 솟구침을 느낄 정도였다. 그가 비밀리에 즐기고 있었다고 할 수도 있겠다. 이야기가 열기를 띠자 그녀의 안색은 분홍빛이 돌았다. 그는 즐거움으로 인해 화색이 돈 그 얼굴빛 때문에 그녀가 더욱 아름다워 보인다고 생각했다. 그녀는 의자에 등을 대고 똑바로 앉았다. 그들이 그렇게 앉은 것은 처음이었다. 이제 그녀는 떨지 않고 침묵할 수 있었으며 웃고 그를 바라볼 수 있었다. 말을 나눔으로써 매듭이 풀려버린 것처럼, 말이 평온을 가져다준 것처럼, 최초의 경계심은 안정감으로, 드러난 사실의 평범함으로 바뀌어 있었다.

2

　같은 날, 그러니까 햇살에 잠긴 그 초여름날 오후가 넘어갈 무렵, 욕실에서 제각기 바쁘게 치장하면서 그날 저녁모임에 올 사람들에 대해 이야기하는 한 쌍의 남녀가 있었다. 남편은 모임에 가는 것이 즐거웠고(남자들은 틀림없이 멋진 한판이 될 권투경기를 같이 보기로 되어 있었다), 그의 아내는 조금 걱정을 하고 있었다. 그녀는 남자들과 여자들이 따로 떨어져 즐긴다는 그 생각이 그다지 탐탁지 않았다. "아니에요, 이건 절대로 좋은 생각이 아니에요." 그녀는 몇 번이나 말했다. 모임에서 남자들이 바보 같은 짓거리를 하며 키들거리거나 음담패설을 늘어놓는 동안, 여자들은 아이들(그녀는 아이가 없었다) 이야기를 하는 것이 마치 약속처럼 굳어져 있었기 때문이다. '이런 저녁모임은 아무 의미도 없어!' 그렇다고 그녀가 남자들이 무슨 얘기를 하는지 알고 싶은 생각은 더더욱 없었다! "우린 당신네 여자들 이야기를 하는데!" 그녀의 남편 기욤 페르드로가 말했다. 남편이 웃었지만 그녀는 웃지 않았다. 그러자 그가 말했다. "농담이야! 당신도 잘 알잖아, 일 이야기를 한다는 걸." 엘리트들에게 일이 과중한 시대였다. 남자들은 목숨 바쳐 일했다. 그렇다고 그들이 가족을 돌보지 않는다고 말할 수는 없었다. 그런데도 루이즈는 이렇게 말했다. "당신은 일 주일 내내 너무 늦게 들어와요. 그리고 금요일 저녁이 되면 바보 같은 이야기나 늘어놓기 위해 당신 좋은 데로 가버리죠!" 그녀는 최근에 있었던 몇 번의 저녁모임을 떠올렸다. '얼마나 시시했는지!' 그녀는 생각했다. 더이상 그런 식으로 시간을 허비하고 싶지 않았다. 그녀는 무언가를 실현하고 싶었다. 아니면 경박한 농담이나 사교적인 예절이 아닌, 인간미 같은 것을 원했다. 진짜 대화, 그녀는 갈수록 그런 것이 필요했다. 대화를 나눔으로써 진실로 그 사람이 어떤 사람인지 알 수 있었다. "이런 파티는 이젠 정말이지 싫어." 그녀가 말했다. 남편이 대꾸했다. "당신은 그렇게 말하면서도 매번 만족하잖아." 그의 말이 옳았다. 그녀는 고개를 끄덕이고는 말했다. "그건 그래요. 사람들과 함께 있으면 유쾌하죠. 같이 있는 것만으로도 서로 상당히 도움이 되고요. 단지 함께 있다는 사실만으로도 말예요. 그렇지만 오늘 저녁엔 전부 한자리에 있는 것도 아니잖아요." "그렇다고 당신이 우리 틈에 섞여 권투경기를 보고 싶은 것도 아니잖아?" 그가 말했다. 그녀는 고개를 저었다. 그는 자기 코앞밖에 볼 줄 모른다. 그는 여자들이 무슨 이야기를 나누는지 모르고, 그 남자들, 그러니까 그의 오랜 친구들이 늘 똑같은 이야기를 똑같은 방식으로 되풀이한다는 것조차 알아차리지 못한다. 간단히 말해, 그는 행동하는 사람이다. 어떤 일을 직접 하거나 말하는 것은 좋아하지만, 다른 사람들이 한 일이나 말한 것을 판단하는 데는 별로 흥미가 없었다. 자신과 함께 삶을 나누어 누리고 있는 여자의 심리적 혹은 내면의 문제들(사실 문제가 되는 건 바로 이런 것들이었다)로 말하자면, 그는 자신이 그런 감정들을 함께 느끼고 있으며 그런 면에서 주의 깊은 사람이라 생각했고 또 그렇게 되려고 애썼다. 그런 노력을 통해 자신이 정말로 그런 경지에 도달할 수 있다고 생각했기 때문이다. 그러나 그것은 환상이었다. 그는 다른 사람들과 전혀 다른 성질의 고통, 다시 말해 엄마가 아니라는 고통을 이해하기에는 역부족이었다. 다른 여자들이 배가 너무 빨리 불러와 큰일이라고 한숨을 쉴 때 자신의 배는 납작하다는 것, 다른 여자들이 학교로 아이들을 데리러 가는 시간에 자신은 한가한 것 그리고 이 여유로운 바캉스가 끝날 때쯤이면 자신은 홀로 늙어가리라는 걸 어렴풋이 예감하는 것…… 어떻게 이런 생각을 하지 않을 수 있겠는가. 홀로 남겨질 수밖에 없는 것이, 남편들은 대개 아내들보다 먼저 죽고 그리하여 과부들은 혼자 늙어가게 마련인 것이다. 나이가 들어 눈이 침침해져서 반쯤은 깨끗하고 반쯤은 지저분한 이 둥지에 홀로 죽어 있어도, 어쩌면 아무도 모를 수도 있다. 그녀가 한숨을 쉬었다. "당신, 원하면 같이 권투 봐도 돼!" 그가 끈질기게 말했다. "당신더러 여자들 틈에 있으라고 강요하는 사람은 아무도 없어." "나도 알아요, 하지만 남자들 틈에서 외톨이가 되고 싶은 생각도 없다구요.” 그녀가 말했다. 그가 허공으로 팔을 치켜들더니 툭 떨어뜨렸다. 그것은 폴린 아르누가 자신의 몸짓에 대해 생각해보고 이제부터는 깡충거리듯 걷지 말아야겠다고 마음먹은 바로 그 순간이었다. “자, 내 사랑, 그럼 대체 내가 어떻게 해줬으면 좋겠어?” 기욤 페르드로가 물었다.

그의 귀는 툭 튀어나와 있었지만 얼굴의 나머지 부분이 나름의 조화를 이루고 있었더라면 크게 이상해 보이지는 않았을 것이다. 그러나 그의 얼굴은 상당히 기형적이었다. 머리가 크고 윤곽선은 굵었는데, 전체적으로 투박하면서도 각각의 결함들이 서로 상승작용을 일으키고 있었다. 거대한 머리에 황소 같은 목! 루이즈는 그를 바라볼 때마다 그렇게 생각했다. 그러나 그녀는 그를 사랑했다. 그는 지적이고 로맨틱했다. 놀랍게 보일 수도 있었지만 사실이었다. 그가 입을 꽉 다물고 힘줄이 불끈불끈 솟은 목을 잔뜩 부풀리면, 그녀는 웃음을 터뜨리며 그에게 입을 맞추었다. 그것은 그녀가 그를 사랑한다는 사실을 공개적으로 보여주는 동작이기도 했다. 그는 이 젊고 아름다운 아내를 소개할 때면 행복을 느꼈다. 그는 그녀와 함께 있는 것이 좋았다. “우리랑 경기를 보자니까!” 그가 다시 입을 열었다. “아, 싫어요! 당신네 남자들이 텔레비전 앞에서 꽥꽥 소리지르는 걸 보고 싶은 생각은 추호도 없다니까요." 그녀가 말했다. 그가 면도를 시작한 바람에 그녀의 대답은 전기 면도기의 소음 속에 묻혀버렸다. 그녀는 맨발이었고 색이 바랜 기모노를 입고 있었다. 풀어내린 머리칼은 잘 빗겨져 있었으나 목덜미 위로 약간 정전기가 일어나 있었다. 그녀는 화장을 끝내고 옷을 고르기 위해 복도로 갔다. "루이즈!" 그가 불렀다. "왜요?" 그녀가 대답했다. 벽장 안에서 대답했으므로 그녀의 목소리는 파묻혀 잘 들리지 않았다. "나 넥타이 맬까?" 그가 물었다. "권투경기 보러 가는 거 아니었어요?" 루이즈가 말했다. "당신 말이 맞아, 그 생각을 못 했어." 그가 말했다. "난 생각했는데?" 루이즈가 비꼬는 투로 말했다. "그게 그렇게 당신 신경 건드리는 일이야?!" 그가 말했다. 그는 별것도 아닌 일로 즉각 신경이 곤두설 수 있다는 것에 진심으로 놀라고 있었다. 뭐든 좌지우지하려는 여자들이 있고, 그래서 걸핏하면 사는 게 시끄러워지는 것에 그는 여간해서 익숙해질 수 없을 것이다. 폭군 같은 첫번째 아내를 겪은 터라 루이즈와는 한결 쉽게 살 수 있으리라 상상했었다. 그러나 그는 자신이 늘 똑같은 타입의 여자를 고른다는 사실은 깨닫지 못한 채(깨달았어야 했는데!) 그 누구와도 무리 없이 살 수는 없다는 결론을 내리게 되었다. 그는 다른 많은 남자들과 마찬가지로 한 가지 매력밖에는 몰랐다. 그는 외출 준비를 멈추고 아내 앞에 와 그녀를 바라보며 물었다. "당신은 오늘 저녁을 어떻게 보내고 싶은데?" 이런 언쟁은 정말 피곤했지만 그녀의 기분을 거스르기 싫었기 때문에 이야기를 꺼내지 않을 수 없었다. "우리 둘 다 그냥 집에 있었으면 좋겠어?" 그가 물었다. 그녀는 동의하는 듯했지만 실은 뭐라고 대답해야 할지 몰라하고 있었다. 대체 무얼 원하는지 그녀 자신도 알 수 없었기 때문이다. 그녀는 별 다른 의견이 있는 것도 아니면서 싫다고 주장할 때가 종종 있었다. 그는 무작정 거절하는 태도에 성질이 났다. 그가 입을 열었다. "특별히 원하는 게 없을 때는 다른 사람들이 하고 싶은 대로 하도록 내버려두면 좋잖아?" 그는 단호하게 불만을 표시했다. 루이즈도 지지 않고 얼굴을 찌푸렸다. 그녀는 신경 쓰지 않고 그를 내버려둔 채 옷을 찾기 위해 벽장 속의 옷걸이들을 뒤적거렸다. 이번엔 그가 옳다는 것을 알았으므로 더욱 화가 났다. 그녀는 자기 성격이 못됐다고 속으로 생각했다. 그녀는 고집 센 자신의 얼굴을 떠올리고는 웃음을 터뜨렸다. "미안해요. 나 정말 귀찮은 여자죠?" 그녀가 그에게 돌아서며 고양이처럼 속삭였다.

그는 그녀보다 열다섯 살이 많았다. 다시 말해 그는 인생의 전반부를 다 산 사람이었다. 반면 그녀는 삼십대라는 성숙기를 맞고 있었다(그녀 자신은 전혀 성숙하지 못했지만). 둘이 나란히 있으면, 이를테면 그가 빗을 집으려고 몸을 숙이고 있고 그녀가 무슨 옷을 입을까 고민하고 있으면 두 사람의 나이 차가 확연히 드러났다. 그의 몸은 망가지기 시작했고 배가 약간 나왔다. 수척하다기보다는 그간의 삶을 통해 살이 불어난 늙은 몸뚱이라는 것을 짐작할 수 있는 몸매였다. 그는 절제하는 유형의 인간이 아니라 삶을 즐기는 인간, 말하자면 행복한 인간이었다. 반면 그녀는 불같은 데가 있었다. 그녀는 늘 불안감에 시달렸다. "뭐가 그렇게 불안해?" 그는 그렇게 묻곤 했다. 그녀는 수시로 손톱을 물어뜯었다. "그러지 마!" 그녀가 손톱을 물어뜯을 때마다 그는 질색하며 소리쳤다. 그러면 그녀는 손을 허벅지 위에 얌전히 내려놓았다. 그녀의 하얀 손목은 몹시 가늘었다! "당신을 간단히 으깨버릴 수도 있겠는데!" 그는 그녀의 손목을 쥐고 이렇게 말하곤 했다. 그녀는 가녀렸지만 비쩍 마르지는 않은, 열량이 절로 연소되어 살이 붙지 않는 체질이었다. 그건 그녀의 기질이었다. 흔들리는 불꽃 같은 그 기질 속에는 어떤 불행 같은 것이 깃들어 있었다. 아마도 그런 점 때문에 그가 그녀의 마음에 들었는지도 모른다. 그의 내부에 존재하는 생명력에 그녀는 매혹되었을 것이다. 그래서 그녀는 매달렸고 그 배에 올라타고 싶어했다. 그녀는 농담할 줄도 알고 즐길 줄도는 여자였다. 아이를 갖고 싶다는 아직 채워지지 않은 욕망 속에서 시들어가기 전, 그녀는 어느 모로 보나 그를 위해 창조된 젊은 애인 같았다. 그가 그녀에게 치근거린 것은 순전히 육체적인 이유에서였다. 두 사람 가운데 누구도(그는 물론 그녀도) 그가 아내를 떠나리라고는 상상하지도 못했었다. 루이즈는 지리멸렬한 일상에서의 탈출이고 기분전환 같은 존재였다. 그녀는 경험을 통해 가정을 가진 가장들이 벌이는 일탈이 어떤 것인지 겪은 바 잘 알고 있었다. 그들은 '모험이 끝나면 가정으로 돌아갔'다. 그녀는 아무것도 기대하지 않았다. 그러나 그녀가 폭군이 아니라고 확신한 순간 그는 그녀와 결혼해버렸다. 그는 모든 것을 버렸다. 아이들, 아이들의 엄마, 그 모든 것을. 루이즈는 몸을 사리지 않았다. 몸을 사리기는커녕 자살하겠다고 협박하는, 협박 이상의 것도 불사하는 그의 버림받은 아내를 조금은 경멸하기까지 했다…… 그녀는 흰색 투피스를 사입고, 깊은 사랑에 빠진 이 행동가와 나란히 시청에 섰다. 그는 마치 그녀가 첫 여자라도 되는 듯 애정 어린 눈으로 그녀를 바라보았다. 그녀는 그의 세번째이자 마지막 아내가 될 터였고, 그녀가 그냥 스쳐 지나가도록 가만히 있을 수 없다는 생각이 들었던 것이다. 그러나 사실 크게 작용한 것은 감정이 아니라 금전의 문제였다. 그는 이미 두 가정, 즉 두 명의 배우자와 아이 셋을 책임지고 있는 형편이었다. 그러니 돌이켜보면 그가 품었던 사랑, 입 밖에 낸 말, 주고받은 애무의 몸짓은 죄다 방황의 시작이라 할 수 있었고, 그는 자신의 약속을 깨는 일밖에는 한 것이 없는 셈이었다. 그는 모험에 열중한 나머지 나중에 치러야 할 그 모든 대가를 잊어버릴 지경이었던 것이다. 루이즈는 그들의 역학 관계를 정확히 파악하고 있었다. 그녀는 언제든 그를 떠나 다른 사내와 새 삶을 시작할 수 있지만, 제대로 계산한 거라면 기욤에게는 요컨대 이것이 여자와 부부로 지낼 수 있는 마지막 기회였다. 그녀는 거울을 들여다보았다. 거듭된 인공수정으로 배가 부풀어 있었다. '내 몸은 흉측해.' 그녀는 생각했다. 기욤은 그녀가 어리석은 짓을 사서 한다고 불평했다. 사람은 예쁘게 보일 수 있을 때 스스로를 가엽게 여기지 않는 품위를 지니게 되는 법이다. 그러나 그녀는 불평하지 않았고, 옷을 입으면 완벽하게 보인다고 스스로 위안하고 확신했다. '옷을 입고도 추한 사람들은 벗었을 때도 당연히 추할 거야!' 루이즈는 늘 생각했다. 그녀는 화려한 색깔의 원피스를 입었다. "그 옷 새로 산 거야?" 기욤이 물었다. 그건 대화를 다시 엮어가기 위한 하나의 방법일 뿐이었다. 그가 그 옷을 본 것은 벌써 열 번도 더 되었을 것이다. "마음에 안 들어요?" 그녀가 물었다. "아니, 아니야. 마음에 들어, 무척. 그냥 한 번도 못 본 것 같아서." 그가 말했다. "날 안 보니까 그런 거잖아요." 그녀가 불만스러운 목소리로, 그리고 그로서는 어찌 된 일인지 짐작할 수 없는 완전히 달라진 목소리로 말했다. "당신 날 보기는 해요?!" 그녀가 장난기 어린 목소리로 물었다. "당신 날 보는 거 맞아요? 이 옷 열 번두 넘게 입었어요!" 그녀가 웃었다. 그는 한숨을 쉬었다(남자들은 아내들 앞에선 약간 풀이 죽기 마련이다. 정말로 아내가 무서워서가 아니라, 늘 얼굴을 맞대고 살아야 하므로 갈등을 피하고 싶어서이다). 그랬다! 말싸움은 그를 피곤하게 했고, 그는 더는 바보 같은 짓으로 인생을 망치고 싶지 않았다. 그러나 루이즈는 이런 면에서는 여왕이었고, 결국 그는 시끄러운 장면과 맞닥뜨리지 않기 위해 무슨 짓이든 해서 그녀를 만족시켰다. 이런 식으로 그녀는 승리했다. 성격이 못된 사람은 이렇게 하여 평온한 정신을 갖게 되는 것이다.

3

어디서 저녁 먹었으면 좋겠어요? 그가 물었다. 아, 저녁이요! 당신이 정하세요. 난 다른 사람을 위해 뭘 선택하는 일 같은 건 못 해요, 폴린 아르누가 말했다. 뭘 먹었으면 좋겠소? 그가 물었다. 아무 거나 상관없어요, 난 뭐든 잘 먹거든요. 그녀는 웃음을 터뜨리며 말을 이었다. 난 당신을 따라갈 테니까 날 소포처럼 가져만 가세요! 그렇게 말하고 재미있어하는 그녀는 무척이나 도발적이었다. 아마 긴장을 풀고 싶었을 것이다. 그의 앞에서 그녀는 우아함과 대담함과 기다림의 놀라운 혼합물이었다. 그녀 안의 정직한 기질과 진정한 여성미는 녹아 하나가 되어 있었다. 그녀는 자신이 도발적이라는 걸 알고 있을까? 그는 자문했다. 그는 그녀에 대해 더 많은 것을 발견하고는 그녀에 대해 스스로에게 묻기 시작했다. 그녀는 도박꾼일까? 그렇다 해도 이상할 것은 없었다. 그녀는 약속 장소에 나타났다. 그녀는 아름다웠고, 따라서 남자들의 구애를 받는 데 익숙할 것이다. 그녀에게는 남편이 있다. 그녀는 수줍어하지만 잘 웃고 톡 쏘는 맛이 있는 여자였다. 그럼 저녁 먹으러 갑시다. 그는 의자를 힘차게 뒤로 밀면서 일어났다. 아직 이르지만 우린 시간을 보내면서 서로 더 많이 알게 될 거요. 그녀는 '우리'라는 말과 음식에 관한 언급에 거북해져서 손을 머리로 가져갔다가 스카프를 만지작거렸다. 이 여자는 도박꾼일까? 그는 다시 한번 자문했다. 그는 그런 몽상에 잠겨, 타인을 속이는 신비에서 빠진 채 자리에서 일어났다. 그의 시선은 그녀의 굽 낮는 흰 단화에서 노란 원피스에 놓인 프랑스 자수로 옮아갔다가 이제는 황금빛이 가신 얼굴로 올라갔다. 그는 그제야 해가 졌음을 깨달았다. 춥지 않아요? 그가 물었다. 그러고는 내가 이런 걸 왜 묻는 거지? 하고 속으로 생각했다. 그는 더워서 죽을 지경이었다. 이 여자는 그를 바보로 만들고 있었다. 아뇨, 전혀요, 그녀가 대답했다. 추워요?! 그녀가 놀란 눈으로 물었다. 아뇨! 그가 대답했다. 당신은 내가 바보 같은 말만 하게 만들어요, 그는 그녀를 웃기기 위해 계산된 정직함을 발휘하여 말했다. 그러자 그녀는 수줍음을 훌쩍 뛰어넘어 뻔뻔스러워져서는 그의 얼굴을 피하지 않고 똑바로 바라보았다. 그녀의 표정은 여기 그와 함께 있는 것이 행복하다고 소리치고 있었다. 오! 그녀가 그의 곁에 있는 이유는 오직 하나뿐이고, 그녀는 욕망으로 팽팽하게 빛나고 있다! 그런데도 그들은 말할 필요도 먹고 마실 필요도 없이 상대방과 함께 정열을

불태우며 밤을 보내는 대신, 저녁이나 먹으러 가는 것이다. 그는
생각했다. 우린 싱거운 사람들이야, 너무 소심해, 난 소심해, 난
왜 이렇게 소심할까? 난 이 여자의 손을 잡는 게 겁나고 그럴 용기
도 없어, 내 욕망을 이 여자에게 풀어놓을 대담함도 단순함도 없
어, 우린 순종적인 사람들이야.

그는 이 생각에 빠져 있었다, 우린 참 순종적인 사람들이야……
그건 그녀도 마찬가지였다. 그렇다. 그녀는 매우 온순했고 바로
그 때문에 제기랄! 앞일이 뻔히 내다보이는 것이다. 다른 여자들
처럼 약간 놀 줄은 알겠지만 그녀는 남자를 온전히 차지하고 싶어
하는 여자였다! 얼마나 어리석은가. 그는 다시 한번 자문했다. 어
째서 대부분의 여자들은 당장 껴안는 것보다 뒤로 미루는 걸 더
좋아하는 걸까? 어째서 여자들은 순순히 날개 펼치기를 거부하는
걸까? 그는 한 번도 이런 질문에 만족스런 대답을 얻은 적이 없었
다. 여자는 자신을 내주는 존재이다. 사람들이 늘 하는 말이다. 하
지만 도대체 우리네 남자보다 뭘 얼마나 더 준단 말인가? 여자들
또한 욕망이 있고 우리에게서 가져갈 건 가져가는데. 그는 계속
생각했다. 더욱이 여자들은 우리 남자들을 이용하기까지 해. 그
의 아내만 해도 아이를 가지기 위해 그를 마치 종마처럼 써먹지
않았던가? 아이라는 것, 그건 여자 혼자 가질 수 있는 게 아니니

까…… 그러니까 여자들이 아이를 가로챌 수밖에 없는 것이다. 그는 이렇게 생각하면서 몸을 떨었다. 여자들은 그를 분노하게 만든다. 언제나 승리를 거두는 쪽도 여자이다! 교태는 또 얼마나 부리는지! 여자들은 남자들의 욕망을 불러일으키기를 바라고, 인내를 가지고 집적거려주기를 바란다. 이 여자도 다른 여자들처럼 자기 마음을 사로잡으려 애쓰는 남자가 있다는 것에 매혹되었을 것이다. 그러나 계속 이런 식이라면 무척 피곤해질 것이다. 그는 몸을 돌려 그녀를 관찰했다. 그녀는 매우 꼿꼿히, 등 한가운데에 태엽이 달린 인형처럼 걷고 있었다. 그녀 안에 잠재한 서투름 혹은 수줍음은 그를 감동시켰다. 그것이 바보 같은 것이 아니라 감동적인 것으로 느껴지기까지 했다. 이제 막 피어나는, 스스로의 힘을 발견하고 동요하는 그 아름다움은 확실히 감동적이었다. 이로 인해 그들의 만남에 크나큰 순수함이 깃들었다. 그는 그렇게 느꼈다. 그녀가 다른 여자들처럼 이혼하지 않았다는 것도 마음에 들었다. 그녀 주변에는 조화로운 가족이라는 그물이 있었고, 아이가 있었으므로 그녀는 더욱 우아해 보였다. 그리고 무척이나 젊었다! 이런 것들은 그의 마음을 흡족하게 해주고 그의 격정을 자극했다. 그리고 이런 것들로 미루어 그는 이번이 그녀 최초의 도박임을 추측할 수 있었다.

이 여자는 나를 진짜 사랑에 빠진 남자로 만드는군! 질 앙드레
는 자조적인 심정으로 생각했다. 내가 이 여자를 몹시 동요시키
고 있어, 이 여잔 조금 헤매고 있어, 뭘 어떻게 해야 할지 모르는
거야. 반면 그는 뭘 어떻게 해야 할지 잘 알고 있었다! 그래서 이
렇게 말했다. 우린 싱거운 사람들이오, 그는 예언처럼 말했다. 그
것은 후회의 말이자 고백이었으며, 외침이고 희망이고 광기였다.
왜 그런 말을 하는 거죠? 폴린이 물었다. 그는 입을 쭉 내밀 뿐 아
무 대답도 없었다. 당신 생각엔 왜인 것 같습니까? 내가 그런 말
을 해서는 안 될 것 같소? 그가 그녀의 눈을 들여다보며 말했다.
그녀는 그가 뜻하는 바, 그러니까 이것이 어떤 도박인지, 그들이
치른 예의바른 기다림이 어떤 것인지, 그들 사이에 친밀함 말고
다른 것이 가능하다는 걸 증명하기 위해 어떤 속임수가 준비될지
따위를 속속들이 알고 있었다. 그녀는 자신이 피고인이라도 된
것 같았다. 죄목은 여자답게 보이려고 꾸민 것. 그건 사실이었다.
그녀는 애교를 부렸고 아양을 떨었고 연기를 했다. 겁이 났기 때
문이다. 난 겁이 나, 이건 게임이 아니니까, 그녀는 생각했다. 소
용돌이치는 욕망을 갖고 장난을 칠 수 있을까? 그녀는 잘 알지도
못하는 남자 앞에서 사랑의 강렬한 충격으로 인한 흥분을 느꼈
다. 아마도 그녀는 교태를 부렸을 것이다. 하지만 그렇다고 그녀
가 그에게 힐책할 수 있었을까! 어떻게 그들이 우아함을 잃지 않
고 지름길을 발견할 수 있을까? 그녀는 변명처럼 그렇게 생각했

다. 난 당신이 그런 말 하는 게 싫어요, 그녀가 말했다. 그럼 내 말이 틀렸다는 걸 증명해봐요, 그가 말했다. (이렇게 해서 그는 단번에 지름길을 발견했다.) 그는 반복해서 말했다. 우린 싱거운 사람들이오. 그녀는 그가 그렇게 말하도록 내버려두었고(여자들은 지름길을 좋아하지 않는다고 생각하면서), 그는 웃었다. 너그러운 웃음이었다. 그녀의 애교에 빠져 꼼짝 못 하게 됐다고 고백하는 웃음이었다. 이런! 그녀는 기습적으로 허를 찔려 무릎을 꿇게 되는 느낌이 싫었다! 그녀의 얼굴이 단숨에 붉게 달아올랐다. 이내 그녀는 얼굴 붉힌 것을 후회했다. 특히 자신이 혼란스러워한다는 것을 내보이고 싶지 않았다. 그러나 그가 그녀와 이토록 가까이 있으며, 그로 인해 그녀를 더욱 마음에 들어하고 있다는 사실을 그녀는 까맣게 모르고 있었다. 그는 정말로 그녀를 욕망하게 되었다. 그녀가 그의 취향에 부합하는 아름다움을 지닌 여자라서만은 아니었다. 그녀의 향기며 살결이며 비밀 따위가 모조리 그의 마음에 들기 위해 창조된 것처럼 하나하나 빠짐없이 그의 욕망에 척척 들어맞았기 때문이었다. 그러나 그런 것들이 하나하나 들어맞지 않았어도 마찬가지였으리라. 사랑에 빠져 친밀감의 절정을 맛보고 있기는 그녀도 매한가지였다. 그 친밀감이 그들을 매료하고 있었다. 말하려고 해서는 안 되었다. 두 사람이 잠겨 있는 사랑의 번민을 내색해서는 안 되었다. 그들은 너무도 조용했다! 쥐죽은 듯이. 그녀는 그들에겐 미래가 없으며, 이렇게 여기

나와 있다는, 이성이 결여된 행동이 유쾌해야 할 이 만남에 검은
장막을 드리운다고 생각했다. 그만 그와 헤어져야 했다. 이렇게
생각하자, 열정이 그녀 안에서 우수로 변해 흘렀다. 사라져야 했
다, 즉시 마법 밖으로 걸어나가야 했다, 헤어진 연인들에게 예정
되어 있는 고통을 느끼지 않으려면 마법을 깨야 했다. 그럼에도
불구하고 그들은 남아 있었다. 이미 하나로 묶여, 애초 생각한 것
보다 훨씬 더 갈피를 잡지 못하는 심정으로, 격정의 지배자가 아
니라 노예가 되어, 장차 올 죽음, 진행중인 삶, 사랑하는 사람들로
가득 채워졌던 과거, 따로따로 존재하는 육체 등 자신들에게 운
명지어진 그 모든 것을 잊은 채, 그렇게 그들은 거기 남아 있었다.

어쩌면 봉인된 운명, 이미 쓰인 사랑이란 것이 정말로 존재하
는지도 모른다. 사람들은 믿지도 않으면서 곧잘 그렇게 말한다.
세상엔 많은 남자들이 있고 많은 여자들이 있다고. 따라서 가능
한 결합이란 헤아릴 수 없이 많으며, 만남, 특히 숙명이라 불러야
할 피할 수 없는 만남 또한 쉴새없이 이루어진다고! 여기? 질이
물었다. 여기서 식사하면 어떻겠소, 마음에 들어요? 그들은 멋진
맥주홀 앞을 지나가고 있었다. 그는 걸음을 멈추고 메뉴를 보더
니 홀이 널찍한지 들여다보았다. 아주 좋은데요, 그녀가 대답했
다. 그녀의 실루엣은 불꽃을 닮아 있었다. 그는 처음으로 그녀의

몸을 상상해보았다. 팔다리를 비롯해 전부. 당신 옷, 무척 마음에 들어요, 그가 그녀에게 말했다. 나도 좋아하는 옷이에요, 그녀는 그의 마음에 든 것이 행복해서 점점 정신이 아득해져감을 순순히 드러내며 말했다. 말했듯이 난 노란색을 좋아해요. 그녀는 행운의 치아를 드러내며 찬란하게 웃었다. 그녀의 얼굴은 기쁨으로 빛났다. 우리는 너무도 외로워서, 심지어 사랑하고 있을 때조차 외로워서 지극히 조그만 연애의 공모에도 그토록 눈부시게 빛나고 행복감에 도취되는 것일까? 앞장서서 식당으로 들어가도록 그가 비켜줄 때 그녀의 허리가 춤추듯 흔들렸다. 그들의 눈은 눈물이 그렁그렁한 것처럼 반짝였다. 그녀는 손을 머리칼 속으로 집어넣었다. 그들을 향해 쏟아지는 시선에, 혹은 그들이 한 쌍이라는 사실을 사람들에게 보여주는 것에, 아니면 단지 그들이 한 쌍을 이루고 있다는 사실 자체가 거북하게 느껴졌기 때문이었다. 식당 지배인은 두 사람이 부부라도 되는 것처럼 무슈 마담이라고 부르면서 안내했다. 폴린 아르누는 질 앙드레의 단호한 발걸음을 바라보았다. 그녀는 점점 더 그가 자신을 유혹하도록 내버려두었다. 왜냐하면, 그랬다, 이들 두 사람은 분명 동의한 사이였고, 그녀는 막 사랑에 빠지기로 결심했기 때문이었다. 시선을 받고, 웃음소리를 듣고, 속이고, 얼근히 취하고, 거기 남아 기다리기로 마음을 정했기 때문이었다. 그리고 그는, 이 합의된 열기에 몸이 젖은 그는 신호와 은닉된 말과 암초로 가득한 그 순간 속에서 망을

보고 있었다. 사랑에 빠지는 순간보다 더 정확을 기해야 할 때가
어디 있겠는가?

4

그것은 질 앙드레가 입가에 권태로운 주름을 잡으며 "더이상
사랑하지 않는다고 믿으면 여자들은 아주 지독해지죠"라고 말한
바로 그 순간이었다. 그리고 기욤 페르드로가 "그 옷 새로 산 거
야?"라고 물어 루이즈를 달래려 하던 순간이었다. 다른 욕실에서
다른 여자가 바로 그 저녁모임을 위해 준비하고 있었다. 그녀 역
시 함께 생을 나누는 남자 곁에서 옷을 고르고, 화장을 하고, 향수
를 뿌리고, 옷을 입었다. 그녀는 곱슬곱슬한 덤불 같은 검은 머리
칼을 기운차게 빗질하면서 남편에게 물었다. "오늘 저녁모임엔
누구누구 와?" "내 생각엔 전부 올 것 같은데?" 그녀의 남편(그
의 이름은 장이다)이 말했다. 그녀는 빗질하는 손을 멈추지 않았
다. "글쎄 그 전부가 누구냐니까?" 그녀가 물었다. "평소와 똑같
지 뭐." 그가 말했다. 그는 이름을 죽 읊었다. "기욤이랑 루이즈,
에브하고 막스, 톰과 사라, 페넬로프도 아마 올 거고, 멜뤼진과 앙
리, 질과 블랑슈, 폴린과 마르크." "질과 블랑슈?" 마리가 놀라서
물었다. "그 두 사람이 같이 올 것 같아?" "안 될 건 또 뭐야?" 그

가 되받았다. "두 사람이 이혼하는 거 몰라?" 마리가 물었다. "아니, 몰랐어. 그렇단 말이지!" 장이 말했다. 그는 아무 말도 하지 않고 생각에 잠겼다. 그는 그 둘이 깨진 이유를 찾고 있었다. "질이 다른 여자를 만나나?" 그가 아내에게 물었다. "아니, 그런 것 같지는 않아." 그녀가 대답하고는 조금 달라진 어조로 덧붙였다. "왜 그런 걸 물어?" 그러고는 그를 향해 돌아서더니 말했다. "헤어지는 이유는 그런 것 말고도 얼마든지 있어. 그 두 사람이 더이상 맞지 않게 되었다, 그게 전부 아니겠어?" 그녀는 씩씩하게 그리고 도전적으로 말했다. 그것은 그녀에게는 중요한 사실이었다. 그렇다. 이혼하는 데는 여러 이유가 있다. 그러나 다른 사랑을 찾기 위해 하나의 사랑을 깨버리고, 그렇게 해서 사랑이 막 시작될 때의 열정을 다시 맛보고 또 한 번 정신을 잃는 것, 그것이야말로 이혼의 진정한 사유였다. 그러니까 누군가 떠난다면 거기에는 그럴 만한 충분한 이유가 있는 것이다. 그러나 그녀는 가능성이 그것 하나만은 아니라고 믿고 싶었다. "게다가 이혼하고 싶어하는 건 블랑슈야." 그녀가 말했다. "어쨌든 블랑슈는 오늘 저녁 올 거야, 아침에 나한테 전화해서 그랬어." 그가 대꾸했다. "블랑슈가 오늘 아침 당신한테 전화해서 그렇게 말했다구! 대체 무슨 자격으로 블랑슈가 당신 사무실에 전화를 하는데?!" 마리가 발끈했다. "난 전화할 일이 있어도 방해될까 안 하는데!" 지금 그녀는 불만이 폭발하는, 그리고 그 불만이 노여움으로 번지는 아내라는 옷을 걸치고 있었다. 아내로서의 적법성이 모욕당한 것이다. 그는 아내의 분노를 잠재우려고 애썼다. "통화는 딱 이 분밖에 안 했어! 오늘 저녁모임이 있다는 걸 확인하고, 모임에 올 거라고 말한 것뿐이야. 그게 전부야. 그 이상 아무것도 없어." 바보 같고 무익한 싸움이 시작되려 하고 있었으므로, 그는 애원과 후회와 분노가 뒤섞인 투로 말했다. "난 오늘 모임을 잊어버리지 않았는걸. 이제 남편이 없다고 그녀가 당신한테 마음대로 전화해도 된다고 생각하지는 마." 그녀가 말했다. 그는 한숨을 쉬었다. "이상하게 굴지 마. 아니, 못되게 좀 굴지 마. 블랑슈가 왜 그런 대접을 받아야 하는데?" 그가 꾸짖듯 말했다. 다른 여자에 대한 그의 연민은 결국 아내를 활활 타오르게 만들고 말았다. 그는 그 사실을 깨달았지만 이미 일은 벌어진 후였다. 점점 악화일로로 치닫는 이 대화의 흐름을 끊어야 했다. "맙소사! 지금 질투하는 거야?" 그가 말했다. "그래, 나 질투하고 있어. 난 그럴 권리가 있거든. 당신은 그걸 참아야 하고." 그녀가 말했다. '변명도 하지 않고, 자기가 질투한다는 걸 인정하고, 그걸 참으라고 강요하다니 정말 꾀바르고 짓궂은 여자야!' 그는 생각했다.

"화내지 마!" 그는 어쩔 수 없이 웃음을 터뜨리며 애원했다. "마리!" 그는 그녀 곁으로 다가가 어깨를 감싸안았다. "아, 싫어!

만지지 마!" 그녀도 웃으면서 말했다. "그만둬, 제발!" 그가 아내를 달랬다. 그녀가 입만 내밀고 있을 뿐 대답이 없었으므로 그는 다시 입을 열었다. "당신 무슨 생각을 하는 거야? 블랑슈가 나를 유혹한다고?! 내가 그 여자랑 바람이라도 피울 것 같아?!" 그는 그녀를 약올리며 말했다. "난 당신하고밖에 바람 안 피워!" "아아, 그러셔요?" 그녀가 말했다. 그가 소리쳤다. "난 마리 데프를 사랑한다! 난 마리 데프만 사랑한다! 들려?!" 그녀가 웃음을 터뜨렸다. 그러나 그녀는 그 말을 제대로 들은 걸까? 그렇게 내놓고 질투를 하면서! 질투는 자기 자신의 문제이고, 그런 문제에 빠진 여자는 사람들이 자신에게 쏟아내는 사랑의 말을 듣지 못한다. "나만의 문제가 아니야!" 마리가 말했다. "아니, 당신 자신의 문제일 뿐이야." 장이 말했다. "당신은 자신감이 부족하고, 결국 그 대가를 내게 치르게 하잖아." 그가 친절하게 덧붙였다. "내 사랑, 왜 그렇게 당신 자신을 믿지 못하는 거야?" 그는 '내 사랑' 이라고 말하면서 슬그머니 화가 치밀었다. 한편 마리는 계부와 얘기하는 듯한 느낌이 들었다. 그녀는 자신을 어린 계집아이처럼 대하는 남편의 태도에 짜증이 일었다. "천만에! 난 자신감으로 충만해! 질투는 누구나 하는 거야! 질투를 안 한다면 그건 사랑하지 않는 거라구!" 그는 오히려 그 반대라고 설득하려고 나서지 않았다. "당신은 내가 질투하고 있다고 생각해?" 그가 물었다. "물론이지!" 마리가 대답하고는 덧붙였다. "다만 당신이 볼 때 나한테 흠

잡힐 데가 하나도 없기 때문에 겉으로 드러나지 않는 것뿐이야!"
어느 날 남편이 거짓말한 것을 우연히 알게 되었을 때 마리는 엄
청나게 질투를 했었다. 마리 데프는 남편이 그녀, 정확히 말해 아
내와 네 아들을 떠나리라고는 생각하지 않았다. 진실을 말하자면
그녀는 아이들이 있으면 남편을 잡아둘 수 있다고 믿었다. 그렇
게 생각하면 그녀는 웃음이 나왔다. 실은 두려웠기 때문이었다.
그들 여섯 모두는 나름대로 행복했고, 그래서 그녀는 많은 사람
들이 빠지지만 누구나 빠지지는 않는 함정을 기꺼이, 그러나 불
손하지는 않게 무시할 수 있었다. 사내아이가 넷, 더욱이 큰 아이
가 아직 여덟 살도 안 됐는데 아무렇지도 않게 떠날 수 있을까? 아
니다. 그녀의 장은 절대로 그런 미친 짓을 저지를 수 없을 것이다.
그렇다고 그가 다른 여자들을 사랑하거나 유혹하는 것이 영 불가
능한 것은 아니었다. 마리는 그가 그러는 장면을 본 적도 있었다.
일부러 그런 것은 아닐 테지만 하필이면 그는 많은 '여자 친구들'
을 거느렸고, 그 여자들은 끊임없이 그에게 이야기하고 싶어했
다. 문제는 그가 그것을 다 들어준다는 것이다. 더욱이 이른바 그
'여자 친구들'은 그를 맹목적으로 신뢰했다. 옛날 일이긴 하지만
그가 결혼한다는 말을 듣고 울음을 터뜨린 여자 친구들도 있었
다. 그런데도 그는 그 여자들이 그저 친구일 뿐이라고 우기는 것
이다. 어쨌든 마리는 그가 다른 여자들과 친밀하고 우정 어린 관
계를 맺고 있음을 인정하지 않을 수 없었다. 그녀는 그 여자들이

장에게 비밀을 털어놓고, 또 그가 그녀들에게 찬사를 늘어놓고 나아가 봉사해주는 장면을 상상하고 싶지 않았다. "당신은 정말 에고이스트야!" 장이 말했다. "나도 그 친구들도 당신한테서 아무것도 빼앗지 않잖아." "알아요." 마리가 고개를 떨구었다. 그녀는 의기소침해져 있었다. 한 남자를 사랑하고 그 남자와 함께 사는 것, 그것이 그를 외부세계에서 빼오는 행위는 분명 아니었다. 자신이 그에 대해 아무 권리도 없다는 것은 그녀도 알고 있었다. 그러나 이성보다 더 강한 이미지라는 것이 있었다. 장이 여자와 나란히 있는 모습, 맥주홀의 자그맣고 둥근 테이블에 장과 여자들이 빙 둘러앉아 웃음을 터뜨리는 모습, 언제라도 기꺼이 이야기를 들어주는 이 남자와 이 남자가 '여자 친구들'이라 부르는 여자들이 털어놓는 비밀 이야기, 입 밖에 내어진 말들, 사려 깊은 침묵들, 선의와 열정, 그가 가져다주는 위안, 서로 마음속에 품고 있는 존경심, 그리고 마지막엔 포옹. 이 광경은 그녀를 미치게 만들었고, 그래서 그녀는 그에게 목소리를 높일 수밖에 없었다. 악순환이었다. 그렇게 될수록 그는 더욱 밖으로 나돌고 싶어했기 때문이다. 그럼에도 그녀는 목소리를 높였다. 그러자 그는 그녀에게 거짓말을 하기 시작했다. 거리낌없이 그녀에게 말하기까지 했다. "이렇게 만든 건 당신이야. 당신이 이미 알고 있는 걸 확인하고 싶어하는 것뿐이잖아."

그녀는 아직 옷을 입지 않고 있었다. 그가 다가와 그녀의 허리를 안고 가냘픈 어깨에 입맞춤을 퍼부었다. "사랑해." 그가 말했다. 그리고 그 말을 증명하겠다는 듯 그녀의 배와 가슴을 더듬었다. 그녀의 살결은 까무잡잡했고, 보이지 않는 솜털로 뒤덮여 부드러웠다. 그 부드러움은 매력적이었다. 그는 그녀가 화장하고 외출 준비하는 것을 계속 방해했다. 그는 자기 손가락의 열정에 몸을 맡겨버렸다. 아내는 수시로 그를 사로잡았다. 그는 자신이 운 좋은 사람이라 생각했다. 그녀는 아이를 넷이나 낳고도 가냘프고 아름다웠다. 그는 그녀를 꼭 껴안았다. 그의 손이 사방으로 내달렸다. 그는 자신도 모르게 육체의 원리에 굴복했다. 마리가 몸을 뺐다. 그 원리에 굴복할 순간이 아니었다. 그는 그녀를 다시 붙잡았다. 그가 화내지 않도록 이번에는 그녀도 그가 하는 대로 두었다. 그는 아내의 귀에 그가 늘 생각하고 늘 입에 올리는 칭찬들을 두서없이 웅얼거렸다. 그는 이 육체를 마음에 들어했고, 작은 접촉으로도 그의 욕정은 깨어났다. "나 준비해야 해." 그녀가 말했다. 그녀는 그가 이 사랑의 행위를 절대 멈추지 않으리란 것, 그가 격렬한 욕정에 사로잡혀 있다는 것을 알고 있었다. "당신은 날 사랑하지 않는군." 그가 한숨을 쉬더니 웃음을 터뜨렸다. "누구나 아는 사실인 걸." 마리가 말했다. 그와 함께 살면서 그녀의 말투도 그를 닮아갔다. 그녀는 그에게 입맞춤했다. 그는 안도했다. 이로써 격렬한 언쟁을 가까스로 피한 것이다.

5

　그들이 테이블에 마주 보고 앉자 침묵이 찾아왔다. 침묵이 유발하는 거북함이 느껴지자 질 앙드레는 그날의 저녁모임, 그러니까 그들의 비밀과, 그들의 배우자들과 친구들을 전부 모아놓은 채 그들 없이 진행될 모임이 떠올랐다. 난 당신 때문에 대단한 권투경기를 놓친 거요, 그가 말했다. 그녀는 대답할 말을 찾지 않았다. 그녀가 그에게 얼마나 소중한지 고백하는 말이라는 것을 충분히 알아들었기 때문이었다. 그런 고백에 뭐라고 대답하겠는가? 폴린 아르누는 나이프를 만지작거리며 냅킨을 내려다보았다. 경기를 보면서 클럽에서 파티를 할 거요, 당신 남편은 당신이 같이 가지 않는 것에 대해 별말 하지 않았소? 그가 물었다. 아뇨, 그녀가 대답했다. 그녀 부부는 그런 것을 두고 시시콜콜 서로 간섭하지 않는다는 듯이. 그는 아무 설명도 붙이지 않은 그 대답이 무척 재미있다고 생각했다. 그의 입가에 보일락 말락 한 미소가 번졌다. 그는 그녀가 어떻게 결혼했는지 멋대로 상상해보고 싶었다. 그가 보기에 그녀는 언제라도 불러낼 수 있는 여자가 아니었다. 그런데도 그녀는 거기 와 있었다. 그는 그 패러독스를 이해해

야만 했다. 그녀가 자신에게 기회를 내줄까? 하지만 대체 뭘 할
수 있는 기회를? 그는 혼자 묻기에 바빴고, 아무것도 알 수 없었
다. 그는 사로잡혀 있었지만 어디까지 가게 될지는 예측할 수 없
었다. 오늘 저녁 당신이 뭘 할 건지 남편이 묻지 않았어요? 그가
말했다. 아뇨, 그녀가 이번에는 웃으면서 대답했다. 당신이 누구
랑 함께 있을 건지도 안 물었소? 아뇨, 그런 것은 한마디도 묻지
않던 걸요. 그녀는 그가 무엇을 알고 싶어하는지(즉, 그녀가 남편
에게 어떻게 처신하는지) 알고 있었지만, 알려주지 않고 신비로
남겨두는 편을 택했다. 세상에 그런 남편이 있을 줄은 몰랐는데
요! 거 참 걸출한 사람이군요! 그들은 함께 웃었지만 사실 그녀는
부끄러웠다. 모르는 남자와 즐거워하다니, 더욱이 남편 얘기를
하면서! 말하자면 일종의 배신 행위였다. 그녀는 해명하고 싶은
마음에 이렇게 말했다. 남편은 일이 많아요, 난 따로 친구들과 밖
에서 저녁을 먹는 일이 자주 있고요, 여자 친구들이랑요, 그녀는
분명히 해두기 위해 덧붙였다. 그렇지만 오늘 저녁 당신 남편은
일하지 않잖아요! 질 앙드레가 말했다. 그건 그래요, 그녀가 인정
했다. 남편은 당신을 믿는군요, 질 앙드레가 짓궂게 말했다. 그의
눈이 반짝였다. 그는 불꽃같은 열정을 숨기기는커녕 그 불꽃을
활활 태워 불기둥을 올려세워 보이겠다는 기세로 그녀를 바라보
았다. 그러나 그녀는 모든 것을 용서했다. 그것은 최면에 걸린 듯
한 용서였다. 그녀는 유혹의 포로가 되어 있었다. 그녀는 그것을

알기도 하고 모르기도 했다…… 그 순간 누군가 그녀에게, 당신
은 그에게 홀딱 반한 거라고 귀띔해주었어도 놀라지 않았을 것이
다. 난 그의 신뢰를 깰 행동 같은 건 하지 않아요, 그녀는 짓궂은
악마에게 허점을 보이지는 않을까 신경 쓰기를 순순히 포기했다.
그는 원하는 만큼 실컷 웃을 수 있었다. 그녀 역시 공범이었다. 어
렵지 않게 짐작할 수 있는 일이었다. 그래서 그는 웃었고, 그가 웃
자 그녀도 웃었다. 덕분에 그는 짓궂은 동시에 대담하게도 다음
과 같이 말할 수 있었다. 아직까지는 안 한 거겠죠. 불손하고 도발
적인 말이었다. 젊은 여자는 그 말에 대답하지 않았다. 동요하는
기색도 없고 얼굴색이 바뀌지도 않았다. 그저 웃기만 했다. 그는
그녀의 그 순결한 치아, 마치 어린 폴린은 한 번도 음식을 먹은 적
이 없다고 웅변하는 듯한 물결 모양의 치아를 바라보며 감동했
다…… 어른이 된 후에도 그런 턱과 그런 치아를 가진 사람을 그
는 본 적이 없었다. 그는 단번에 자신이 늙었다고 느꼈다. 미세한
톱니 같은 앞니들이 그의 앞에 있었다. 그 순수함이 그의 눈길을
잡아맸고, 그래서 그는 그처럼 집요하게 이 젊은 여자의 입을 바
라보았던 것이다. 결국 그녀는 거북해지고 말았다. 그래서 자리
에서 일어난 것일까? 알 수 없는 일이다. 그녀는 손을 씻고 오겠
어요, 라고 말하면서 일어서더니 접힌 냅킨이 올려진 접시 앞에
그를 홀로 남겨놓고 걸어갔다. 그는 대놓고 그녀의 뒷모습을 좇
았다. 홀에 있던 손님들 누구라도 그 눈길이 어디를 향하는지 알

수 있었다. 그녀는 뒷모습을 보이며 멀어져갔고, 그는 노골적으로 그리고 끈질기게 그녀를 바라보았다. 그는 겉으로 드러난 모습뿐만 아니라 옷 속에 감추어져 있는 것들, 그러니까 그녀의 다리와 허리와 가슴과 엉덩이도 전부 짐작할 수 있었다. 어떤 남자들은 아무것도 볼 줄 모른다. 그런 남자들은 옷으로 살짝 가리기만 해도 속일 수 있다. 그러나 어떤 남자들은 옷 아래의 몸을 읽을 줄 안다. 게다가 절대 틀리는 법도 없다. 그들은 진정 아름다운 한 쌍의 다리를 알아보고, 납작한 엉덩이를 아름다운 엉덩이로 혼동하지 않는다. 질 앙드레는 폴린의 몸을 읽었다. 그는 그럴 줄 아는 남자이니까…… 간단히 말해 그건 그의 습관이었다. 폴린 아르누. 정확히는 모르지만 스물몇 살쯤 될 것이다. 키가 큼, 그것도 아주 큼. 호리호리함. 맥주홀에서 로맨스의 한가운데를 걷고 있음. 그는 그 모습을 바라보았다. 그리 대단한 것은 아니었다. 그저 가느다란 허리, 긴 다리, 아름다운 팔 정도, 다시 말해 오늘 그녀의 모습이 보였을 뿐이다. 그녀는 포동포동한 것과는 거리가 먼, 날개처럼 가볍고 젊은 여자로, 풍만한 가슴을 가지기에는 너무 야윈, 기적처럼 가뿐한 몸매를 지니고 있었다. 그러나 그녀는 완벽했고, 독특한 존재감을 지녔으며, 진정한 매력, 그러니까 그 무언가를 갖고 있었다…… 이것이 그녀가 계단에서 사라진 후 그가 생각한 것이다. 이제 그는 냅킨을 펼치고 메뉴를 읽고 있었다. 그는 이 마법이 미치는 곳 안에 들어와 이렇게 앉아 있는 것, 저녁

내내 이 여자를 독차지할 수 있다는 것, 그렇게 하고 싶다고 대담히 요구하고 결국 보상받은 것이 행복했다. 그에게 한 여자를 독점하는 것은 독점당한 당사자조차 가늠하지 못할 쾌락이었다. 그녀가 이 저녁시간을 비밀에 부쳤다는 것이 그를 한껏 기쁘게 해주었다.

폴린 아르누가 누구에게서 그런 아름다움을 물려받았는지는 누구도 알 수 없는 일이었다. 아버지나 어머니의 얼굴을 본다고 밝혀질 일도 아니었다. 그러나 그것은 부정할 수 없는 사실이었다. 먼 옛날로 거슬러올라가는 어떤 피의 흐름이 이 빛나는 여자를 수태한 것이다. 그녀는 키가 매우 컸는데도(174센티미터였다) 다시없이 여성적이고 우아했다. 그녀는 수시로 미소를 지었고, 긴 실루엣은 눈부시도록 유연하게 다가와 사뿐히 정박할 듯했다. 그녀는 가녀리고 섬세한 스물다섯 살의 여자였지만, 환히 빛나는 모성도 겸비하고 있었다. 그 섬세함과 충만함의 결합은 욕망에 의해 활짝 꽃핀 관능미를 내뿜었다. 이런 점에서 현재의 폴린 아르누라는 여자는 남자들에게 빚진 여자라 말할 수 있었는데, 대부분 자신감이란 성적(性的)인 것이기 때문이다. 순수함을 덮고 있는 껍질이 찢기자, 여성미가 관능과 함께 폭발했다. 그것은 남자들의 시선을 먹고 사는 여성미였다. 폴린 아르누는 타인들을 위한 얼굴을 가졌고, 그것은 여성으로서의 존재감을 맛보기 위해서는 대단히 아름다운 출발점이었다. 그녀의 아름다움에는 퇴폐적인 구석도 꾸민 흔적도 없었다. 그녀에게 다른 사람을 매혹하는 요소가 있다 하더라도, 그녀 자신에겐 혐의가 없었다. 그녀가 지닌 순백의 창백한 아름다움은 완강한 순결을 증언하는 것이기 때문이었다. 이날 그녀와 함께 저녁식사를 하고 있는 남자는 그런 순결한 아름다움에 민감한 사람이었다. 그것을 즐기고 있다고 말해도 될 정도였다. 이 여자의 작열하는 미소처럼 그를 사로잡은 것은 없었다. 이 여자의 냉담함을 부순다는 생각은 그에게는 떠들썩한 축제이자 한 남자가 스스로에게 바칠 수 있는 희생제물이었다. 그는 지금 눈부신 얼굴을 마주한 채, 끝은 있겠지만 앞으로도 한동안은 계속될, 자석처럼 자신을 끌어당기는 유혹과 친근함을 느끼고 있었다. 그는 생각했다. 탐욕스러운 늑대만큼 육체적인 여자들이나, 사랑을 탐하고 폭식하며 살아온 게걸스런 암늑대들보다도 덜 인간적인, 이미 자녀를 둔 관능적인 여자들이나 애인이 되던 순간을 생생하게 기억하고 있는 여자들이 아닌 한 여자들은 이런 감정을 맛볼 수 없으리라.

　그녀는 계단 위에서 걸음을 멈추고 남자를 주시했다. 질 앙드레는 미남이라고 할 만한 사람은 아니었다. 키는 중간 정도였고 어깨가 벌어져서 우아하지 못했다. 품위가 있는 것도 아니고 풍채가 당당하고 자연스러운 것도 아니었으며, 그렇게 보이려고 신경 쓰지도 않았다. 그는 작고 다부졌으며, 어릴 때부터 운동을 좋아해서 근육이 단단했다. 어머니는 내가 아버지처럼 늦게 클 거라고 말했죠! 그렇지만 이제나저제나 한참을 기다렸어도 안 크더군요, 그는 여자들에게 말하곤 했다. 그리고 그 대목에서 여자들의 모성애에 호소할 수 있는 방법을 찾아냈다. 그가 웃었다. 시가 때문에 앞니가 누렇게 변색해 있었다. 그를 두고 할 수 있는 말 가운데 가장 심술궂은 것은 다음과 같았다. 그는 잘생기지 않았다. 누구도 그에게 그런 말을 한 적이 없으며, 마찬가지로 그 반대로 말할 사람도 없었다. 흥미로울 것도 없는 사실이었다. 꼭 해야 한다면 사람들은 다른 식으로 평가했을 것이다. 그는 수완도 좋고 재기도 좋은 사람이었기 때문이다. 그는 자신이 원하기만 하면 감성과 재치를 적절히 동원할 수 있었다. 여자들은 오로지 그만 바라보았는데, 그건 그가 그녀들만 바라보기 때문이었다. 그는 열렬한 여성 애호가였다. 모든 여자들이 본능적으로 그것을 감지했다. 그에게 매혹되기는 남자들도 마찬가지였다. 그런데도 그가 누구에게서도 질투를 사지 않는 것은 아마도 그가 잘생기지 않았으며 — 이건 그에게는 행운이었다 — 지나치게 돈 많은 사람도 아니기 때문이리라. 요컨대 사람들은 그를 질투하지 않았다. 그의 눈부시게 빛나는 행복에는 어떤 비밀이 있었다. 그리고 그 비밀의 많은 부분은 여자들에게 달려 있었다. 활력을 돋우는 힘이 그의 얼굴에 걸려 반짝반짝 빛났다. 그는 매우 매력적인, 문제를 해결하는 데 그치는 것이 아니라 질문까지 할 수 있을 정도의 지적인 표현 양식을 갖추고 있었다. 그의 머릿속에서는 끊임없이 새로운 아이디어가 떠올랐고, 그 아이디어들을 관찰력과 허점 없는 추론 능력과 결합시킨 덕분에 그는 왕성한 활력을 발휘할 수 있었다. 그는 어느 집단에서도 만만히 볼 수 없는 통찰력 있는 남자로 대접받았다. 부드럽게 처진 윤기 없는 금발 머리, 남자치고는 너무 통통한 얼굴, 상한 치아…… 그의 매력은 육체가 사로잡는 것과는 다른 것, 다시 말해 사람을 웃게 만드는 분위기였다(그는 자신이 지닌 것보다 훨씬 많은 매력을 발산할 줄 알았다). 여자들 곁에서는 뜨거운 구애자로, 남자들 곁에서는 지적인 사내로, 그는 자기 정체를 드러내지 않고 관계의 그물을 짰다. 그건 그 자신이 수수께끼 같은 남자가 되려고 애쓴 결과가 아니라, 침묵과 말과 도박이 한 데 녹아든 그의 통찰력이 사람들로 하여금 이 남자에게선 발견할 게 제법 많겠다고 짐작하게 만들었기 때문이었다. 그러나 그렇다면 진실을 제대로 보지 못한 것이다. 그에게는 정말로 비밀스러운 취향이 있었기 때문이다. 그는 자기 자신에 대해 절대로 말하지 않는 남자, 다른 사람들에 대해 절대로 말하지 않는 남자, 자신과 다른 사람들의 삶에 대해서 절대로 말하지 않는 남자였다. 이렇게 침묵을 고수하는 것 때문에 그는 위선자로 보일 수도 있었다. 하지만 아무것도 드러내지 않으려고 경계하는 그의 태도는 다른 사람들에 대해 섣불리 말하지 않으려는 배려로 보였다. 게다가 그는 대단히 주의 깊게 행동했다. 그는 사람들의 마음에 들기 위해 노력했다. 사람들은 어디서나 그에 대해 좋게 말했다. 그것이 그가 바라는 바이기도 했다. 그리고 여자들이 그를 좋아한다는 사실에 놀라는 사람은 아무도 없었다. 그는 여자를 울리는 사람이 아니라 웃기는 사람이었다. 여자들, 그 버려진 연인들은 그에게 말썽 많은 존재였다…… 오직 당신만 바라보는 한 존재를 쉽게 떨쳐낼 수 있겠는가? 어떤 남자들은 주변의 여자들로 하여금 존재하고, 세상의 중심이 되고, 다른 여자들은 죄다 몰아내어 마침내 한 남자의 눈부신 그림자가 되고자 하는 강렬한 감정을 품게 하도록 창조된 피조물이었다(어떤 남자들은 스스로를 그렇게 만들기도 한다). 그는 매혹을 창조하고, 실제하는 세상을 잠재우고, 그렇게 하여 여인들에게 사랑이라는 마법을 선사하는 남자였다. 말하자면, 재주 좋고 집요하고 연인으로서 뛰어난 남자였다.

그녀가 테이블로 돌아와 그의 맞은편에 앉았다. 뭘 먹겠어요? 그가 그녀에게 물었다. 맛있는 건 뭐든지 있어요. 자, 봐요. 그는 그녀에게 메뉴판을 건네면서, 메뉴판이나 메뉴판을 건네는 자기 손이 아니라 오직 그녀의 눈만 바라보았다. 무례하고 불손한 눈길이었다. 그는 텔레파시 같은 미소를 끊질기게 보냄으로써 그녀 안에 있는 그를 향한 욕망을 휘젓고 있었다. 배가 많이 고프지는 않아요, 그녀가 메뉴판을 보면서 말했다. 여자들은 갈수록 음식을 먹지 않으려 들죠! 그가 말했다. 당신 말이 옳아요, 그녀가 말했다. 부러 상냥하게 굴려고 애썼으므로, 그렇게 말하는 순간 그녀의 태도는 완전히 자연스럽지는 않았다. 동시에 그녀는 일상적인 말들을 주고받는 것으로 자신의 여성미를 감추고, 그 자리를 채운 마법과 유혹을 몰아내고, 팽팽한 시선을 받고 욕망의 대상이 되고 열렬한 구애를 받는 여자가 됨으로써 느끼는 교만함을 몰아내는 데 열심이었다. 그녀가 중얼거렸다. 난 저녁엔 절대 많이 먹지 않아요. 그게 건강의 비결이군요, 그는 마음속으로는 전혀 그렇게 생각하지 않았지만, 널리 퍼져 일반화된 생각을 그대로 입에 옮겼다. 그러나 그녀는 그 말에 동의했다. 나도 그렇게 생각해요, 히포크라테스가 뭐라고 했는지 아세요? 그녀가 물었다(그는 모르겠다는 신호를 보냈다. 정말로 몰랐기 때문이다). 히포크라테스는 이렇게 말했어요, 내가 먹지 않는 모든 것이 내 몸을 건강하게 만든다. 그가 웃으며 말했다. 당신이 한 말 확신해요? 누구한테 그런 말을 들었소? 우리가 증거도 없이 믿는 사실이나 말은 놀라울 정도로 많죠. 만드릴*이나 정자 혹은 탄소원자 본 적 있어요? 전자는? 우리가 그렇게 굳건히 믿고 있는 사물들이 정작

---

* 열대 아프리카에 서식하는 원숭이의 일종.

우리 눈에는 보이지 않는다는 사실, 그것 참 이상하지 않소? 그녀는 아무 말도 하지 않았다. 그녀가 웃자 눈꼬리가 길어졌다. 그가 말을 이었다. 그런데도 아무도 볼 수 없어서 문제 되는 것들이 있죠. 신이나 정신 혹은 사랑의 힘 같은 것 말이에요. 만일 당신이 사람들한테 정신이란 엑스선 파장 같은 거라고 말하면, 그러니까 보이지는 않아도 실재하는 것이라고 말하면 잘해야 당신을 특이한 사람 정도로 봐줄 거고, 최악의 경우엔 당신한테 화를 낼 거요, 그가 말했다. 보이지 않지만 중요한 것들도 많아요, 그녀는 멍청한 소리를 지껄이거나 별것 아닌 말을 하는 것 같은 심정으로 말했다. 그러나 실은 모든 것이 의미를 지니고 있었다. 심지어 가장 중요한 것은 가장 눈에 안 보이는 것들이죠, 그가 미소를 지으면서 말했다. 그녀는 돌연 생각했다. 지금 내 뱃속의 아이처럼. 그는 그녀가 무슨 생각을 하고 있는지 짐작조차 못 했다. 그녀는 그가 아무것도 눈치채지 못했으리라 확신했다. 그리고 그 순간부터 아이라는 비밀은 그녀를 견딜 수 없는 무게로 짓누르기 시작했다. 그녀는 이렇게 말했어야 했다. 내 마음을 사려고 애쓸 필요 없어요, 난 다른 사람의 아이를 갖고 있고, 여자라기보다는 엄마니까요. 그녀는 그 사실을 순수하고 단순하게 고백할 생각이었다. 하지만 그렇게 고백한 후에도 그가 계속 그녀의 마음을 사려고 노력해주기를 바랐다. 물론 이런 건 그에게는 말하지 않을 것이다. 그렇게 해달라고 할 수 있을까? 듣지 않고도 그가 그녀의 마음을 짐작할 수 있을까?

　다시 침묵의 순간이 돌아왔고 그녀는 그 상황을 이용했다. 당신한테 말할 게 있어요, 마침내 그녀가 단호히 입을 열었다. 그가 그녀의 수심에 찬 얼굴을 바라보며 소리 없이 웃었다. 무슨 일이오? 그가 슬픔에 빠진 어린아이를 달래듯 상냥하고 세심하게 물었다. 그래도 그녀가 긴장을 풀지 않자 그는 몸을 쭉 내밀며 말했다. 말해봐요. 곧 아이를 낳게 될 거예요, 그녀가 말했다. 언제요? 그가 잽싸게 되물었다. 매우 놀랐지만, 목소리는 여전히 감미로웠다. 감미로운 그 목소리는 그녀에게 점점 고문이 되었고, 끝내 두려움의 파도를 일으키고 있었다. 다섯 달 후에요, 그녀가 말했다. 그런데도 정말 하나도 살이 붙지 않았군요, 그가 말했다. 임신 사 개월째의 여자랑 저녁식사를 하고 있다고는 정말 믿을 수가 없는데요! 그는 알지 못했지만 그 말은 그녀를 즐겁게 했다. 그녀는 더이상 아무 말도 하지 않았다. 그래서요? 그가 말했다. 당신은 모든 길 가운데 가장 아름다운 길에 접어들었고, 난 진정으로 당신에게 잘된 일이라 생각해요, 행복한가요? 그가 물었다. 그녀는 생각에 잠겼다. 이 사람은 조금도 동요하지 않아, 왜지? 이 아이가 자신의 운명에 걸림돌이 된다는 사실을 모르는 걸까? 그녀는 놀라서 거의 실망할 정도였다. 그녀가 순순히 대답했다. 그래요,

무척 행복해요, 내가 이 아이를 얼마나 갖고 싶었는지 몰라요, 테오도르를 외아들로 만들고 싶지 않았거든요. 그녀의 말에는 사려 깊음이라고는 없었지만 그는 별다른 반응 없이 넘어갔다. 그의 딸 사라 앙드레에게는 형제도 자매도 없을 것이기 때문이었다. 그는 불행한 아버지였지만 불평하지 않고 말했다. 당신 생각이 옳아요. 그리고 뒤이어 물었다. 당신 아들 테오도르는 몇 살이오? 세 살 반이에요, 그녀가 대답했다. 아들 이야기를 하자 마음이 놓인 것 같았다. 아니면 임신 사실을 고백한 것이 후련해서였을까? 마치 여자들이 결혼했거나 약혼했다고 고백함으로써, 그러니 자기를 사랑하지 말라고 선언하는 것처럼. 당신은 아이들을 좋아하잖아요, 안 그래요? 그가 말했다. 학교에서 당신을 봤을 때 내가 감동한 건 그 때문이었다고 생각하오. 그녀가 웃었다. 그 만남을 떠올리자 그녀의 심장이 뛰었다. 그래요, 아이들은 내게 매우 중요해요, 그녀가 말했다. 그렇지만 참 이상하죠, 난 아이 없이도 잘 살 수 있을 거라고 믿었거든요, 결혼 전엔 줄곧 그렇게 생각했어요, 그림을 그리고 싶었고 아티스트가 되고 싶었고 아이는 필요하지 않았어요, 심지어 아이가 생기면 방해가 될 거라고 믿었어요. 이해합니다, 그가 말했다. 그는 아직 폭로된 비밀이 남긴 여파 속에 있었다. 그녀는 내쳐 말했다. 결혼하고 나자 완전히 다르는 걸 알았어요. 어떻게요? 그가 중얼거리듯 물었다. 그녀는 잠시 생각에 잠겼다. 아이가 없는 남녀는 어느 단계에 이르면 더이상 결혼생활을 지속할 가능성이 낮아진다고 생각해요, 폴린 아르누가 말했다. 그런 말은 들어본 적이 없소, 그가 말했다. 하지만 내가 보기엔 꽤 옳은 말 같은데 아무도 감히 큰 소리로 말하지 못하는 것 같군요, 그가 덧붙였다. 그러니까 당신은 순수하고 초연한 사랑을 믿지 않는 건가요? 그녀가 웃으면서 고개를 저었다. 아뇨, 믿어요, 아주 드물긴 하지만요, 난 불임 여성 곁에 남아 있는 남자들에게 마음속 깊이 감탄해요, 그 사람들은 진정한 연인이죠, 그녀가 말을 이었다. 난 대부분의 경우 사랑에는 충분한 이유가 필요하다고 생각해요, 감정은 우리 삶에 봉사하죠, 하지만 그 감정이 삶에 보태주는 게 아무것도 없으면 우린 그걸 버려요, 그녀가 중얼거렸다. 그는 고개를 끄덕였다. 그녀는 그가 무슨 생각을 하고 있는지 파악할 수 없었다. 그녀가 얼굴을 붉혔다. 왜 당신한테 이런 얘기를 하는지 모르겠네요! 그녀는 입을 다물고는 자기가 한 말 때문에 멍청해 보이거나 너무 어린 티가 나지는 않았는지 헤아려보았다. 아무것도 모르는 새파란 여자로 보이기는 싫었다. 그래서 그런 말은 그만 하기로 했다. 남편은 아이들을 원했어요, 하지만 난 원하지 않았죠, 아이들이 없었어도 내 인생은 즐거웠을 거예요, 그녀가 말했다. 틀림없이 그랬을 거요, 그가 웃음을 참으면서 말했다. 당신한텐 내가 있으니까요! 그녀는 솔직하게 웃었다. 그들 사이의 연애 감정은 이로써 양쪽의 동의를 또 한 번 얻은 셈이었고, 그들의 웃음은 멜로디가 되었다. 바람직한 일이오,

모자란 걸 채우기 위해 아이들을 원해서는 안 되죠, 삶에서 가진 게 아무것도 없다는 이유로 아이를 갖고 싶어해선 곤란해요, 그렇게 되면 결국 아이들한테도 줄 게 아무것도 없으니까요, 그가 말했다. 어떤 엄마들은 이따금 그런 식이죠, 자신의 삶을 방치하고 아이들한테 모든 것을 쏟아요, 그런 여자들은 자신에게 아무것도 요구하지 않고 아이들에게 모든 기대를 걸죠, 하지만 그러다 보면 절대적인 모순에 빠질 수밖에 없어요, 그가 말했다. 그는 심각한 얼굴로 토로했다. 조롱과 차원 높은 지성, 다종다양한 사람들과 상황에 관련된 지성, 이를테면 그녀에게 이런 이야기를 하기 위해 돌연 심각하게 변신하는 능력 사이를 빠르게 오가는 그의 균형 감각에 그녀는 자주 놀라게 될 터였다. 동시에 그는 그녀에게 뭔가를 이해시키고 싶었다. 그의 판단에 따르면 그녀는 가치가 있는 여자이고, 따라서 배당금을 받을 만했으며, 그가 그녀에게 큰 책임감을 느끼지 않아도 될 듯했다. 그녀 또한 그가 그녀에게 이해시키고 싶어하는 것을 모르지 않았다. 그녀와 그가 닮은 꼴이었기 때문에 사실 그에게서 그녀가 배울 것은 많지 않았다. (배운다고 하더라도 앞으로 고작 몇 년간일 것이다.) 그도 그 사실만은 몰랐다. 그걸 알아챈 것은 그가 아니라 그녀였다. 더욱이 그녀는 그에게 이렇게 말하기까지 했다. 그래요, 나도 사람들이 아이들한테 뭔가를 줄 수 있어야 한다고 생각해요, 자기들이 혼자 찾으려고 했던 것, 그리고 장차 그들이 없을 이 세상에서 아이들에게 이득이 될 뭔가를요. 그가 웃었다. 왜 웃죠? 내 말이 틀렸나요? 그녀가 짓궂게 물었다. 그가 동의하리란 것을 알기 때문이었다. 아니, 맞는 말이오, 당신이 그렇게 자신만만하게 말하는 걸 보면! 난 당신이 아들과 함께 있는 모습을 상상해본 것뿐이오, 그가 말했다.

　그녀는 한숨을 쉬었다. 그리고 의자에 등을 기댔다. 피곤해요? 그가 걱정스럽게 묻자 그녀는 흔들렸다. 그가 그런 식으로 걱정해주자 자신이 정숙하지 못한 여자라는 생각이 들었던 것이다. 아뇨, 괜찮아요, 그녀가 말했다. 얌전히 있으려고 애쓰지 않을 때의 그녀는 섬광처럼 빛났다. 그녀에게는 젊은 혈기가 있었고, 슬쩍슬쩍 내비치는 수줍음 밑에는 분방한 무언가가 도사리고 있었다. 당신과 함께 있어서 좋아요, 그녀가 분방하게 말했다. 그것은 순수한 진실이었다. 그녀는 자신이 한 남자의 우주라 믿는 데서 오는 허영심을 즐기고 있었다. 그녀는 그 사실을 그에게 말할 수 있었다는 데 놀랐다. 그 순간 그녀는 자신이 아이에 관해 말했다는 것에, 그리고 그 사실이 둘의 만남에 그늘을 드리우지 않았다는 것에 행복감을 느꼈다. 그녀는 눈을 내리깔았다가 올려 뜨기를 반복했다. 그는 매번 그녀의 눈길을 좇았다. 그녀는 낚싯바늘에 걸린 느낌이었다. 나 역시 이렇게 함께 저녁식사를 할 수 있어

무척 행복해요, 꼭 동화 속 이야기 같아요, 그가 말했다. 그는 정말 그렇게 생각했다. 그런 말은 믿을 수 없어요, 그녀가 말했다 (그녀의 말이 맞았다). 날 믿어요, 그가 애원하듯 부드럽게 말했다. 그 과장된 말투를 듣는 순간 그녀는 그가 일부러 부풀려 말하는지, 그것이 계산된 행동은 아닐지 자문하면서 그런 연극은 그만두라고 하고 싶었다. 그런 꾸민 태도가 그녀를 점점 동요시켰기 때문이다. 사실 그녀는 그 말을 절실히 믿고 싶었다. 그가 드러내는 숭배는 진실해 보였다. 그녀는 자신이 그토록 소중한 존재가 되었다는 사실에 사로잡혀 있었다. 그녀 마음속 깊은 곳의 목소리가 떨리기 시작했다. 그들은 모든 것을 서로에게 말할 수 있었고, 그녀는 욕망으로 넘쳤으며, 감미로운 목소리가 그녀의 피를 콸콸 흐르게 했으니, 파탄이 아니고 비밀이 아니고 거짓말이 아니고 후회가 아니고 추억이 아니고 불꽃이 아니라면 이 마법은 대체 무엇이란 말인가! 그들은 아무것도 잃으려 하지 않을 것이고 그녀는 불행해질 것이다. 그리고 그녀는 이미 불행했다. 그녀는 고문당하고 있었고 둘로 쪼개져 있었다. 그는 그녀와 나란히 눕는 것 말고는 원하는 것이 없었으나 그녀는 그렇게 할 수 없었다. 욕망과 극도의 신중함이라는 이 여성적 혼란을 그 누가 이해할 수 있으랴? 그녀도 스스로가 불쌍하고 어리둥절했다. 그녀는 이 모든 생각을 털어놓을 수도 있었지만, 이 순간에는 아직 진실을 말할 수 없었다. 몸이 말하는 진실. '당신과 자고 싶지만 지금은 감히 그럴 수 없을 것 같아요' 라는 진실. 그는 그녀 속 어디까지 꿰뚫어보고 있을까? 당신과 나, 우린 대체 뭔지 모르겠소, 라고 그가 중얼거릴 때 그녀는 자문했다. 그가 정말로 그 말을 입 밖에 낸 것일까? 믿을 수 없었으므로 그녀는 못 들은 척했다. 여전히 의심스러웠다. 그가 유혹하기 위해 거짓말을 하는 걸까? 대부분의 남자들이 욕망만 품을 뿐 사랑하지는 않는 여자들에게 그러는 것처럼? 그녀의 머릿속을 채운 생각은 그와 같았다. 그는 몇 명이나 되는 여자에게 이렇게 행동했을까……? 그녀는 침묵했다. 그는 그녀의 얼굴에 떠오른 몽상을 읽을 수 있었다. 그러나 그는 못을 박기로 했다. 우리 사이에 뭐가 있소? 그가 말했다. 그게 뭔지 알 수가 없군요! 육체적인 건 아니죠, 그의 어조는 질문을 하는 듯했다. 그녀는 대답을 회피했는데 그건 잘 한 일이었다. 그는 혼자 결론을 맺었다. 아니, 그건 아니오, 라고 그가 말했다. 결국 그녀는 웃을 수밖에 없었다. 아, 이 순간은 얼마나 아름다운가! 그녀는 이 만남이 처음에는 육체적 욕망에서 비롯된 것임을 확신하고 있었다. 날카롭게 꼬집어 그녀의 몸을 일깨운 무엇으로 보아 틀림없었다. 자신에게 그런 기질이 잠재되어 있었다니 상상도 못 한 일이었다. 그녀를 바라보는 것 말고 그가 한 일이 뭐가 있었던가? 수수께끼와도 같았지만, 이미 그녀는 불같은 열정과 사랑에 빠진 마음을 느꼈다. 그녀는 그가 분명 그 사실을 알고 있으며, 그럼에도 그 상황을 부인하면서 도박했다고 생각했다. 그러나 아니었다. 그녀의 오판이었다. 그는 진지했다. 그녀가 틀린 것은 그녀가 그보다 훨씬 젊기 때문이었다. 그는 그녀를 원했다. 그러나 그 욕망 위에는 다른 것이 있었다. 그에게는 유혹이나 매력보다 값진 '친밀함'이란 것이 그것이었다. 친밀함은 유혹이나 매력보다 훨씬 귀한 것이기 때문이다. 그리고 그가 그녀를 바라보는 것은 말과 미소와 기다림에 의해 이미 충족된 관능성 안, 서로 가까이 있다는 감정 안에서였다. 그러자 그들은 갑자기 화제를 잃어버린 듯 침묵한 채 서로 마주 보았다. 그녀가 사랑에 빠져버리기로 결심한 순간부터 그는 그녀 안의 어떤 힘이 그녀를 그에게로 내던지고 있음을 느꼈다. 그녀는 그에게 강하게 끌리고 있었고, 그에게 자신을 내놓았고, 그를 알고 싶어했고, 탐욕스러웠고, 강했다. 그는 그 모습을 보면서 웃음을 흘렸다. 당신의 가장 좋은 점, 그건 당신의 아름다움이 아니라 기질이오, 그가 말했다. 그러나 그녀는 정말로 여성적인 여자였으므로 그 칭찬에 마음놓고 기뻐할 수 없었다.

그것은 제법 오랫동안 지속되었다. 그들은 자신들이 어떤 사람들인지, 앞으로 어떻게 될지(그들의 관계는 영원할 것이다), 무슨 일을 할지(함께 이야기를 하고, 같이 잠자리를 할 것이다), 그리고 무슨 말을 할지(수시로 서로에게 다짐을 하고 헤어진 연인이 되어 다시 만날 것이다) 미리 꿰뚫어보고 싶은 듯 서로를 바라보았다. 그 눈길이 너무나 강렬하고 뜨거운데도 조금도 거북하지 않은 것은 입 밖으로 나오고 되풀이되고 약속되고 믿어진 것들이 전부 선명한 까닭이었다. 물론 그 모든 일은 말이 아니라 야릇하게 얼굴에 드러난 표정, 그리고 야릇하게 드러난 그 표정을 서로 알아보는 침묵을 통해 급작스럽지 않게 일어났다. 그것은 입으로 말하는 것과는 다른 것을 말하는 눈길이었지만, 그들은 그것을 알아들었다. 기적에 의해, 강력하면서도 의심을 불러일으키는, 눈에 보이지 않는 모든 것들과 함께. 그럼에도 불구하고 이런 눈길과 완벽함이 지속되지 않는다는 것은 묘한 일이었다. 그리고 이 남자 역시 다른 남자들처럼 심상한 관계로 돌아왔다. 말하고, 제각기 추측하고, 끝내 묻고, 그래도 확신하지 못하고, 이러면 좋겠다 저러면 좋겠다 희망하고, 전부 말하지는 않고, 가장 본질적인 것에 대해서는 입을 다물어버리는 관계로. 종업원이 음식을 들고 왔다. 종업원은 자신이 내밀한 순간을 방해했음을 눈치챘다. 그러나 그는 뜨거운 음식이 담긴 접시를 들고 있는데다 양손이 다 분주했다. 다른 손님들이 차례를 기다리고 있었던 것이다. 그는 미안한 얼굴로 테이블 위에 놓인 팔들을 건너뛰어 접시를 슬쩍 밀어넣었다. 실례합니다, 마담. 실례합니다, 무슈, 종업원이 말했다. 그녀는 황급히 눈을 들어 두 번이나 고맙다고 말하면서 종업원이 서빙하기 쉽도록 해주었다. 그녀는 꼭 취한 것처럼 앉아 있었던 것을 깨닫고는 몹시 당황했다. 맙소사, 이 여자는 너무 예뻐! 질 앙드레는 그녀를 쳐다보며 생각했다. 종업원조차 얼굴을 붉혔다. 가여운 종업원은 그녀가 내뿜는 빛에 걸려들어 어쩔 줄 몰라했다. 그녀는 평상시 같지 않았고, 공유된 열정을 누리고 있다는 확신에 도취되어 있었다. 무슨 공연 같아, 그녀는 그렇게 생각했다. 그녀가 느끼는 것들은 눈으로도 보였다. '난 허공에 떠 있어. 난 내가 이 남자에게 하는 말의 밖에 있는 것처럼 그 말들을 듣고 있어. 난 그의 앞에 내던져져 있어(돌연 그녀는 자신의 상체가 취하는 자세에 신경이 쓰였다).' 그녀는 이렇게 생각하면서 자신을 추스르려고 애썼다. 그러고는 미소를 지었다. 사랑에 빠졌음, 사랑에 환희를 느끼고 있음, 그녀 눈가의 완고한 주름이 말하고 있었다. 그녀는 정말로 사랑에 빠진 것일까? 그녀는 그런 것 따위는 알고 싶은 생각이 없었다. 사람들은 줄기차게 유혹과 감정을 혼동하고 뒤섞지 않던가? 그녀가 느끼는 것은 빠르고, 강물과도 같으며, 강렬했다. 그녀는 마침내 인정했다. 내가 좋아하는 것, 그건 나와 자고 싶어하는 그의 욕정이야. 그를 쑤셔일으키는 것이야. 그의 호기심이야.

그녀의 얼굴에서 가장 내밀한 것을 찾고 있었으므로, 그는 그 누구보다도 그녀에게 큰 흥미를 느꼈다. 그리고 그녀는 그런 흥미의 대상이 된 것에 기쁨을 느꼈다. 그는 지극히 여자다운 몽상에 빠져 있는 그녀를 응시했다. 그녀는 매혹되었다. 응시야말로 어쩌면 욕망을 말하는 최초의 언어이기에. 무슨 몽상에 잠겨 있는 거요? 그가 그녀의 손목에 손을 얹으며 물었다. 그가 그녀의 몸에 손을 댄 것은 처음이었다. 그는 그녀를 마음대로 할 수 있다는 듯이 웃으면서 또 물었다. 무슨 생각을 하는지 말해줘요. 우스꽝스럽다는 생각이 젊은 여인을 사로잡았다. 그러면서도 그녀는 그 연애 놀이에 자신을 내맡겼다. 그 놀이가 진실이고 미래이며 약속인 것처럼. 흥미를 품은 팽팽한 시선과 설명할 길 없는 관심에 양보하는 것, 유혹하도록 내버려두기를 즐기는 것, 기꺼이 대답하는 것, 마음에 드는 것, 흉내내는 것, 이 모든 것이 여성적이었다. 그녀는 자신의 여성미를 한껏 발산하고 있었다. 자신의 얼굴이 화염 덩어리처럼 느껴졌다. 그녀는 격렬하게 얼굴을 붉혔는데, 수줍어서이기도 했지만 흥분한 탓이기도 했다. 그는 여전히 그녀의 손목을 잡고 있었다. 그녀는 미처 손을 빼낼 생각을 하지 못했다. 그러고 싶지 않았다. 그녀의 손은 부드러움, 현기증 그리고 황홀경 속에 있었다. 그녀의 손은 공모와 한 남자의 온기 속에 있었다. 그녀의 손은 존재의 모든 장애를 깨뜨렸다. 그녀의 손목은 그에게 비밀을 소곤거렸고, 그 속삭임은 그녀에게까지 들렸다. 이 남자를 건드린 그 모든 것이 에로틱했다.

6

그사이 다른 곳에서도 외출 준비를 하는 사람들이 있었다. "당신 아직 준비 안 됐을 줄 알았다니까!" 톰 라라골이 사라 페테르상의 아파트로 들어서면서 말했다. 그녀는 샤워를 하려고 막 옷을 벗는 참이었다. "당신이 조금만 더 늦게 왔으면 됐잖아." 그녀가 욕실로 가면서 대꾸했다. 이 년 전부터 그녀는 그의 애인이었다. 그녀는 그를 미친 듯이 사랑했지만 그는 공공연히 그녀를 속였다. 그녀가 그를 떠나려고 시도해본 적도 있었다. 그가 그녀를 충분히 사랑하지 않았기 때문이었다. 그러나 그는 그녀를 지배했다. 그가 부르면 그녀는 당장 달려갔다. 줄곧 그럴 준비를 하고 있었던 것처럼. 사랑이 충분하네 모자라네, 그런 게 다 뭐란 말인가? "파티는 여덟시 전엔 시작하지 않을 거야. 당신이 일찍 온 거라구." 그녀가 그에게 소리쳤다. 그는 화가 나서 온 집 안을 왔다 갔다했다. 그러는 바람에 늘어진 조끼 자락이 공중을 훨훨 나는 것 같았다. "날 기다릴 것 없어. 내 차로 가면 되니까 당신이 없어도 된다구." 그녀가 말했다. "그렇겠지. 나도 알아!" 그는 이렇게 말했지만 실은 조금도 그렇게 생각하지 않았다. 그녀에게는 매일 매일의 삶에서 동반해줄 그가 반드시 필요했다. 어느 여자가 그와 같은 남자 곁에서 그 남자를 포식하지 않을 수 있겠는가? 그는 자신이 선택한 여자를 충족시켜주고 있다고 굳게 믿고 있었다. 그가 싱긋 웃었다. 스스로를 향한, 흐뭇해하는 웃음이었다. 남자 란 단순한 성공에서도 만족감을 느끼고 자신과 자신이 하는 일에 확신을 갖는 법인데, 자신에 대해서나 인생에 대해서 스스로 너무 까다로운 요구를 하지 않기 위한 예방 조치이다. 톰 라라골은 일을 위해 첫번째 배우자, 세 아이, 젊은 시절의 우정, 모든 방면의 지적 호기심을 희생시켰고, 덕분에 어마어마한 돈을 벌었다.

　

"오늘은 뭘 했어?" 그가 물었다. 그것은 질 앙드레가 "폴린이 라고 불러도 되겠소?"라고 물은 순간이었고, 신경질이 나고 수치 심을 느낀 루이즈가 무관심을 가장하며 옷장 안을 뒤적거리던 순 간이었다. 샤워를 마친 사라 페테르상은 옷을 입고 머리를 매만 지고 있었다. 톰은 그녀가 움직이는 대로 따라다녔다. 그녀가 샤 워하는 동안은 샤워실의 유리문 뒤에 서 있고(그녀는 유리문 뒤 로 비치는 그의 그림자를 볼 수 있었다), 옷을 고르는 사이에는 이 벽장에서 저 벽장으로 그녀 뒤를 졸졸 따라다니더니 이제는 조그 만 욕실까지 비집고 들어와 서서 거울 앞에서 자기 얼굴을 보고 있었다. "좀 비켜요! 그리고 거울 좀 그만 들여다봐!" 그녀가 말 했다. 그러나 그는 움직이지 않았다. "이 셔츠 마음에 들어? 나한 테 너무 칙칙한 것 같지 않아?" 그가 물었다. "아니! 엄청 잘 어울려!" 그녀가 말했다. 남자가 이렇게 멋을 부리다니! 좀 우스꽝스러웠다. 그러나 그녀는 그 이유는 꼬집어 말할 수 없었다. "이제 제발 좀 나가 있어!" 그녀가 그를 밖으로 밀어냈다. 그는 발을 질질 끌며 나갔다. 차분히 준비하고 싶은데 부산스럽자 그녀는 짜증이 났다. "나 좀 조용히 화장하고 준비할 수 없을까?!" 그녀가 화를 냈다. 그러나 그가 그녀를 신경질 나게 만드는 데서 재미를 느끼는 것 같았으므로 그녀는 전략을 바꾸었다. "제발 거실에서 기다려. 이 분이면 준비 끝나니까." 그녀가 조금 누그러진 어조로 말했다. 이윽고 그녀는 한결 상냥하게 덧붙였다. "가서 한잔 마시고 있어." 그가 거실로 사라졌다. 사라 페테르상은 역시 어떤 식으로 말하는가가 일을 잘 성사시키는 비결이라고 생각했다. 사람들은 걸핏하면 격해지지만 의외로 손쉽게 조종할 수도 있다! 그런데 사람들은 자신이 진정으로 원하는 게 무엇인지 이따금 생각해보기는 하는 걸까?! 아니면 이리저리 방향을 바꾸는 물길처럼 움직일 뿐일까? 한 쌍의 남녀의 불행은 그런 의심에서 시작된다.

  잠시 후 그녀가 그의 뒤에 와 섰다(그는 손에 잔을 쥐고 앉아 있었다). 그리고 그의 머리칼 속에 손을 넣었다. "그래서 당신 오늘 뭘 했는데?" 그가 다시 물었다. 그녀는 자기 일과를 이야기하는 것을 별로 좋아하지 않았다. 그녀의 일과야말로 무의미 내지는 허무의 표본이었기 때문이다. "별다른 일 없었어." 그녀가 말했다. "뭐? 내 여자에게 특별한 일이 없었다구?" 그가 분개하는 시늉을 했다. 그것은 아주 예사로운 일일 수도 있었다. 이 순간 그녀는 그렇게 생각했다. "난 당신 여자가 아니야." 그녀가 말했다. "미안해." 그가 말하고는 웃었다. 하지만 그녀는 웃지 않았다. 남자들이란 소심하고 모호한 존재였다. 그녀는 그가 '내 여자'라고 부르는 것이 싫었다. 그가 그녀와 결혼하거나 함께 살 용기도 없고 그럴 필요도 느끼지 못했기 때문이었다. 그는 위스키가 담긴 술잔을 단숨에 비우고 벌떡 일어섰다. 그 한 잔으로 충분히 활기를 얻었을 터였다. "갈까?" 그가 말했다. "좋아, 준비 끝났어." 사라 페테르상이 말했다. 그녀는 엷은 보라색의 민소매 원피스를 입었는데, 그 옷이 그녀의 날씬한 팔뚝과 매끈한 어깨를 돋보이게 했다. 사라는 그저 예쁜 여자가 아니었다. 그녀는 존재하기 위해 무엇이 필요한지 아는 여자였다. 그녀가 내뿜는 조화로운 아름다움은 우연히 빚어진 것이 아니었다.

7

그러니까 당신은 임신중인데 그 말을 나한테 하지 않았군요! 질 앙드레가 말했다. 폴린 아르누는 얼굴을 붉히며 미소를 지었다. 그녀의 연인이 되고 싶어하는 남자 앞에서 아이를 가졌기 때문에 그럴 수 없을 거라 생각했기 때문에 그랬노라고 고백할 수는 없었다. 그가 그런 생각을 눈치챘을까? 어쨌든 그는 말했다. 내가 그것 때문에 곤란할 거라고 생각했소? 그녀가 고개를 끄덕였다. 왜요? 그 반대인데요, 난 당신한테 잘 된 일이라고 생각하고 나 자신도 무척 행복하오, 그는 감미로운 목소리로 말했다. 그녀는 후회가 일어 보일락 말락 초라한 미소를 지었다. 그녀는 자유로 웠더라면 좋았을 거라 생각했고, 따라서 불리한 형편이라는 느낌 이 들었다. 그는 그런 지극히 여성적인 동요를 꿰뚫어본 듯했다. 그가 그녀에게 이렇게 물었기 때문이다. 어쨌든 슬픈 건 아니죠? 그녀는 아니라고 고갯짓을 했다. 하지만 실은 슬펐다. 뱃속에서 뜨거운 욕정이 끓어오르는데 그 뱃속에 아이가 있다는 것에 그녀 는 절망했다. 그리고 그가 자신을 열성껏 욕망하지 않는 데 실망 했다. 그러나 언제나 비어 있고 자유로운 수컷인 그가 어떻게 이 렇게 역시 지극히 여성적인 실망을 짐작할 수 있겠는가? 그녀는 낙담해서 침묵에 빠졌다. 자신의 심경을 고백하지 않은 채 그가 대담하게 선언해주기를 기다리고 있는 것이었다. 자신이 느끼는 것을 그의 입에서 듣고 싶었을 것이다. 사실 그는 말할 수도 있었 을 것이다. 이를테면 이런 말. 걱정하지 말아요, 우리한텐 시간이 많아요, 난 급할 것 없소. 아니면 '당신과 나, 우린 피할 수 없는 운명이오' 같은 좀더 화려한 말을. 그가 그렇게 말해주었더라면 그녀는 기뻤을 것이다. 그러나 그는 그렇게 하지 않았다. 그에게 그건 자명한 이치였기 때문이다. 그는 기다림과 만남 안에서 일시적으로 유보된 이 순간들의 감미로움을 맛보기를 원했기 때문이다. 왜냐하면 어쩌면 자기도 모르는 사이에 그가 지금까지 자의에서건 타의에서건 괴로움을 준 다른 여자들처럼 이 여자를 괴롭히고 싶지 않았기 때문이다. 그는 그녀가 초조하고 낙담했으리라고, 자신이 그녀의 긴장을 풀어주기 위해 애썼어야 했다고는 한순간도 상상하지 못했다. 그러기는커녕 그는 이렇게 말했다. 어쨌든 당신한테 잘 된 일이군요, 당신은 밝게 빛나고 난 임신한 여자들을 아주 좋아하거든요. 그녀가 미소만 지을 뿐 아무 대답도 하지 않았으므로 그는 말을 이었다. 왜 웃는 거요? 내 말을 믿지 않소? 생명을 잉태하는 건 남자가 보기에 정말 놀라운 일이란 걸 알아요? 아이를 가졌을 때야말로 여자들은 우리 남자들에게서 먼 존재고, 이해할 수 없는 존재이며, 불가사의로 가득 찬 존재요. 폴린은 생각했다. 뻔한 말이야, 그런 말을 믿다니 어리석어. 그녀는 몸을 떨며 끊임없이 미소를 짓고 있는 얼굴을 그를 향해 가까이 가져갔다. 그건 사물을 보는 관념적인 방법일 뿐이에요, 당신은 당신이 무슨 소리를 하는지 모르고 있어요, 그녀가 말했다. 사실이오, 그가 인정했다. 그러고는 조바심이 묻어나는 목소리로 물었다. 당신은 임신한 게 싫소? 싫어요, 피곤하고, 끊임없이 졸음이 쏟아지고, 몸은 무겁고, 나 자신이 추하게 느껴져요…… 그녀가 말했다. 그렇지만 당신은 눈부시게 아름다워요! 그는 그녀를 웃기려고 고양이처럼 콧소리를 내며 말했다. 그녀가 정말로 웃었다. 난 전혀 눈치 못 챘어요, 전혀, 그가 말했다. 무슨 증거가 더 필요해?! 이 여자는 이토록 젊은걸! 그는 생각했다. 매혹되어 꼼짝도 않은 채 그는 그녀가 존재한다는 사실에 경탄하며 다시 그녀를 바라보았다. 반면 그녀에게는 그가 이미 물리도록 애인을 많이 사귄 탓에 별 감흥도 없으면서 그녀를 놓고 인내심을 발휘하고 있는 것으로 비쳤다! 그들을 가깝게 만들었던 것(그는 남자고 그녀는 여자라는 것)은 그들을 가르는 벽이기도 했다. 그는 그녀가 어떤 방식으로 생각하는지, 그에게 무엇을 기대하고 있는지 알지 못했다. 성별이 다르다는 것이 조화를 깨뜨렸다. 서로 사랑하고 싶은 욕구, 그리고 서로 이해할 수 있는 능력이란 건 결국 아무것도 아닌 것이다. 그녀는 생각했다. 이 남자는 날 가지고 장난치고 있어. 같은 순간 그는 그녀를 어린 여자아이를 품에 안듯 꼭 안아주고 싶었다. 그 두 사람의 내부에 있는 모든 것, 심지어 진지한 마음과 신의마저도 은밀했다는 것, 은밀한 나머지 출구 없는 육체에 꽁꽁 갇혀 있었다는 것, 그것은 불운이 아니었을까?

그녀는 잠시 당황하여 침묵을 지켰다. 그 역시 뭔가 잘 풀리지 않는다고 느꼈으므로 침묵이 흐르게 내버려두었다. 그는 이 순결한 얼굴과 젊음에 감동한 나머지 아무 말 없이 잠자코 바라보고만 있었다. 그녀는 차라리 그의 딸이라 해도 좋을 것이었다. 남자로서의 그의 욕망에 조금씩 아버지로서의 애정이 섞여들었다. 그녀에 대해 말하자면 자신을 사납게 뒤흔드는 혼란이 과연 무엇이고 어디서 오는지 헤아리느라 정신이 팔려 있었다. 그러니까 아무것도 충족된 게 없어, 그녀는 희망과 지극히 여자다운 애착이 가득한 침묵 속에서 생각했다. 그녀는 사랑의 묘약의 먹이였다. 마법이 그녀를 한 남자 앞에 풀어놓았다. 그녀가 그와 함께 그토록 웃었던 것은 도취된 미래에 대한 예감 때문이었고, 피할 수 없는 친밀감이라는 강박관념 때문이었다. 그녀의 욕망이 세상을 송두리째 비워버렸다. 그녀는 사랑에 빠졌다. 그것을 부인하기란 불가능했다. 무슨 일이 일어날까? 사랑이란 것을 이미 맛보았다는 구실을 대고 어떻게 피해버린단 말인가? 그녀의 오른손이 나이프를 만지작거리기 시작했다. 이 식당의 다른 식기들처럼 은제 손잡이인데다 숫자가 새겨져 있었다. 폴린 아르누는 나이프를 빙글빙글 돌렸다. 그리고 질 앙드레는 빵조각에 버터를 발랐다. 침묵은 무거웠다. 그녀는 다시 남편을 떠올렸다. 배반, 그녀가 저지른 것이 그것은 아닐까? 그들이 주고받은 말들은 그녀의 남편에 대한 악의로 가득 차 있지 않았던가? 어쨌든 그녀는 그를 배반했다고 할 수 있다. 그녀는 오늘 저녁 약속을 남편에게 숨겼고, 그래서 남편이 모르는 사실이 한 가지 생긴 것이다. 그러나 그녀는 조금도 후회하지 않았다. 그녀는 열정이란 비켜가야 할 때가 있는 법이고, 그러려고 하면 그럴 수 있다는 데까지는 생각이 미치지 않았다. 열정이란 삶과 같았다. 살아서 고스란히 겪어야, 처음부터 끝까지 다 살아내야 하는 것이다. 인간은 죽게 마련이기 때문이다. 인간은 죽고, 그 죽음은 우리가 생각하는 것보다 훨씬 빨리 찾아온다. 그 누가 격정과 불꽃같은 열정과 부드러움과 갈망을 품고 키우지 않은 것을 감사히 여길 것인가? 인간은 죽는다. 비밀은 무덤 속으로 따라 들어간다. 고뇌는 지워진다. 사람이라는 존재는 얼마나 하찮으며 그들의 불안은 또 얼마나 어리석은가! 거짓말 없는 순수한 부부관계는 매우 바람직한 것이다. 그러나 새로운 사랑을 포기할 수는 없다. 우리가 살아 있는 한은. 그러므로 '다른 사람과의 관계'는 비밀로 간직해야 한다. 확실히 그래야 할 듯하다. 실수들이 빽빽이 기록된 목록, 그중에서도 부부관계에서의 과실이라는 장(章) 속에 간직된 사랑의 비밀은 그것이 침묵된 것이라는 점에서, 그러나 흔적을 새겨놓는다는 점에서 이중으로 아름답다. 그러나 그것은 어디까지나 사랑이어야 한다. 섹스여서는 안 된다. 순수함의 열쇠는 이 문장, '섹스여서는 안 된다' 속에 있다. 그러나 한 남자가 곁에 있을 때 어떻게 그렇게 단언할 수 있단 말인가?! 격정의 순간에, 그것이 사랑의 맹세인지 정사(情事)인지 어떻게 알 수 있단 말인가?

그들은 다시 이야기를 하기 시작했다. 관계를 처음 트기 시작
하는 사람들은 얼마나 친절하고 상냥하게 말하던가! 부드럽게 입
밖에 내어진 말들 한가운데서 그녀는 나른해졌다. 그녀는 이야기
를 들을 때는 의자 등받이에 느긋하게 기댔고, 이야기를 할 때는
테이블에 상체를 반쯤 갖다댔다. 그녀는 한 존재 곁에서 줄기차
게 시선을 받는다는 데 매혹되어 그 순간 속에서 뒹굴었다. 그녀
는 손색없는 공범이 되어 그의 앞에 앉아 있었다. 그녀의 아름다
운 입술 사이로 그녀의 욕망이 도려낸 말들이 흘러나왔다. 그녀
의 늘씬한 다리는 감미로운 목소리의 공세로 녹아내렸다가 벼락
을 맞은 것처럼 흩어졌고, 허벅지 위에는 달콤한 무엇이 똬리를
틀고 있었는데 바로 그 둥그런 똬리가 그녀를 간질여 웃게 하고
반짝거리게 만들었다. 그녀는 그의 눈길을 피하지 않고 그를 바
라보았다. 그리고 기다렸다. 그가 어떻게 처신할까? 그녀는 그가
유혹하고 애지중지해주기를 원했다. 그것만 바라고 있었다. 당신
이 내게 무슨 말을 할지 알아요, 그러니 어서 그 말을 해요, 그러
면 난 충족될 테니까, 난 그 말을, 그 몸짓을 기다려요, 난 벌써 기
다리는 여자가 됐어요, 난 내 혼란에 대해선 입을 다물고, 그 혼란
을 내 미소로 눌러 질식시켜요, 내가 원하는 대로 내가 잘 해내면
당신은 아무 두려움 없이 내 심장의 소용돌이를 보게 될 거예요,
활활 타오르는 불꽃이 거기 있어요, 그렇지만 난 고요하고, 너무

고요해서 떨릴 지경이에요, 겁내지 말아요, 당신에게 웃어줄 테니, 당신은 끔찍이도 내 마음에 들어요, 이 열정은 틀림없이 폭발할 거고 난 부끄러움 없이 눈물과 비명 속으로 뛰어들 거예요, 그것이 모든 게 불탄 후 내가 할 일이에요. 그녀는 열에 들뜨고 침묵하고 미소짓는 기다림, 다시 말해 남자의 찬사를 기다리는 여자의 비단 같은 몽상 속에 정박해 있었다. 그 몽상을 현실로 살아내기 위해서 그녀는 거짓말한 것이 아니었던가?

8

막스 드 모르트뢰는 결혼 때문에 자신이 원했던 직업을 선택하지 못했다. 그러나 그는 아직 그것을 모르고 있었다. 그를 야금야금 파괴해온 이 사실은 아직 그의 의식의 문턱에 다다르지 못하고 있었다. 그에게는 가족이 있었지만 그의 얼굴은 어디에도 없었다. 그가 고백하지 않은 슬픔이 모든 것을 앗아간 것이다. 그의 아내, 그를 이리저리 재보고 고른 후에 유혹하고 결혼하고, 일터로 내보낸 여자는 그가 그 사실을 깨닫지 않기를 가장 바라는 사람이었다.

저녁나절이었고, 얼굴을 마주하고 서 있는 건물 뒤로 해가 막 떨어진 참이었다. 막스가 사무실에서 돌아왔을 때, 그의 아내 에브는 목욕을 하고 있었다. "물 한 냄비 가스렌지에 올려줄 테야?" 그녀가 현관문 소리를 듣고 소리쳤다. "나 욕실에 있어!" 그녀는 그가 못 들을까봐 목청을 높였다. 그는 불룩한 서류가방과 가벼운 점퍼를 소파에 내려놓고 곧장 부엌으로 갔다. 아이들은 자기들 방에서 놀고 있었다. "물 끓어." 그가 잠시 후 아내에게 가서 말했다. 에브 드 모르트뢰는 눈을 반쯤 감고 얼굴이 땀에 젖은 채 비누거품이 가득한 욕조에 몸을 담그고 있었다. "그럼 쌀을 넣어요." 그녀가 말했다. 그는 자신이 아내를 짜증나게 했다는 것을 느꼈고, 그녀는 남편은 혼자서 아무 일도 못한다고 다시 한번 느꼈다. 이 집은 단 일 분도 평화로울 수 없었다. 그들은 모두 끊임없이 뭔가를 필요로 했다. 그녀는 그들의 노예였다. 막스는 그녀가 그렇게 생각한다는 것을 알고 있었다. "가여운 에브!" 그는 다른 엄마들은 대체 일을 어떻게 처리하기에 항상 밝은 얼굴을 하고 있는 건지 궁금해하면서 중얼거렸다.

그녀는 머리를 틀어올리고 목욕가운을 걸치고 맨발로 욕실에서 나와서는 아이들이 제대로 저녁을 먹고 있나 보려고 부엌으로 갔다. 아이들은 식탁 앞에 앉아 있었다. "착하구나." 그녀가 아이

들에게 말했다. 그런 다음 거실을 지나면서 얼굴을 잔뜩 구긴 채
보란 듯이 점퍼와 서류가방을 집어들더니, 아주 옛날부터 그녀가
지정석으로 해두고 있는 자리에 정돈해두었다. 막스는 더 얼굴을
들 수 없었다.

　　그는 머리를 빗기 위해 머리칼을 물에 적신 후 한쪽으로 가르마
를 탔다. 그는 욕실에 있는 아내를 방해하지 않기 위해 부엌에서
이 일을 했다. "누가 보면 첫영성체 받는 아이인 줄 알겠어!" 에브
가 말했다. 그녀는 이제 남편에게 조금도 상냥하게 굴지 않았다.
그는 몇 달 전부터 수시로 그런 느낌을 받았다. 아내가 그에게 다
정하고 세심한 배려가 느껴지는 말은 한 마디도 하지 않았던 것이
다. 그는 그녀가 임신할 때마다 지독하게 굴었다는 것을 생각했
다. 그러나 셋째 아이를 원한 것은 그녀였다. 임신하면 그녀는 그
에게 금욕을 요구했다. 그렇지만 그도 그녀 못지않게 피곤했다!
그녀가 그런 기미를 조금이라도 눈치챈 것이었을까? 막스는 별별
상태가 다 되어 보았었다. 그가 쓰고 있는 가면이 어떤 빛깔을 띠
냐에 따라 그의 눈빛은 어둡게 꺼질 수도 활활 타오를 수도 있었
으며, 식욕이 왕성할 수도 있고 거의 먹지 못할 때도 있었다. 그러
나 에브는 아무것도 보지 못했다. 결국 그는 결론을 내렸다. 이 여
잔 과부가 되어도 아무것도 깨닫지 못할 거야! 난 그저 돈줄일 뿐

이라구. 그렇게 생각할 수밖에 없는 상황이었지만 그래도 그는 뱃속 깊이 그렇게 믿지는 않았다. "당신, 아이들 저녁 먹일 수 있어, 없어?" 그녀가 그를 밀치고 방에서 나오면서 말했다. "나 때문에 짜증난 거야?" 그가 물었다. 그녀는 감히 그렇다고 대답할 수 없었다. "아니. 그렇지 않아. 하지만 시간이 없잖아. 당신은 준비 다 됐지만 난 아직 옷도 못 입었잖아. 그래서 당신한테 부탁하는 거 아냐. 아이들 저녁 좀 먹여요." 그녀는 이렇게 자기 남편에게 아이들에 대해 말한 후, 눈이 더욱 신비롭게 보이도록 우리가 흔히 마스카라라고 부르는 끈적끈적한 검정색 물질을 눈썹에 발랐다. '저 여자 이제 조금도 예쁘지 않군.' 그는 생각했다. 그럼에도 단정짓고 싶지는 않았다, 내면에서부터 사람을 빛나게 만드는 무엇이 에브에게 점점 부족해지고 있다고. 그는 진실로 아내를 사랑하려고 노력했다. 있는 그대로의 그녀, 심지어 지금처럼 변해버린 그녀까지도 사랑하려고 애썼다. 결혼이란 그런 것이었다. 한 사람이 변하는 것을 받아들이는 것. 막스는 말없이 아내를 바라보았다. 오늘 저녁은 너무 피곤해서 싸우고 싶지 않았다. 개를 대하듯 나에게 말하지 말라고 아내에게 요구할 기력조차 없었다. 그는 그녀를 덤덤히 바라보았다. 그녀의 얼굴은 경직되기 시작했고 입은 양 끝에 두 개의 주름을 만들면서 아래로 처지고 있었다. 그녀는 이제 거의 웃지 않았고 어떤 일에도 만족하지 못했으며 오직 명령만 내렸다. 그러면 그녀가 행복하기는 한 것일까? 행복할 가능성도 있었다. 정말 그렇다면 지극히 이해하기 힘든 일이긴 하지만. 그가 그렇게 생각한 것은 그가 아내에 대해서도, 자기들이 어떤 모습으로 살고 있는지도 전혀 몰랐기 때문이었다. 그들은 지금 최악의 상황으로 치닫고 있는가? 아니면 부부 사이에 흔히 있는 평범한 권태기일 뿐인가? 기준은 없다고 보는 게 옳다. 다른 사람들이 어떻게 살고 있는지 모르니 비교할 재간이 없었다. 막스 드 모르트뢰는 한숨을 쉬었다. 그는 스푼과 포크, 움푹한 접시 두 개, 백설공주와 러키 루크의 그림이 그려져 있는 컵 두 개를 테이블에 놓았다. 그의 마음속에서 슬픔과 애정이 뒤섞였다. 그는 계속 아내를 사랑할 작정이었다. 이 지경에서 대체 그가 왜 그런 결심을 해야 하는가? 그런 식으로 교육받았기 때문이었다. 사람은 크게 달라질 수 없는 법이다. 그는 질문일랑은 접어두고 아이들을 식탁으로 불러모았다.

이제 그는 아이들에게 저녁을 먹이고 있었다. 아이들은 웃었다. 다행히 아이들은 웃었다. 이 아이들 말고 그를 이 집에 붙들어놓는 게 또 있을까? 물을 필요도 없는 말이었다. 정말로 그 아이들이 그를 이 집에 붙들어놓고 있었으므로. 실은 하고 싶지 않은 자신의 일, 시작하고 싶어 꿈꾸고는 있지만 윤곽을 잡지 못하는 일, 그가 살고 있는 하루하루, 그가 견디고 있는 가지가지 것들,

그는 그것을 아무한테도 이야기하지 않았다. 완벽한 침묵이 가능했다. 그는 자신의 불행을 침묵 속에 못 박고, 그 못 한가운데 서서 견디고 있었다. 그 모든 것이 얼마나 잘못되어 있는지 단 몇 마디로도 얼마든지 드러낼 수 있었다. 그러나 그는 한 마디도 입 밖에 내지 않았다. 한창 핏대를 세우며 다툴 때조차 그는 '아이들 때문에 남아 있는 거'라고 말하지 못했다. 에브는 내가 돈을 충분히 벌어오지 못한다고 생각해, 우린 섹스도 거의 안 해. 그는 두 발을 땅에 딛고 있었고 환상 같은 것은 품지도 않았다. 그는 절대로 에브를 떠나지 않을 것이다. 사랑을 대신할 수 있는 건 무엇일까? 아이들의 웃음이었다. 다른 여자와 산다 해도 똑같지 않을까? 다른 여자를 사랑하는 것은 결코 훌륭한 대안이 아닐 터였다. 아이들만 잃게 될 뿐이리라! 에브가 부엌으로 돌아왔다. "어서 먹어!" 그녀가 꾸물거리는 아이들에게 말했다. "아빠 엄마는 오늘 저녁 외출해." 그녀가 큰애에게 설명했다. 막스는 냄비를 닦으면서 생각했다. 다른 여자를 사랑한다…… 그건 그가 할 수 있는 일들의 목록에 들어 있지 않았다. 더욱이 그는 아내를 사랑하고 있었다. 그를 더이상 사랑하지 않는 건 아내였다. 맨 처음으로 되돌릴 수 있는 마법 같은 건 없을까? 그 아름답던 애정, 함께 나누었던 번개 같은 감정들을 다시 맛볼 수는 없을까? "키스해줘." 그가 초라한 미소를 지으며 말했다. 두 존재 사이의 사랑은 엇갈리기만 하는 걸까? 돌아올 때를 기다릴 수밖에 없는 걸까? "키스해줘." 그가 다시 한번 말했다. 그녀는 그의 뒤로 다가와 비밀스럽게 한숨을 내쉬며 그의 뺨에 입을 맞추었다. 뺨이야! 그는 생각했다. 결국 그녀가 할 수 있는 건 그게 전부였다.

자동차 조수석에 앉자 그녀가 입을 열었다. "이 파티 때문에 돌아버릴 것만 같아." 아내가 그런 속된 말을 내뱉는 것에 그는 충격을 받았다. 내가 이런 여자와 결혼했단 말인가! 그는 대답하지 않았다. 아내의 짜증을 돋우기 싫어서가 아니라 그의 느낌을 그대로 고백하지 않고 대체 무슨 말을 하면 좋을지 알 수 없었기 때문이다. "내가 말하면 대꾸 정도는 할 수 있잖아?" 그녀가 말했다. 그는 지체 없이 대답했다. "나에게 질문한 게 아니잖아. 당신이 대답을 기다리는지 내가 어떻게 알겠어?" "난 당신한테 이 파티가 넌더리난다고 했어. 그런데 당신은 내 말만 톡 따먹고 아무 말이 없잖아." 그녀가 응수했다. 마침내 그의 속에서 뭔가 치밀었다. 억누를 수 없는 분노의 폭발이었다. 그는 화를 잘 내는 기질은 아니었지만 몰릴 데까지 몰린 심정이었다. "내가 뭐라고 말했으면 좋겠는데?" 그가 말했다. 그것은 거짓 질문이었다. 그는 이 말을 돌연 완고하게 내뱉었고 그녀는 기가 막히다는 표정이 되었다. 그녀는 다시 한번 결정적인 지점까지 상황을 몰아간 것이다. 그가 말했다. "모든 게 당신을 돌게 만들지. 당신은 아무것에도 만족을 못 해. 세상엔 당신을 따분하게 만드는 사람밖에 없고, 당신은 그들에게 꼭 개 대하듯 말을 내뱉어." 그는 계속 말을 이었다. "아니, 개한테도 나한테 말하는 것처럼은 하지 않을 거야. 당신은 내 친구들한테 침을 뱉고 내 부모님을 경멸하고 모든 사람을 비난하지. 덕분에 난 이제 아무도 집에 초대 안 해. 당신한텐 뭐가 재미있는지 난 이제 모르겠고, 난 되도록 숨도 조용히 쉬려고 애쓰지." 그는 결국 돈 이야기로 끝을 맺었다. "당신 눈에 중요하게 보이는 단 한 가지, 그건 당신의 아름다운 아파트 집세를 내기 위해 그리고 당신이 부리는 가정부 월급을 주기 위해 내가 돈을 가져온다는 사실이야." 끝내 말하고 만 것이다. 이런 일은 처음이었다. 그들은 어디까지 치달을 것인가? 막스가 보기에 싸움은 걷잡을 수 없이 악화될 터였다. 에브는 뻣뻣해질 대로 뻣뻣해져 있었다. 그는 그녀의 눈을 볼 수 없었다. 그녀가 그를 보고 있지 않았고, 그는 운전중이었으므로 도로에 주의를 기울여야 했기 때문이다. 그러나 왠지 모르지만 그는 아내의 눈에 눈물이 그렁그렁하다는 느낌을 받았다. 그건 사실이었다. 눈물 한 줄기가 그녀의 뺨을, 조금 전 정성껏 바른 분홍빛 분 위로 흐르고 있었다. 그녀는 울기 위해 안간힘을 썼다. 물론 그건 그도 몰랐다. 그의 상상력을 벗어나는 영역이었으므로. 그녀가 충격을 받은 것은 사실이지만 울어야 한다고 스스로 다그치지 않았으면 울지 않았을 것이다. 그녀는 어떻게 해서든 울고 싶었다. 여자들의 눈물은 언제나 효과가 있다고(이따금 사람들은 그 반대라고 생각하지만) 믿었기 때문이다. 그게 그녀의 생각이었다. 그런 비난을 듣고도 울지 않는다면 그가 그녀를 어떻게 생각하겠는가? 그러므로 그녀는 그를 위해서 울었다. 그러나 울어도 그가 걱정을 하지 않자 그녀는 화를 폭발시키기로 했다. "나쁜 새끼! 나쁜 새끼! 나쁜 새끼!" 그녀는 소리소리 질렀다. 그는 조용히 운전을 계속했다. 그녀는 그가 끔찍하게 미웠다. "나쁜 새끼!" 그녀가 다시 소리쳤다. "당신이 너무 싫어!" 그리고 그녀는 그의 팔뚝을 팔꿈치로 쳤다. 그는 놀라고 화가 나서 외마디 소리를 질렀다. "차에선 이러지 마! 운전하고 있을 땐 건드리지 말란 말이야!" 그가 옳았다, 그녀는 어쩔 줄 몰라했다. "미안해." 그녀가 조그맣게 웅얼거렸다. 그러자 그가 단호히 말했다. "이 파티가 지겨우면 가지 않아도 돼. 그건 당신 권리야, 그러니까 가지 마. 집에 있겠다고 말하고 그냥 집에 있어! 그렇지만 난 가만히 놔둬!" 그는 격분해서 한 번 더 소리쳤다. "날 가만히 놔두란 말이야!" 그는 엄청나게 큰 소리로, 그녀도 그 정도로 고래고래 소리지르지는 못할 정도로 큰 소리로 말했다. "날 거세해서 잘게 토막내는 짓일랑 이제 그만둬!" 그들 사이에 사랑의 흔적 같은 것은 이제 남아 있지 않았다. 마침내 그녀는 최면을 걸지 않고도 펑펑 울 수 있었다. '제길, 뭐가 남편이고 뭐가 아내야, 꼴 한번 좋군, 보기 좋아!' 그는 생각했다. 그의 머릿속에서 그들의 이야기가 시작되던 그 옛날의 기억, 그리고 조금씩 어

그러지고 무너지기 시작하던 때의 가지가지 일들이 소용돌이쳤다. "난 별로 좋은 결혼 상대가 아니야." 그가 빈정댔다. 그녀는 남편이 무슨 말을 하고 싶은지 알아채지 못했고, 그도 자신이 무슨 말을 하고 싶은지 몰랐다. 침묵이 흘렀다. "내려, 차 세울 자리를 찾아야겠어." 그가 말했다. "그냥 타고 있어도 돼." 그녀가 기어들어가는 소리로 말했다. 그녀는 손수건으로 눈자위를 꾹꾹 눌러 닦았다. '어떻게 이 여자한테서 이렇게 작은 목소리가 나올 수 있지?' 그는 생각했다. 그러자 외려 소름이 끼쳤다. "아니야. 좀 혼자 있고 싶어." 그는 앞만 보면서 핸들에서 손을 떼지 않고 말했다. 그는 옷을 잘 입은 그녀가 상당히 우아하게, 매끄러운 새틴 같은 머리칼을 뒤로 늘어뜨린 채, 그리고 그 머리칼 밑에 냉혹함을 숨긴 채 클럽으로 걸어들어가는 모습을 바라보았다. 함정. 어떻게 해서 그가 이런 함정에 빠질 수 있었을까? 어떻게! 그는 차를 주차했다. 차에서 한바탕하는 바람에 그는 녹초가 되었다. 그것은 질 앙드레가 동반한 여자에게 이렇게 물은 순간이었다. "뭘 먹겠소? 맛있는 건 뭐든지 있어요. 자, 봐요."

9

　도시 바깥에서 보는 저녁의 빛깔들은 사뭇 달랐다. 도심은 아직 붉게 달아오르고 있었지만 교외에서는 그 불꽃이 이미 사그라지고 있었다. 한낮의 뜨끈한 온기가 주택가의 정원들을 떠나자, 자연은 신선함과 활기를 되찾았다. 멜뤼진 트로프는 긴 의자에 앉아 저녁그늘을 맛보고 있었다. 잠시 후면 장차 연인이 될 한 쌍의 남녀는 녹아내릴 듯한 아스팔트 보도 위를 발맞추어 걸을 것이고, 사라와 루이즈와 마리는 각기 옷장을 뒤적여 옷을 고를 것이며, 에브는 남편에게 함부로 굴 것이다. 똑같은 순간에도 그들은 저마다 자기들만의 내밀한 순간을 살고 있었다. 구불구불한 길들이 이리저리 교차해도, 산책하는 사람은 한 오솔길에 한 명씩이었다. 한 사람에게 하나의 삶뿐이었고 바꾸거나 나누는 방법은 없었다. 그런데 한 남자와 한 여자가 그들의 운명을 하나로 묶을 때, 자신들이 무슨 일을 하고 있는지 확신할 수 있는 걸까? 둘 가운데 한 사람은 자기 삶을 무(無)로 만들어버리고 상대의 삶을 구경하는 신세로 전락하지는 않을까? 그것이 멜뤼진 트로프가 술잔을 쥐고 있을 때 할 수 있는 유일한 질문이었다. 네 재능으로 넌 뭘 했지? 네 재능으로 넌 뭘 했어? 전화벨이 울렸지만 그녀는 앉은 채로 꼼짝도 하지 않았다. 그녀가 뭘 했냐고? 맙소사, 그건 그녀도 알 수 없었다. 그녀는 레모네이드인 듯한 음료수를 한 모금 마셨다. 전화벨이 울리도록 내버려둔 채 수화기로 달려가지 않는 것, 그것은 그녀의 자유였다. 전화벨은 줄기차게 울려댔다.

그날도 얼마나 끔찍한 하루였던가! 멜뤼진은 아침부터 줄곧 부엌을 떠나지 않고 있었다. 그녀는 아무 일도 손에 잡을 수 없으리만치 우울해지기 위해 제법 많은 양의 진토닉을 마셨다. 그녀는 라디오를 들으며 공연히 혼자 웃었다. 라디오는 부엌에 있었다. 라디오에서 흘러나오는 목소리들은 빈집의 침묵 속에서 유일한 생명처럼 느껴졌다. 앙리는 시내에서 멀리 떨어진 이 교외의 빌라에서 계속 살고 싶어했다. 애초 여기서 살게 된 것은 아이들이 어릴 때 정원에서 맘껏 뛰놀게 해주기 위해서였다. 앙리는 사무실에 나갔지만 멜뤼진은 모든 것으로부터 고립되었다. 당연한 귀결이었지만, 그녀가 그 어느 때보다 친구들을 필요로 할 때 친구들이 방문하는 일도 드물어졌다. 건강한 사람들에게서 고립되는 데엔 독한 술만 한 것이 없다. 그녀는 점점 더 고독해졌다. 술 마시기에는 더없이 편리했다. 술 마시는 건 재미난 일이었다. 멜뤼진은 훌륭한 철학자가 텔레비전에서 그렇게 말하는 것을 들은 적이 있었다. 그리고 세상 속에 길을 낸 많은 남자들이 알코올의 효용을 인정했다. 그녀는 전화를 받기 위해 몸을 일으키지 않고 한 모금 더 마셨다. 보나마나 앙리였다. 이 시간에 전화할 사람은 앙리밖에 없었다. 그는 테니스 클럽에서 열릴 오늘 저녁파티와 관련해 아내와 구체적인 의논을 하고 싶은 것이다. 그는 멜뤼진이 집에 있을 거라고 생각했다. 네시 이후에 그녀는 아무것도 할 수 없었다. 제길, 결국 그는 전화를 끊었다. 인내심을 갖고 버티면, 기가 꺾일 때까지 소음을 참으면 그만이었다! 낙담은 결코 오래 가지 않을 터였다. 그는 계속 전화를 걸었다. 일 분. 이 분. 이따금 커피라도 마시러 갈 땐 간격이 더 길어졌다. 라디오 소리 뒤에서 침묵이 이어졌다. 삼 분, 사 분, 오 분이 흘렀다. 그럼 그렇지! 멜뤼진은 고집스런 전화벨 소리를 다시 들을 수 있었다. 전화를 건 사람은 집에 전화 받을 사람이 있다는 것을 알고 있었다. 멜뤼진은 몸을 일으켜 가까스로 전화기쪽으로 다가갔다. 그녀는 배처럼 흔들리고 있었다.

떨리는 그녀의 손이 수화기를 집어들었다. 약지에 낀 반지 주위의 살이 부풀어올랐고 손톱은 죄다 뜯겨나가 있었다. "멜뤼진입니다." 그녀가 말했다. 그녀의 목소리는 플루트처럼 맑고 부드러운 동시에 날카로우며 감미로웠다. 후회만 남겨준 재능. "내가 무엇보다 회한으로 여기는 것, 그건 노래를 부르지 않았다는 거야." 그녀는 이렇게 말하곤 했다. 그녀가 '후회'를 '회한'으로 바꾸어 말했다는 것에 주목할 필요가 있다. 그건 그 중대한 목표에 대해 그녀가 적극적 의미에서 유죄라는 느낌을 내기 위해서, 말하자면 사람들이 그녀에게 기대한, 그러나 그녀가 완수하지 않아서 결국 사람들의 비난을 산 임무를 이행하는 게 옳았다고 공언하기 위해서였다. 내가 무엇보다 회한으로 여기는 것…… 모두 그 말을 우습게 여겼다. 그녀는 그것을 잘 알고 있었다. 그녀가 이런 말을 하는 것은 오직 자기 자신을 위해서, 자기 입으로 뭔가 중요한 걸 말한다는 느낌에 잠기기 위해서일 뿐이었다. 우리가 포기해버린 꿈에 대해서 타인들이 슬퍼해줄 수는 없는 것이다. "여보!" 앙리가 말했다. 그는 기차를 타려고 서두르면서 역의 공중전화 부스에서 전화하고 있는 것일 게다. "여보! 왜 대답이 없어!" 그는 뭘 어찌해야 할지 모르는, 애원과 절망 사이에서 결국 단념하고 마는 남편의 어조로 간절하게 말했다. 그녀는 아무 대꾸도 하지 않았다. "여보, 왜 그래? 무슨 일이야?" 그가 물었다. 그는 아이가 엄마를 사랑하는 것처럼 그녀를 사랑했다. 그녀를 잃는 것은 상상조차 할 수 없었다. 그런 숭배조차 충분치 않았다. 그는 한 여자의 삶은 그녀를 사랑하는 남편에 의해 빚어진다고 믿는 사람이었다. 그리고 멜뤼진에게는 사랑이 줄 수 없는 뭔가가 딱 하나 부족했다. 그것은 바로 자기 손으로 이 세상 속에 만든 자리였다. 그는 그녀를 바깥 세상으로부터 보호했다. 그녀는 그에게 맡겨져 있었다. 그는 너무나 그녀를 사랑했다! 앙리는 얼마나 그녀의 목소리를 자랑하고 다녔던가?! 멜뤼진의 목소리! 내 사랑! 그녀를 활짝 꽃피게 하고 일하게 해주는 것보다 그녀를 자랑하고 다니는 것이 더 쉬웠기 때문이다. 사람이라면 누구나 길을 걷는 당나귀처럼 자기 삶을 살아야 한다는 것, 채찍을 맞아가며 여기로 끌려갔다 저기로 끌려갔다 하면서 새벽부터 해질녘까지 전진, 또 전진해야 한다는 것, 이것이 그녀가 아이들에게 가르친 것이었다. 그러나 정작 그녀는 죽은 것이나 다름없이 제자리에 꼼짝 않고 있었다. 제 손으로 채찍을 들어야 한다는 진리를 아무도 그녀에게 일러주지 않았기 때문이었다. "여보, 여보, 여보……" 그는 아직도 수화기를 붙들고 애원하고 있었다. "여보, 집으로 데리러 갈게." 멜뤼진은 아무 말도 하지 않았다. "날 기다릴 수 있겠어? 아니면 혼자 오는 게 더 편해?" 대답이 없었다. "클럽에서 바로 만나는 게 나을까?" 그는 혼자 이야기를 하고 있었다. "여보, 늦어져서 미안해." 남편의 목소리는 그가 정말로 미안해한다는 걸 생생히 전달하고 있었다. 미안하다 못해 침통한 목소리였다. 멜뤼진은 둔감해진 정도를 넘어 거의 마비되어 술의 관 속에 잠긴 채 여전히 아무 말도 없었다. "멜뤼진? 내 말 듣고 있어?" 그가 말했다. "응, 앙리, 듣고 있어." 마침내 그녀가 말했다. 그녀는 화가 나 있었고, 그는 당황했다. "여보, 나한테 화난 거 아니지?" 그가 다시 애원조로 말했다. 그녀도 그를 어지간히 사랑하지 않는다면 그의 울먹거리는 애정 공세에 짜증이 치밀 만도 했다. "나 일곱시 반쯤 도착할 거야." 그가 말했다. "괜찮아? 나한테 화난 거 아니지? 여보, 사랑해. 여보, 나한테 많이 화난 거 아니지?" "화 안 났어!" 그녀가 짜증이 나서 말했다. "그렇지만 당신 기분이 좋지 않은 것 같은데." 그가 풀이 죽어서 말했다. "미안해. 조금 있다 봐."

그녀가 말했다. "그래. 조금 있다 봐, 여보." 그녀는 전화를 끊었다. 그는 멍하니 있었다. 아직 손에 쥐여져 있는 수화기를 내려다보았다. 그는 말하지 않고 있으면 일이 해결된다고 믿는 남편들 가운데 하나였다. 말이 불러일으키는 불필요한 동요는 피하는 게 상책이라고 믿는 그런 남편들. "몇 시지?" 멜뤼진은 다시 앉았다. 그녀는 그 옷차림 그대로 클럽에 갈 것이다. 달리 입을 옷도 없었다.

멜뤼진 트로프에게 가장 중요한 것, 그건 지금 그녀가 하고 있던 일, 그러니까 마시는 일이었다. 그녀는 테이블과 냉장고 사이로 살짝 미끄러져들어가 불룩한 배를 내려놓으며 앉았다. 저녁이 되면서 서늘해진 부엌에서 그녀는 커피에 황금빛 술을 몇 방울 떨어뜨렸다. 커피의 온기가 위스키의 향기를 돋우었다. 취기는 혀끝에서만 오는 것이 아니라 냄새로도 왔다. 그녀는 늘 혼자서 이 도발적인 향기를 들이마셔왔다. 아이들은 학교에, 남편은 회사에 있었다. 그리고 얼마 있으면 아이들도 다 사라질 것이다. 엄마라는 존재의 주변에는 헤아릴 수 없이 많은 고독이 존재했다. 가족들이 아무도 그런 사실을 깨닫지 못한 것은, 그들이 볼 때 그녀는 혼자가 아니었기 때문이다. 그녀는 세탁기와 더불어, 세탁물과 더불어, 다리미와 더불어, 냉장고와 더불어, 냄비들과 더불어 혼자서 술을 마시지 않았던가? 게다가 술을 마시기 위해서는 어차피 부엌—그녀는 심지어 '내 부엌'이라고 말했다—으로 가야 했다.

그들은 아무것도 보지 못했다. 남편도, 아이들도. 멜뤼진을 배반한 것은 그녀의 몸이었다. 그녀의 몸은 알코올에 중독된 몸뚱이들이 흔히 가지는 특징들을 갖추기 시작했다. 얼굴 피부는 두껍고 거칠어졌고, 모공은 확장되어 진짜 구멍이 되었다. 얼굴 윤곽이 부풀어올라 본래의 얼굴은 그 부푼 살덩이 속으로 숨었다. 배는 마치 아이를 가진 것처럼 보였다. "예전엔 말랐었는데"라고 멜뤼진이 말할 때도 있었는데, 그렇게 말할 수 있을 정도로 취했을 때였다. 그녀는 심지어 아름다웠었다. 그리고 그건 너무나도 진실이어서 그녀는 그걸로 충분하다고 생각했다. 여자의 삶이란 눈길을 받고, 웃고, 사랑받고 그리고 그 사랑을 돌려주고, 두 사람 사이에 움튼 성실함을 지키면서 계속 행복하게 살아가는 것이던가? 그녀는 사랑만을 기다렸고, 모든 것을 사랑으로 해결했다. 그런데도 한 가지 분명한 것은 사람들은 사랑할 때도 혼자임을 느낀다는 것이었다. 그녀는 자기 집에 버려졌고, 자기 머릿속에서 더욱 버려졌다. 그녀의 삶은 무엇이었던가? 그녀는 무엇을 했던가? 그녀는 죽었다. 그녀는 다른 사람을 위해 살았을 것이다. 과거는 사라졌다. 삶과 죽음의 불안이 그녀를 옥죄었다. 그것을 표현하기 위한 단어는 없었다. 그래도 그녀는 시도했다. 그러자 사랑이 웃으면서 대답했다. 앙리! 그는 그렇게 했다고 믿었다. 그녀의 허무와 차가움과 의심 앞에 선 그의 애정 어린 몸짓은 차라리 괴상망측하다고 불러야 마땅할 미미한 광채와도 같았다. 그러나 애정 어린 몸짓이야말로 하나뿐인 진실한 보물이었다. 그렇다면 무엇을 희망해야 하는가? 튼튼하게 버티기 위해서는 어떻게 처신해야 하는가? 다른 사람들은 어떻게 하는가? 멜뤼진은 우선 울었다. 그리고 마셨다.

그리하여 이제 그녀는 태만이 줄곧 노리는 여자, 술을 마시고 있지 않을 때는 노고에 잠식 당하는 여자가 되었다. 그녀의 몸이 저항하지 않았다면 그녀는 얼마든지 죽을 수도 있었다. "죽을 거야!" 그녀는 그렇게 말했다. "죽을 거야! 난 그렇게 할 수 있어! 그렇게 할 거야!" 이따금 남편은 울었다. 그는 아내를 보지 않았다. 그리고 눈을 감았다. 젊은 시절의 그녀가 나타나도록. 숱 많은 갈색 머리칼의 아름답고 건강한 아가씨였던 그녀. 삶이란 것이 얼마나 약속을 잘 깨뜨리는지 생각해보면 진정 불가해하다. 존재는 크리스털처럼 깨진다. 멜뤼진은 크리스털이었다. 앙리는 그 사실을 일찌감치 깨달았다. 그가 사랑했던 것은 그런 투명성이었다.

금이 가 있는 것을 보지 못했던가? 그는 부엌에서 침실로 느릿느릿 걸어가는 아내를 보면서 '어떻게 그녀가 이렇게 될 수 있었을까!' 하고 생각했다. 그녀는 제대로 걷지도 못했다. 산책도 하지 않고 여행도 가지 않고 드라이브도 하지 않았다. 기차역, 그들의 빌라가 역 바로 옆에 있는 것은 행운이었다. 기차 소음이 들리긴 했지만 멜뤼진은 마음만 먹으면 언제든 시내로 나갈 수 있었다.

10

벽지 디자인은 어떻게 하는지 설명해주겠소? 덕분에 새로운 직업 하나를 알게 됐군요! 질 앙드레가 말했다. 대화가 사랑과 관계없는 길로 한 발짝만 빠져도 폴린 아르누는 당장 섭섭해졌다. 그녀의 기쁨은 반감됐다. 그녀는 그가 감언이설로 유혹하고 미소 짓고 엉큼하게 구는 것이, 다시 말해 그들 두 사람의 일에만 정신을 집중하는 것이 좋았다. 다른 것들에 대해서는 말하고 싶지 않았다. 그가 생각한 대로 그녀는 진짜 쾌락이 무엇인지 알았고 그의 시선에 편안함을 느꼈다. 별로 복잡한 일은 아니에요, 새로울 것도 없을 걸요, 그녀가 웃으면서 말했다. 그래도 설명해줘요, 당신과 관계 있는 거라면 뭐든 흥미롭소, 그가 말했다. 그리고 덧붙였다. 당신은 내 흥미를 끄는 사람이오! 이 말은 허풍으로 들렸으

므로, 그녀는 내놓고 기뻐하지는 못했다. 그녀는 조용히 설명을
시작했다.

11

　질 앙드레가 "도대체 여자들이 뭘 바라고 이혼하려고 드는지
알 수가 없어요! 여자들이 혼자 살 수 있도록 창조되지 않았다는
걸 신께서는 아시죠"라고 목청을 높이는 순간, 페넬로프 르팽트
르는 열쇠로 현관문을 열었다. 페넬로프 르팽트르는 혼자 살았고
한 번도 결혼한 적이 없었다. 남자와 내연관계에 놓인 경험도 없
었다. 타인과 함께 사는 일은 그녀에게 서약으로 맺어지지 않은
한 불가능할 것으로 보였다. 페넬로프에게 구혼하는 남자들이 없
는 것은 아니었지만, 그녀가 사랑을 해본 것은 이십대 때 딱 한 번
뿐이었다. 그때 그녀는 성실하고 투명해서 환히 들여다보이는,
기적적이고 아름다운 사랑을 체험했다. 그리고 그 남자는 죽었
다. 그녀는 누구로도 그 남자를 대신하지 않았다. 다시는 약속도
요구도 귀담아듣지 않았다. 부드러운 속삭임들이 그녀의 귓가에,
들끓는 심장의 굳게 닫힌 문 앞에 남아 있는 탓에, 그녀는 첫사랑
의 숨결이 가져다주었던 기억에서 떠나지 못하고 있었다. 그렇게
열다섯 해가 흘렀다. 그 기억이 아무도 벗길 수 없는 유령의 베일

처럼 그녀의 삶을 덮고 있었다. 고독? 사람은 고독 때문에 죽지는 않는다. 아무리 고독해도, 정신나간 것처럼 언제든 타인에게 뜨겁게 마음을 열 수 있는 것이 사람이다.

페넬로프는 클럽으로 가기 전에 집에 들를까 말까 망설였다. 사랑의 기습이라 부를 수밖에 없는 것으로 인해 혼란을 느꼈고, 그 바람에 시간이 지체된 것이다. 자기 감정의 동향을 분석하기에 바쁜 그녀는 마침내 다른 사람의 욕망을 받아들이기 위해 자기 안에 줄곧 도사리고 있던 고독에 대한 취향과 이제는 헛된 것이 되어버린 추도의 마음을 조금씩 몰아내면서 걷고 있었다. 그녀는 삶이 살짝 접혀 생긴 그 주름 속으로 들어가 잠시 쉬고 싶었다. 그러나 마리에게 오늘 파티에 가겠다고 약속했었다. 여자들은 권투 경기를 보지 않을 것이다. 페넬로프는 피를 두려워했다. 약혼자가 혈액 감염으로 단 몇 시간 만에 죽었기 때문인지도 모른다. 마리에게 아무 말도 하지 않았다면 그녀는 집에 있었을 것이다. 말하고 듣고 반복하는 말들의 소용돌이. 비웃는 말, 우리에게 상처를 주는 말…… 그녀는 지금 막 프러포즈를 받고 오는 길이었다! 기대하지 않았을 때 그것은 심장을 한 방 치는 듯한 충격이었다. 그리고 그녀는 자기 손이 상대가 내민 손을 슬그머니 잡으리란 걸 알았기 때문에 혼란스러웠다.

그는 머지않아 정말로 노인이 될 것이다. 그녀는 자기 아버지보다 나이가 많은 남자와 사랑에 빠질 줄은 상상도 못 했다. 그래서 그렇게 수시로, 또 가벼운 마음으로 그와 함께 외출했던 것이다. 우정은 그들의 나이 차를 가치 있게 만드는 은총이었다. 그녀는 경계하지 않았다. 그들은 열 편이 넘는 영화, 연극, 오페라, 전람회, 그리고 발레공연을 함께 보았다! 그는 그녀가 원할 때 항상 곁에 있어줄 수 있었다. 그녀는 그것이 별것 아니라고, 그녀의 '독신' 생활과 그의 '은퇴 후' 생활을 같이 누리는 정도라고 생각했다. 그들은 꽤 자주 단둘이서 여러 식당을 돌아다니며 저녁식사를 했다. 그들은 생선과 쿠스쿠스*와 일본요리의 전문가들이었다. 페넬로프는 고기를 먹지 않았다. 그녀는 친구들에게 이렇게 말하곤 했다. "우린 엄청 먹고 엄청 마셔!" 나이의 장벽을 그런 식으로 묵인할 수 있다는 것에 페넬로프의 친구들은 놀랐다. 그러나 두 사람은 서로 할 이야기가 너무도 많았다. 그들은 철학, 경제, 문학에 대해 이야기했다…… "몇 살이오, 당신?" 그가 어느 날 저녁 나지막한 소리로 물었다. 그녀가 서른여섯 살이라고 대답했다. 그는 일흔두 살이었다. 그는 자기 나이가 그녀의 꼭 두 배

---

* 굵은 밀가루를 쪄서 고기, 야채와 매운 소스를 얹어 먹는 북아프리카 전통 요리.

라는 것을 즉각 알아차리고는 뭔가를 거절하는 사람처럼, 회한에 빠진 사람처럼 혼자 고개를 흔들었다. 그렇게 가차없는 나이 차를 깨닫고도 어떻게 욕망이 움직여 그녀를 그토록 가까이 느끼게 했을까? 감정의 절대성이 자연의 절대성보다 더 강했다고 해두자. 그녀가 인생의 성숙기에 접어들 때면 그는 고인이 되어 있을 것이다. 폴 자드도 그것쯤은 알고 있었다. 그런데도 그는 사로잡히고 어리둥절해하고 행복해지며 다시 젊어졌다. 그 회춘 덕분이었을까. 페넬로프는 그와 함께 있으면 친밀한 남녀 사이가 가져다주는 쾌감을 만끽했다. 한마디로, 나이 차는 서로 닮은 존재들을 갈라놓지 못했다.

그러자 사태는 폭주하기 시작해, 결국 불가피하게 육체도 정신의 기울어짐과 뒤섞이기 시작했다. 어느 저녁 그들이 극장에서 나와 걷고 있을 때 그녀는 둘의 만남이 띤 빛깔이 바뀌어 있음을 눈치챘다. 이제 폴은 그때까지의 폴이 아니었다. 매력과 남성적 흥미가 그의 안에 있었다. 그는 그녀 옆에 나란히, 보통 때보다 훨씬 가까이 붙어 걷고 있었다. 그녀는 혼란스러웠다. 어떤 힘이 그가 그녀를 붙들 수 있도록 거세게 밀어붙이고 있었다. 그녀는 점점 빨리 걸어 그의 앞으로 나아갔다. 그가 그때까지 한 번도 한 적이 없던 칭찬, 연애하는 사람이 하는 칭찬을 했다. 그녀는 자기가 그런 식으로 남자의 애정 공세를 받는 여자의 역할을 하고 있는 것에 대단히 화가 났다. 그러나 동시에 그녀 안의 무언가는 감동 받았다. 지나간 시간이 말과 행동의 순수성을 복원시킨 것이었다.

그가 쓰는 편지도 변했다. 그는 자기 감정을 고백하지는 않았 지만 그녀는 그것을 읽을 수 있었다. 그녀는 감동했다. 이것은 어 떻게도 설명할 수 없는 이야기였다. 뭔가 다가오고 있는 것을 그 녀가 왜 보지 못했을까? 그들의 은밀한 합의는 즉각적이었다. 그 녀는 또렷이 기억하고 있다. 그들은 카페에 있었고, 밖에는 비가 내렸다. 헤어져야 할 순간, 그는 지하철에서 그녀의 손을 오랫동 안 잡고 있었다. 그녀는 마침내 진짜 상대를 만난 듯한 기분이 들 었다. 이 남자는 그녀를 매혹했다. 뭔가 다가오는 것을 보지 못했 다면, 그건 자신이 그것을 원하지 않은 탓이라고 그녀는 생각했 다. 그녀는 묵묵히 이 사랑 안에 정박했다…… 태어나는 감정은 상처를 치료하는 데 큰 효과가 있는 법이다. 그녀는 그런 것쯤은 아무것도 아니라는 듯 애정이 커가도록 내버려두었다. 그녀는 그 에게 보내는 편지에 썼다. 친밀함에 나이는 상관이 없다고, 예전 에는 몰랐지만 이제는 깨달았노라고, 그 생각엔 영원히 변함이 없을 거라고. 그는 부모가 기다리는 집에 들어가기 싫은 청소년 처럼 그녀를 품에 안고 오랫동안 보도에 서 있었다. 그들은 영화를 보러 갔다. 함께 영화를 보러 가는 것은 요즘엔 구혼 행위가 아니었지만 폴은 세대가 달랐다. 그는 영화를 보러 가서 그녀에게 청혼했다.

페넬로프 르팽트르는 어깨에 황금빛 스카프를 매고, 사랑받고 있다는 확신이 가져다주는 내면의 광휘를 느끼며 그 황금빛 스카프처럼 빛나는 얼굴로 클럽을 향했다.

그들이 사랑을 피하고 싶다면 그 순간이 그렇게 할 수 있는 마지막 기회였다. 그러나 그들은 궁전처럼 환히 밝혀진 감옥의 철창 속으로 들어갔다. 죽음이 모든 애무를 덧없는 것으로 만들 때까지 그들은 욕망할 것이다. 죽음이 그들을 갈라놓을 때까지…

II
만남

1

그는 학교 유아반 입구에 줄지어 늘어선 외투걸이 앞에서 처음 그녀를 보았다. 매혹이 태어난 곳은 바로 거기였다. 우글거리는 아이들의 아침 새소리 같은 지저귐 한복판에서 소리없는 유괴(誘拐)가 발생했다. 한 여자가 한 남자를 사로잡은 것이다. 한 여자의 영상이 그의 시선 속으로 파고들었다.

부모들은 모두 똑같은 자세를 하고 있었다. 아이 앞에 무릎을 꿇고 앉아 우선 외투 단추부터 시작해서 카디건 단추까지 다 푼 뒤 몸을 일으켜 아이의 옷소매를 잡아 빼 벗긴 후, 제각기 자신들의 이름과 피를 이어받은 사내아이 혹은 계집아이의 사진이 붙어 있는 고리에 외투를 걸고 아이를 꼭 껴안은 다음, 손을 잡고 교실로 데려가 여선생에게 "안녕하세요" 라고 인사를 하고 아이를 자리에 앉히고는 입맞춤한 후 교실을 나가면서 손을 흔드는 것이다. 그가 그녀를 발견한 것은 옷을 걸던 순간이었다.

폴린 아르누는 붉은색의 긴 외투를 입고 있었는데, 허리가 꼭 맞고 밑으로 갈수록 나팔 모양으로 퍼졌으며 옛날 군복처럼 황금빛 단추가 두 줄로 달려 있었다. 질 앙드레가 딸의 외투 단추를 풀고 있을 때 붉은 물체가 그의 시야에 들어왔다. 그는 무릎을 꿇고 있었다. 단화를 신은 가느다란 발목이 풍성한 직물에 감싸여 서투르게 춤추듯 걸어갔다. 어린 계집아이 앞에서 무릎을 꿇고 있던 남자의 눈은 스타킹 속에 숨겨진 어여쁜 다리를 놓치지 않았다. 그는 그 어여쁜 다리의 주인공이 누군지 보기 위해 눈을 들었다. 그리고 환상에 빠졌다. 그는 사로잡혔다. 해맑은 얼굴이 웃고 있었다. 상냥한 얼굴이었다. 그는 그 미소에서 눈을 뗄 수 없었다. 설명할 수 없는 일이었다. 주위에 다른 아버지들도 있었지만 그들은 그 환상에 사로잡히지 않았다. 그것은 그에게만 보이고 발견된, 그만을 위해 준비된 일이었을까? 그는 단번에 욕망으로 인한 고통스런 희열에 사로잡혔다. 여자의 틀어올린 금발 머리와 어린 사내아이의 눈부신 머리칼이 입맞춤 속에서 뒤섞였다. 그녀가 아이의 귀에 대고 뭐라고 속삭이자, 아이의 크리스털 같은 웃음이 주변의 웅성거림을 뚫고 쨍그랑쨍그랑 울렸다. 질 앙드레는 바보처럼 가만히 있었다. 그의 귀에는 아이의 웃음소리밖에 들리지 않았다. 그는 자신이 그 사내아이였으면 좋겠다는 생각까지 했다. 그녀가 그 아이 말고는 아무것도 쳐다보지 않았기 때문이었다. 앳되지만 한 아이의 엄마인 폴린 아르누는 운명적인 젊은 여자와 유혹을 이미 겪은 성숙한 여자라는 완전히 대립되는 두 가지 인상을 지니고 있었다. 아이에게 좋은 엄마 노릇을 하고 있었지만 절대 흔들리지 않을 여자로 보이지는 않았다. 그녀는 남자의 마음을 사로잡는 일 따위에 싫증을 느끼는 여자는 아니었다. 그가 그것을 눈치챈 것일까? 어쨌든 그 순간 그녀는 오직 아들의 것이었다. 그가 사로잡힌 것은 바로 그 우아한 무관심이지 다른 것이 아니었다. 그의 내부에 도사린 사내로서의 욕망은 여자들이 흔히 엄마의 얼굴을 하고 있을 때 보여주는 부드러움을 목격한 순간 좌절되었다. 그는 아이를 향한 여자들의 그 평온하고 매력적인 모습이 실은 기적처럼 온기 어린 관능미 속에서 애인을 맞아들여 보드라운 허벅지를 벌리고 얼굴을 애인 품에 묻는 풍경과 꼭 닮았다고 생각했다. 그는 그런 연인이 되고 싶었다. 왜 그런 것을 원했던가? 그는 그 물음을 한참 후에야 제기할 것이다. 그는 이 매혹의 그물코가 어떻게 해서 자신의 눈앞에 나타났으며 장차 어

떻게 짜여질 것인지 읽어보려 들 것이다. 그는 자신의 욕망의 원
인이 어느 정도는 그녀에게 있다고 밝힐 수 있을까? 열쇠를 쥔 것
이 그였나, 그녀였나? 이 순간 그가 원하는 것은 그녀에게 사랑받
는 것이었다. 그것은 격렬한 동시에 불가해했다. 그러나 또한 인
생에서 가장 흥미진진한 일이기도 했다. 그는 그 사실을 모를 만
큼 바보도 아니었고 그렇게 젊지도 않았다. 그는 모르지 않았다.
심지어 자신의 악과 타협하고 예외적인 명석함을 발휘하여 그 문
제를 생각해보기도 했다. 그는 몸을 사리지 않을 작정이었다. 그
녀를 바라보는 것도 그녀를 원하는 것도 자제하지 않을 생각이었
다. 그녀는 그가 지금까지 사랑한 그 어떤 여자와도 닮지 않았다.
과거에도 늘 일어났던 일이 비슷하게 반복된다는 느낌은 아니었
다. 제길, 그녀는 너무 예뻤다! 그는 그녀만 바라보는 일을 멈출
수가 없었다. 한 실루엣이, 상냥하지만 무관심한 얼굴이 매력의
시동을 걸고 있었다.

그러므로 그는 욕망이 가져다주는 고요한 뜨거움과 말들의 그
물에 갇혀 이성을 잃은 것이었다. 그는 불길처럼 퍼지는 감정을
기꺼이 맞아들이기로 했고, 그로 인해 균형을 잃고 매혹되었다.
온몸에 열이 올라 헛소리가 나왔다. 난 어제 당신이 무도회에서
들고 있던 장미의 유령…… 난 당신을 알아요. 당신은 내 누이,

우린 함께 어린 시절을 보냈고 난 당신보다 매혹적인 여자는 알지 못하죠. 그리고 마침내 난 당신을 찾았소, 당신은 내 어머니처럼 부드러운 사랑, 내 욕망, 나도 모르는 내 안의 기도 바로 그것이고, 난 당신을 바라보는 것 말고는 아무것도 할 수 없소. 당신은 내 꿈속의 여인이고 난 당신 마음에 들기 위해, 당신에게 마법을 걸기 위해, 당신을 내 욕망 아래 눕히기 위해 내 정체를 활짝 드러내겠소. 갑자기 찾아온 이 고통으로 난 초췌하고 황폐해져 바보가 되었소. 나는 이렇게 바보가 된 적이 없는, 더욱이 사랑 때문에 바보가 된 적이 없는 순수한 사람이오!

여자가 아들에게 입을 맞추었고 남자는 얼어붙은 듯이 선 채 그 광경을 바라보았다. 넋 나간 그의 모습을 본 아이들 몇이 그가 무엇을 보고 있는지 궁금하여 주위를 둘러보았다. 아이들은 그렇게 얼 빠진 얼굴로 보아야 할 만큼 희한한 풍경은 발견하지 못했다. 혼자 황홀경에 빠져 있는 한 남자만 보일 뿐. 그의 딸이 안달을 부렸다. "아빠, 가서 우리 선생님 만나." 딸아이가 그의 옷소매를 잡아끌었다. 그는 한동안 잠겨 있던 황홀감 속에서 깨어나 딸아이의 조그만 손에 이끌려 걷기 시작했다. '이건 마치 고통스런 이중의 유괴 같아.' 그는 그렇게 생각하고 싶었다. 정말이지 그의 삶이라는 게 여자들에게만 이끌려 다니는 생활이었기 때문이다(적어도 그는 그렇다고 생각했다). 대체 여자들은 어떤 비밀을 지녔기에 그를 그렇게 사로잡아 멀리 데려가버리는 걸까? 그의 딸은 몹시 자랑스러워하면서 여선생에게로 그를 떠밀었고, 그 바람에 그는 비로소 현실의 시간과 장소로 돌아왔다. 아이는 아빠가 가버리는 시간을 조금이라도 늦추기 위해 계속 응석 섞인 말을 재잘거렸고, 그는 그런 딸아이 곁에 잠시 서 있었다. 딸아이가 공책과 그림들 따위를 보여주었지만, 그는 그런 것이 눈에 들어올 상태가 아니었다. 때로 그는 아이의 곱슬곱슬한 머리에 손을 넣어 머리칼을 손끝으로 매만지거나 그 머리칼 위에 입을 맞추었다. 폴린 아르누는 아이를 교실로 밀어넣고 있었다. 사내아이는 엄마의 발을 밟은 채 꾸역꾸역 버티며 웃었고, 그녀는 아이를 떠밀며 환하게 웃었다. 그녀의 관심은 오로지 자기 아이에게만 쏠려 있었다. 그와 같은 그녀의 무관심은 질 앙드레에게는 고문이나 다름없는 매정한 거절이었다. 그는 도저히 억제할 수 없는 눈길로 그녀를 완전히 포위했다.

그제야 그녀 쪽에서도 그를 보았다. 한 남자가 그녀를 집요하게 바라보고 있었다. 그녀는 그 선명한 욕망의 풍경 안에서 굳이 눈을 피하지 않았다. 그녀는 그에게 조화로운 여성성을 새겨넣었다. 그는 그녀에게 성적으로 사로잡혀 있었는데, 그런 감정은 여자들보다는 남자들이 더 자주 느끼는 것이었다. 그런 경우 시선이 남자들의 욕망에 큰 역할을 한다. 그녀는 거북한 미소를 지었고, 그 미소를 보고 그는 그녀가 자신의 의중을 간파했음을 깨달았다. 이렇게 해서 마법 같은 기다림이 시작되었다. 그가 계획한 대로 찾아오기 위해 현실이 어떤 우회로를 택할지는 아무도 몰랐다. 꿈꾼 것들이 어떻게 현실이 되며 어떻게 끝내 현실이 되지 않는지는 아무도 몰랐다. 사랑의 신은 대단히 기뻐했다. 보이지 않는 그물이 그들을 가두었다. 그들이 사랑을 피하고 싶다면 그 순간이 그렇게 할 수 있는 마지막 기회였다. 그러나 그들은 궁전처럼 환히 밝혀진 감옥의 철창 속으로 들어갔다. 죽음이 모든 애무를 덧없는 것으로 만들 때까지 그들은 욕망할 것이다. 죽음이 그들을 갈라놓을 때까지, 그래서 그들의 몸뚱이가 지워 없어질 때까지, 결을 따라 쪼개지는 돌처럼, 먼지처럼 그들의 육체는 서로를 찾을 것이다……

　이제 교실을 떠나야 했다. "자! 부모님들은 모두 밖으로 나가주세요! 이제 부모님들은 보기 싫어요!" 여선생이 말했다. 아이들이 키득거렸다. 여자는 아직도 무릎을 꿇은 채 아들과 재잘거리고 있었다. 은밀하고 뜨겁게, 남자는 여자를 바라보았다. 남자의 세계가 그를 기다리고 있었다. 그에게는 추하고 차가운 세계로,

그를 덮친 아득한 허기 때문에 한층 돌아가고 싶지 않은 세계로 느껴졌다. 그는 딸을 품에 꼭 안았다. "오늘 저녁에 보자." 그는 중얼거렸다. 그날이 바로 그가 딸아이를 돌보는 눈부신 날이었기 때문이다. 아버지로서의 그의 운명은 쓰라렸다. 여자와의 만남이 일어났던 순간, 질 앙드레는 사랑의 실패로 인해 심신이 너덜너덜해진 남자였다. 그의 집, 딸아이의 조용한 빈방은 딸과 한지붕 밑에서 살지 못하는 슬픔을 매일 밤 일깨워주고 있었다.

폴린 아르누는 선생과 인사를 나누었다. 그리고 아들에게 입맞춤을 보냈다. 그녀는 자신의 행복, 아들이 주는 환희에 매혹되어 있었다. 그것은 그녀 자신이 본래부터 지니고 있는 매혹이기도 했다. 어린 사내아이가 웃었다. 아이의 온몸 구석구석에 조화로운 멜로디가 스며들어 있었다. 질 앙드레는 그 멜로디가 자신의 비밀스런 부분 한구석을 망가뜨리는 것을 보았다. 그는 아직도 딸아이를 안고 있었다. 엄마들이 수다를 떨고 있었다. 그는 생각했다. 어느 날 갑자기 이혼을 요구하고, 아이들도 데려가버릴 엄마들. 그는 아이들의 몸뚱이를 먹고 사는 그 여자들을 바라보았다. 결국 아이는 여자들의 소유물인가? 세상 모든 것이 그렇다고 그에게 외치는 것 같았다. 엄마들, 그 엄마의 엄마들, 변호사들, 판사들, 그리고 남자들까지도. 세상은 남자들에게서 아이를 빼앗았고 남자들은 그것을 담담히 받아들였다. 그리고 그 남자들은 두번째 여자와 다시 아이를 만들었다…… 질 앙드레는 돌아서서 딸아이에게 한 번 더 입을 맞추었다. '엄마들처럼!' 그는 중얼거렸다. 그리고 그 순간 그는 자신을 사로잡은 영상의 이름을 들었다. "폴린!" 어떤 여자가 불렀다. 그가 왜 그렇게 감동했을까? 그는 정말로 감동했다! 그 이름을 듣는 것만으로도 그는 흥분했다. 얼마나 어리석은 일인가! "폴린!" 목소리가 한 번 더 그 이름을 불렀다. 금발 여자가 걸음을 멈추었다. "내가 정오에 자기 아들을 데리러 올게." 그 여자가 말했다. "정말 그래도 괜찮겠어?" 그를 사로잡은 금발 여자가 물었다. "괜찮아." 여자가 대답했다. "고마워!" 풍성한 붉은 외투를 입은 어여쁜 폴린이 다시 걷기 시작하면서 소리쳤다. 그녀는 어디로 가는 걸까? 그는 그녀를 따라갈 수도 있었을 것이다, 물론 만나기 위해서가 아니라 그저 조금 더 바라보기 위해서. 오늘 저녁에 봐! 고마워! 그녀가 말하면서 머리 위로 손을 흔들었다. 말을 하는 동시에 몸을 돌렸으므로 그녀의 팔은 아름답게 휘어지고 허리는 가볍게 틀어졌다. 그는 욕망의 포로가 되었다. 그 매혹적인 그림은 이름을 갖고 있었다. 폴린이라는. 그는 입을 꽉 다문 채 사랑의 시구를 외듯 그 이름을 중얼거렸다. 폴린.

물론 그날은 아무 일도 일어나지 않았다, 한 남자가 한 여자에게 조용히 사로잡힌 것 말고는, 한 남자의 눈길 안에 한 여자가 걸려든 것 말고는. 드러난 사실들, 그리고 끝없이 작동하는 분명한 증거들로 가득 찬 그 침묵 말고는 아무 일도 없었다. 번개 같은 눈빛과 횡설수설 내뱉어진 욕망의 토로 말고는 아무 일도 없었다. 욕망의 토로에는 신비가 존재한다. 매혹을 인정하는 데는 말이 필요하지 않은 법이다. 질 앙드레는 우상을 발견했다. 폴린 아르누는 많은 여자들이 성적 욕망의 대상이 될 때 느끼는 행복한 혼란 속에 있었다. 그것은 원초적이고 강렬한 쾌감, 허영심의 충족에서 오는 기쁨이었다. 그녀는 여자였다. 그가 그녀를 바라본 순간 그 남자에 대한 흥미가 그녀를 쑤시고 파고들었다. 누가 장담할 수 있을 것인가? 여자들이 시선을 받음으로써 사랑에 빠지지 않는다고?

질 앙드레는 자동차에 올라탔다. 젊은 여자는 멀어져가고 있었다. 그는 룸미러를 통해 달아나는 그 실루엣을 눈으로 좇았다. 그녀가 사라졌다. 그러자 그는 단번에 평상의 시간, 그러니까 무미한 시간, 그를 아내에게서 멀리 떼어놓은 시간으로 되돌아갔다. 그는 끝나버린 사랑의 진흙탕 안에서 이 새로운 눈부심에 불을 밝혔다. 그는 완전히 자유로웠다. 그러나 그가 이 연정을 따라갈 수

있을까? 그는 도무지 이 여자가 자기 손에 들어올 것 같지 않다고
느꼈다. 그녀는 그렇게 되지 않을 것이다. 그는 자신이 지금 무슨
짓을 하는지, 장차 무슨 짓을 할지 모르는 채 생각했다. 그렇다면
내가 그녀를 손에 넣어보리라고.

같은 순간 그녀는 의기양양해서 빠르게 걷고 있었다. 그녀는
그 만남, 그러니까 한 남자의 눈길이 달아올라 있었다는 그 단순
한 현상은 말끔히 잊고 지극히 간단하되 중요한 여자들의 쾌락,
말하자면 한 남자의 마음에 들었다는 쾌감에 빠져 걷고 있었다.

2

그들은 둘 다 배우자가 있었다. 그들은 제각기 교회와 국가의
법률에 따른 맹세로 맺어진 사람들이었다. 그들은 부부로서의 낮
과 밤을 살아왔다. 그들은 숱한 사랑의 말들을 입에 올려왔다. 그
들은 상대방을 누구보다 잘 안다고 믿는 이상한 순간까지, 그런
데 그게 아니었다는 것을 깨닫는 쓰디쓴 순간까지, 그래서 숱한
다른 육체들을 경험하지만 결국 되돌아오고, 끝내 모든 것이 습
관이 되어버리는 맹목적인 경지에 이르러 어느 것이 자신이고 어
느 것이 상대방인지, 어느 것이 육체고 어느 것이 정신인지 구별

하지 못할 때까지 부부라는 친밀감의 가파른 비탈길을 제각기 달려온 사람들이었다. 부부라는 사람들은 마침내 존재라는 무정한 일상 속에서, 욕망이 사라져버린 가차없는 현실 속에서, 마음을 사로잡는 매력이 흩어져버린 쓸쓸함 속에서 결국 시간이 빼앗아 가버린 사랑을 어떻게든 회복시키려고 분주히 노력하고 있었음을 깨닫는 날을 맞게 마련이다.

그들은 경험 없는 사람들이 아니었다. 두 사람 다 배우자가 있었다. 자식도 낳았다. 그녀는 또 한 번의 출산을 기다리고 있었다. 그들은 사랑의 어휘를 알고 있었다. 오, 그랬다! 그들은 사랑의 말을, 너무나 많은 칭찬과 청원과 요구와 황홀한 속삭임을 듣고 되풀이한 사람들이었다(적어도 그 남자는 그랬다). 관계를 깨자는, 아니면 그 관계를 존재하지 않았던 걸로 되돌리자는 최후의 말을 듣고, 그리하여 마침내 사슬로 칭칭 감긴 관계가 청산되는 날이 오기 전까지는. 그녀는 그 남자보다는 그 말을 덜 남용했지만, 존재는 물론 존재의 매듭도 해체하는 이런 말을 닳도록 입에 올리며 살아왔다. 사랑해. 당신도 날 사랑해? 사랑해. 당신도 날 사랑해? 그것은 마법이 주문인가, 고스란히 이신을 내보이는 말인가? 그것은 명령이고 청원이고 끝나지 않는 상냥한 아우성이었다. 폴린 아르누는 매일 밤 잠들기 전 어둠 속에서 곁에 누운 남자를 향해 그 말을 했다. 질 앙드레? 이제 그가 그런 말을 속삭이는 일은 거의 없었다. 사람들은 이제 그를 사랑하지 않는 것 같았다.

그들은 둘 다 배우자가 있었지만 그 배우자들이 똑같은 멜로디를 연주하지는 않았다. 지긋지긋해, 블랑슈는 말했다. 예전에는 질에게 이렇게 말하던 블랑슈였다. 날 사랑해? 마르크는 폴린에게 말했다. 당신 그 옷을 입으니 아름다워. 이리 와. 키스하고 싶어. 키스해줘. 당신 날 사랑해? 그리고 그는 그녀를 품에 꼭 안았다.

질 역시 열정적으로, 환한 얼굴로 블랑슈를 안은 적이 있었다. 그러나 그건 다 지나간 옛 이야기였다. 눈에 띄는 실패나 폭발이 끝을 예고한 것은 아니었다. 그런데도 일이 그렇게 돌아가 그들의 사이는 틀어졌다. 헤어지자고 한 것이 그녀였기에 그는 그녀를 잃은 듯한 기분이 들었다. 누가 누구를 잃었지? 그건 좋은 질문이 아니었다. 누구를 잃은 사람은 아무도 없었다. 사랑이 저 혼자 길을 잃었을 뿐이다. 감정이 저 혼자 풍화되었을 뿐이다. 당시에 그는 그렇게 말할 용기가 없었다. 어째서 그는 그녀를 붙잡지 않았을까? 고백은 하지 않았지만 이미 그는 삶에서 유일한 사랑의 장례식을 치른 것일까? 한마디로 말해 그는 늘 불성실함을, 새로 시작되는 사랑의 설렘을, 삶의 다양성을 더 좋아했던 것일까? 아니면 실패한 끝에 마침내 방황을 선택한 것일까? 그는 뭐라고도 말할 수 없었을 것이다. 더구나 결을 따라 돌을 쪼개는 듯한 그 작업은 벌써 끝나 있었다. 블랑슈는 이미 애정 면에서 완벽한 자립을 회복하고 있었던 것이다. 그녀는 그날 지극히 평범한 말로 그 상황을 표시했다. 지긋지긋해. 이것이 그녀가 열정과 사랑, 고통과 눈물 등 모든 것이 소진되었음을 알리기 위해 입 밖에 낸 말이었다. 지긋지긋해, 그 한마디뿐이었다. 그 역시 당시 지긋지긋했고 행복하지 못했지만, 그런 불행 속에서 사는 것을 끝장내지는 않고 있었다. 그의 지긋지긋함은 블랑슈와 똑같은 의미를 담고 있지 않았다. 사실을 말하자면 그는 나름대로 부부생활의 침울함을 조정하고 있었다. 그는 아내가 지니지 못했던 은신처를 지니고 있었다. 다름아니라 그는 다른 데서 다른 여자들을 만나고 다녔다. 여자들이 그를 따른 것은 그가 매력적이기 때문이고, 특히 젊은 여자들이 많았던 것은 그가 젊은 여자들의 사랑만 받아주었기 때문이다. 여자들은 묘하게 감정을 들쑤셔놓는 그에게 자신을 내놓았고, 그는 잠자코 그것을 이용했다. 그처럼 이리저리 날아다니는 사람이 아직도 아내에게 매여 있다는 것이 불가사의해 보일 정도였다. 그의 아내 블랑슈는 그가 늘 회귀하는 불변의 존재, 영원한 존재였다. 그녀는 그의 항구였고 신뢰할 수 있는 수호자이자, 그가 사랑을 느끼는 유일한 존재였다. 이만하면 완벽한 설명이 아닌가.

그는 자신의 행동을 이렇게 설명했다. 자신이 부정했던 것은 블랑슈가 그를 밀어냈기 때문이라고. 그의 본래 기질은 성실했다. 그는 오직 한 여자만을 사랑하려 했는데, 그러자면 그 여자는 상냥해야 했다. 그러나 그 여자가 목석이었다. 그가 침대에서 다가가면 그녀는 한숨을 쉬었고 어서 잠들고 싶어했다. 그러면 그는 그녀가 자도록 그냥 두었고, 그러면 그녀는 잠들었다. '정말 자는군. 이 여자는 사랑도 잠재웠어.' 그는 생각했다. 그녀는 성욕이란 것을 잃어버린 것 같았다. 그는 그녀에게 그 사실을 일깨웠다. "알아요. 나도 어떻게 된 건지 모르겠어." 그녀는 중얼거렸다(그녀는 사라가 태어난 후부터란 것을 은근히 암시했다). 그는 화를 내지는 않았다. 대신 대화를 시도했다. "당신이 이렇게 날 밀쳐내면서 내가 다른 데서 해결하지 못하게 할 수는 없어." 그가 말했다. "당신 정말로 내가 당신을 밀쳐내서 그렇게 생각하는 거야? 나한테 그렇게 말해도 된다고 생각해?" 마침내 그녀가 화를 냈다. 아직은 사랑하는 사이인데 그런 말을 들어야 하다니, 그녀로서는 인정할 수가 없었다. 그도 결국 신경질이 나고 말았다. "그래. 그렇게 말해도 된다고 생각해." 그가 말했다. 불화는 그로 하여금 계산하게 만들었다. 그가 말한 것을 증명해야 했기 때문이었다. 그녀만 원했다면 그는 매일이라도 그녀와 사랑을 나누었을 것이다. 그러나 그녀는 원한 적이 거의 없었다. 계산은 간단했다. 해가 쌓이면서 그녀가 그에게 싫다고 말한 것이 삼천 번에 육박했다. 블랑슈 앙드레는 그 지적이 틀리지 않다는 것을 알고 있었다. 순간 그녀의 눈에 눈물이 가득 고였다. 그녀는 남편을 사랑했지만 욕망은 사라져버렸고, 그래서 억지로 사랑을 나누고 싶지 않았다. "가서 상담 좀 해봐." 그가 말했다. 의사를 찾아가보라는 말이었다. "가서 뭐라고 해? 난 할말 없어!" 그녀가 소리질렀다. 그녀는 아무도 그녀를 도울 수 없다고 생각했다. 그는 결론을 내렸다. "당신은 그게 아무것도 아니라고 여기고 있는 거야." 그녀는 작은 소리로 말하면 위험도 그만큼 줄어드는 것처럼 낮게 중얼거렸다. "아무것도 아니라고 여기지는 않아. 이대로 가면 언젠가 당신은 다른 여자를 사랑하게 될 테니까." "당신은 모든 걸 뒤죽박죽으로 만드는군. 내가 사랑하는 건 당신이야." 그가 진실을 말했다.

그런데 그에게 다른 여자가 나타난 것이다. 폴린. 그는 아직 그녀의 이름은 모르고 있었다. 그 일은 좀더 시간이 흘러, 질과 블랑슈가 헤어졌을 때 일어났다. 블랑슈가 곁에 있는 한 그의 사랑은 진지하지는 않았다. 그저 예쁘지만 창백한 몸들을 훑고 다녔을 뿐이다. 블랑슈는 그 사실을 알게 된 후 오래 참지 못했다. "이젠 지긋지긋해. 변호사에게 의뢰했어요. 당신이 동의하면 우린 같은 변호사를 쓸 수 있어요. 그렇게 하면 더 간단하고 비용도 덜 들어." 그녀는 화내지 않고 차분히 말했고 그는 그녀가 정말로 이혼 절차를 밟기 시작했음을 깨달았다. 그는 그날 밤 한숨도 자지 못했다! 블랑슈가 그런 일을 궁리하고, 저지르고, 통보할 수 있다니! 결국 그 둘은 결정적인 면에서 하나도 닮지 않았던 것이다! 그라면 절대로 그들의 고귀한 협정을 깨뜨리는 일은 할 수 없었을 것이다. '이 협정이 영구한 것은 사랑을 믿고 싶어하는 자에게는 반드시 필요한 것이기 때문이지.' 그는 생각했다. '강렬한 감정은 끝나지 않아. 변할 뿐이지 끝나지는 않아.' 그는 계속 생각했다. 그 증거가 바로 그 자신이었다. 그는 여전히 블랑슈에게 깊은 애정을 지니고 있었던 것이다. 그는 그녀에게 그 사실을 말했다. 어두운 방 침대 위 그녀 옆에 길게 누운 채(사실 그녀는 거실 소파에서 자고 싶어했지만 그는 그러지 말라고 간청했다). "무슨 일이 일어난 거지?" 그가 중얼거렸다. "어쩌다 우리가 이 지경이 됐지? 내가 얼마나 당신을 사랑하는지 잘 알잖아." 감미로운 목소리였다. 하지만 블랑슈는 흔들리지 않기로 이미 작정한 터였다. "아니, 난 이제 그런 거 몰라." 블랑슈는 약해지는 것이 두려워 냉랭한 목소리로 말했다. 이 여자가 그렇게 완고한 여자였다니 미칠 노릇이었다. "내 안엔 아직도 당신을 향한 너무도 큰 사랑이 있어." 그가 말했다. "더 듣고 싶지 않아. 너무 늦었어. 당신은 너무 많이 감췄어. 다 말뿐이야." 그녀가 말했다. 그는 놀란 표정을 지었다. "몰랐어요? 당신은 이미 오래 전부터 날 사랑하지 않아." 그녀가 말했다. "그렇지만 그건 당신이 날 밀어내기 때문이야!" 그가 말했다. "난 그걸 말하는 게 아니에요!" 그녀가 말했다(그녀는 성적 욕망을 말하는 것이었다). "내 말은 애정, 애정 말이야." 그녀가 말했다. "자, 그럼 내가 설명해주지! 내가 왜 당신한테 사랑의 증거를 보여주기를 두려워하는지 말해주겠어!" 그가 말했다. "당신이 두려워한다고!" 그녀가 소리쳤다. "당신은 거짓말쟁이야! 얼마나 거짓말쟁이인지 당신 자신조차 그 거짓말을 진실이라고 믿고 있어!" 그들은 둘 다 옳은 말을 하고 있었다. 물론 거의 늘 그랬다. 블랑슈는 절망과 분노가 뒤섞인 신경질적인 웃음을 터뜨렸다. 그로 하여금 자신의 잘못을 인정하게 만드는 일을 포기하지 않았다는 뜻이었다. "날 떠나게 만든 건 당신이야." 그녀가 말했다. "일을 이렇게 만든 건 오직 당신 책임이야. 다만 당신은 스스로 떠날 용기가 없었을 뿐이지." 그녀는 꿈꾸듯 중얼거렸다. 그는 화를 냈다. "나하고 전혀 관계 없는 생각이나 행동을 내 것으로 돌리지 마! 내가 나를 파괴한 장본인이라고 몰아세우는 건 너무 심해!" 그가 말했다. "하지만 사실이야! 잘못한 건 당신이라구!" 그녀가 소리를 질렀다. "'한 사람만'의 잘못일 수는 없어." 그가 말했다. "좋아요! 그럼 내가 뭘 잘못했는지, 내 책임이 뭔지 말해봐요"! 그녀가 말했다. "그건 당신이 잘 알 텐데!" 그가 즉시 되받았다. 그녀가 뿌루퉁한 표정을 지었으므로 그는 또박또박 말했다. "당신은 총체적 의미에서 내 아내로 있기를 원하지 않았다는 점에서 책임이 있어. 당신은 날 밀어냈어." 그가 말했다. "불쌍한 사람." 그녀가 빈정거렸다. 그는 그녀에게 입 맞추고 싶었지만 어떻게 해야 아내의 욕망을 불러일으킬 수 있는지 알지 못했다. "불쌍한 사람." 그가 아내 흉내를 내면서 말했다. 그는 아내와 사랑을 나누고 싶었지만 아내는 차디찼다. "불쌍한 사람." 그녀가 말했다. 그러고는 말없이 그를 바라보았다. 그러자 그는 자신이 이미 과거에 속한 남자라는 것을 깨달았다. 어쩌면 그녀가 다른 누군가를 만난 것인지도 모른다. 그제야 그런 생각이 들었다. 그는 그녀의 연인이자 남편이었지만, 이제는 연인도 남편도 아니었다. 그는 그녀의 흥미를 끌지도 못했고 그녀에게 매력적으로 보이지도 않았다. "이제 나를 사랑하지 않는군." 그가 말했다. 부인하는 말은 돌아오지 않았다. 블랑슈는 침묵을 지켰다. 질은 어둠 속에서 사물들의 그림자를 좇아 아무 데로나 눈길을 주었다. 어둠 속에 잠긴 아파트는 그들의 사랑과 과거와 여행을 의미 있게 하는 물건들로 우글거리고 있지만 그것들은 죄다 죽었고 떠날 것이다. 그들은 그의 물건과 그녀의 물건을 갈라 나눠 가질 것이다. 맺어져 있던 것을 갈라 나누는 기이하고 두려운 경험을 하게 될 것이다. 그럼 그들의 딸은? 그 딸도 둘로 나눌 것인가! 그는 울고 싶었다. 그러나 우는 대신 일어나 잠들어 있는 아이를 보러 갔다. 가여운 딸아이는 자기 집 지붕이 날아가게 됐다는 걸 모르고 있었다.

질이 블랑슈와 딸에게 아파트를 남기고 떠나면서 사태는 일단 정리됐다. 집에는 여자들의 소지품만 덜렁 남았다. 그가 옷을 가지러 간 날 블랑슈는 울었다. 그녀는 드레스셔츠도 없고 양복도 없는 빈 옷장을 보고 곧장 그에게 전화를 걸었다. "당신 짐 가지러 왔었어?" 그녀가 물었다. 마치 그런 일을 예상하지 못했던 것처럼. "나 몹시 비참해." 그녀가 중얼거렸다. "나도 그래. 그렇지만 당신이 원한 일이잖아." 질이 말했다. 그녀는 자신이 무얼 원하는지 알았지만 그렇다고 고통이 사라지는 것은 아니었다. 아니, 그녀는 이제 질을 사랑하지 않았다(적어도 그녀는 그렇다고 생각했다). 그는 그녀가 자기 아내였을 때 가족을 가진다는 것, 한 여자를 가진다는 것이 무엇을 의미하는지 몰랐었다. 그는 천지 사방으로 날아다녔고 아무 걱정 없이 일했고, 그사이 그녀는 어린 딸과 함께 줄곧 혼자였다. 어느 날 저녁, 블랑슈가 이렇게 중얼거렸다. "홀로 있을수록 진정으로 존재하는 거야." 올 것이 오고야 만 것이다. 그녀는 이 말을 질에게 되풀이했지만 그때 질은 심각하게 듣지 않았고 여전히 자신이 그녀를 각별하게 생각하고 있다는 말만 했다. 갑자기 그녀가 떠나고 싶어했기 때문에 그는 그녀를 각별히 생각하게 되었다! 이별조차 그는 성공적으로 완수하지 못했다. 그에게는 아무것도 쉬운 게 없었다. 그가 사라의 목을 끌어안고 울었다는 것을 생각해보라! 사라는 겨우 네 살인데! 그는 매일 저녁 전화했다. 딸아이는 울었다. 블랑슈는 전화를 스피커폰으로 해놓고 있었다. "보고 싶지?" 그가 딸에게 물었다. "일요일에 아빠 떠날 때 안 울었어? 울었다고?" 블랑슈는 사라를 재운 후 그에게 전화를 했다. "당신은 바보야!" 블랑슈는 수화기에 대고 고래고래 소리를 질렀다. "머저리! 당신이 그렇게 머저리인지 정말 몰랐어!" 그녀는 그도 자기 자신에게 똑같은 말을 중얼거리고 있었다는 것은 알지 못했다. "어쩌면 그렇게 바보 같을 수 있어?" 그녀는 소리쳤다. "불행하면 그래! 딸이랑 같이 못 살면 그렇게 된다구!" 그도 소리쳤다. "당신은 원할 때면 언제라도 아일 볼 수 있어." 블랑슈가 말했다. "난 그 아일 내 지붕 밑에서 재우고 싶단 말이야!" 그가 말했다. "그럼 좀더 일찍 깨달았어야지." 블랑슈가 슬프고 지친 목소리로 말했다. 이따금 그녀는 소리가 나도록 전화를 끊어버렸다. "잘 될 거야. 그가 적응할 시간을 좀 줘." 그녀의 친구들은 그렇게 말했다.

학교에서의 만남은 그런 괴로움에 종말을 고했다. 사랑이 절망의 부식토 안에서 꽃피었다. 그 꽃의 이름은 폴린이었다. "나, 여자를 한 명 만났어." 그가 블랑슈에게 말했다. "잘 됐네." 블랑슈가 말했다. 그녀는 그 동안 자기가 있던 자리에 갑자기 다른 사람이 들어섰다는 데 안심하는 동시에 흔들렸다. 마침내 한 시대가 종말을 고했고 다시는 옛날로 돌아갈 수 없는 것이다. 그러나 그녀는 자신을 통제했다. "내가 아는 여자야?" 그녀가 물었다. "알지도 몰라. 아마 학교에서 그 여자를 볼 거야. 그리고 그 여자 남편은 클럽에서 테니스를 치지." "결혼한 여자야?" 블랑슈는 놀랐다. "나중에 이야기할게. 내 귀여운 사라한테 대신 입맞춰줘!" 그가 말했다. '믿어지지 않는군.' 블랑슈는 생각했다. 그녀는 자신의 전남편과 좋은 관계를 맺게 될 그 여자에 대해 생각했다. 그녀는 자기 딸이 그 여자를 만나거나 함께 시간을 보내는 일이 생기리라고는 생각하지 않았다. 블랑슈는 그 여자가 결혼한 여자라는 데 안도했다.

3

어느 날 아침 학교에서 그가 그녀에게 다가갔다. 우린 아는 사이 같아요, 난 당신 남편과 같은 클럽에서 테니스를 치죠, 이것이 그가 한 말이었다. 다시없이 우스꽝스런 말이었다. 폴린은 그렇게 생각했다. 다시없이 우스꽝스럽다고. 그런데도 그의 말은 그녀를 떨리게 했다. 그녀는 대답했다. 그럴 수도 있겠군요, 어느 클럽에서 운동을 하시죠? 그리고 그의 말을 들은 후, 그러네요, 같은 클럽이네요라고 말했다. 그들은 할말을 찾지 못한 채 얼이 빠진 채 서로 마주 보았다. 그러자 그녀가 말했다. 난 당신 부인을 아는 것도 같아요, 가끔 당신 딸을 데리고 교실에 오죠. 그가 그럴 거라고 말했다(폴린과 블랑슈는 매일 학교에서 만나는 엄마들이 그러듯 서로 인사를 나누는 사이였다). 그는 덧붙일 말을 찾지 못했다. 그러자 그녀는 그 침묵에 벌을 주고 싶은 것처럼 약간 냉랭한 웃음을 지으며 안녕히 가세요, 라고 말했다. 그녀는 휙 돌아섰는데 그 순간 그녀의 가슴이 두근대고 있었다는 걸 그는 몰랐다. 최초의 그 몇 마디 말은 그들이 그 접촉을 절대 무위로 만들지 않으리란 것을 예고하기에 충분했다. 출발부터 모든 것이 작위적이었기 때문이다. 누군가 먼저 첫 발을 내디뎌야 하는데 어떤 길을 택해도 자연스럽지 않을 때, 우리는 어떤 첫 발을 꿈꿀 수 있을까?

그는 지나치게 구속하는 듯한 느낌을 주지 않는 첫 발을 찾았다. "그 남자애 좋아하니?" 그가 딸아이에게 물었다. 불행하게도 딸아이는 아니라고 말했다. "그 아일 알긴 알아?" 아버지가 재우쳐 물었다. "그 아이, 이름이 뭐니?" "테오도르." 어린 여자아이가 대답했다. 사라는 테오도르를 거의 무시하는 듯했다. 딸아이는 테오도르를 집에서 놀자고 초대하고 싶은 마음이 조금도 없었다. 딸아이는 사내아이한테 전혀 매력을 느끼지 못하는, 우정에 끌리는 나이였다. 그는 시작으로서 가장 은밀한, 그녀의 아들을 초대하는 방법을 포기했다. 그때부터 그는 아무것이라도 상관없을 첫 발을 찾기 시작했다.

시간이 제법 흘렀다. 안녕하세요. 두 연인은 이 말밖에 할말이 없는 듯했다. 안녕하세요, 안녕하세요, 안녕하세요…… 그러나 그 말은 뭔가를 찾는 듯 시간을 끄는 눈길의 교환 속에서 중얼거려지고 속삭여졌다. 애원하는 눈길, 부르고 유혹하는 눈길, 어느 정도 포기한 눈길, 도망가는 눈길이 오고갔다. 폴린 아르누는 갈수록 눈길 받는 것이 좋아졌다. 그녀는 미소를 지으며 대답하고 눈을 내리깔아 자신을 보호하면서 달아났다. 마침내 그가 기회를 만들었다. 그녀에게 당당히 뭔가를 요청한 것이다. 커피 한잔 하시겠어요? 제가 커피 한잔 사고 싶은데요. 그는 활기차고 열의 있게 초대했다. 그들이 나란히 교실을 나오게 된 아침의 일이었다. 그것은 우연이 아니었다. 그가 일부러 늑장을 부리면서 그녀를 기다렸던 것이다. 간단한 일이었다. 그녀는 약간 얼굴을 붉혔지만 이렇게 대답했다. 그럴까요? 좋은 생각이네요. 그들은 날씨와 아이들과 여선생 이야기를 하면서 길을 걸었다. 카페에서 그녀는 테이블에 앉기를 거절하고 카운터를 택했다. 그들은 불편한 분위기 속에서 나란히 서서 각기 작은 커피잔 안에 작은 숟가락을 넣어 저으며 다시 날씨와 아이들과 여선생 이야기를 했다. 그리고 그녀가 말했다. 저 가야 해요. 그래서 그는 그녀가 일을 한다는 것을 알았다. 그렇다, 그녀는 일을 하는 것 같았다. 잘 가요, 그는 재빨리 그녀의 눈동자를 더듬으며 낮은 목소리로 말했다. 안녕히 가세요, 커피 잘 마셨어요. 그것이 전부였다. 그들은 여전히 서로에게 낯선 사람들인가? 그는 아니라고 믿고 싶었다. 이 여자는 그의 손에 들어올 수 없었다. 그녀가 그를 보았을까? 한순간 그녀에게 속을 훤히 들켰다는 기분이 들었다.

계속해야 했다. 순간에 말〔言〕들을 잡아매고, 자연스런 친근감을 조성해야 했다. 안녕하세요. 안녕하세요. 꺾이지 말고 다시 시작해야 했다. 그녀는 그가 어떤 눈길로 자신을 바라보는지 알고 있었다. 내가 바라본다는 걸 저 여자는 알고 있다. 그는 그렇게 확신했다. 즉시 깨닫게 해주는, 더없이 간단히 설명되는 일이 있는 법이다. 그런데도 그것을 입에 올릴 수 없기 때문에 복잡해지는 것이다. 아무래도 우스운 일이라고 그는 생각했다. 돌연 과감한 결정을 내린 것은 그래서였을까? 사건은 갑자기 일어났다. 학기 말이 다가오고 있었다. 그가 말했다. 같이 식사 한번 하시는 게 어떻습니까? 가시고 싶은 곳으로 모실 수 있다면 기쁘겠습니다. 그는 완전히 정체를 드러냈다. 계획을 향해 전진하기 위해 이렇게 말할 수밖에 없었다. 삶은 기회를 저절로 가져다주지 않는다. 만나고 싶다면 만나자고 청해야 한다. 그가 그렇게 청할 수 있었던 것을, 마법이 아니고는 무엇이라고 설명한단 말인가? 그는 그 말을 스무 번 이상 반복했다, 머릿속에서. 가시고 싶은 곳으로 모실 수 있다면 기쁘겠다니, 정중하고도 고전적이지 않은가! 그건 매우 공들여 준비된 말이었고, 턱도 없이 틀린 말, 다시없이 거짓에 가까운 말이자 아예 부조리한 말이었다. 그는 그녀를 잘 알지도 못하는데 어째서 그녀를 어딘가로 데려가는 것이 그에게 기쁨이 될 수 있으며, 더구나 친구도 아니면서 왜 같이 어딜 간단 말인가. 그러나 그런 속임수를 숨기기 위해 어떤 행동을 할 수 있겠는가? 방법이 없었다. 가시고 싶은 곳으로 모실 수 있다면 기쁘겠습니다, 그 말은 새빨간 속임수였다. 진실은 이런 것이었다. 당신이 마음에 들어요! 그리고 그 말은 감미롭게, 기력이 떨어진 것처럼 속삭여졌다. 사실 그는 기력이 떨어지기는커녕 그녀를 알고 싶은 욕망으로 활활 타오르고 있었다. 한마디로 그는 그녀와 함께 있고 싶어 온몸이 불타는 것 같았다. 그런데 안타깝게도 이런 진부하고 작위적인 말을 해야 했던 것이다! 그는 벌거벗겨지는 듯한 기분과 도박하는 듯한 기분을 동시에 맛보며 그렇게 말했다. 당신이 가고 싶은 곳. 이 말은 금발 여자의 머릿속에서 정숙하지 못한 제물처럼 울렸다. 그러나 그녀는 기쁨으로 흘러넘쳤다. 인생이 갑자기 다시 꿈틀대기 시작하더니, 뒷발질을 하고 핑글핑글 돌아가고 있었다. 무슨 일인가가 일어나고 있었다. 그녀는 자신을 벌떡 일으켜 세우는 그 욕망의 물결을 쫓아가기 위해 춤이라도 출 수 있을 터였다. 우리는 이리도 외로운가? 사랑하고 사랑받고 있을 때조차 새로운 욕망 때문에 기쁨에 취할 정도로? 그녀는 가만히 꿈을 꾸었다. 그는 그녀가 전혀 관심이 없지는 않다고 생각했지만, 그녀가 아무 말도 하지 않고 있었으므로 자기가 틀렸다고 생각했다. 괜찮겠습니까? 그가 목소리를 낮추어 다시 물었다. 미안하지만 안 되겠는데요, 폴린 아르누가 입을 꾹 다물며 대답했다. 그녀는 무척 놀랐다. 어떻게 감히 그가 이런 요구를 한단 말인가! 게다가 얼마나 어설픈지. 거절하는 것 말고 달리 어떻게 행동할 수 있단 말인가. 한 남자가 당신을 집요하게 쳐다보고, 당신은 그 남자를 모르고, 그 남자가 당신에게 접근하고, 당신 주변을 맴돌다가 마침내 덜컥 당신을 저녁식사에 초대한다! 하품 나올 이야기에 지나지 않았다. 유감이군요, 그가 말했다. 그러자 폴린은 정말로 유감에 휩싸였다. 운 좋게도 그는 그녀에게 다른 은밀한 제의를 내놓을 수 있었고, 그녀는 그것을 붙들었다. 그럼 한잔 하는 건 어떻습니까? 오후가 끝날 때쯤, 당신 일이 끝난 뒤에요. 그건 괜찮겠습니까? 그가 물었다. 물론이죠, 그녀는 혼란스러움으로 헐떡이며 말했다. 아! 그가 고개를 끄덕였다. 그리고 웃었다. 재미있는 시간을 보내게 해드리겠다고 약속하죠! 그가 말했다. 그녀는 처음으로 그의 눈을 바라보았다. 그리고 말했다. 기대하겠어요. 어떻게 그런 대답이 나왔을까. 그녀가 대답을 미리 준비했을 리는 없고, 그를 만나야 할 이유는 물론이고 욕망도 없었는데? 당연한 이야기지만 그에게도 그녀를 만나야 할 정당한 이유 같은 것은 없었다. 그러므로 그 대답은 질문과 마찬가지로 대단히 작위적이고 거짓에 가까웠다. 오직 눈동자만이 꾸밈없는 진실을 드러내고 있었다. 아, 정말 괜찮겠습니까? 그가 놀란 것처럼 되풀이해 물었다. 물론이죠, 왜 안 되겠어요? 그녀가 말했다. 그들은 둘 다 그녀의 남편을, 그녀가 이 일을 말하든가 말하지 않을 그 남편을 생각했다. 남편은 별말 하지 않을 거예요, 당신이 궁금한 게 그거라면요! 그렇게 말함으로써 그녀는 거북한 분위기를 말끔히 지워버렸다. 우리를 감싼 묘한 흥분이 아니라면 이 모든 것이 얼마나 부조리하게 보일까, 그녀는 생각했다. 그녀는 이 시점에서 자신이 정체를 전부 드러내고 싶은 건지 확실히 알지 못했다. 그러자 이상한 일이 일어나고 말았다. 그녀가 견디지 못하고 '당신 부인도 오나요?'라고 묻고 만 것이다. 의혹이 단번에 그를 사로잡았다. 그녀는 그가 부부동반 식사를 제안했다고 생각했거나 그게 아니라면 그녀 쪽에서 그런 생각을 해냈을지도 모를 일이었다(물론 그녀는 그의 제안이 단둘이 만나자는 것임을 정확히 이해하고 있었다). 그는 눈썹 하나 까딱 않고 대답했다. 아내는 안 올 거요, 그러나 당신이 원한다면 남편과 같이 나와도 좋아요. 그는 얼마나 거짓말쟁이인가! 그들은 둘 다 그렇게 생각했다. 그녀는 고개를 저었다. 말로 표현하는 것은 그녀가 혼자 가리라는 것을 노골적으로 드러낼 것이므로, 그녀는 말없이 고개를 저었다. 우리는 얼마나 능숙한 거짓말쟁이들인가! 혼자 가겠어요, 라는 간단한 문장조차 그녀는 말할 수 없었다. 그 말엔 지나치게 많은 의미가 숨겨져 있으므로. 그런 작은 꾸민 태도가 무엇을 의미하는지에 생각이 미치자 그녀는 얼굴이 붉어져서 허겁지겁 그에게 인사를 했다. 그리고 그가 인사를 받을 여유도 주지 않고 떠났다. 그럼 곧 다시 만납시다, 감미로운 목소리가 속삭였다. 그녀가 그 말을 들었는지는 알 수 없었다. 그녀의 치맛자락이 벌써 계단 위에서 팔락팔락 날고 있었다. 그는 조용히 그녀가 간 길을 뒤따라갔다. 그는 지극히 명철한 지각 상태에 있었다. 보라, 산다는 것이 얼마나 아름답고 격렬한지! 그는 욕망으로 인해 세상의 온갖 사물들이 빛을 뿜으며 팽창하는 듯한 느낌에 사로잡혔다. 그는 모처럼 심장이 오그라드는 듯한 괴로움 없이 아주 편안하게 블랑슈와 사라를 생각할 수 있었다.

폴린 아르누는 그녀 안에서 꿈틀대는 것에 대해 생각만 해도 얼굴이 붉어졌다. 그녀는 정말로 하나의 시선과 사랑에 빠지는 중이었다. 그녀의 삶은 이미 다른 사람에게 주어져 있었으므로, 그녀는 그 사랑에 자신의 삶을 내줄 수 없는 형편이었다. 그런데도 그녀는 마음을 열었다. 그녀의 남편이 그녀에게 입을 맞추었고, 그녀도 남편에게 입을 맞추었다. 그 사랑은 부드럽고 단호했다. 다른 사랑은 의심스럽고 무모했다. 제아무리 순수할지라도 합법적이지 못한 사랑이었다. 끝내 발각되지 않는다 해도 불법적인 비밀이었다. 비밀. 그렇다. 그것은 비밀일 수밖에 없을 것이다. '왜냐하면' 그 사랑이 불법이고 시의적절하지 않고 심지어 비극적일 것이기 때문이었다. 그녀는 '학교에서 계속 날 쳐다보는 어떤 남자를 만나러 가요' 라고 남편에게 말하지 않았다. '날 떨리게 하는 한 남자를 만났어요' 라고 말하지도 않았다. 그녀가 할 수 있는 일은 숨기는 것뿐이었다. 침대를 함께 쓰는, 더욱이 뱃속에 자기 아이를 갖고 있는 여자가 그런 말을 하는 것을 담담히 들어줄 수 있는 남자가 있을까? 그런데도 그녀가 남편에게 느끼는 사랑은 변질되지 않았다. 그녀의 길에 다른 남자가 끼어든 것은 그녀 부부의 사랑이 약해졌기 때문은 아니었다. 그녀는 그런 것이 아니라고 확신했다.

죽음이 갈라놓을 때까지 당신들은 서로 지극히 사랑하리라. 부부는 제각기 정절을 지키고 서로 도와야 한다. 폴린 아르누는 그렇게 하겠다고 맹세하고 서약했었다. 그런데 지금 그녀는 두 남자에게 사로잡혀 있었다. 한 남자는 그녀가 함께 사는 사람이고,

다른 남자는 그녀가 꿈꾸는 사람이었다. 거의 매일 저녁, 그녀는 부부 사이의 조화로움 한가운데에서 한 얼굴을 빚고 한 목소리를 들었다. 가시고 싶은 곳으로. 기쁘겠습니다. 그녀는 그의 눈빛과 속삭임을 떠올리며 잠들었다. 그것은 그녀에게 어느 정도는 고통이었다. 후회가 아니라 욕망에서 오는. 그녀는 시트 아래서 몸을 뒤척였다. "당신 아직 안 자?" 남편이 물었다. 그녀는 아직 안 잔다고 대답했다. 그러자 그가 무슨 생각을 하느냐고 물었다. 그녀는 거짓말을 할 수밖에 없었다. "아무 생각도 안 해." 어쩌면 남편은 그녀의 대답이 거짓이라는 걸 알아챘을지도 모른다. 아무 생각도 안 하기란 드문 일이거니와 어려운 일이기도 하니까. 그들은 서로 등을 돌리고 누워 있었다. 이따금 그녀가 마르크의 얼굴을 어루만졌다. 그는 움직이지 않았다. 그녀는 그를 바라보았다. 그렇게 보니 꼭 죽은 사람 같았다. 그러자 그녀의 마음속에서 사랑이 끓어올랐다. "사랑해." 그녀가 그에게 말했다. "나도 사랑해." 그가 말했다. 그는 아내 쪽으로 다가가 사랑의 말을 속삭였다. 그녀는 그 충실하고 조용한 사랑을 받아들였다. 그런데 그녀가 그의 품속에서 생각하는 것은 다른 사람이었다. "당신은 정말 아름답고 부드러운 여자야." 마르크가 말했다. 그것은 그녀도 아는 사실이었다(자신감이란 성적인 것이다). 그녀는 남자들의 사랑을 포식하는 덕에 행복했다. "당신이 얼마나 부드러운지 아무도 모를 거야." 마르크가 말했다. 그녀는 다른 사람이 그것을 알게

되기를 바라고 있었다. 그녀는 자신이 사랑하는 것의 조화를 보
호하는 비밀을 가진 것이 즐거웠다. 추할 것은 아무것도 없었다.
거짓말을 하면 될 걸, 무엇 때문에 사이를 틀어지게 만들겠는가?

4

　그녀는 이처럼 그녀를 깊이 사랑하는 남편과 함께 살았다. 그
리고 자신을 떨게 하는 남자와 비밀리에 저녁을 먹게 될 그날 아
침에도 남편 곁에서 준비를 했다. "오늘 저녁 클럽에서 파티 있는
거 알지?" 남편이 말했다. "그래요. 나는 못 가니까 당신 혼자 가
야 한다는 거 잊지 않았죠? 난 저녁 약속이 있으니까요." 그녀가
말했다. 저녁 약속을 떠올리자 그녀는 그 말을 하는 것이 거북하
기는커녕 행복했다. "저녁 약속!" 그가 따라했다. 그는 그녀가 좀
더 자세히 이야기해주기를 바랐을 테지만 아무것도 묻지 않았다.
그렇기는 해도 그는 확실히 해두기 위해 물었다. "그럼 당신 아예
인 을 거야? 저녁 먹고 나서도?" "식사기 몇 시에 끝날지 잘 모르
겠어요." 그녀가 말했다. 그러고는 그의 목을 끌어안았다. "당신
혼자 가도 괜찮겠죠?" 그녀가 말했다. 그녀는 상냥하게 말하는
능력이 있었다. "응, 괜찮아. 당신이 즐거운 저녁시간을 보낸다면
나도 만족해." 그가 말했다. '착한 사람!' 그녀는 생각했다. 그가

착하기 때문에 그녀가 좀더 죄의식을 느껴야 하는 걸까? 그녀는 그의 입술에 자기 입술을 포갰다. 처음에는 살짝, 그리고 그가 그녀의 허리를 감자 좀더 길게. 그녀가 그에게서 몸을 뺐다. "나랑 키스하는 게 싫은 거로군. 우리 사랑은 아주 플라토닉해." 그가 웃으며 중얼거렸다. 그녀는 고개를 흔들고는 말했다. "그렇지 않아요." "왜 아니라는 거야?" 그가 말했다. "기억 안 나? '난 당신이 잘생기긴 했지만 짐승 같다고 생각해요!'" 그들은 웃었다. 빛났던 두 사람의 만남을 회상하는 것은 언제나 즐거웠다. "당신이 똑똑한 남자지만 완전히 미쳐버렸다는 걸 알아채는 덴 별로 오래 걸리지도 않았어요." 그녀가 말했다. "난…… 난 당신이 천사라고 생각했어. 당신 날개 밑에서 잠들고 싶었지." 그가 말했다. "천사?" 그녀가 웃었다. 그가 얼굴을 바싹 들이댔으므로 그녀의 미세한 금발 솜털과 모공까지 보였다. 아무리 남편이라도 그렇게 가까이에서 보는 것은 싫었다. 그녀가 품에서 빠져나가려고 했지만 그가 다시 팔을 조였다. "당신은 나한테 붙잡혔어!" 그가 말했다. "약자가 되는 건 썩 유쾌한 일이 아니야. 난 다른 사람의 호의에 의존하는 건 싫어요." 그녀가 말했다. 그는 그녀의 양쪽 뺨에 입을 맞춘 후, 그녀가 새처럼 떠나가도록 내버려두었다.

그녀는 정말로 날아갔다. 그 시간, 그녀는 노란 원피스를 입고

카페의 테라스 좌석에 앉아 '그렇다고 날 누구누구 부인이라고
부르지는 않을 거잖아요!' 라고 말하며 애교를 부리고 있었다. 결
국 마르크 아르누는 학교에서 한 남자가 그의 아내를 줄기차게 바
라본 탓에 아내 없이 저녁파티에 가게 되었다. 그들의 어린 아들
도 집에 없었다. 아이는 할머니 집에 가 있었다. 마르크는 빈 아파
트로 돌아갔다. 어둠과 침묵이 달려들었다. 사람들은 자기 집에
서 침묵과 고독을 발견하는 데 익숙하지 않은 법이다. 덧창들은
모두 닫혀 있었다. 실내 공기를 선선하게 해두려고 누군가 닫았
을 것이다. 폴린은 약속 시간에 맞춰서 나간 것이 틀림없었다. 그
녀는 지금 무얼 하고 있을까? 그는 혼자 생각했다. 그녀는 저녁
약속에 대해 아무 말도 하지 않았다. 적어도 어디서 누구와 함께
있을 건지라도 말해주었으면 지금쯤 무얼 하고 있을지 상상할 수
있었을 것이다. 그러나 그는 정말 아무것도 몰랐다. 정말 아무것
도 모를 때는 모른다는 것조차 모른다. 어쨌든 그는 아내가 보고
싶었다. 사실 그는 혼자 외출하고 싶은 생각은 별로 없었다. 곁에
아내가 없으면 웃고, 말하고, 배우고, 노래하는 것, 그 모든 행위
가 별 의미가 없었다…… 빈 아파트리는 것이 얼마니 슬픈 풍경
이 될 수 있는지! 아파트의 주인은 부엌에서 거실로, 거실에서 방
으로 사뿐사뿐 돌아다니는 그녀였다. 그는 옷을 벗고 땀이 밴 옷
가지를 커다란 바구니에 던진 후, 샤워를 하고, 뺨과 턱을 전기면
도기로 가볍게 면도하고, 자기 얼굴이 어떻게 생겼는지 확인이라

도 하고 싶은 듯 거울을 들여다보고 턱을 매만진 후, 저녁파티에 가기 위해 편한 옷을 입었다. 폴린. 얼마나 그녀를 사랑하는지! 얼마나 그녀의 존재에 익숙해져 있는지! 그날 아침 아내가 입고 있던 옷이 침대 위에 놓여 있는 것이 보였다. 아내가 저녁약속에 나가기 위해 옷을 갈아입었다는 것을 알아챘다. 그러나 그녀가 얼마나 정성껏 주의를 기울이며 옷을 갈아입었는지는 보지 못했다. 그녀가 연인을 위해서 준비하는 그 장면은. 그 장면을 보았다면 그는 눈치챘을 것이다. 그녀가 남자와 함께 저녁을 먹을 거라는 것을, 그녀가 그 남자의 마음에 들고 싶어한다는 것을, 그리고 그 남자는 위험한 인물이란 것을. 그러나 모든 것은 비밀로 남아 있었고, 그래서 마르크 아르누는 행복했다.

"난 질투 같은 건 안 해!" 그는 종종 아내에게 말했다. 그것은 거짓이 아니었다. 폴린은 그 말에 동의하지 않았다. "거짓말쟁이!" 그녀는 웃으면서 말했다. 그는 안 하는 체하면서 질투한다고, 말하자면 수치심을 느끼지 않게끔 몰래 질투하는 거라고 그녀는 생각했다. 그녀는 남편이 교묘하게 무관심을 가장하거나 음울하게 가라앉은 표정을 짓는 모습을 자주 보았다. 대개 그가 질투심을 느끼는 게 틀림없는 그녀의 남자 친구들 가운데 몇 명을 몰아낼 때 짓는 표정이었다. 저녁식사가 끝나고 그 친구들이 돌아가면(틀림없이 자신들의 여자 친구 폴린을 대체 어떤 놈이 차지한 건가 자문하면서) 그는 마음놓고 그들을 비판했다. 그녀는 은밀히 웃었다. "당신 질투하는군요." 그녀가 말했다. "그렇게 생각하는 게 편하다면 그렇게 생각해!" 그가 말했다.

"난 과거에 대해선 질투해. 사실이야. 바보 같은 짓이란 걸 알지만 어쩔 수 없어." 마르크는 곧잘 말했다. 그는 남편이나 낯선 사람들 앞에서 지나간 연애담을 늘어놓는 여자들을 질색했다. 그 점에 대해서는 폴린도 동의했다. "맞아요. 그건 양식 있는 행동이라고는 할 수 없어!" 그랬다. 그들은 여러 면에서 서로 의견이 일치했다. 그들은 즐겁고 생기 있는 한 쌍이었다. 그들 사랑의 생동감은 그들이 의견이 일치할 때뿐만 아니라 말다툼을 하는 가운데서도 명백히 드러났다.

"어쨌든 난 정말 질투 안 해. 당신이 그걸 알아줬으면 좋겠어." 그날 아침 마르크가 말했다. "하지만 난 당신 없이 혼자 파티에 가게 될 테고, 그사이 당신이 뭘 하는지도 몰라." 그건 아내에게 무엇을 할 것인지 밝히라고 묻는 그 나름의 방식이었으나 그녀는 아무 대답도 하지 않았다. 어쩌면 그는 그녀가 여느 때 같지 않다는 것, 그녀가 '걱정 말아요. 나 누구누구랑 같이 있을 거니까' 라고 속삭임으로써 그를 안심시켜주지 않는다는 것을 깨달았을지도 모른다. 그녀는 그를 안심시키기는커녕 마술쇼를 보고 넋이 나간 계집아이처럼 웃었다. 그는 이야기를 계속했다. "난 질투 안 해. 난 당신이 하루 종일 뭘 하는지 몰라. 당신은 나한테 '난 그림을 그려요' 라고 하지. 그렇지만 내가 당신 그림을 본 적이 있어? 한 번도 못 봤잖아! 난 당신이 뭘 보는지, 누가 당신한테 편지를 썼는지, 당신이 어디에 또 누구랑 가는지도 묻지 않아. 그런데도 당신은 내가 질투한다고 할 텐가?" 그녀는 웃었다. 그 독백은 당혹스러웠다. 특히 그녀가 그를 배신하려 하는 그날 아침에는 더욱. 그녀는 그를 배신하는 걸까? 그렇다, 그것은 사실이었다. 그에게 숨기는 것이 있었으므로. 그녀는 처음으로 배신이라는 말의 진정한 의미를 이해했다. 그녀는 이렇게 말할 수도 있었을 것이다. 난 나쁜 짓 안 해요. 그녀는 정말로 그렇게 생각했다. 그러나 말하지는 않았다. 그렇게 말하는 것은 우스꽝스런 일이었다. 반면 그렇게 생각하는 것, 그렇게 생각하면서 입 밖에 내지 않고 마음속 깊이 진심으로 그렇게 믿는 것은 우스꽝스럽지 않았다. "너무 늦지는 마. 당신이 밖에 혼자 있다고 생각하면 걱정되니까." 그가 말했다. 그러고는 웃으며 덧붙였다. "당신은 너무 예쁘단 말이야!" "알았어요. 일찍 들어오도록 애써볼게." 너무 예쁜 여자가 말했다. "당신, 택시 타고 클럽으로 와서 나랑 같이 집에 들어와도 돼." 마르크가 말했다. 뭐라고 대답할까? 침묵으로 버틸 수도 있었다. "그렇게 해볼게요." 폴린이 대답했다.

신체적 접촉을 생각하면 몸과 마음이 송두리째 마비됐다. 그런데도 그녀는 저항할 수 없는 유혹

을 계속 받아들였다. 앞뒤가 맞지 않는 경우인가? 그녀는 이 남자를 잃고 싶지 않았다. 그러나 서

둘러 갖고 싶지도 않았다. 사랑에 빠진 여자의 시곗바늘과 남자의 시곗바늘은 같은 속도로 움직

이지 않는다…

III. 식사를 하다

1

그리하여 그들은 식사를 하기 위한, 그리고 어떤 이야기가 어디까지 오갈지 짐작은 할 수 없었지만 어쨌든 그들의 이야기를 아무도 듣지 못할 장소를 찾아냈다. 그들은 동그란 2인용 테이블에 마주 보고 앉았다. 아주 작은 테이블이라서 테이블 밑에 있는 그들의 다리가 맞닿을 수도 있었다. 그러나 다리를 맞대지는 않았다. 거북함은, 적어도 처음에 그들이 서로의 앞에 와 있는 이유를 고백하지 않음으로써 빚어진 기묘한 분위기는 모두 사라지고 없었다. 그들은 그리 자주 일어난다고는 할 수 없는 일, 다시 말해 가족도 아니면서 누군가와 육체적으로 바싹 붙어 있는 일, 그리고 둘의 관계에 깔린 동기를 당당히 입에 올릴 수 없다는 것을 드러내지 않으면서 함께 식사를 하는 일, 이 두 가지에 익숙해져 있었다. 그들은 친구가 아니었다. 그리고 결코 친구가 될 수 없는 사이였다. 그럼 일과 관련된 사이일까? 물론 아니었다. 거래할 것이 있나? 전혀 없다. 그렇다면 왜 그들은 마주 앉아 웃고, 서로를 알기 위해 애쓰고 있나? 정당한 설명은 한 줄도 할 수 없다. 서로를 강하게 끌어당기는 매혹이라는 것이 존재할 뿐. 더욱이 우리는 서로를 향한 관심이 이들의 애초 계획을 배반하고 있음을 두 사람의 얼굴에서 읽을 수 있다. 한마디도 말해지지 않았지만 그들이 사이좋게 동의하고 있는 것, 그건 그들이 서로 마음에 들었다는 것이었다. 이제 두 사람 모두 완전한 만남으로 접어들고 있다는 생각을 하고 있었다.

그녀는 눈부시게 웃고 있었다. 그들 두 사람이 서로 마음에 들었다는 사실이 비밀로 남아 있는 덕분에 그 웃음은 한결 그윽했다. 길은 예정된 코스로 계속 이어졌고, 그들은 이제 훨씬 자유롭게 대화를 나누고 있었다. 두 사람의 정체는 그들을 좌석으로 안내한 종업원(폴린이 눈을 내리깔고 있는 사이 질은 조용한 테이블을 수시오, 라고 말했다)과 눈길로 그들을 따라간 숱한 손님들(그들 두 사람에게는 다른 사람들이 존재하지 않았지만) 그리고 심지어 그들 자신에게도 여지없이 드러나고 있었다. 그것이 사랑의 마력이다. 그의 정체는 웃음과 마치 물어뜯을 듯 쳐다보는 줄기찬 시선의 폭포로 인해 드러났다. 그녀의 정체는 남자의 마음을 사로잡을 줄 아는 여자들에게 전형적으로 나타나는 애교 섞인 몸짓들, 그리고 끊임없이 터지는 미소로 인해 드러났다. 물론 자석에 끌리듯 상대방에게로 기울어진 상체의 포즈도 증거로 보태졌다. 감미로운 목소리는 영롱한 빛깔을 내면서 기사도 정신으로 무장한 열정과 고귀한 성적 욕망 사이를 부지런히 오갔다. 말 한마디 한마디의 내습이 있을 때마다 폴린 아르누는 점차 빠른 속도로 탈선하고 있음을 느꼈다.

그녀는 초저녁 무렵보다는 한결 자발적으로 이야기하고 있었다. 더구나 이 아름답고 매력적인 여자는 분별력 있게 자신을 표현할 줄 알았다. 그녀는 민감했다. 간단히 말해 금발의 비너스는 말도 할 줄 알고 정신도 소유하고 있었다. 질 앙드레는 한층 그녀에게 이끌렸다. 그는 지성이란 것은 어디로 보나 에로틱한 자질이라고 생각하는 사람이었다. 그녀의 말을 듣기 시작하면서, 그는 자신이 주도권을 쥐고 그녀를 유혹하려 한다는, 그녀는 자기 손안에서 비밀을 풀어놓기 직전까지 온 장난감이라는 생각을 버려야만 했다. 아니었다. 그녀도 매우 섬세하게 그의 환심을 사려하고 있었다. 그게 아니라면 그와 더불어 즐기고 있거나 그의 욕망을 느끼면서 쾌락을 맛보고 있는 것 같았다. 실은 대체 일이 어떻게 돌아가는 건지 그도 알 수 없게 되어버렸다. 그녀는 기다리고 있었다.

천사를 믿어요? 그가 물었다. 난 마음속에 천사가 깃든 사람들이 있다는 걸 믿어요, 천사를 볼 때도 있구요, 그녀가 대답했다. 그들은 웃었다. 당신은 위험한 여자군요! 그가 말했다. 내 천사도 보입니까? 그가 물었다. 아뇨, 날개 같은 건 전혀 안 보이는데요, 그녀가 고백했다. 그들은 또 웃었다. 놀랄 일도 아니오, 내겐 천사 같은 구석이라고는 조금도 없으니까, 그가 말했다. 그녀는 아무 말도 하지 않았다. 난 여자들한테서 더 자주 천사를 봐요, 그녀가 말했다. 그렇다면 난 열심히 보지 않은 모양이군요, 난 여자들한테서 천사보다는 악마를 더 많이 본 것 같거든요, 그가 말했다. 그러고는 생각에 잠겼다. 당신 아내 이야기를 해줘요, 그녀가 말했다. 이름이 뭐죠? 블랑슈. 무슨 일을 해요? 소아과 의사요. 무척 아름답던데요, 폴린이 말했다(그렇게 말하는 그녀는 정말로 여성적이었다!). 그렇소! 그가 웃으면서 말했다. 매력적인 여자였지, 지금은 좀 덜하지만, 이젠 나이를 먹었어요, 그가 말했다. 그렇게 말하지 말아요, 그녀가 말했다. 다른 애기도 해줘요, 그녀가 덧붙여 물었다. 그는 아내 이야기를 하고 싶지 않았지만 그녀는 그의 아내 이야기를 듣고 싶어했다. 그것은 한 여자가 다른 여자에게 품는, 특히 그 다른 여자가 사랑받는 여자일 때 품는 호기심이었다. 그녀는 일 때문에 많이 바쁜가요? 지적이고, 헌신적이고, 모성애가 강하고, 상냥하고, 부드러운 사람인가요? 당신은 그녀를 얼마나 사랑하나요? 폴린은 그 모든 것을 장차의 연인이자 블랑슈의 전남편인 그의 입으로 듣고 싶었을 것이다. 간단히 말해 그는 다른 관계를 위해 하나의 관계를 배신해야 했다. 언제 결혼했죠? 폴린이 물었다. 그는 아예 대답하지 않기로 작정한 듯했다. 그녀는 애원조로 되뇌었다. 다른 애기도 해줘요! 그러나 그는 블랑슈에 대해 조금도 이야기하고 싶지 않았다. 어여쁜 폴린은 그에게서 아무것도 알아내지 못할 것이다. 아뇨, 난 절대로 이야기하지 않을 거요, 더구나 그녀는 이제 내 아내가 아니오, 내가 당신한테 그녀 이야기를 한다면, 그러니까 재미 삼아 이야기를 한다면(그는 ‘친밀하게’라는 말은 감히 쓰지 못했다), 당신은 내가 언젠가는 다른 여자한테도 당신 이야기를 할 거라고 생각할 거요, 그가 그녀의 눈을 똑바로 보며 말했다. 하지만 난 당신 아내가 아니에요! 젊은 여자가 항변했다. 그는 웃었다. 알아요, 그러나 내 말이 무슨 뜻인지 당신이 알 거라고 생각하오, 그가 말했다. 타인과 친밀한 사이가 되면 그들에 대해 말할 권리를 잃는 거요, 그렇지 않으면 친밀한 관계란 건 불가능해지죠, 그가 속삭였다. 난 아내에 대해서는 아무 논평도 하지 않소, 난 그녀를 사랑해요, 내가 그녀에 대해 할 수 있는 말은 그게 전부요, 그가 감미로운 목소리로 이야기를 맺었다. 그렇지만 당신은 이혼하잖아요, 폴린이 말했다. 놀랍게도 즉각적으로 그녀 안에 질투가 끓어올랐다. 그녀가 아무리 '그 여자는 그의 아내야. 난 그의 아내를 질투하지 않아'라고 다짐해도 철철 흘러넘치는 질투를 다스릴 수는 없었다. 그가 그처럼 부드럽고 불가해한 목소리로 아내에 대해 이야기하자, 그녀는 갑작스런 시기심을 주체하지 못했다. 그가 입을 열었다. 물론 머지않아 이혼이 기정 사실이 되겠지만…… 그는 꿈꾸는 듯한 얼굴이 되더니 이야기를 멈췄고, 그런 후 거의 혼잣말처럼 중얼거렸다. 이혼만은 피하고 싶었어요, 그리고 이제야 겨우 이혼을 받아들이고 있소, 그는 그녀를 바라보며 말을 이었다. 아내는 부부생활이 더는 참기 힘들다고 판단한 모양이지만 난 이게 우리 이야기의 끝이라고 생각하지 않소, 당신은 남편과 사는 것이 행복해요? 그가 물었다. 무척 행복해요, 그녀가 말했다. 그가 웃었기 때문에 그녀는 바로 덧붙였다. 정말이에요! 물론 그럴 거라고 믿어요, 그가 말했다. 당신은 왜 그와 결혼했소? 그가 활기차게 물었다. 그는 대화에 생기를 불어넣는 재주가 몸에 밴 사람이었다. 그와 함께라면 후회 없는 삶을 살 거라고 확신했기 때문이에요, 난 뭔가를 실현하고 싶었고 그가 그걸 도와주리란 걸 알았어요, 그녀가 주저없이 대답했다. 뭘 실현하는데요? 그가 재미있다는 듯이 물었다. 물론 그림이죠, 난 그림을 그만둘 수 없을 거예요, 그리고 다른 것도 하고 싶은 게 많아요…… 그녀가 신념을 갖고 대답했다. 당신이라면 전부 해낼 거라고 믿어요, 그가 속삭였다. 그녀는 뭐랄까, 예기치 못한 상황으로 일이 번지고 있다는 느낌이 들었다. 자신이 활짝 모습을 드러냈다는 것을 깨달았기 때문이었다. 반면 똑같은 이유로 인해 그는 대단히 즐거워하고 있었다. 그녀가 자기 모습을 활짝 드러냄으로써 그 둘의 관계를 세워가고 있었기 때문이다. 그럼 당신은요? 왜 아내와 결혼했어요? 그녀가 물었다. 그는 짓궂은 표정을 지었다. 그녀를 사랑했으니까요, 그가 말했다. 지금 내게 거짓말을 하고 있군요! 그녀가 말했다. 내가 무슨 거짓말을 했다구요? 천만에요! 그건 순수한 진실이오! 그가 말했다. 사랑한다고 다 결혼하지는 않아요, 그녀가 되받았다. 그리고 말을 이었다. 사랑하는 것과 결혼하는 것은 많이 달라요, 사랑하는 것만으로는 충분하지 않죠. 그는 그녀가 주장하는 그 명백한 진리에 토를 달지 않았다. 대신 그녀를 바라보며 웃음을 지었다. 그는 다시 욕망에 사로잡혔고, 아무리 봐도 그를 위해 준비된 것 같은 이 여자의 포로가 되어 있었다(폴린 아르누라는 영상은 그녀가 지금 시시한 이야기, 일반적인 이야기를 하고 있다는 사실마저 잊게 만들었다). 그는 그녀의 손을 마주 잡았다. 예쁜 반지군요, 그가 반지에 박힌 보석을 쳐다보며 말했다. 그는 그녀의 손을 향해 몸을 기울인 채 한동안 그대로 있었다. 그녀는 '대체 그가 뭘 보고 있는 걸까' 하고 속으로 물었다. 아무리 그녀가 그의 숨결과 체취를 느끼고 싶고 그도 그녀의 숨결과 체취를 느껴주기를 바라고 있었다고는 해도, 그는 그녀에게 너무 바싹 다가와 있었다. 그녀는 단번에 거북해졌다. 그녀는 육체만 놓고 보면 비사교적인, 말하자면 신체적 접촉을 자연스럽게 받아들이는 데 시간이 오래 걸리는 여자였던 것이다. 그는 그녀가 얼굴이 새빨개지고 관자놀이에 살짝 땀이 배면서 손을 빼는 것을 보았다. '이 여자는 남이 몸을 만지게 둘 준비가 안 됐군.' 그는 그녀를 향한 강렬한 욕망, 너무 강렬한 나머지 다시는 맛보지 못하리라 예감하게 하는 욕망이 좌절되는 것을 느끼며 혼자 생각했다(훗날 그는 그녀에게 이렇게 말할 것이다. 난 당신이 준비가 안 됐다고 느꼈소, 왜 그랬소? 그녀는 대답을 찾지 못할 것이다. 그녀는 꼭 가설을 내놓는 것처럼 말할 것이다. 내가 아이를 갖고 있는 한 당신과 잘 수 없을 거라 생각했어요. 그러면 그는 놀라서 되물을 것이다. 왜요? 내가 임신한 여자들을 싫어할거라 생각했소?!).

당신은 남편을 사랑하지 않나보죠? 그가 짓궂게 물었다. 사랑해요, 물론 사랑해요, 그녀가 말했다. 그것 봐요! 그가 말했다. 그는 틈을 주지 않고 잽싸게 물었다. 남편이 첫사랑이었소? 그는 공격적으로 굴 생각도 없었고, 그녀를 꼼짝 못 하게 만들 생각도 아니었다. 그는 자연스러웠다. 그녀 또한 감정이 상하지는 않았다.

그녀가 지극히 자연스럽게 대답했으므로 그는 공범과 함께 있는 기분이었다. 그러나 그녀가 몹시 순결해 보였으므로, 그는 자신이 그녀를 불쾌하게 만들었으리라 생각했다. 최소한 그녀가 한 번쯤은 다시 얼굴을 붉힐 거라 생각했다. 그러나 관념은 그녀의 얼굴을 붉게 하지 못했다. 오직 구체적인 일들, 평범하거나 비속한 일들만 그녀의 얼굴을 붉히는 것 같았다. 아뇨, 그녀가 단호하게 말했다. 남편이 첫사랑은 아니에요, 하지만 많은 남자를 사랑한 것도 아니에요, 그녀가 말했다. 난 연애 경험이 풍부하진 않아요, 그녀가 활짝 미소를 지으며 덧붙였다. 그럼 앞으로는 풍부하게 할 겁니까? 그가 묻고는 웃었다. 앞으로도 아니겠죠, 그녀가 말했다. 그녀도 웃었다. 그녀는 모든 신호에 반응을 보였다. 이 여자의 핏속에는 봄이 흐르고 있어, 그는 생각했다. 그리고 그가 그 정원에 꽃을 피웠다. 그는 줄기차게 그녀를 바라보았고, 그녀는 예쁜 여자들이 흔히 그렇듯 비처럼 쏟아지는 시선 속에서 가만히 있을 줄 알았다. 약동하는 그 봄이 그녀의 얼굴을 장밋빛으로 물들였다.

아내를 배신한 적이 있나요? 한패가 됐다는 흥분을 느끼며 그녀가 역습을 시도했다. 그녀는 그렇게 말해놓고 아차, 싶었다. 그러나 그는 화내지 않았다. 그들은 모든 것을 서로 말할 수 있었다. 그들은 다름아닌 '사람들이 말하지 않는 것'을 말하고 있었다. 배신? 그가 얼굴을 찡그리며 되뇌었다. 그건 적절한 단어가 아니오. 그럼 어떤 단어가 적절한데요? 그녀가 즉시 물었다. 그러나 그는 대답하는 대신 이렇게 물었다. 그럼 당신은 남편을 배신하고 있소? 그는 일부러 현재형으로 물었다. 왜 나에게 그런 단어를 쓰죠? 그녀는 자신에게는 적절하지 않다던 단어를 그녀에게 갖다붙인 그의 처사에 분개하며 물었다. 당신한텐 그 단어가 적절하기 때문이죠, 당신은 남편을 배신하게 될 거요, 그가 말했다. 그녀는 웃었다. 나한테 그런 식으로 말한 사람은 아무도 없었어요! 그녀가 말했다. 그럴 거라고 생각해요, 그가 말했다. 자, 그래서? 가여운 당신 남편을 배신한 적이 있소? 그가 재우쳐 물었다. 난 이 질문엔 절대 대답 안 할 거예요, 그녀가 말했다. 아, 그래요? 그가 말했다. 비밀로 감춰둔 게 있나요? 그의 눈빛이 다시 말하기 시작했다. 길고 반짝이는 문장으로. 그걸 어떻게 남편한텐 숨기고 다른 사람한텐 말해줄 수 있겠어요? 그건 진짜 배신일 걸요, 그녀가 말했다. 아하! 과연! 그가 감탄하며 웃었다. 그런 종류의 자유는 아무도 몰라야 해요, 그녀가 덧붙였다. 적어도 한 사람은 알겠죠! 질 앙드레가 말했다. 바로 그런 이유 때문에 그 한 사람을 잘 골라야 하는 거고요, 그 사람이 입을 다물어야 하고 또 그 사람이 행복해야 하니까, 그녀가 말했다. 당신은 이 질문에 대해 깊이 생각해본 것 같은데요! 그가 말했다. 그들은 공모와 거북함과 즐거움과 짓궂음이 뒤섞인 웃음 속에서 주거니 받거니 털어놓고 있었다.

186

꽤 생각했죠, 항상 날 동요시키는 문제니까요. 동요시켜요? 그는 그 어휘가 적절하지 않은 것 같다는 점을 암시하며 되뇌었다. 그래요, 동요시켜요, 우린 누구나 어느 정도는 그걸로 괴로워하니까요, 그런데 그건 우리 스스로 만들어낸 게 아닐까요? 그녀가 말했다. 그가 고개를 흔들었다. 그로서는 확신할 수 없다는 의미였다. 그 문젠 완전히 우리가 지어낸 거예요. 순결의 문제도 실은 우리가 생각하는 것과 다를지도 몰라요, 그녀가 말했다. 인상적이군요! 그런데 당신 남편은 이 모든 것에 대해 어떻게 생각하죠? 그가 짓궂은 얼굴로 물었다. 빈정대지 말아요! 남편은 나와 똑같이 생각해요, 난 그 사람 말을 되풀이했을 뿐이에요, 그녀가 말했다. 허! 그가 얼빠진 표정을 지었다. 자, 그럼 당신은 어떤 사람을 연인으로 고르겠소? 그가 말했다. 그는 이로써 결정적인 어휘를 입에 올렸다고 생각했다. 어째서 그는 즐기고 있는 걸까? 물론 그가 행복했기 때문이다. 난 비밀을 지킬 줄 아는 남자를 연인으로 고르겠어요, 그녀가 말했다. 당신 생각엔 어떤 사람이 비밀을 지킬 줄 아는 사람 같은데요? 그가 물었다. 제대로 된 훌륭한 결혼을 한 남자, 사랑에 빠져 있고 행복한 남자, 그녀가 말했다. 당신 아주 약았군요, 평생 그렇게 해온 것 같아요! 그가 말했다. 그녀는 아무 말도 하지 않았다. 문득 이런 주제를 놓고 말하고 있다니 어이없다는 생각이 들었다. '저녁식사를 하면서 무슨 이런 이야기를 한담!' 하고 생각했지만 그녀는 자제할 수 없었다. 당신은

내 첫번째 질문에 아직 대답하지 않았어요, 그녀가 말했다. 그는
그 질문을 기억하지 못했다. 아내를 배신한 적이 있나요? 그녀가
다시 한번 물었다. 그는 웃었다. 그 웃음이 대답이었다. 애인이 많
았나요? 그녀가 속삭였다. 자신이 그런 질문을 하다니 싫어서 죽
을 지경이었다. 그녀는 한 번도 그런 말을 입 밖에 내본 적이 없었
다. 이 남자는 그녀를 완전히 다른 여자로 만들었고, 그녀는 변화
에 저항하지 못한 채 흔들리고 있었다. 많았어요, 그가 대답했다.
그는 매우 간결하고 담담하게, 남자로서의 허영심 같은 것은 내
비치지 않으면서 말했다. 틀림없이 그는 그 여자들을 그와 동등
하게 보고 있었다. 그에게 그 여자들은 전리품이 아니었다.

여자들은 나를 마음에 들어했어요, 한때는 그걸 이용하기도 했
죠, 그가 말했다. 그 대답을 듣자 그녀의 마음이 냉랭해졌다. 제아
무리 아니라고 하고 싶어도 그녀는 질투하고 있었다! 어떻게 그
런 일이 있을 수 있을까? 그가 아직 자신을 애인으로 삼지 않았다
는 사실에 그녀는 분개했다. 그녀는 남편을 떠올렸다. 어째서 여
자들은 틀렸다 싶을 때 바로 도망가지 않는 거지? 여자들은 왜 그
렇게들 미련해? 마르크는 이따금 이렇게 말했다. 자, 보라! 여기
에도 미련한 여자가 한 명 있다. 이건 너무 바보 같아, 폴린 아르
누는 생각했다. 그는 그녀에게 '난 바람둥이에다 연애를 좋아하

는 사내요' 라고 말하고 있는데, 그런데 그녀는 그의 애인이 되고 싶어하는 것이다. 이럴 땐 어떻게 해야 하지?

　부인은 그런 일을 알아요? 그녀가 물었다. 한 번도 알아챈 적이 없소, 그가 엄숙하게 대답했으므로, 그건 아내에 대한 사랑이거나 아내와 잘 지내기 위한 진지함처럼 보였다(그러나 사실 그는 자기 자신에게 거짓말을 하고 있었다). 그가 아내 이야기를 상냥하게 하는 바람에 폴린 아르누는 다시 질투를 느꼈고, 그 질투는 섬광과도 같은 열기를 불러일으켰다. 그녀에게는 그의 말이 블랑슈 앙드레가 배신당했다는 의미가 아니라 사랑받았다는 의미로 들렸다. 그녀는 생각에 잠겼다. 다른 사람들은 모두 비밀을 간직하는 데 실패하는데, 대체 왜 이 사람만 그렇지 않은 거지? 어째서? 그녀는 진실과 거짓을 분간하려고 애썼다. 실제로 그의 여자관계는, 그의 사생활은 어떨까? 숱한 비밀과 짜릿한 이야기들이 그녀를 의혹과 현기증에 빠뜨렸다. 그녀는 자신도 그 무리에 속해 있는지 속으로 묻고 있었다. 그녀는 유일한 존재이고 싶었다. 물론 그렇지 못했지만. 그럼 지금은요? 그녀가 물었다. 지금은……그가 입을 열었다. 지금은 다른 삶을 살고 있소, 난 그걸 위해 모든 대가를 치렀어요, 그리고 그는 다시 거짓말을 했다. 다 그만뒀어요, 내가 그 여자들을 불행하게 만드니까, 그 여자들은 날 만나고 싶어했지만 난 자유로운 몸이 아니고 아내를 사랑했어요, 그래서 그렇게 말했지만 여자들은 내 말을 듣지 않았죠, 그건 바보 같은 일이오. 그녀는 침묵을 지켰다. 어쩌면 그녀는 지독한 관능적 욕구나 돌이킬 수 없는 부정(不貞)의 유혹 따위, 말하자면 끝내는 파멸을 불러올 기쁨과 절망의 혼돈 상태에 놓여 있었는지도 몰랐다. 그 고통의 위협에도 아랑곳없이 그녀는 그가 자신을 애인으로 삼아주기를 꿈꾸었다. 그는 그녀의 특별한 매력에 사로잡혀, 보통 때보다 훨씬 깊이 빠져 철저히 굴복하게 될 것이다. 그것이 바로 그녀가 바라는 것이었다! 그녀는 유일한 존재, 무엇과도 바꿀 수 없는 존재가 될 것이고 그렇게 되어야 했다. 왜냐하면 실제로 그녀가 그러했으므로. '난 허영덩어리야.' 그녀는 생각했다. 그리고 그 생각을 그만두고 현실로 돌아왔다. 그는 말없이 그저 웃으면서 미술품을 감상하듯 그녀를 바라보았다. 그러자 그녀가 말했다. 운이 좋은 줄 아세요, 내 남편 없이 날 만났으니까요. 정말입니까? 그가 놀라는 시늉을 했다. 그들은 또 한 번 같이 웃었다.

좋아, 도박이 끝난 건 아니다. 그는 진지하게 말하기 시작했다. 어째서 사람들이 부부 간의 배타성이란 원칙을 지키지 않는다고 생각해요? 그가 물었다. 그게 나쁜 일이라고 생각하오? 그는 순

서를 세워 정연하게 물었다. 어떻게 해서든 사로잡고 싶은 이 여
자와 더불어 그 문제를 생각해볼 작정이었다. 그녀에게 자기 생
각을 명확히 밝히면서 사태를 조정하는 거다. 그는 그 문제에 관
한 한 분방하고 정확한 대답들을 지니고 있었다. 그는 긴 설명에
나섰다. 물론 아니죠, 라고 그녀는 말할 것이다. 그는 그녀가 대답
할 시간을 주지 않았다. 그가 입을 열었다. 생각해봐요, 배신하는
것, 그러니까 혼외의 사랑이라 해둡시다, 그게 부부 사이가 삐걱
거린다는 증거라고 믿는 사람들이 있어요, 더도 덜도 아니고 그
렇게 생각하죠, 그는 말을 이었다. 그가 경쾌하게 손짓했으므로
그의 생각도 경쾌한 것처럼 느껴졌다. 그러나 난 한 번도 그렇게
생각한 적이 없어요, 사람들은 결혼이라는 울타리 밖에서도 사랑
하죠, 그건 그 결혼이 나쁜 쪽으로 치닫기 때문이 아니라 우리에
게 비밀의 정원이 필요하기 때문이오, 난 그걸 위해 내가 결혼한
게 아닌가 싶을 때가 있어요, 비밀을 가지기 위해서. 그가 아내에
게 내놓았던 설명은 지금 하는 이야기와는 전혀 달랐다. 폴린이
그걸 알 턱이 없는데다, 그도 자신이 하는 말을 믿고 있었으므로
그녀 역시 그 말을 믿었다. 그녀는 자기 생각도 같은지는 확신하
지 못한 채 아무 대답도 하지 않았다.

　그가 말했다. 난 남편이 아니라 연인이오, 난 마음 깊이 여자를

좋아하죠. 이 순간 그의 목소리는 바스락거리며 스쳐 지나가는 소리이자 애무였다. 그 말은 조금도 우스꽝스럽게 들리지 않았으며, 그렇게 말하는 그는 오히려 관능적으로 보였다. 자기가 열심히 주장하는 바를 그녀가 알아듣지 못할까봐 걱정이라는 듯 그는 덧붙였다. 남자들이 전부 그런 건 아니오, 엉뚱한 생각을 하는 사람도 많죠, 어떤 사람은 애인에게 성적 쾌락을 느낄 수 없게 되면 곧바로 떠나죠, 또 어떤 사람은 피부가 흰 여자들을 좋아하지 않아요, 내 친구들 중엔 피부를 그을린 여자들을 질색하는 녀석도 있고요, 그가 말했다. 하지만 그런 건 다 변명이오, 그런 남자들은 실은 여자를 좋아하지 않는 거요, 진실은 그거요. 그녀가 웃었다. 당신 남편은 남편이오, 연인이오? 그가 물었다. 둘 다요, 그녀가 대답했다. 동시에 둘 다일 수는 없소, 그가 말했다. 그건 기질의 문제거든요, 반드시 둘 중 하나죠, 자, 어떻소? 그가 물었다. 내 남편은…… 남편에 가깝다고 생각해요, 그녀가 한 걸음 물러나서 말했다. 그럴 줄 알았소, 그가 말했다. 그녀는 그가 모르는 사람을 두고 그렇게 자신 있게 이야기하는 것이 마음에 들지 않았다. 그러나 그는 연애 놀이를 즐기고 있었다. 그것은 숱한 존재들을 제거하고 하나의 존재만 남기는 잔인한 놀이였다. 난 당신이 무척 보드라운 여자일 거라고 확신해요, 그가 돌연 말했다. 보드랍게 보이지만 아닌 사람도 많죠, 그러나 당신은 틀림없이 보드라운 여자일 거요. 그는 감미로운 목소리를 되찾아 들릴락 말락 속삭였다. 그 말은 감동적인 효과를 발휘했다. 그녀는 햇빛 아래 있는 토마토처럼 얼굴을 붉혔다. 그녀의 얼굴은 눈 깜짝할 사이에 새빨개졌다. 그는 취한 것도 아니면서, 취하기는커녕 조금 얼근한 것조차 아니면서 그렇게 말했다. 그는 진지했다. 그를 이해하거나 믿기 위해서는 그들이 나누어 가진 사랑의 욕망에 묻어 따라온, 그 놀랍도록 빠르게 형성된 친밀감을 생각해보는 것으로 충분했다. 그들은 무엇이든 말할 수 있는 사이였다. 그들 사이에 형성된 것은 친밀감, 바로 그것이었다. 그런데 그들은 힘에 부쳐하고 있었다. 그녀는 매혹되어 길을 잃었고, 그는 그 관계에 이름을 부여하고 그것을 다른 것들과 비교하려 애쓰고 있었지만, 이번 관계는 지금까지의 그 어떤 것과도 닮지 않은 것이었다.

그는 두 팔을 테이블 위에 올리고 미소를 지으며 폴린을 바라보았다. 당신을 행복하게 하는 건 뭡니까? 뭐가 당신한테 진짜로 힘이 되나요? 그가 물었다. 그녀가 웃었다. 아들이요, 주저하지 않고 그녀가 대답했다. 그가 잠자코 있자 그녀는 침묵이 조금 두려워져 덧붙였다. 아이를 안거나 아이에게 옷을 입힐 때면 내 손에 삶을 쥐고 있는 것 같은 기분이 들어요. 그는 여전히 아무 대답도 없었다. 그녀는 그가 멍하니 있다는 것을 깨달았다. 집에서 아이가 어떤 존재인지 그에게 이야기하는 것은 세심한 배려가 아니었다. 그녀가 화제를 바꾸었다. 음악도 내게 큰 영향을 줘요, 음악 없이 살 수 있을지 잘 모르겠어요, 이따금 죽음이 내게서 음악을 빼앗아갈 거라는 생각을 해요, 그게 죽음의 가장 유감스런 점이라는 생각이 들어요…… 그녀는 얼굴을 붉혔다. 어째서 그에게 이런 고백을 했을까? 누구에게도 한 적이 없는 이야기를 왜 그에게 하는지 알 수 없었지만 그녀는 멈추지 않았다. 죽으면 음악도 잃게 되겠죠? 그래도 귀는 있었으면 좋겠어요, 그녀가 속삭이며 웃었다. 그는 그녀의 이야기를 잘 이해하지 못하는 것 같았다. 그녀는 어조를 바꾸었다. 이런! 역시 그녀는 그보다 훨씬 젊었다! 때때로 그 나이 차는 선명히 드러났다. 그는 그녀의 파란 눈을 뚫어져라 쳐다보았다. 아니, 이 여자는 어리석은 게 아니라 젊은 거야, 그는 생각했다. 그녀는 웃음을 거두고 다시 이야기하기 시작했다. 사람들이 흔히 말하는 것처럼 음악이 천사들을 부른다는 이야기를 믿어요? 죽은 자들이 보이지는 않지만 마치 비밀처럼 우리 가운데 있고, 더구나 그들이 음악을 듣는다는 이야기를 믿냐구요? 우리가 천사가 된다는 걸 믿으세요? 그녀는 엄숙한 태도로 말하고 있었지만 그는 웃고 말았다. 당신은 틀림없이 천사가 될 거요! 그녀는 여전히 엄숙했다. 난 죽는 게 두려워요, 절대로 죽지 못할 것만 같아요, 삶은 너무나도 감미롭잖아요! 삶이 언젠가는 끝난다는 사실을 받아들일 수가 없어요, 우리 영혼이 아무리 불멸이라 해도, 그래도 난 육체를 가지고 싶어요, 육체를 가지는 것, 그것이 삶이죠, 죽으면 우리 육체도 사라지니까요, 그녀가 말했다. 어디서 많이 들어본 격언 같은데요! 그가 말했다. 내가 죽으면 이 눈으로 당신을 볼 수도 없죠, 그녀가 짓궂게 말했다. 그리고 우리 머리 위로는 비가 쏟아지겠죠, 그는 일부러 그녀의 드라마틱한 어조를 흉내내며 말했다. 그러나 그녀는 그가 상냥하게 비웃고 있다는 걸 깨닫지 못했다. 그런 상상을 하면 괴로워요, 그녀가 말했다. 그렇지만 그게 단 하나 있는 삶의 진리죠, 그가 조금도 동요하지 않으면서 말했다. 인생을 마감하는 날은 언제든 올 거고, 내 생각엔 우리 쪽에선 아무것도 남기는 게 없을 거요, 우리를 알았던 사람들이 이따금 우리 기억을 되살리는 것 말고는, 그러니까 우린 주어진 시간 동안 담담하게, 강렬하게 살기만 하면 되는 거요, 하고 싶은 일이 있으면 하고, 행복하게 살고 싶으면 행복하게 살고, 사랑하고 싶으면 사랑하면 되는 거죠, 그가 말했다. 남편이 그런 말을 들으면 무척 싫어할 거예요, 그는 환생을 믿거든요, 폴린 아르누가 말했다. 그러고는 자신이 방금 몹시 바보 같은 소리를 했다는 듯 웃었다. 남편은 다음 삶에서도 우리가 서로 알아볼 수 있다고 믿어요. 그건 당신 남편이 언젠가는 당신들 가운데 한 사람이 죽는다는 걸 받아들이지 않기 때문이죠, 그가 말했다. 실은 그다지 주의를 기울이지 않고 뜻없이 한 말이었다. 그는 자기 앞에 있는 얼굴의 매력에 정신이 팔려 있었다. 천만에요! 그는 사랑이 죽음보다 더 강하다고 확신하고 있어요! 폴린 아르누가 말했다. 그럼 당신은요? 당신은 어떻게 생각하죠? 질 앙드레가 물었다. 그녀는 대답하지 않았다. 그 순간 그녀의 눈빛은 그다지 아름답지 않았고, 커다랗고 엷은 파란색 눈은 어리석어 보였다. 자기 남편의 사랑을 두고 웃는 여자가 바보 같아 보이는 것은 당연하지 않겠는가? 그는 그렇게 생각할 수도 있었다. 여느 때라면 그렇게 판단했을 것이다. 그러나 그는 그녀에게 빠져 있었다. 그는 그녀의 얼굴, 얼굴빛, 곧고 가는 우아한 목, 북구의 여자들에게서나 흔히 볼 수 있는 눈부신 금발, 웃을 때 드러나는 약간의 냉담함과 어린아이 같은 치열, 다시 말해 그녀라는 풍경에 완전히 매료되어 있었다. 그는 절대로 그녀를 맹한 푸른 눈동자의 젊은 여자로 치부할 수 없었다. 그러므로 그는 아무것도 지적하지 않았다. 심지어 가톨릭 교도들에게조차 육체가 사라지면 사랑도 끝나는 것 같아요, 그가 말했다. 그녀가 잠자코 있자 그는 학자연하며 읊었다. "너희는 그릇된 신앙 안에 있나니, 너희가 복음과 신의 권능을 모르기 때문이다. 부활의 때가 오면 너희는 남편도 아내도 취하지 않고 하늘의 천사들처럼 된다." 그리스도가 바리새인에게 한 말이에요, 몰라요? 그가 미소를 지으며, 그러나 지금 지친 듯이, 거의 신성모독에 가까운 이 단언이 그를 슬픔으로 가득 채운 듯한 표정으로 말했다. 그녀가 속삭였다. 그 말을 진짜로 믿게 되면 비로소 내 마음이 안정될 것 같아요.

그는 다시 지극히 단순한 기쁨을 느끼며 그녀를 바라보았다. 그녀가 그에게 웃어주었다. 그는 그녀의 하얀 손을 잡고 잠시 어루만지더니 열정과 욕망과 불편한 감정에 사로잡혀 꼼짝할 수 없게 되어 그 손을 부드럽게 테이블 위에 올려놓고 말했다. 그럼 지금은 불안하단 말이요? 어째서요? 그럴 것 없어요, 안심해요! 당신을 봐요, 당신은 눈부신 행복 그 자체요! 그는 몹시 무례한 태도로 웃었다. 그러나 그녀는 그가 빈정대기를 바라지 않았다. 그녀가 원하는 것은 그가 그녀를 사랑하는 것이었다. 순간 그녀는 이 사내와 더불어 그녀 안에 찾아온 가볍고 감상적인 바람에 휩싸여 어쩔 줄 모르게 되었다. 안심해요, 난 당신을 사랑하고 당신을 소중히 여기고 당신을 보호하겠소, 라는 말을 듣고 싶어 그녀는 미칠 지경이었다. 그 말 말고는 아무 말도 듣고 싶지 않았다. 그런데 어째서 그는 그 말을 하지 않는 걸까?

그가 그 말을 하지 않는 것은 그런 생각을 하지 않았기 때문이었다. 그렇다는 것을 알았다면 이렇게 자문했을 것이다. '왜 그런 생각을 하지 않지?!' 그녀가 원하는 것은 그가 그녀를 사랑하고 소중히 여기고 보호하는 것, 그것뿐이었기 때문이다. 여자들이 원하는 사랑이라는 그 숭배, 그녀는 그가 그것을 말하고 생각하기를 바랐다. 그녀는 사랑받고 싶었고, 그 사랑이 아무 조건 없이 공언되고, 그 공언이 줄곧 되풀이되기를 바랐다. 그가 그 말을 해주었다면 그녀도 그의 말을 똑같이 되풀이하고, 그리하여 함께 나누어 가진 사랑의 메아리 안으로 들어갈 수 있었으리라. 그녀는 그 말을 되받아 말할 수는 있었지만 자기가 먼저 말할 수는 없었다. 그녀는 아직도 그 말을 듣기를 희망했기 때문이다. 한마디로 이 대담하고 부끄러운 요구는 그의 감정을 재는 척도이자, 괴상하고 자랑스럽고 기사도적이고 로맨틱한 그라는 존재를 증거하는 것이었다……

그러나 질 앙드레는 정작 해야 할 말을 한 마디도 하지 않았다. 폴린 아르누는 자신이 듣고 싶은 말을 한 마디도 듣지 못했으므로 화가 났다. 그녀가 기다리고 있는 그 말들은 애교 떠는 여자를 분노로 활활 타오르게 했다. 어째서 그는 그 말을 하려 들지 않는 걸까, 실은 그렇게 생각하고 있으면서? 그가 달리 생각하리라는 것을 그녀로서는 인정할 수가 없었다. 그녀는 자신이 그에게 뭘 바라고 있는지 순순히 고백하기 싫었다. 당신이 날 사랑하고 소중히 여기고 보호하기를 원해요. 그녀가 담담히 이렇게 말했더라면 그는 당장 명쾌하게 대답해주었을 것이다. 당신한텐 그렇게 해주는 남편이 있는데 왜 내게 그걸 바라는 거죠? 난 당신 남편이 아니오, 라고. 그러나 그녀는 그 말을 하지 않았다. 그렇게 강요하기엔 아직 일렀다. 조금 후에 그녀는 애원할 것이다. 그녀가 원하는 결정적인 말을 그가 한마디도 해주지 않았기 때문에 그녀는 그가 장난을 치고 있으며 계산을 하고 있다는 결론을 내렸고, 그래서 자신의 애정을 먼저 고백함으로써 그가 이겼다고 털어놓는 것을 참기로 했다. 그것은 의혹의 시작이었다. 다른 남자들도 그녀에게 그런 속임수를 쓴 적이 있던가? 그녀는 조종이거나 책략이 아닐까 의심했다. 분명 그는 그녀를 놓고 약간 꾀바르게, 연인처럼 능청맞고 엉큼한 장난을 치고 있었다. 그러나 그것은 그녀의 오해였다. 그는 자신의 기분에 따랐을 뿐이고(그리고 앞으로도 그럴 것이다), 피할 수 없는 친밀감이라는 단순한 아름다움에 따라 행동했을 뿐이었다. 그러므로 그는 엄숙한 말은 한마디도 하지 않고 다른 말만 했다.

그가 말했다. 지금쯤 당신 남편은 친구들을 만나고 있겠군요. 왜 내게 그런 말을 하는 거죠? 그녀가 물었다. 남편의 존재가 고백하기 싫은 꿈의 동굴에서 그녀를 억지로 끌어냈다. 내가 당신 남편 생각을 하니까요, 그가 말했다. 두 사람 사이에 침묵이 흘렀다. 당신이 어디 있는지 모르는 당신 남편 생각을요, 그가 웃는 얼굴로 말했다. 그녀는 조금도 우습지 않았다. 그러자 그가 심각하게 말했다. 난 당신 남편을 알고 싶지 않소. 지금도 모르는 사이잖아요? 그녀가 대꾸했다(성급하게). 아뇨, 난 당신 남편 얼굴을 알고, 목소리도 들었고, 몸도 기억해요, 클럽 샤워실에서 봤거든요, 이런 상상 해봤어요? 그가 말했다. 우스꽝스런 일이에요, 왜 그런지는 모르겠지만, 그녀가 말했다. 그녀가 옳았다. 그는 일부러 문제를 과장하고 있었다. 즐기고 있었다. 한 여자가 이 정도로 마음에 들 땐 문제될 게 별로 없는 법이다. 그러나 그는 그녀에게서 반응을 끌어내고 싶었고, 그녀의 신경이 날카로워지는 걸 보는 게 즐거웠다. 그게 언제 일인데요? 그녀가 물었다. 오래 전 일이죠……그런 일에 시효가 있어요?! 그가 말했다(냉소적으로). 그녀가 대꾸할 말을 찾지 못했으므로 침묵이 깔렸다. 농담이요, 난 당신 남편을 몰라요, 그가 말했다. 그러나 당신한테 조언 하나 해주죠, 언젠가 당신이 남편한테 충실하지 않게 되더라도 절대 그걸 그에게 고백하지 말아요, 견딜 수 없는 상처가 되니까. 그녀는 아무 말도 없었다. 그가 그런 말을 하다니 뻔뻔스럽게 느껴졌다. 그녀는 그를 바라보았다. 이건 불륜의 사랑이 될 거야, 그녀는 다시 생각했다. 성스런 약속을 깨겠다는 데 동의해줄 배우자가 어디 있겠어? 그녀의 연인은 혼외 연애를 하는 여자를 어떻게 생각하고 있을까? 그녀가 물었다. 내가 부정을 저지른다면 당신은 나를 어떻게 생각하겠어요? 그는 웃었다. 당신이 비밀이 필요했구나, 하고 생각할 거요. 당신은 늘 똑같은 소리를 하는군요, 그녀가 말했다. 그래요, 난 아무것도 찾는 게 없어요, 그저 내 생각을 그대로 말할 뿐, 난 끊임없이 말을 바꾸는 사람이 아니오, 그가 말했다. 그 대목에서 그녀는 깜짝 놀랐다. 그가 거짓말을 하고 있지 않다는 것이 어느 모로 보나 분명했기 때문이다. 그가 장난을 치는 게 아니었던 반면, 그녀는 그의 마음에 들고 싶어서 약간의 속임수를 쓰고 있었다. 그녀는 반드시 그의 마음에 들고 싶었고, 그래서 꾸미고 거짓말을 할 수밖에 없었다. 그녀는 왜 그토록 그를 사로잡고 싶었을까? 그녀는 대답을 알고 있었다. 그를 받아들이기만 하면 되었다. 그녀는 줄기찬 눈길을 받았고, 욕망의 대상이 되었기 때문이었다. 그를 유혹하는 이유는 그걸로 충분했다. 그녀는 자신을 부추긴 하나의 부름에 응답했을 뿐이었다. 그는 그녀에게 애인이 될 소질이 있음을 간파한 것이다. 그는 열렬한 시선을 그녀의 얼굴에 못 박듯 두들겨 박았다. 그러자 이번에는 그녀가 그의 얼굴이 멋대로 마음속에 들어와 머물도록 내버려두었다. 여자들의 사랑은 대개 이런 식으로 시작된다. 그녀는 그 모든 것을 알고 있었고 그것이 부끄러워 비밀로 하고 있었지만, 그 사실과 그로 인해 따라오는 결과들은 순순히 인정했다. 그러니 그가 한 발 내디뎠던 것은 다름아니라 그녀를 위해서였던가? 그녀는 그가 그런 힘을 발휘하도록 승인했다. 어떻게 그녀가 그토록 쉽게 그를 따라올 수 있었을까? 남자도 가졌고 사랑도 가진 그녀가? 상대가 자신에게 욕망을 품었기 때문에, 바로 그것 때문에 그녀는 욕망을 품었고, 상대가 자신을 바라보았기 때문에 그녀도 바라보았을 뿐이다…… 문제가 될 만한 건 아무것도 없지 않은가!? 그가 감히 그녀에게 온 것이다. 그는 위대한 정복자처럼 그녀 앞에 와 섰고, 그리고 힘을 발휘했다. 입 밖에 내어진 말들과 육체라는 장벽에도 불구하고 그녀는 그 힘을 느낄 수 있었다. 그녀는 대지처럼, 보물처럼, 물건처럼 정복되었다. 물건처럼 누군가로부터 탐닉의 대상이 된다는 것은 그녀에게 감미로운 일이었다. 어쨌든 당신한테 남편 이야기를 하고 싶지는 않아요, 그녀가 결론을 맺었다. 아, 그래요? 그가 말했다. 그래요, 그녀가 말했다. 단호한 데가 있군요! 그가 냉소적으로 덧붙였다. 종업원이 그들의 잔을 채우기 위해 다가왔다. 종업원은 병 주둥이를 동그랗게 만 냅킨으로 닦았다. 그들을 방해할지도 모른다고 생각했는지 매우 조심스러운 태도였다. 그러나 분위기가 한결 풀어졌다는 것은 그도 이내 알아챘다.

2

여자들이 다 모였다. 루이즈, 마리, 사라, 에브, 멜뤼진, 페넬로프. 그중 몇 명은 폴린의 친구였다. 폴린도 이 저녁모임에 초대를 받았다. 춤을 출 거라고 생각했는지 테이블을 전부 한쪽으로 밀어놓은 클럽 레스토랑에서 여자들은 생기 있게 이야기를 나누고 있었다. 바람이라도 난 듯한 얼굴로 왕성한 활기를 내뿜으며 파티 기분을 만끽하는 모습이었다. 여자들끼리 저녁모임을 갖는다는 건 퍽 드문 일이었고, 그 바람에 들뜬 그녀들은 남편과 함께 있을 때보다 한결 즐겁게, 새처럼 떠들어댔다. "요샌 우리끼리 만나는 일이 좀처럼 없잖아!" 페넬로프가 말했다. 다른 친구들이 남편 없이는 아무것도 하려 들지 않았으므로 그녀는 점점 고독해지고 있었다. "나도 그렇게 생각해. 왜 우린 항상 남편들이랑 붙어 사는지 모르겠단 말이야!" 멜뤼진이 말했다. "멜뤼진, 네가 그렇게 말해도 되는 거야?" 사라가 말했다. "내 경우야 결혼한 것도 아니니까 할말 없지만, 그래도 그를 붙잡아두는 게 어려울 때가 많아…… 그런데도 헤어질 수가 없어. 그는 그걸 두고 우리가 서로 푹 빠졌기 때문이라고 할걸!" 그녀는 웃는 척했지만 친구들은 실은 그녀가 울고 싶어한다는 것을 알았다. "난 오늘 저녁 여기 와서 무척 기분이 좋아." 멜뤼진이 말했다. 블랑슈와 폴린만 그 자리에 없었다. "폴린이 늦다니, 드문 일이네." 사라가 말했다. "폴린은 안 와." 에브가 말했다. "늦게 오는 건 블랑슈야." 루이즈가 말했다. "오늘은 수요일이잖아. 아이들이 학교 안 가는 날이라 환자가 더 많아." 멜뤼진이 말했다. "폴린과 블랑슈, 서로 아는 사이던가?" 에브가 물었다. "아이들이 같은 학교에 다녀. 아마 학교에서 서로 본 적이 있지 않을까. 멜뤼진이 이 참에 소개시켜주자고 했고." 마리가 말했다. "젊은 사람들과 나이든 사람들을 같이 부르기로 한 건 나, 멜뤼진이지!" 멜뤼진이 말했다. "뭐야! 또 나왔어. '나이든 사람들'!" 마리가 말했다. "나이가 들어? 난 그런 말 몰라!" 루이즈가 말했다.

우정은 나이에 의해 만들어졌다. 사라, 에브, 폴린, 그리고 페넬로프는 모임에서 만나는 것 말고도 이따금 따로 만났다. 멜뤼진과 루이즈와 블랑슈는 모임보다는 주로 수영장에서 얘기하는 사이였다. "소아과 의사가 되어보라지! 자기 아이들이 집에 있을 때 다른 집 아이들과 함께 있어야 하는 게 소아과 의사라니까!" 에브가 말했다. "맞아, 겉보기와는 달리 여자한테 적합한 직업은 아니야." 루이즈가 말했다. "응급 환자가 너무 많아." 마리가 말했다. 흰 조끼를 입은 종업원이 미니 뷔페 뒤에 어색하게 서서 다채롭고 시끌시끌한 이 모임의 이야기를 듣고 있었다. 그녀들 가운데 그 시선에 주의를 기울이는 사람은 없었다. 종업원은 자기 여자친구에게 "제길, 여자들 모임 시중을 들었는데 엄청나게 떠들어대더군!" 하고 투덜댈 테지만, 뭐 어떤가. 구경거리는 시간이 지나면 심드렁해지는걸. "블랑슈 말고 또 누가 오는데?" 루이즈가 물었다. 그녀는 말을 마치면서 뷔페로 다가가 감독관 흉내를 내며 음식을 훑어보았다. "뭐 마실 거야? 포도주? 샴페인? 그녀가 말했다. "소금에 절인 호두 먹을 사람?" 멜뤼진이 물었다. "중계는 몇 시에 시작하는데?" 루이즈가 물었다. "일곱시 반." 에브가 대답했다. "오늘 저녁 폴린이 뭐 하는지 알아?" 마리가 물었다. "몰라, 그냥 오래 전에 한 저녁 약속이 있다고만 들었어." 루이즈가 대답했다. "이런 식으로 하니까 진짜 좋은데?" 마리가 말했다. 그녀는 저녁식사를 겸한 뷔페 상차림을 말하고 있었다. "그래, 아주 잘한 것 같아. 원하는 만큼 먹고, 앉아서 쉬고, 게다가 저녁 내내 같은 사람 옆에 있지 않아도 되니까." 루이즈가 말했다. "남자들, 텔레비전 보면서 저녁은 뭘 먹을까?" 마리가 말했다. "걱정 마. 네 신랑 장은 모자라는 것 없이 다 먹을 테니까!" 루이즈가 말했다.

루이즈가 말했다. "남자들은 두 사람이 나와 서로 치고받는 걸 본다는 생각에 애들처럼 흥분한다니까!" "권투는 아름다운 스포츠야. 그건 규칙이 있는 싸움이고, 말하자면 춤 같은 거야. 파괴하는 게 아니라구." 마리가 말했다. "저런! 장이 너한테 한 말을 그대로 옮기지는 마." 멜뤼진이 말했다. "케이오는 잠깐의 코마야. 난 경기를 직접 본 적이 있어. 땀은 물론이고 피가 사방으로 튀지. 이따금 뇌가 다치는 경우도 있어. 치고받다가 바닥에 뻗어버리면 그땐 순간적으로 죽은 게 아닌가 싶다니까. 그럴 땐 안 그래도 무시무시한 이 세상에 그런 공포를 굳이 하나 더 추가하는 남자들을 욕해주고 싶어. 진짜야." 루이즈가 말했다. "남자들이 경기를 보면서 좋아하잖아. 중요한 건 그거야." 마리가 말했다. "마리는 정말 성녀라니까! 난 다른 사람의 행복이 내 것이 되는 사랑의 단계까지는 가본 적이 없어서." 에브가 말했다. "당연하지! 그런 게 모든 사람에게 주어지는 줄 알았나보지……" 사라가 말했다. 루이즈가 포도주를 따라주기 시작하자, 멜뤼진은 갖가지 크림과 잼으로 속을 채운 작은 빵들이 담긴 쟁반을 들고 여자들 사이를 돌기 시작했다. 그녀는 천천히, 그리고 주의 깊게 저녁을 먹기 위해 모인 친구들 사이를 어깨를 흔들며 걸었다. 그녀의 미소는 부풀어오른 얼굴의 살 한가운데에 꾹꾹 새겨넣은 것처럼 보였지만, 정작 그녀는 자기가 사람들 눈에 어떻게 비치는지 전혀 모르고 있었다. 그 순간 그녀는 자기 모습이나 큼지막한 셔츠 속의 육중한 몸뚱이 같은 것에 대해서는 생각하지 않았다. 만일 그녀가 다른 이들의 시선에 대해 짐작이라도 했다면 그렇게 건배하면서 다니는 것을 당장 때려치우고 집으로 달려가 숨었을 것이다. 하지만 그녀는 집으로 달려가는 대신 약간 취해 있었고, 입 밖으로 나온 말들, 침묵은 지켰지만 눈에 드러나는 상황들, 파티와 인간이 열기로 일어난 흥분의 언저리에서 휘청거리고 있었다. 그녀는 혼자가 아니었다. 아무것도 생각하지 않아도 되다니, 얼마나 좋은가. 루이즈는 멜뤼진과 멀지 않은 곳에서 뷔페에 늘어선 잔 몇 개를 계속 채우고 있었다. 그녀는 너무 호리호리해서 아픈 사람처럼

보였다. 에브와 페넬로프가 낮은 목소리로 소곤대는 것이 들렸
다. 에브는 고개를 끄덕이며 자기 배에 손을 갖다대고는 "삼 개
월"이라고 말했다. 루이즈는 에브가 임신했음을 눈치챘다. 이로
써 그녀의 저녁모임은 엉망이 됐다. 어리석은 일인 줄 알면서도
다른 여자의 배가 불러오고 있다고 생각하자 참을 수가 없어졌
다. '다른 사람들의 삶이 우리 삶을 끊임없이 짓밟고 있는 걸까?'
루이즈는 생각했다. 어째서 그녀는 다른 사람과 비교하지 않고,
이를테면 에브에게 일어난 일에 아랑곳하지 않고 자신에게 맡겨
진 운명을 묵묵히 살고 즐길 수 없는 걸까? 섣불리 비교하지 말
것, 그 누구도 다른 사람과 비교할 수 없음을 인식할 것. 그렇게
하는 게 옳았다. 그러나 여자들은 그렇게 배우지 않는다. 여자들
은 계급관계에 놓여 있고, 그 계급을 지배하는 것은 부러움과 질
투라는 어두운 권력이다. 내가 누구누구보다 더 예쁘니? 내가 누
구누구보다 더 젊으니? 그녀는 할머니가 하는 그런 어리석은 질
문을 숱하게 들으면서 컸다. '사람들은 여자들을 수컷들을 위한
경쟁에 내던지고, 여자들은 무작정 덤벼드는 거야. 그리고 여자
들은 남자들의 시선을 받으면서 만족해하지.' 루이즈는 생각했
다. 그러자 그녀는 마귀 들린 사람의 몸에서 마귀를 몰아내는 일
이 실제로 일어난다는 것을 납득이라도 한 듯한 심정이 되었다.
그렇지만 납득한다고 마음이 가라앉지는 않았다. 비밀스런 동요
로 인해 그녀의 얼굴이 뿌옇게 흐려졌다. 갑자기 흥이 싹 가셨다.

그녀는 사람들 한가운데 혼자였다. 맙소사! 다른 여자가 아이를 가졌다는 사실이 그녀로 하여금 고독을 느끼게 만든 것이다. 소리소리 지르고 싶을 일이다.

멜뤼진이 자기 접시를 내려놓고 루이즈에게 다가갔다. "루이즈, 무슨 일이야? 뭐 잘 안 되는 일 있어? 좋잖아! 여자들끼리 있는 거 싫어?" 멜뤼진이 말했다. "아니, 좋아. 가끔은." 루이즈가 말했다. 사실 루이즈는 남자들을 떼어놓아야 할 필요성을 느끼지 못했다. "재미있어, 대화가 바뀌니까." 그녀가 한 발 더 물러섰다. "그렇게 생각해? 남자들이 없으면 우리가 잃는 게 뭔데?" 멜뤼진이 웃음을 터뜨리며 물었다. "설명은 못 하겠어. 하지만 뭔가 잃기는 하는 것 같아." 루이즈가 말했다. 그녀는 꿈꾸는 듯한 표정을 짓고 있었다. "아마 성적인 분위기가 아닐까? 그래. 욕망과 관련 있는 어떤 것일 거야." 그녀가 말했다. "여자들끼리 있으면 내겐 성적인 무언가가 부족해져." 그녀가 단호히 말하고는 웃음을 터뜨렸다 그녀는 정말로 그렇게 생각하는 것일까? 그녀 자신도 알 수 없었다. 그러나 그게 무슨 의미인지는 알고 있었다. 그러므로 그녀는 우기며 덧붙였다. "정말이야!" "그러게 말이야. 여자들끼리 있으면 끝없는 유희에서 벗어나 쉴 수 있어." 멜뤼진이 말했다. "유희? 무슨 유희?" 루이즈가 말했다. "오! 네가 말한 성적인 분위기. 그게 결국 유희가 아니고 뭐야!" 멜뤼진이 말했다. 루이즈가 동의했다. "아마 난 마음속 깊은 곳에서 그런 유희를 좋아하나봐." "하지만 유희를 벌이지 않아도 될 때 마음이 편하지 않니? 안 그래?" 멜뤼진이 말했다. 그녀는 웃었다. '난 못 봐줄 정도로 추해져서 내 손으로 내 삶의 욕망을 몰아냈어.' 그녀는 생각했다. 루이즈가 입 밖에 낸 '성적인 분위기'란 말…… 그것이 그녀로 하여금 자신의 삶을 되돌아보게 만들었다. 그녀와 남자들의 관계는 이제 전혀 에로틱하지 않았다. "말하자면 넌 아름답잖아. 그러니 남자들이 그리울 거란 건 이해해. 하지만 난……!" 멜뤼진이 말끝을 흐렸다. 루이즈는 아무 말도 하지 않았다. "난 이제 앙리 말고 다른 남자 앞에선 절대로 알몸이 될 수 없을 거야." 멜뤼진은 의외로 담담히 말했다. "하지만 여자 친구들과 함께 있을 땐 행복해." 그녀가 말했다. 그러고는 루이즈의 눈을 바라보았다. "너희가 없었다면, 여자들만의 사교란 게 없었다면 난 내 인생이 도대체 뭔지 알 수 없었을 테고, 아마 자살했을지도 몰라." "그만 해!" 루이즈가 말했다. "하지만 그게 진실인걸!" 멜뤼진이 말했다. "너희가 없으면 난 허물어질 거야. 내 인생은 참을 수 없게 될거고. 내 삶은 지금도 엉망이지만, 너희가 없었으면 완전히 엉망진창이 되었을 거야. 난 이 혼란스런 세계에 단 일 초도 있을 수 없을걸." 멜뤼진은 붉은 포도주를 단숨에 들이켜고 다시 잔을 채웠다. "그나마 나는 여자들 덕분에 세상이 활기차게 느껴져." 그녀가 말했다. 루이즈가 소리없이 웃었다. 멜뤼진은 자기 생각에 집착하고 있었다. 그녀는 이야기를 계속했다. "그런 사실을 알고 흔쾌히 인정하는 남자들도 있지." 멜뤼진은 남자들의 인정이 훌륭한 증거라는 듯이 말했다. "여자들 없이는 아무것도 안 된다고 내게 고백한 남자들도 있어." 그녀가 말했다. 그러더니 성난 목소리로 덧붙였다. "그런 남자들, 그걸 알면서도 자기들이 얻은 걸 하나도 되돌려주지 않는 걸 부끄럽게 여겨야 해!" "그러니 대체 여자들은 남자들이 갖지 못한 무엇을 갖고 있는 걸까?" 루이즈가 상냥하게 속삭였다. "모르겠어. 하지만 어쨌든 여자들은 뭔가를 갖고 있어." 멜뤼진이 말했다. "글쎄 그게 뭐냐니까?" 루이즈가 웃으며 물었다. "여자들은 고통받는 게 뭔지 알아. 여자들은 한 달에 한 번씩 피를 흘리고 아이를 낳을 수 있는, 아, 미안, 너한테 이런 말을 해서, 기적 같은 육체를 갖고 있어. 하여튼 여자들은 부드러움과 사랑을 갖고 있어, 사랑을!" 멜뤼진이 말했다. 그러나 다음 순간 그녀는 잠시 생각하더니 자신의 말을 바로잡았다. "여자들과 아이들, 이 두 가지가 내 삶에 기쁨과 부드러움을 줬어." "지금 한만, 정말로 그렇게 생각하는 거야?" 멜뤼진의 극단적인 발언에 재미를 느끼며 루이즈가 물었다. "남자들이 삶에 아름다움과 부드러움을 부여할 능력이 있다고 생각하는 거야?" 멜뤼진이 되받았다. "있고말고!" 루이즈가 소리쳤다. "그건 똑같은 부드러움이 아니야. 똑같은 아름다움도 아니고." 멜뤼진이 말했다. 비밀스런 고통이 그녀를 고집스럽게 만들었다. "어린 계집아이들이 아기한테 모성애를 발휘하는 걸 봐." 그녀가 말했다. "하지만 어린 사내아이들도 마찬가지야! 그리고 부드러운 남자들도 많잖아?" 루이즈가 말했다. "오, 그렇겠지!" 멜뤼진이 냉소적으로 말했다. "그렇지만 그 부드러운 남자들이 찾는 게 뭔지는 너도 나만큼이나 잘 알지 않니!" '그들은 젖처럼 솟아나는 부드러움을 찾지.' 그녀는 생각했다. "내가 말하는 건 묘한 부드러움이야. 남자들이 모르는 세상이 있어. 그런데 그들이 모르는 그 부분이 너희들을 점령하거나 몰두하게 만들 때 남자들한테 그걸 어떻게 설명할래? 네 삶을 짓누르는 다른 사람들의 삶의 무게, 그런 걸 남자들이 어떻게 알겠어? 그런 게 있다는 것도 모르는데!" 멜뤼진은 내처 말을 이었다. "내가 그런 걸 남자한테 고백해도, 그들은 절대 이해하지 못해. 난 남자들이 속으로 뭐라고 하는지 훤히 알아. '귀찮은 여자로군' 할 테지!" 얼근히 취하면 그런 것처럼, 멜뤼진의 눈에 눈물이 차올랐다. "멜뤼진, 취했어?" 루이즈가 물었다. "아니! 내 생각을 말하다가 감동한 것뿐이야. 넌 나랑 생각이 같지 않고. 하지만 나 취하지 않았어!" (사실은 취했다.) "네가 너무 젊어서 그래!" 멜뤼진이 말했다. 루이즈는 회의적으로 고개를 저었다. "아니, 네가 젊어서 그래. 그리고 난 늙었고. 내 얼굴은 매일 아침 내게 우리 운명을 상기하게 만들지. 넌 젊어. 그래서 우리를 기다리고 있는 것이 뭔지 아직 생각하지 않는 거야." 멜뤼진이 말했다.

"아니, 나도 생각해. 우리가 약속받은 것은 장례식과 눈물과 관이 겠지. 게다가 난 그런 공포를 잊게 해줄 아이도 없어." 루이즈가 말했다. "미안해! 너한테 그런 생각을 하게 해서. 내가 왜 이런 말을 하는지 나도 모르겠어. 정말 미안해." 멜뤼진이 말했다.

"너희 이야기, 재미있는데!" 에브가 한 손에 잔을 쥐고 지나가며 말했다. 그녀는 루이즈의 말을 듣기 위해 다가왔다. 루이즈는 에브를 처음 만났을 때부터 '뭐 이런 심보 나쁜 바보가 다 있어!'라고 생각했다. 멜뤼진은 말을 중단할 생각이 없는 듯했다. "너 알아? 아이들은 진정한 해결책이 아니야. 아이들이 떠나면 그건 또 얼마나 끔찍한데. 난 몇날 며칠을 빈집에서 울었어. 물론 아이들을 잊으려고 노력하지. 그러나 아이들은 우리 것이 아니야. 이제 아이들은 커서 제각기 자기 삶을 살고 있고, 난 내가 할 일을 끝낸 거야." 그녀가 말했다. "너한텐 앙리가 있잖아." 루이즈가 말했다. "쯧쯧!" 멜뤼진이 혀를 찼다. "그 사람한텐 내가 별로 필요하지 않아. 외려 내가 그의 삶을 망치고 있다는 생각이 드는 걸!" 두 여자는 어린 계집아이들처럼 웃었다. 멜뤼진은 다시 몽상에 빠져들며 말했다. "너무 우울해!" 그녀의 부은 손이 술잔 다리를 쥐었다. "오늘 저녁모임을 이런 식으로 시작할 셈이야? 그건 아니지?" 루이즈가 말했다. "아니지. 질질 짜지는 않을 거야. 한잔 마시자." 멜뤼진이 말했다. 이날 저녁 루이즈는 관대했다. "마시자." 그녀가 이미 얼근히 취한 멜뤼진에게 말했다.

3

소파에 몸을 깊숙이 파묻은 남자 장, 그러니까 마리의 남편이 질의 이혼 이야기를 꺼냈다. 그는 그 소식을 알려준 아내와 함께 자동차를 타고 오는 내내 그 생각에 빠져 있었다. "넌 알고 있었어?" 그가 톰에게 물었다. "사라가 알려줬어. 질을 만났을 때 실수하지 않도록." 톰이 말했다. "여자들이 떠나면서 아이들도 데려가는 것, 이것이 결혼이 가진 현대성이지. 그리고 가장 심한 건 모든 사람이 그걸 아무렇지 않게 여기는 거고. 우리 남자들의 운명이 이제 그런 게 되어버린 걸까?" 장이 말했다. 일시적인 번식용 수컷? 그는 네 아들을 떠올렸다. 마리가 네 아들을 데리고 떠나는 것은 그로서는 아주 솔직하게 말하자면 '생각할 수도 없는 일'이었다. 하지만 다른 사람들에게는 실제로 그런 일이 일어났고, 그러고도 그들은 계속 살아가고 있었다. '풍속이 정말 바뀌어도 너무 바뀌었어! 아니면 사람들이 바뀐 걸까?' 그는 그런 의문을 수시로 제기했다. "옛날 여자들, 그러니까 가족을 데리고 사라질 방법이 없었던 옛날 여자들도 욕망이라는 걸 갖고 있었을까?" 그가 말했다. "우리 할머니들?" 톰이 물었다. '우리 할머니들이 새끼 새들을 데리고 날아가버리고 싶어 했을까……' 톰은 사랑받는 남자의 늙고 메마른 육체 옆에 있던 차분한 얼굴을 떠올렸다. 그러나 나란히 떠오른 그 영상을 둘로 나눌 수는 없었다! 그러므로 그는 말했다. "도저히 그런 상상은 할 수 없어."

모두 장의 질문을 곱씹었다. 톰이 먼저 입을 열었다. "우선 오늘날의 여자들을 정당하게 평가해야 해. 첫째, 여자들이 죄다 날아가버리는 건 아니고, 둘째, 남편을 떠나야 할 이유가 충분한 여자들도 있어. 네 아내는 절대 널 떠나지 않을 거야. 네가 무슨 짓을 해도." 그가 장을 바라보며 말했다. "그건 아마 그녀가 떠날 방법이 없기 때문일걸." 기욤이 말했다. "뭐야, 겁나는 이야기 시작하지 마!" 막스가 그의 팔을 툭 쳤다. 막스는 에브와의 다툼으로 인한 흥분이 완전히 가라앉지 않은 터라 기욤이 한 말이 가슴을 파고들었던 것이다. 그는 자기 아내가 떠날 준비가 되어 있지 않다는 것, 그리고 그의 결혼은 결합이 아니라 그 자신이 공급자인 계약이라는 것을 막연하게나마 알고 있었다. "여자들의 경제적 독립이 바로 사람의 현대성이야 잘 된 일이지 뭐, 여자들이 우리 옆에 있는 게 우리가 돈을 벌어다줘서가 아니라 우리가 좋아서란 걸 믿어도 된단 얘기니까!" 톰이 말했다. 이제 막스는 침묵을 지키고 있었다. 에브가 경제적으로 독립적이었다면 그는 어떻게 되었을까? 그도 훨씬 더 자유로웠으리라. 그러나 그녀는 임신했다는 것을 알고는 즉각 일을 그만두었다. 그는 이 자리에서 아내 이야기를 할 수는 없다고 생각했다. 자신이 결혼할 때 벌어졌던 일들을 그는 또렷이 기억하고 있었다. 그의 친구들은 화제의 약혼녀 에브를 만나면서 놀라움을 감추지 못했다. 톰이 "약혼녀? 그런 게 아직도 존재해?"라며 빈정거리자 에브는 격분했고, 다시는 톰을 초대하려 들지 않았다. 막스는 당시에는 그 말이 무슨 의미인지 몰랐고 알아보려 하지도 않았다. 지금 생각해보면 자신이 숫총각이라고 놀림받은 것이 분명했다. 그의 얼굴이 침울해졌다. 시간이 한참 흐른 후, 하필이면 서글픈 상황일 때 밝혀진 과거는 얼마나 하찮은가! 그는 아직도 길을 잘못 들었음을 인정하지 않았다. 그의 침울함은 피로로 치부됐다. '다들 피곤해!' 톰은 막스를 보며 생각했다. 그들은 하나같이 과도하게 일에 짓눌린 삶을 살고 있었다. "바보들의 삶이야." 기욤이 말했다. 그는 그렇게 생각했다. "난 올해 팔 주 동안 휴가를 낼 거야!" 기욤이 말했다. "그래? 하지만 넌 사장이잖아." 막스가 말했다. "우린 세금을 내기 위해 일하는 거나 다름없는 거야!" 장이 말했다.

어쨌든 막스는 결혼생활을 파기하지 않기로 결심했고 그 결심은 그를 짓누르고 있었다. 그는 이렇게 말했다. "사랑의 문제에서 옛날과 달라진 게 있다면 그건 의무감이야. 사람들은 이제 의무감을 버렸어." 그는 괴로워서 그런 말을 한 것이었다. 그는 의무감을 가짐으로써, 그리고 그의 입장에서는 떠나는 것이 더 용기가 필요한 일이었기 때문에(그게 더 어려운 일이었다), 부부라는 끈끈한 관계 속에 남아 괴로워하고 있는 것이었다. 어째서 우리는 참고 남아 있는 것을 높이 사는가? 어째서 스스로 해방되거나 떠나는 사람들은 사태를 극복할 재주가 없는, 따라서 자격 없는 사람으로 치부되는가? 그것은 다른 수많은 선택과 마찬가지로 단순한 이동의 문제가 아니던가? 직업을 바꾸고, 사는 도시를 바꾸고, 사는 나라를 바꾸고, 아내를 바꾸고…… 그런 일을 저지르는 의지는 알고 보면 결국 같은 것이 아닌가? 분석하기는 어려웠다. 그는 특히 그런 일이 그것을 결정하는 존재 자체와 관련된 것인지, 아니면 결정하게끔 하는 상황들과 관련된 것인지 알 수 없었다. 달리 말해 배우자와 헤어지는 사람들은 재혼을 하건 안 하건 그 자신보다 더 힘든 부부생활을 했던 것일까? 아니면 자신보다 고통을 견디는 능력이 떨어질 뿐인가? 마음속 깊은 곳에서 그는 두번째 생각으로 기울어졌다. 그러므로 그는 되풀이했다. "사람들은 이제 의무감을 팽개쳤어. 그래서 결혼을 하고, 아이를 낳고, 그리고는 자신들이 번식하는 데 쓰인 그 결합이 파괴되어도 아무렇지도 않다는 듯 이혼하는 거야."

다른 사람들은 전적으로 동의하지는 않았다. 기욤이 말했다. "요즘 사람들은 아이들을 위해 무조건 같이 사는 것만이 좋은 해결책이 아니라는 걸 알아. 심리학자들은 부모가 싸우면서 억지로 함께 사는 게 잘 정리된 이혼보다 아이들한테 더 해롭다고 말하지." "잘 정리된 이혼……" 막스가 무뚝뚝한 어조로 되받았다. 그는 그렇게 생각하지 않았다. "비극 없는 이혼도 있어." 기욤이 말했다. "정말로 그렇게 생각하는 거야?" 막스가 물었다. 기욤은 고개를 끄덕였다. "자, 그럼 이혼이 사람들 개개인이 겪는 외상성 신경증의 목록에서 근친이나 사랑하는 사람의 죽음 바로 다음에 오는 걸 어떻게 설명할래?" 막스가 의기양양하게 물었다. 그러나 기욤은 자기 주장을 굽히지 않았다. "네 이야기는 차원이 달라. 불행한 것과 파괴적인 것, 그 둘이 어째서 항상 짝이 되어야 해?" 막스가 그렇게 말하는 데는 내부에 어떤 불행이 도사리고 있기 때문이라는 걸 감지했으면서도 기욤은 참지 못하고 이렇게 말했다. "이봐, 난 우리 자식들이 우리에 대해 많은 걸 알고 있다고 믿어. 녀석들은 부모가 사이가 좋은지 의견이 대립 되는지 분명히 느낀 낀다구. 뿐만 아니라 혐오와 욕망까지도 느끼지. 그래, 녀석들은 부모가 섹스를 하는지 안 하는지도 안다니까." "난 그렇게 생각 안 해. 아이들은 그런 것에 대해 아무 생각도 없어. 그래서 부모의 이혼은 아이들에겐 늘 놀라운 일인 거야." 막스가 말했다. "차라리 위안이 될 때도 있다고는 생각 안 하냐?" 기욤이 말했다. 그의 커다란 얼굴은 만족스러워 보였다. "좀 진지하게 이야기할 수 없어?" 막스가 말했다. "좀 웃을 수는 없어?" 기욤이 되받았다. "네가 이야기하려고 하는 게 뭔데?" 장이 막스에게 물었다. "난 사랑하는 한 쌍은 그 사랑이 끝났다고 믿는 순간 의무감 때문에 노력하기를 중단할 거라고 말하고 싶을 뿐이야." 막스가 말했다. "노력하는 건 사랑이 있기 때문에 가능한 거야. 사랑이 남아 있으면 느낄 수 있는 법이거든." 그가 덧붙였다. "하지만 넌 그런 게 좋다고 생각하는 눈치가 아닌데?" 기욤이 물었다. "좋다 나쁘다의 문제가 아니야. 의무감이 사랑을 돕는다는, 조화가 무의미한 단계에선 의무감이 그것을 지고 간다는 의미야." 막스는 말을 이었다. "네가 한 사람에게 많은 것을 주면 그 사람을 더욱 사랑하게 돼." "마찬가지로 그 사람을 더욱 싫어하게 될 수도 있지." 장이 되받았다. 막스가 어떻게 이 말을 이해할 수 있겠는가? "결혼의 용도가 뭐라고 생각해? 사랑을 지속시키는 것, 바로 그거야." 막스가 말했다. "무엇 때문에 사랑을 지속시켜야 하는데?" 톰이 물었다. "아이들을 길러야 하니까." 막스가 대답했다. "아이가 없다면?" "그렇디면 네가 하고 싶은 대로 실컷 하면 돼. 넌 자유롭고, 결혼의 부담도 없고, 원하는 만큼 시간을 가질 수 있지." 막스가 대답했다. "우린 뭘 믿어야 하는 걸까?" 장이 말했다. "아마 여자들이겠지. 여자들은 약속이라는 것에 가치를 두니까." 톰이 사라를 떠올리며 말했다. "설마! 이혼을 요구하는 건 대부분 여자들이잖아! 질을 봐. 이혼을 원한 건 그가 아니야!" 기욤이 말했다. "넌 왜 그가 이혼을 원하지 않는다고 믿는데?" 막스가 물었다. "그가 블랑슈를 사랑하니까." 기욤이 말했다. "그럴 수도 있지. 하지만 실은 그런 게 아니야!" 막스가 말했다. "질이 자기 딸을 한 달에 네 번만 만나면서 살기 싫기 때문이야. 한 달에 네 번! 그게 어떤 건지 생각해본 적 있어? 아이와 제대로 관계를 맺기엔 상당히 적은 횟수지." 그가 냉소적으로 덧붙였다. 막스는 다음과 같이 정리했다. "넌 아내를 더이상 사랑하지 않기 때문에 이혼해. 그런데 제길! 네 아이들도 덩달아 네 지붕 아래서 살지 못하게 돼. 그럼 아내가 널 행복하게 해주지 못할 땐 어떻게 하느냐? 약간 불만스럽더라도 적응하고 남아 있어야지. 그런데 그것마저 끝장이 나서 어느 날 아내가 널 충분히 사랑하지 않는다는 걸 깨닫고 이혼을 요구하는 거야. 그럼 넌 어떻게 될까? 넌 네 유전자를 지닌 자식이 다른 놈 집으로 옮겨가는 걸 보게 돼. 대부분의 경우 여자들은 대체해줄 남자를 찾았을 때 집을 떠나니까." "그가 왜 친권을 요구하지 않았대?" 앙리가 질의 이혼으로 다시 화제를 돌렸다. "소아과 의사인 엄마의 친권을 거부해? 넌 판사가 그런 판결을 내릴 것 같아?" 막스가 말했다. "왜 안 돼? 블랑슈는 일 때문에 바빠. 집에 있는 시간이 많지 않다고. 급한 환자들이 늘 있으니까. 반면 질은 그녀보다 훨씬 시간이 많잖아." 앙리가 말했다. "내 생각엔 질이 딸에게서 엄마를 빼앗을 만한 냉혈한은 아니라고 봐." 기욤이 말했다. 이 대화가 기욤의 마음속에 동요를 일으킨 것은 어느 모로 보나 분명했다. 그러나 그는 아무 말도 하지 않았다. 그는 자신의 상황을 일체 입에 올리지 않았다. 동조하지도 않았고, 지금 나누고 있는 대화가 자신을 전혀 배려하지 않고 있다고 불평하지도 않았다. 그래도 그의 세 아이가 제 엄마를 따라 그를 줄줄이 떠난 것을 생각하면 그런 화제는 좀 너무하다 싶었다. "누가 뭐래도 난 톰이 옳다고 봐. 여자들은 용기와 약속에 대한 지각을 지녔어. 게다가 고난을 끝까지 감수하지." 앙리가 말했다. "돈이 있다는 조건하에서만!" 기욤이 덧붙였다. 그는 말을 이었다. "그건 틀림없어. 여자들은 아이들이 있고, 집이 있고, 친구들이 있으면 그냥 남아서 큰 사랑 없이도 자기 삶을 꾸려가지. 하지만 네가 직장을 잃으면 어떻게 되는 줄 알아? 아내도 잃게 되는 거야!"

그들은 입을 다물었다. 어쩌자고 자신들의 상처를 헤집었던가? 그들은 가사를 분담하자고 요구하는 사나운 여자들이 아니라 엄마 같은, 그리고 할머니 같은 무성애 풍부하고 여성적이며 의연한 여자들을 아내로 삼기를 원했으리라. 장과 앙리는 텔레비전 쪽으로 몸을 돌렸다. 텔레비전은 볼륨이 한껏 줄여져 있었다. "십분 동안 광고야! 이 시합은 시청자가 많을 테니까." 앙리가 말했다. 지금까지 아무 말도 하지 않고 있던 마르크가 기욤에게 몸을 돌리며 물었다. "질? 좀 작은 키에 체격이 단단하고 상당히 웃겨 보이는 그 친구 말이야?" "그래. 무지하게 웃긴 그 친구." 기욤이 대답했다. "아내가 눈부셨지. 헤라* 같은 진짜 빨강머리 여자." 톰이 말했다. "결혼은 언제 했는데?" 마르크가 물었다. 그리고 대화는 다시 시작되었다. "질이 몇 살이지?" "마흔아홉. 공부가 끝날 때쯤 블랑슈를 만났다는군. 그들이 스물다섯 살이었을 때니까 그때부터 이십 년 이상 같이 산 거야. 그런데 딸은 다섯 살이지! 그래, 그들도 예측하지 못한 일이었을 거야. 블랑슈가 절대로 아이를 갖지 못할 거라고 했는데, 웬걸, 애가 생긴 거야! 그녀는 썩 기뻐하지 않았지. 너무 늦었다고 생각했거든. 그렇지만 아이가 태어나자 다른 여자들처럼 자기 딸밖에 모르게 됐어."

그들은 별 생각 없이 블랑슈와 질의 사생활에 대해 계속 이야기했다. 그 이혼의 여파를 자기들이 뒤집어써서는 곤란했다. 지나간 일들, 꿈꾸던 일들, 금지된 일들, 불가능한 일들이, 그들이 서로 사랑하고 한 쌍이 되는 것을 지켜보았으며 예상하지 못한 사이에 폭발해버린 두 친구가 헤어졌다는 한 가지 사실만으로 수런수런 되살아나고 있었다. 그들은 자신들의 사랑과 결혼생활이 실수

나 거짓이 아니라는 걸 확인하고 싶었다. 감정의 평정을 되찾아
야만 했다.

　"블랑슈가 에브에게 벌써 오래 전부터 그들 부부 사이가 삐걱
거린다고 말했대. 내 생각엔 그 두 사람 육체적으로 잘 안 맞게 된
것 같아. 질이 그 불화를 견디기 위해 다른 여자들과 관계를 갖지
않았나 싶어." "질이 다른 여자들을 만나고 다녔어?" "몰랐어? 다
들 알고 있었는데. 그녀가 그를 거부했기 때문에 받아주는 여자
를 찾은 것뿐이야. 그리고 그녀는 그걸 용인할 수 없었던 거고. 그
녀는 그렇게 길러지지 않았거든. 하긴 누군들 그렇겠어. 우린 모
두 성적 독점욕, 소유욕, 질투를 지각하도록 길러지니까." "하지
만 어리석은 짓이야."(이렇게 말한 것은 마르크였다.) "왜 어리석
은데?" "제대로 된 성 도덕은 요소에 따라 다양해야 하니까." 마르
크가 말했다. "예를 들면 어떤 것?" 톰이 활짝 핀 얼굴로 물었다.
"과학의 발전 상태, 위생의 단계, 질병, 사람들의 기질……" "사
람들의 기질, 그 전에선 맞아. 나도 동감이야. 네 생각엔 우리가
질투하지 않을 수도 있을 것 같아? 난 질투를 안 할 수도 있다고
생각해. 마음속 깊은 곳으로는 아무 의미도 없는 육체관계라는
것도 존재할 수 있다는 걸 알고 있으니까." "그렇게 생각해?" "물
론이야! 너도 그럴걸? 한 가지 문제는 우리가 맺고 싶어하는 관계

는 그런 게 아니라는 거야. 그러니까 그 관계들을 있는 그대로, 다시 말해 아무 의미도 없는 상태로 유지하는 방법을 배우는 걸로 충분해. 육체관계의 중요성을 결정하는 건 우리야.”“그렇게 생각해? 그럼 내가 다른 관점에서 설명해보지.” 마르크는 말을 이었다. “어떤 육체관계는 다른 것들보다 더 많은 가치를 갖고 있어. 그건 그 관계에 그런 가치를 부여하는 게 육체적인 것이 아니기 때문이야. 육체관계를 중요한 것으로 만드는 건 성이 아니라 여자들이야! 그래, 그렇지만 그건 단지 우리가 그렇게 하도록 강요했기 때문이지. 그리고 여자들에게 육체관계는 중요한 것이라고 세뇌시켰어. 여자들이 몸을 가볍게 내돌리지 못하게 했지. 우린 여자가 사내와 몸을 바싹 붙이고 누우면 뭔가 중요한 것을 주거나 잃게 된다고 주입시켰어. 우리의 주된 도덕적 관심사란 게 결국 여성의 정절이었기 때문이지. 가벼운 여자들이 품위가 없다는 건 우리가 꾸며낸 생각이고, 여자들은 그 생각을 믿게 됐어. 자, 그런데 이제 우린 어떻게 하고 있지? 어떻게 해서든 여자들을 유혹하려 든단 말이야. 그랬다가 너무 깊어지면? 뿌리째 들어내고 싶어 하지!” 마르크가 웃으면서 말했다. “같이 사는 여자를 사랑하면 그 여자를 행복하게 만드는 모든 것이 나까지도 행복하게 만든다…… 난 그런 이상은 안 믿어. 우린 제각기 아내의 자유를 감시하고 있을 뿐이야!” 마르크가 말했다. “하지만 만일 질투를 느낀다면……?”“결혼을 안 하면 되지!”“바로 그거야!”“질투가 뭔

데?" "질투는 사랑하길 포기하는 거야." "바보 같은 소리 그만
둬! 네가 질투를 느끼면 넌 네 사랑이 아내에게 어떤 가치를 가지
는가 검토하게 되지. 그리고 깨닫는 거야. 이건 성적인 생활이 아
니라는 걸. 비록 그 성적인 생활이라는 게 네 사랑의 강도를 반영
할 수는 있다 할지라도. 그리고 어떤 영상들이 남아 참을 수 없도
록 널 괴롭힌다면? 그냥 잊어! 잊으려고 노력해! 그 영상들은 너
의 질투의 원인이 아니라 결과야. 그건 질투에 사로잡힌 네 정신
이 만들어낸 거라고. 그렇고말고! 우리가 어쩌다 이런 이야기를
하게 됐지?! 이게 질과 블랑슈와 무슨 상관이야? 이런 거야. 부부
사이의 부정(不貞)이란 게 있을 수도 있는 일이라고 생각했다면,
블랑슈는 이를테면 연인과 더불어 욕망을 되찾을 수 있었을지도
몰라. 질이 다른 여자들과 참고 있는 사이에. 그러면 그들 부부는
지금 와서 헤어지지 않았을 거야. 질은 항상 말했어, 아내를 사랑
한다고. 한마디로 넌 구원을 가져오는 부정의 선구자야! 그리고
그는 우리 전부를 통틀어 가장 목석 같고 부패하지 않는 아내를
가진 거구."

    장과 톰이 포도주 잔을 돌리고 음식이 담긴 접시들도 가져왔
다. 온갖 종류의 햄과 소시지와 빵과 붉은 포도주가 한상 차려졌
다. 톰이 말했다. "갈수록 간단히, 갈수록 많은 여자들을 찾게 되

는 것 같아. 무슨 일을 하는지는 상관없어. 그 여자가 어떤 사람이고, 자신이 어떤 사람이라고 생각하는지 따위는 알고 싶지도 않다구. 내가 원하는 건 여자를 눕히고 허벅지를 따라 슬금슬금 속치마를 잡아내리고, 그 부드러운 허벅지를 어루만지고, 도둑처럼 그 안으로 숨어들어 여자들을 탈선시키고, 그리고 빠져나가는 거지.” “그럼 사라는?” 장이 물었다. “사라가 뭐?” 톰이 말했다. 장은 말싸움을 포기했다. “흔하디흔한 일이야. 너 아주 평범한 거라구.” 막스가 말했다. “왜 그런 말을 하는 건데?” 장이 물었다. “넌 왜 내가 그렇게 말한다고 짜증을 내는 건데?” 막스가 물었다. “짜증내는 게 아니야. 그렇지만 네가 왜 모든 사람이 그처럼 행동한다고 믿게 해서 그의 지나친 행동을 덮어주려는 건지 모르겠어.” 장이 말했다. “내 생각을 말했을 뿐이야!” 막스가 말했다.(그러고는 일어섰다.) “난 그가 다른 사람들이랑 똑같고, 그가 욕망에 관심이 있으며, 그런 욕망을 자주 느낀다는 것, 여자들을 바라보고 마음에 드는 여자들을 맘껏 유혹하고 싶어하고, 그들의 가슴을 만지고 싶어하고 그들이 빠져드는 풍경과 숨겨진 아름다움, 그리고 그들의 변신을 발견하고 싶어하는 거라고 말한 것뿐이야! 하지만 그러면서도 그는 괴로워해. 사방에서 사람들이 그를 방해하고, 그의 욕망을 거부하고, 그가 느끼는 황홀함이 아무 가치 없는 거라고 하잖아.” “얘기 끝났어?” 기욤이 물었다. “왜?” 막스가 놀라 물었다. “나도 할 얘기가 있거든.” 기욤이 대답했다. “뭔데?”

막스가 물었다. "네 말 끝난 다음에." 기욤이 말했다. 막스가 다시 말을 시작했다. "어째서 우린 우리가 같이 사는, 그리고 우리한테 항상 싸움을 거는 여자를 떼어놓고 다른 여자와 저녁나절이나 밤을 보낼 수 없는 거지? 아니면 보내더라도 왜 꼭 같이 사는 여자한테 거짓말을 해야 해? 난 내가 보고 싶은 여자를 보고 싶을 때 보고, 비밀 이야기를 듣고, 위로하고, 애무하고, 그 여자들의 마음속에 존재하고 싶은데, 그런데 그렇게 할 수 없다…… 그럼 내가 가진 게 뭐지?" 그는 돌연 말을 멈췄다. 그러자 기욤이 입을 열었다. "난 집으로 돌아가 아내를 만나고, 그녀가 나만의 것이고, 내가 그녀만을 사랑한다고 말하는 데서 행복을 느껴." "잠깐, 너 지금까지 몇 번 결혼했더라?" 톰이 물었다. "세 번!" 기욤은 조금도 뜸 들이지 않고 되받았다. "오 년에 한 명씩이지! 넌 결혼이 뭔지 몰라." 기욤이 말했다. "내가? 십이 년 동안 한 여자 옆에 붙어 사는 내가?" 톰이 가슴을 툭툭 치면서 되받았다. "그런 톰이 요즘은 사라를 괴롭히는 데 재미를 붙여서 탈이지!" 장이 말했다. 톰이 응수했다. "아니야. 나 톰은 사라를 향한 열정을 연장시키려고 노력하는 중이라고."

"아무 말도 하지 않는 사람이 있다는 거 너희 눈치채기나 했어?" 막스가 물었다. 그들은 앙리를 향해 몸을 돌렸다. 앙리는 줄곧 듣기만 하면서 친구들이 서글프고 열렬하게 토로하는 그 문제들에 대해 혼자 생각하고 있었다. "놀랐어. 내가 할 말은 놀랐다는 말뿐이야." 앙리가 말했다. "놀라? 왜?" 톰이 물었다. "너희가 경험을 통해 아는 게 그렇게 적다는 것에 놀랐다고." 앙리가 대답했다. 그들은 설명을 기다렸다. 마르크가 텔레비전 볼륨을 줄였다. 텔레비전에선 여전히 광고를 하고 있었다. "새로운 여자와 사랑을 나누는 게 매일 저녁 너희 욕실에서 옷을 벗는 여자와 사랑을 나누는 것보다 반드시 더 큰 쾌락을 가져다주는 건 아니야." 앙리가 말했다. 톰과 막스는 싱긋 웃었고, 장은 고개를 끄덕여 동의를 표시했으며, 마르크와 기욤은 그 다음 말을 기다렸다. "그게 다야?" 톰이 물었다. "그래. 사람들은 자기가 충실하기 때문에 부정한 사람들을 부러워하거나, 아니면 육체적 정조가 가져다주는 것이 대체 무엇인지 잊어버릴 정도로 육체적 강박관념에 짓눌리기 때문에 부정한 사람들을 부러워하지. 기습적인 만남이 전부는 아니야." 앙리는 말을 계속했다. "새로운 상대가 감정을 고조시키고 성욕을 자극하기는 해도 꼭 쾌락을 배가시키는 건 아니야. 쾌락에도 기술이 필요하거든. 너희가 싫증을 느낀 사람들이 실은 그 누구보다 그 기술을 더 잘 알 수도 있지 않을까. 너희가 처음 만난 미녀를 호텔로 데려가 즐기는 것만이 쾌락을 선사해주는 건 아니라구. 그리고 쾌락의 기술을 알아두는 건 로맨틱하지 않을지는 몰라도 대단히 효과적이지. 어쨌든 난 놀랐어. 너희가 그런 다양한 욕망을 갖고도 아직 그걸 깨닫지 못했다니 말이야. 신선한 만남보다 습관이 더 큰 즐거움을 주는 건데 말이지." 앙리가 긴 말을 끝마쳤다. "어이, 경기 시작이다! 봐, 저 친구 얼마나 멋진지!" 톰이 말했다. 한 흑인 권투선수가 관중석을 가득 메운 흰 연기와 환호성 속에서 링을 향해 걸어가고 있었다. 그는 기민한 동작으로 링의 로프 사이로 미끄러져 들어갔다. 전부 자리에 앉았다. "앙리, 네가 말한 건 예외적인 경우야! 그러나 내 생각은 달라!" 그러자 다들 "쉿!" 하고 손가락을 입에 가져다댔다.

4

생선요리는 맛있었소? 그가 물었다. 맛있었어요, 그녀가 대답했다. 마담, 무슈, 디저트 드시겠습니까? 종업원이 메뉴를 내밀면서 물었다. 고맙지만 사양하겠어요, 폴린이 말했다. 아뇨! 골라봐요! 난 디저트 먹는 여자들을 좋아해요, 질이 말했다. 난 붉은 과일과 나무딸기 아이스크림을 주시오, 짐이 종업원에게 말했다. 폴린도 같은 것을 시켰다. 봐요, 좋잖아요! 가끔은 다른 사람의 말을 들어봐요! 내가 보기에 당신은 당신 고집대로만 하는 것 같소…… 그녀는 약간 자랑스러운 듯 미소 지으면서 수긍했다. 여자들은 왜 항상 한 남자를 통제하고, 그런 후에 따돌리는 데서 쾌감을 느끼는지 도무지 모르겠어요, 여자들은 남자를 충성심으로 무장시키고 명령을 내려야 직성이 풀리죠! 대체 왜 그러죠? 그가 물었다. 그녀도 모를 일이었다. 그녀는 웃었다. 당신은 웃을 때 너무 매력적이오! 그가 말했다. 그녀는 그 말을 믿지 않는 기색이었다. 당신은 직접 볼 수 없으니 알 수가 없죠! 그가 말했다. 날 믿어요, 당신은 예뻐요, 그가 그녀의 눈을 들여다보며 말했다. 그는 실은 "당신은 무척 내 마음에 들어요"라고 말하고 싶었다. 그러나 그렇게 말하는 대신 그는 "난 당신이 웃는 모습이 더 좋아요"라고 말했다. 그는 어느새 그녀의 양손을 붙잡고 있었다. 그러나 그녀는 손을 빼냈고 그는 아무 말도 하지 않았다. 그녀는 알고 있었다. 어쨌든 이 여자는 알고 있어, 그는 생각했다. 그리고 그는 손을 다시 내려놓았다. 아! 폴린…… 그는 속삭였다, 마치 그 이름과 더불어 그의 안에서 한 세계가 태어나는 것처럼. 그녀가 뭐라고 말할까? 그녀는 웃었다. 그렇게 말해주다니 친절하시군요, 그녀가 말했다. 이건 친절이 아니오, 그가 말했다. 어쨌든 당신과 오늘 저녁을 같이 보내서 기뻐요, 그녀가 말했다. 그는 웃기 시작했다. 자기를 마음에 들어하는 상대에게 아예 무관심하거나 그 사람이 꼴 보기 싫을 수만은 없죠, 안 그래요? 그녀는 살짝 웃으면서도 뭔가 생각하느라 새침해졌다. 나도 만족스럽소, 그가 속삭였다. 그는 감미로운 목소리로 돌아와 있었다. 왜요? 그녀가 그 감미로운 목소리로 인해 행복해져서 물었다. 그는 입술 사이로 바람 소리를 내며 자기도 모르겠다는 표시로 허공에 손짓을 해 보였다. 그건 그렇게 되어 있는 거고, 우린 아무것도 할 수가 없어요, 그가 말했다. 그녀는 진지한 동시에 한마디 한마디에 저의가 숨어 있는 이 대화가 대단히 즐거웠다. 이런 일이 자주 있나봐요? 그녀가 물었다. 이런 친밀감 말이오? 그가 웃으면서 말했다. 그녀는 고개를 끄덕였다. 절대 아니죠, 그가 단호하게 말했다. 그럼 아내하고는요? 그녀가 물었다. 기억 안 나요, 그가 말했다. 못 믿겠어요! 그녀가 되받았다. 당신 말이 옳아요, 그는 웃으면서 수긍했다. 그녀는 그가 입이 무겁다는 것, 그리고 자신의 삶을 털어놓지 않는다는 두 가지 현명함을 지녔음을 파악할 줄 아는 여자였다. 그녀는 그의 침묵을 영원히 보장받을 수 있을 터였다. 과묵한 남자의 비밀이 된다는 것, 그건 대단히 마음 놓이는 일이었다.

당신 직업이 뭔지는 나한테 얘기 안 했어요, 그녀가 말했다. 먼저 물어봐주길 기다린 거지 일부러 숨긴 건 아니오, 별것 아닌 일을 하죠, 텔레비전 영화 극본을 써요, 그가 말했다. 하지만 텔레비전 영화는 형편없는 것들뿐인데요! 그녀가 소리쳤다. 그래요! 그는 농담을 하느라 좀더 날카로워진 목소리로 되받았다. 난 형편없는 텔레비전 영화 극본을 쓰고, 사람들은 그 대가로 내게 많은 돈을 지불하죠. 워낙 자신감이 투철한 사람이라 그는 조금도 기분이 상하지 않았다. 잘 모르는 일을 놓고 그런 식으로 말하지 말아요, 감미로운 목소리가 속삭였다. 대체 무슨 재주를 부려 그가 그녀에게 이런 지배력을 휘두르고 있는 걸까? 그녀는 어린 소녀가 되어버린 기분이었다. 그는 말없이 그녀를 향해 몸을 기울였다. 사람들이 그를 쳐다보았다. 그는 사람들이 자기를 쳐다본다는 것을 알고 있었다. 열정 따위를 품을 나이는 한참 지난, 게다가 보수적일 듯한 한 쌍의 남녀는 '저 작자, 저 어린 여자를 데리고 뭘 하는 거지? 정말 역겨워' 라고 말하는 것 같았다. 당신이 너무 싱그러워 사람들이 전부 우릴 쳐다봐요! 그가 몸을 뒤로 젖히며 말했다. 몰랐어요, 그녀가 말했다. 당신은 나밖에 안 보니까요, 그가 말했다. 내가 하려던 말이 바로 그거예요, 그녀가 말했다. 이제 그녀도 그처럼 장난을 하기 시작했다. 그들은 사랑의 궁전에서 화합에 이르렀다. 그들은 함께 웃었다. 치아가 어찌나 아름다운지 그는 그 보석에서 눈을 뗄 수 없었고, 그녀는 자신의 입을 줄기차게 바라보는 그 시선에 당황했다. 그는 다시 그녀를 향해 몸을 숙이고 아주 낮은 목소리로 물었다. 저기 저 남녀, 보여요? 그녀가 눈길을 던진 후 보인다고 신호를 보냈다. 그들은 내가 당신에겐 너무 늙은 남자라고 말하고 있어요. 그녀가 웃기 시작했다. 혼란과 행복이 뒤섞이고 있었다. 그렇지 않아요, 그녀가 말했다. 그녀의 표정이 너무 근엄했으므로 그는 웃을 수밖에 없었다. 이로써 또 한 번 그들 사이에 모든 것이 말해졌기 때문이다. 폴린, 그가 속삭였다. 네? 그녀가 대답했다. 아무것도 아니오, 그가 말했다. 당신 이름을 불러보는 게 좋아요. 그녀는 감동했다. 그 순간만큼은 달콤했다. 그녀는 한 남자의 마음에 들었다는 데 도취됐다. 그러나 그 쾌감은 너무나 강렬해 의심을 불러일으켰다. 이 남자, 나를 놀리는 걸까? 그녀는 생각했다. 그녀의 두려움은 현실적이고 집요했다. 그녀는 그들의 관계가 무서울 정도로 진부하다는 것을 충분히 느끼고 있었다. 그건 천번도 넘게 달려간 길이나 마찬가지였다. 한 남자와 한 여자! 분명 그는 이 도박에 대해서 낱낱이 알고 있었다. 그녀가 얼마나 우아하게 애교를 부리는지 깨달았음이 틀림없다. 어쩌면 그것을 즐기고 있는 게 아닐까? 그는 그녀가 자기 이름이 불릴 때마다 황홀해하는 것을 보면서 혼자 웃고 있는지도 모른다. 자신이 그의 마음에 들었다고 생각하면서 웃는 여자를 숱하게 보았는지도 모른다. 여자들의 허영이란…… 이 짧은 통찰로 인해 폴린 아르누의 쾌감은 싸늘하게 식어버렸다. 바람둥이 사내와 어울려 도박을 하고 있다는 수치심이 솟구쳤다. 그들의 그 진부한 관계는 애초부터 조잡할 수밖에 없는 것이 아니더가?

그녀는 아이스크림 덩어리를 둘러싼 나무딸기를 야금야금 먹었다. 그는 그녀를 바라보았다. 그들은 지금 자신들에게 속한 것이 아닌 모든 것에 눈멀고 귀먹었다. 그녀가 접시에서 눈을 들더니 그를 향해 웃어 보였다. 이 순간이 사랑의 가장 달콤한 순간이지, 그는 생각했다. 그리고 이렇게 말했다. 이 순간이 가장 달콤한 만남의 순간이죠. 침묵, 미소…… 그녀는 아무 말도 하지 않았다. 그가 속삭였다. 그리고 미래…… 폴린은 여전히 말이 없었다. 그는 그녀가 말없이 있을 때가 더 좋았다. 마음속 깊은 곳에서 그는 그녀 주위를 빙빙 돌았고, 한마디 한마디 말을 꿰면서 조심스럽게 그녀에게 접근했고, 그녀는 그 어여쁜 이를 모두 드러낸 채 웃으면서 그의 말을 들었다. 다만 문제가 있다면 그가 이제 말〔馬〕에서 내려올 수 없을 것이고, 다른 것을 상상할 수 없으리란 것이었다. 그녀의 존재는 너무 컸고, 그는 그 존재를 강렬하게 느끼고 있었다. 그런데도 그는 점점 고약하고 짓궂게 굴고 있었다. 그녀는 순진한 처녀처럼 위협적이었다. 그러나 그녀는 순진하지 않았다. 그녀는 알고 있었다. 눈을 감아요, 그가 말했다. 그는 아무 말도 하지 않고 눈 감은 여자의 얼굴을 보았다. 살결은 또 얼마나 고운지! 그녀가 눈을 떴다. 당신이 내 말을 듣는지 시험해보기 위해서였어요! 그가 말했다. 손을 줘봐요, 거두지 말아요! 그가 말했다. 그러나 그건 한계를 넘는 일이었다. 그녀는 단호하게 싫다는 표시를 했다. 그가 하는 짓은 속이 뻔히 보이는 코미디였다. 그녀는 그런 놀이에 장단을 맞추는 데 수치심을 느꼈다. 나에게 당신 생각대로 쇼를 시키는 거라면 그만두세요! 그녀가 말했다. 그는

웃었지만 부인하지는 않았다. 너무하군요! 그가 재미있어하면서
말했다. 너무한 건 당신이에요, 그리고 난 당신이 그렇게 하도록
내버려두잖아요, 그녀가 말했다. 그렇게 하는 게 즐거우니까, 그
는 그윽한 목소리로 말했다. 그렇겠죠, 그녀가 양보했다. 그래서
후회해요? 그가 물었다. 초조한 것 같기도 하고 예민해진 것 같기
도 했다. 아뇨, 난 내가 뭘 하고 있는지 정확히 알고 있어요, 그녀
가 말했다. 그럴 줄 알았소! 그가 말했다. 말들은 봉인되었고, 매
혹의 힘은 방향을 틀었다. 그들은 웃었다. 이 유희에서 빠져나갈
방법은 없었다.

5

마르크가 말했다. "자기 여자가 아닌 다른 여자들한테 욕망을
느끼는 건 불가피한 일이야. 어떤 사람들은 그런 욕망에 화답을
하잖아. 전류나 다름없는 거야. 그런데도 우리 삶은 한 여자와 약
속되어 있고, 우린 그 약속을 지킬 능력이 있으며, 우리 아이들은
자기들도 깨닫지 못하는 사이에 우리가 사랑 속에 남아 있기를 바
래. 대립되는 힘을 그럼 어떻게 화해시키느냐? 오로지 '좋아요'
라고 말할 한 여자와 사랑의 유희, 즉 감정의 유희를 즐기고 싶은
지 스스로 물어보면 돼. 만약 그렇다면 우리가 그 사실을 깨달았

234

을 때 멈추는 걸로 충분하지." 그가 결론을 내렸다. "한마디로 총 들지 말고 사냥하라, 그거군! 그게 얼마나 슬픈 일인데!" 톰이 말했다. "시작이다!" 기욤이 말했다. 경기가 시작됐다. 두 권투선수가 링으로 달려나갔다. 군중은 잠잠해졌다. 막스는 안락의자에 파묻혔다. 그는 아직도 에브를 생각하고 있었다.

남편들의 금욕이란 게 있다. 남편들은 외국에 와 있는 것처럼 부부의 사랑 속에서 살아간다. 그들은 배신하고 제멋대로 잘못 이해하고, 이따금은 전혀 이해하지 못하기도 한다. 그들은 욕망도 없이 아내 앞에 있게 될 것이고, 그래서 본의 아니게 부정직한 수단을 동원하거나 잘못을 저지를 수도 있다. 그리하여 결국은 불행해진다. 남편들에겐 날이 갈수록 파악하기 힘든, 충동적 기질과 혈기로 뒤죽박죽인 정열적 존재 곁에서 견딜 용기가 필요한 것이다.

그래서 남편들은 기다린다. 사람들은 그것을 사랑이라고 말한다. 남편들이 기다리고 엿보기를 그만두는 것은 사랑하기를 멈추는 것이다. 남편들은 이해심을 가지고 아내의 얼굴 위에 머금어진 미소를 엿본다. 그리고 그 미소 속에서 '있는 것'과 '부족한 것'을 가려낸다. 아내의 미소가 사라지면, 아내의 얼굴이 굳게 닫히면, 남편들은 아무 말도 못 하고 인내하면서 이따금 비밀리에 다른 얼굴로 몸을 돌린다. 이 경우 대부분의 남편들은 침묵 속에 잠긴 사실은 존재하지 않는다고 믿고 싶은 심정일 것이다. 아내의 얼굴에 웃음이 돌아올 때까지 남편들은 걱정을 절대 내비치지 않는다. 한마디로 그들은 파악하기 힘든 문제들이 마구 끓어넘치고 있어도 침묵으로 해결하려 든다. 그러나 아내들은 무언가 말해지기를 바라고, 언제나 이해받기를 원하며, 불평하고, 시끄럽게 군다. 그렇게 해서 각자의 역할들이 생기는 것이다.

"나 차에서 에브랑 한바탕했어." 막스가 말했다. 권투는 1라운드가 막 끝난 참이었다. 미니스커트를 입은 늘씬한 두 라운드걸이 2회전을 알리는 안내판을 들고 링을 돌기 위해 로프로 다가왔다. 관중석의 남자들이 고함을 질러댔다. "그녀가 뭘 어쨌는데?" 장이 물었다. "늘 똑같지 뭐. 이것도 저것도 다 마음에 안 들어서 투덜거렸지." 막스가 말했다. "마리아 자주 싸워?" 그가 장에게 물었다. "끝도 없어! 그리고 난 그게 무서워! 사실 서로 꽥꽥 고함을 지르면서 싸우는 거, 진짜 추하고 우스꽝스럽잖아. 그렇지만 그건 피할 수 없는 운명 같은 게 아닐까? 나란히 울리는 두 개의 리듬이라고 해서 항상 조화로운 박자만 내는 건 아니잖아. 어떻

게 그럴 수가 있겠어?! 그런데도 난 포기가 안 돼. 마리는 폭군이
야. 그 여자가 얼마나 엄청난 에너지를 가졌는지 넌 아마 상상도
못 할 거다. 마리는 날 팔푼이로 만든다구." 장이 말했다. "우린 돈
문제 때문에 싸워." 앙리가 입을 열었다. "내가 멜뤼진의 씀씀이
를 통제하려고 하면 그녀는 거짓말부터 해. 난 그걸 참을 수가 없
어. 옷을 사고도 나한텐 옛날부터 있던 옷이라고 하지!" 그는 그
녀가 위스키도 사댄다는 말은 하지 않았지만 다른 사람들은 그것
도 짐작에 넣었다. "그럼 넌 아내한테 거짓말 안 해?" 기욤이 물
었다. 막스는 기욤의 관대한 얼굴을 보고 재미있어했다. "사람들
은 이런 대화에선 타인들의 문제는 얼마든지 이해하는 것처럼 굴
지!" 그가 슬쩍 꼬집었다. 그러자 앙리가 말했다. "아니, 난 절대
거짓말 안 해." "그거야말로 네가 거짓말쟁이라는 증거야!" 기욤
이 되받았다. "정말 거짓말 안 한다니까! 맹세하지!" 앙리가 말했
다. 그러자 톰이 응수했다. "정말 골때리는 거짓말쟁이들은 '난
절대 거짓말 안 해요' 라고 말하는 사람들이야." 그러고는 재빨리
덧붙였다. "절대로 들통나지 않는 어마어마한 거짓말을 하거든!"

"우리 부부의 전형적인 싸움을 말해줄게!" 장이 말했다. 다른
사람들은 그 말을 듣기 위해 입을 다물었다. 그들의 얼굴에는 제
각기 즐거움이 떠올랐다. 기욤의 커다란 얼굴은 새빨개졌고, 막

스는 장의 얼굴을 빤히 바라보았다. 장이 이야기를 시작했다. "집에 놀러왔던 손님들이 돌아갈 때의 이야기야. 마리는 마지막 사람이 나갈 때까지 엘리베이터 앞에서 배웅해. 난 거실에 남아 있고. 아내는 아이들이 깰까봐 현관문을 아주 살짝 닫고 들어와. 그리고 바로 시작하는 거야. 그때부터 아내는 내가 알고 있는 여자가 아니라 아예 로봇이야! 엄청난 괴력으로 정리를 시작한다니까. 잔과 디저트 접시들을 치우고, 종이 냅킨을 휴지통에 갖다 버리고, 냅킨은 세탁물 바구니에 던지고, 접시들은 식기세척기 안에 넣고! 난 쉬고 싶은데 말이야." 그가 말했다. 친구들이 모두 웃었다. "대개 난 잠깐 컴퓨터 앞에 앉아 디스켓을 넣어. 그사이에도 마리는 부엌에서 바쁘게 움직이지. 피곤한데도 꾹 참고 억지로 정리를 하는 거야. 난 그 이유를 모르겠어. 다음날 아침에도 얼마든지 할 수 있잖아? 천만에! 마누라께선 아침에 난장판 속에서 잠을 깨고 싶지는 않다고 대답하지. 나도 아내가 몹시 피곤하다는 걸 알아. 사실 그런 게 당연하잖아. 그래서 이렇게 말하지. '가서 자.' 생각해봐. 자정이 넘은 시각이고 그 시각쯤 되면 팔다리가 늘어져서 아무것도 못 하는 사람들도 많잖아. 그런데 마리는 정말 최악이야. 아예 짐승으로 변한다니까, 자정이 넘으면." 장은 말을 이었다. "아주 사정없이 물어뜯어!" 친구들이 다시 웃음을 터뜨렸다. "그녀는 거실로 와서 짖기 시작해. 난 다시 한번 점잖게 말하지. '전부 그냥 둬. 내가 할 테니까.' 그럼 그녀는 내게 이렇게 말해. '당신은 항상 그렇게 말하지! 그럼 왜 그걸 지금 당장 할 수 없는지 설명해봐! 우선 정리부터 하고 나중에 컴퓨터를 켜는 게 더 순서에 맞아! 안 그래?' 그럼 난 화를 내지 않고 이렇게 대답해. '조금 전에 당신 목욕할 거라고 했잖아. 그래서 난 정리하기 전에 시간이 좀 있다고 생각한 것뿐이야. 당신이 말한 대로 했으면 됐잖아.' 그녀는 무지하게 성질이 뻗쳐서 폭발하지! '안 그래도 지금 목욕물 받는 중이야! 물 받는 사이에 정리하는 거라구!' 그녀는 자기가 얼마나 요령 있게 일을 처리하는지 나한테 설명하기 시작하지. 항상 똑같은 말인데, 내용은 대개 이래. '일하는 것 자체는 별로 문제가 안 돼! 아니, 사실 나는 사람들을 초대해 즐겁게 시간을 보내고 그들을 잘 대접하는 게 즐거워! 하지만 당신이 날 도우려고 한다고는 말하지 마! 항상 말뿐이잖아! 이러쿵저러쿵 어쩌고저쩌고……' 이쯤 되면 나도 성질이 나지. '설교는 그만 해. 어떤 일을 할 때 나도 스스로 결정할 수 있어. 내가 그 일을 해야 하는지 그 시각까지 당신한테 허락받아야 해?' 난 또박또박 말해. 그러면 마리는 입을 다물어. 부엌으로 가서 마리가 정리하는 걸 보면 정말이지 입이 떡 벌어져. 그 정리하는 속도라니! 상상도 못 한다니까! 아내는 웃지도 않아, 절대로! 어쨌든 미소란 건 사람을 아름답게 하잖아? 그런 면에서 그 순간 그녀는 추하다면 상당히 추하지! 난 그녀에게 말해. '지금 당신이 모습 어떤지 알아? 까탈스럽고 추한 노파 같다구!' 그녀는 이렇게 말해. '열받으면 내가 어떤 표정을 짓는지 나도 잘 알아. 굳이 알려줘서 고마워!' 그러면 난 '어쨌든 난 당신 할아버지가 아니야' 라고 말하지. 물론 마리의 성질을 뻗치게 하려고 일부러 하는 말이야. 그녀의 할머니는 뭐든 좌지우지했고 할아버지는 그 옆에서 아예 만사를 포기하고 살았거든." 톰이 웃음을 터뜨렸다. 장은 말을 이었다. "비로소 그 대목에서 평화가 와. 그 말이 그녀의 말문을 탁 막아버리거든. 난 그녀를 그렇게 혼자 부엌에 남겨놓지. 그러고는 부엌 문을 단호하게 닫아버려. 그러면 마리는 완전히 돌아버리지. 생각해봐. 문 닫힌 부엌에서 혼자 정리하는 심정을! 그녀는 내가 닫은 문을 확 열어젖혀. 그러고는 다시 부엌 안을 들들들 돌아다니며 이리 닦고 저리 닦고 문질러서 번쩍번쩍 광을 내지. 결국 그녀는 우는 소리를 해. '내가 이 집 하녀야!' 난 다시 컴퓨터 앞에 앉아서 아무 말도 하지 않아. 그렇게 되면 날 못 건드리지. 그녀는 자기가 졌다는 걸 알아. 그런 후에 우린 아무 말도 없이 침대에 누워 등을 돌리고 자지. 다음날 그녀는 푹 쉬고, 쉬고 나면 전부 잊어버려." 장은 말을 맺었다. 그러자 기욤이 말했다. "우린 모두 어린애 같아. 피곤하면 성질이 나는 거지! 우리 부부는 잠들기 전에 꼭 화해해. 그것만 빼면 똑같아!"

그들은 이 싸움 이야기를 무척 재미있어했다. 그것이 막스의 마음을 조금 달래주었다. 다들 똑같은 운명이라는 사실에서 위안을 받았는지도 모른다. 어느 누구도 제 몸에 상처 하나 입지 않고 빠져나갈 수는 없었다. 존재의 혼돈이나 마음의 흔들림은 공동의 운명이었다. 인간들의 공동체를 지배하는 그 원리는 여느 사람들보다 이들에게 훨씬 강력한 영향력을 발휘했는데, 이들이 모두 닮은꼴이기 때문이었다. 다시 말해 그들은 모두 한창때였고, 제법 능력이 있었고, 힘도 있었으며, 돈도 있고, 아내와 아이들도 있었…… 한마디로 늘 모든 것을 갖고 있었고, 앞으로도 계속 가질 사람들인 것이다. "네 말을 들으니 안심이 된다. 어느 집이나 똑같은가봐." 막스가 말했다. 그럼에도 그는 틀렸으니, 장의 집에는 존재하는 사랑이 그의 집에는 이제 없기 때문이었다. 싸우는 사람들이 모두 사랑하는 사이는 아니다. "그래, 어느 집에나 모든 걸 지휘하는 폭군이 있어! 바로 그래서 내가 줄행랑친 거 아냐!" 톰이 말했다. "하지만 너한텐 심술궂은 아내가 없잖아!" 마르크가 말했다. "뭐? 심술궂은 아내가 왜 없어? 무슨 소리야? 사방에 심술궂은 여자뿐인데!" 톰이 응수했다.

6

루이즈가 말했다. "왜 내가 아이를 가질 수 없는지 알고 싶어?"

마리가 고개를 끄덕였다. "내가 불임이라서도 아니고, 젊었을 때 중절을 했기 때문도 아니야." 루이즈는 말을 이었다. "내가 늙었기 때문이야. 난 이제 아이를 가질 수 있는 나이가 아니라구. 자연이 그렇게 결정한 거야. 그럼 내가 어째서 아이 없이 늙어버렸을까? 아이를 가질까봐 두려워하면서, 뭔가 줘야 하는 걸 겁내면서 그리고 다른 사람들처럼 사랑에 이성을 잃고 바보처럼 될까봐 몸을 사리면서 인생을 보냈기 때문이야. 그리고 이제 난 아이를 낳을 수 없어. 운이 엄청나게 좋지 않으면 아이를 가질 수 없을 거야…… 그 운을 불러오려면 내가 내 욕망에 확신을 가져야 해. 그런데 난 그것조차 확실히 모르겠어. 아직도 내 뱃속에 다른 생명을 갖고 싶은 건지 잘 모르겠다구! 사실 내가 아이를 갖지 못할 이유는 하나도 없어. 어디 병이 걸린 것도 아니고, 기능이 감퇴한 기관도 없어. 문제는 내 미친 욕망 한쪽에는 증오가, 한쪽에는 두려움이 있다는 거야. 난 마음 깊은 곳에서 모성이란 걸 역겹게 여기고 있어! 모성이 얼마나 괴물 같은 관계를 시작하게 하는지 미리 알아버리기라도 한 것처럼!"

"그런 말 하지 마. 지레 포기할 것 없어. 의외로 아주 잘 될 수도 있으니까." 마리가 위로했다. "아! 정말 상냥하기도 하지. 에브가 임신했다는 말을 들었어. 그랬더니 다시 걱정이 돼…… 나 정말 바보 같지!" 루이즈가 말했다. 그러자 마리가 되받았다. "인생에 아이들만 있는 건 아니야. 내 아이들? 난 그애들 때문에 겁나는 걸. 그애들의 슬픔이 날 혼란스럽게 하고, 그러면 난 아무것도 아닌 일로 걱정을 하게 된단 말이야. 그건 미친 짓이야. 게다가 평생 계속되잖아? 끝도 없어! 어떤 땐 제풀에 지친다구!" 그녀들은 웃을 수밖에 없었다. 마리가 다시 심각하게 말했다. "언젠가는 차라리 연을 끊었으면 하는 날이 올 거야. 무엇 때문에 그렇게 살았나 싶은 날이 올 거라구…… 혈연이란 건 우릴 억누르고, 떨게 만들고, 이러쿵저러쿵 명령을 해. 감정까지도 좌지우지하지. 부모님들? 난 부모님이 언젠가 세상을 떠난다고 상상만 해도 눈물이 줄줄 흘러. 아버지가 당신이 늙었다는 걸 인정했을 때 얼마나 혼란스러웠는지! 세상에 늙지 않는 사람은 없고, 우리 아버진 그럭저럭 잘 지낼 거고, 우린 이만하면 행복한 거라고? 천만에! 마지막에 대한 생각이 내 인생을 망치는 것처럼 늘 앞당겨서 불안을 느껴야 하는데도?" 그러자 루이즈가 물었다. "그럼 네 남편은? 남편 때문에도 괴롭니?" 마리가 대답했다. "당연하지! 물론 다른 식구들이랑은 경우가 다르지만!" 그녀들은 웃었다. 마리가 속삭였다. "이 말은 아무한테도 하지 마." 그녀는 말을 이었다. "아이가 없으면 다른 일을 하면 돼. 넌 작품을 만들거나 무언가를 찾아내거나 희생을 하거나, 어쨌든 아이만큼 가치 있는 일을 하게 될 거야."

그러나 루이즈에게 가장 중요한 일은 그녀가 할 수 없는 일, 다시 말해 아이를 낳는 일이었다. 그녀의 삶은 형질 유전의 불가능 속에서 피폐해지고 있었다. 그녀는 이 병원 저 병원을 전전했다. 그렇게 젊은 나이(서른여덟 살)에 그녀는 이미 젊음을 건너 삶의 다른 쪽 끝에 와 있는 기분이었다. 자식 없이 늙는 것은, 고독이라는 차디찬 경사면에서 무덤으로 훨씬 빠르게 미끄러져 내려가는 것이나 마찬가지였기 때문이다. 나이를 먹을수록 루이즈가 아이를 가질 가능성은 줄어들 것이고, 그건 끝내 움직일 수 없는 사실로 굳어질 것이다. 제아무리 의학이 발달했다 해도 그녀의 뱃속에 아이를 넣어줄 수는 없었다. 그리고 육체가 그렇게 말하기 때문에 그녀의 얼굴도 허무가 어울리는 표정이 되어갔다. 그녀의 손과 손목은 앙상했고 얼굴에는 왠지 모를 결핍이 보였다. "남자들은 우리처럼 늙지 않아도 되니 운도 좋지. 젊은 여자만 차지하면 되잖아. 아무리 늙어도 젊은 아내만 얻으면 아이를 가질 수가 있어." 루이즈가 말했다. 멜뤼진이 다가와서 루이즈에게 말했다. "검정색만 봐도 너라는 걸 알 수 있어." "내가 장례식 분위기를 풍기나보지." 루이즈가 슬프게 웃더니 속삭였다. "늘 검은 옷만 입어?" 에브가 물었다. "그래, 늘." 멜뤼진이 대신 대답했다. 그녀는 루이즈의 어깨를 감싸고 말했다. "루이즈의 옷장을 열면 검정 일색이야! 스타킹, 양말, 옷, 옷에 다는 액세서리, 전부 다……" "전부, 전부, 전부." 루이즈가 웃었다. 어깨를 감싼 멜뤼진의 풍만한 가슴이 느껴졌다. 그녀는 멜뤼진이 자기를 누르는 듯한 기분이 들었는데 사실 멜뤼진은 간신히 서 있는 것이었다. 그러나 멜뤼진은 예리한 직감을 갖고 있었고, 루이즈가 침울하다는 것을 눈치챈 유일한 인물이기도 했다. 루이즈는 멜뤼진을 꼭 껴안았다. 루이즈의 하얀 피부가 검은 원피스 속에서 빛났다. "왜 그렇게 검정색만 좋아하는 거야?" 에브가 물었다. "모르겠어." 루이즈가 대답했다. "우리 마음을 끄는 것, 우리가 좋아하는 것, 그게 왜 그런지 이유를 정확히 아는 사람이 있을까?" 그녀는 자신이 너무 심각하게 받아들이는 것은 아닐까 혼란을 느끼면서 덧붙였다. "어쨌든 검정색이 잘 어울려." 멜뤼진이 말했다. 루이즈의 눈자위가 엷은 보랏빛으로 퇴색해 있었다. "피곤해 보이는데?" 멜뤼진이 말했다. "응, 피곤해." 루이즈가 대답했다. 그녀는 자신이 이 병원 저 병원 전전하며 온갖 검사를 받는다는 말은 하지 않았다. 아이를 갖고 싶은, 그러나 가질 수 없는 여자의 배에서 빠져나가는 모든 걸 생각하면 그건 아무래도 미친 짓이다. 그녀는 자신을 기진맥진하게 만든 원인, 그러니까 일도 아니고 아이가 칭얼대서 밤에 잠을 설친 것도 아니고 밤새 사랑을 나누었기 때문도 아닌, 그저 병원에서 걸려오는 '아니오. 임신이 아닙니다. 검사 결과 네거티브입니다' 라는 말을 듣기 위해 전화기 옆에서 기다리느라 생긴 피로의 원인에 대해서는 입을 다물었다. 누구도 그녀의 눈물을 알아줄 수는 없었다. 그녀가 무엇을 원하는지, 그녀가 왜 탈진했는지 이해하지도 못하면서 그녀에게 '그러다가 건강을 해치고 말 거야'라고 말만 하는 남자를 계속 사랑하기 위해 집으로 돌아가는 것이 어떤 것인지 아무도 헤아려줄 수 없을 것이다. 그렇다면 어째서 아이를 입양하지는 않는 걸까?

"입양은 한 번도 생각 안 해봤어?" 에브가 물었다. 루이즈가 고개를 저었다. 그녀는 다른 사람의 아이를 사랑할 수는 없을 것이다. 뭐든 닥치는 대로 받아들일 수는 없을 것이었다. "내 아이들을 당신 아이들이라고 생각하면 되잖아." 기욤은 이따금 그녀에게 이렇게 말했다. 그녀는 대꾸도 안 했다. 그는 어쩜 그렇게 어리석을 수 있을까? 그녀는 그것만은 생각하고 싶지 않았다. 아니면 아이고 사랑이고 아예 때려치울 작정이었다. "나도 아이가 없잖아." 페넬로프가 말했다. 그녀의 목소리는 어린 계집아이처럼 맑았다. "그리고 남편도 없어."

7

루이즈는 페넬로프에게 무슨 말을 해야 할지 알 수 없었다. 모든 존재가 품은 저마다의 숱한 불운과 불행, 그리고 미소들! 마리가 페넬로프를 안으며 속삭였다. "그렇지만 남자들은 다 널 좋아하잖아." 그러고는 덧붙였다. "그러고 보니 너한테는 인사도 못했네?" "맞아, 그러게!" 루이즈가 대꾸했다. "그럴 수밖에! 사람들이 내가 호락호락한 여자가 아니라고 남자들한테 말하니까 안심하고 날 좋아할 수 있는 거야." 페넬로프가 말했다. "그럼 폴은? 그도 안심하고, 위험이 없다고 생각해서 널 좋아하는 거니?" 마리가 물었다. "아니." 페넬로프가 대답했다. 그러고는 갑자기 보이지 않는 꿈속에 빠진 것 같은 눈이 되어 덧붙였다. "오늘 오후에 그가 나에게 결혼하자고 했어." "폴이?" 마리가 물었다. "그래서 넌 뭐라고 했어?" 루이즈가 물었다. "생각해보겠다고." 페넬로프가 말했다. "너로선 놀랄 일도 아니네." 마리가 말했다. "그래서, 생각해봤어?" 루이즈가 잽싸게 되물었다. "응, 벌써 생각 끝냈어!" 페넬로프가 말했다. 그녀의 얼굴이 짓궂은 미소로 활짝 펴졌다. "당연히 '노' 겠지?" 루이즈가 말했다. "아니!" 페넬로프가 말했다. "아니라고? 그럼 폴이랑 결혼하겠단 말이야?" 루이즈가 소리쳤다. 페넬로프는 행복한 웃음을 지었다. "그래, 그를 깊이 사랑하는 것 같아." 그녀는 말을 이었다. "세상과 시간, 그리고 그와 나의 나이 차에도 불구하고, 우리가 함께 있을 때 나이 같은 건 문제가 되지 않는다는 걸 깨달았어. 그리고 난 그 사람이 좋아. 그가 늙었고 그래서 곧 죽을 텐데, 내가 그의 삶의 빛이고 그를 행복하게 만들기 때문에. 이건 기적이야. 이해할 수 있니? 누군가의 기적이 된다는 걸!" 그녀는 잠시 넋이 나간 것도 같고 홀린 것도 같은 얼굴이 되어 말을 중단했다. "내가 그를 사랑하는 또하나의 이유는, 우리 둘 다 사랑하는 사람의 죽음으로 눈물을 흘려봤다는 거야." 그녀가 말했다. 그녀의 눈이 눈물로 그렁그렁해졌다. 그 눈물 속의 무언가가 루이즈를 사로잡았다. 멈추지 않고 흐르는 눈물은 루이즈에게 깊은 인상을 남겼다. 하지만 그녀는 아무 말도 하지 않았다. "눈물 나!" 페넬로프가 말했다. 그녀는 자신이 동요하고 있다는 것을 숨길 수 없어서 더욱 혼란스러웠다. "그가 늙었기 때문에, 그가 곧 죽을 테니까, 이따금 그가 그런 생각만 하는 게 아니라 소리내서 그런 생각을 말하기 때문에, 그러면서도 내가 겁내지 않도록 자기 앞에 아직 시간이 많이 남아 있는 것처럼 굴기 때문에 그를 사랑해…… 이건 경이로운 일이야." "행복해야 해." 마리가 말했다. "그래, 난 행복해." 페넬로프가 말했다. "내가 규범에 맞지 않는 사람이란 생각이 들어. 내가 얼마나 행복한지 상상할 수 있겠니! 서른여섯 살에 곧 일흔두 살이 될 남자와 결혼하다니…… 이런 결혼을 하려고 그렇게 오랫동안 독신으로 살았나 하며 이해 못 하는 사람도 있겠지!" 그녀들은 모두 웃음을 터뜨렸다. "멋지게 해버리려고 기다린 거지!" 루이즈가 말했다. "너무 혼란스러워. 그래서 바보처럼 웃기만 하는 거야." 페넬로프는 이렇게 말한 뒤 계집아이처럼 깔깔대며 웃었다. 그녀가 말을 이었다. "사람들은 '들었어? 페넬로프가 그 늙은 애인이랑 결혼

248

한대!' 라고들 하겠지." 잠시 후 그녀는 덧붙였다. "그러고 보니 결혼 선물 리스트를 만들어둬야겠네!" 그러자 여자들은 숨이 막히게 웃어댔다. "원칙적으로 보면 우린 교회에서 결혼할 권리가 있어. 그가 홀아비니까. 하지만 그러기 싫대." 페넬로프가 말했다. 루이즈가 물었다. "언제부터 그를 사랑했니?" "나도 몰라! 그가 내 마음을 사로잡으려고 애쓰기는 했지만, 그게 성공하리라고는 생각하지 않았어. 그건 그도 어쩔 수 없는 문제였으니까. 하지만 그에겐 오래 살아온 사람들이 지니는 인내심이 있었지. 그런데 그게 정말 인내심이었을까? 오히려 우수 어린 체념이고 시작과 끝을 지배하는 중대한 원리를 방치하는 힘이었겠지. 그리고 난 그에게 젊은 여자의 부드러운 육체라는 쾌락을 주고 싶어했던 것 같아." 페넬로프가 말했다. "난 감동해서 눈을 감고 그가 내 몸을 만지게 내버려두었어. 그러자 그는 울었고 결국 나도 울고 말았어. 그렇게 해서 모든 게 시작됐어. 이따금 난 내가 그 사람 없는 세상을 살게 될 거고 그 앞으로 온 편지 뭉치가 더이상 쌓이지 않을 거라는 생각을 해. 내 삶은 그 사람이라는 존재를 잃게 되겠지. 그게 그를 더욱 사랑하게 만들어. 놀랐지, 너희들?" 페넬로프가 물었다. "전혀." 마리가 대답했다. "놀라지도 충격받지도 않았어." 루이즈가 말했다. "사랑을 찾아내는 사람들이란 바로 이런 사람들이지!" 마리가 말했다. 그녀가 말을 이었다. "넌 흔치 않은 관계를 경험하는 행운을 잡은 거야. 그걸 절대로 망치지 마."(그녀는 페넬로프의 뺨을 엄마처럼 다정하게 어루만졌다. 그 순간 그녀는 엄마가 된 듯한 기분이 들었다.) "그리고 사랑의 시작, 그건 인생에서 가장 아름다운 순간이야……" 마리는 말끝을 흐렸다. 루이즈는 그 문장을 속으로 가만히 되뇌었다. 그녀는 왜 그 말에 동요했을까? 그리고 마침내 이유를 발견했다. 사랑의 시작. 그 말이 단수 형태로 표현된 것이 그녀를 동요시킨 것이다. 마리는 단 하나의 사랑밖에는 몰랐고, 그것이 마치 모든 사람에게 공통된 일인 양 말했던 것이다. "내 사랑이 시작되던 시절은 정말 아름다웠지……" 마리가 속삭였다. "장이랑 넌 어디서 만났지?" 루이즈가 물었다. "저녁식사 자리에서." 마리가 대답했다. "그 일이라면 어제 일처럼 또렷이 기억해!" 페넬로프가 말했다. "너도 거기 있었어?" 마리가 물었다. "물론이지! 잘 생각해봐. 사람들은 전부 너희가 서로 아는 사이인 줄 알았잖아!" 페넬로프가 말했다. "맞아, 그건 사실이야!" 마리가 말했다. 그 순간을 돌이켜보는 건 얼마나 행복한 일인가…… 페넬로프가 루이즈를 향해 몸을 돌리더니 이렇게 말했다. "장과 마리는 그야말로 첫눈에 번개를 맞아버렸어. 오죽하면 우린 둘이 원래 아는 사이인 줄 알았다니까."

"그렇지만 장은 진짜로 그렇게 생각해. 우린 서로 알고 있었지만 사랑할 수 없는 사이였다고. 우린 전생에 오빠 동생 사이였다고." 마리가 말했다.

8

폴린 아르누는 동물과도 같은 민첩함을 발휘하여 자신의 커피 잔에서 흘러내리는 커피 한 방울을 핥았다. 이 저녁식사가 그들의 욕망으로 채색된 것이었기에 그 혀의 움직임은 그녀 안의 관능적 생각과 함께 움직였다. 그것은 에로틱한 몸짓이었다. 그녀도 알고 있었다. 교양 있는 여성은 커피잔을 핥는 행동 따위는 삼가는 법이다. 그녀는 그것도 알고 있었다. 그러나 그 행동이 불러일으킨 효과는 모르고 있었다. 나무딸기 아이스크림을 먹은 직후라 그녀의 혀는 새빨갰다. 아무것도 아닐 수 있는 그 영상이 방파제를 무너뜨렸다. 그녀는 너무나 젊고 싱싱했다! 그를 그렇게 뒤죽박죽으로 만들어버린 것은 그녀가 젊고 싱싱하다는 사실, 그것이었나? 그랬다. 한 존재의 싱싱함이 그의 내부에 불을 붙였다. 탄탄한 몸, 섬세하고 매끈한 얼굴, 손상되지 않은 윤곽, 보드라운 살결이 만드는 눈부심의 정체를 우리는 알고 있던가? 이 완벽한 제국은 연인을 위한 것이 아닌가? 그녀가 새빨간 혀를 내보인 것이다! 어떤 남자도 그런 움직임에 저항할 수는 없다. 그의 피가 폭포처럼 거세게 휘돌기 시작했다. 그의 양손은 젊은 여자를 향해 금방이라도 돌진할 것만 같았다.

폴린 아르누는 처음으로 그가 그녀를 움켜잡을 듯 노골적으로 다가오려 함을 느꼈다. 이 무언의 힘이 그녀를 향해 거칠게 몰려왔고, 그녀는 벌써 그가 자기 몸을 만진 듯한 느낌이 들었다. 그는 돌연 솟구친 당당한 충동을 억누르지 않고 그녀의 손을 잡았다. 순진함이 그녀를 엄습했다. 잠시 동안 그녀는 힘껏 쥔 그의 손안에서 공포를 느끼며 팔딱팔딱 뛰었고, 떨었고, 마침내 포기하고 말았다. 그녀는 벌거벗은 채 그의 앞에 내동댕이쳐져 있었다. 그녀가 간신히 그에게 붙들렸던 손을 빼내고 얼굴을 붉혔다. 사냥감이 되어 쫓기고 있는 것도 곤혹스러웠지만, 달아나버림으로써 그를 괴롭게 만든 것도 후회스러웠다. 그는 잠자코 그녀를 바라보았다. 어여쁜 얼굴은 눈 깜짝할 사이에 긴장감으로 굳어졌고, 그 실패 앞에서 그는 대체 무엇이 모든 걸 망쳤는지 몰라 당황할 따름이었다. 그가 그녀를 이해하지 못했기 때문이었다. 그녀의 손을 잡은 그 몸짓 하나 때문에 이렇게 된 것인가?! 그는 한 여자가 그 정도로 유혹을 받으면 오히려 뒤로 물러날 수도 있다는 것을 이해하지 못했다. 이 여자는 이미 이 자리에서 떠난 거야, 그는 생각했다. 그녀는 도망가려고 하는 본능 그 자체였다. 물리적 힘을 갖지 못한 모든 존재가 그렇듯 여자들도 끊임없이 도망가려는 본능을 지니고 있었다. 그녀는 번개처럼 그에게서 멀찍이 물러섰는데, 그 순간이야말로 그가 그녀를 만지고 싶다는 욕구에 굴복한 순간이었다. 그는 더 정확히는 알 수 없었을 것이다. 그때 그녀는 남편을 생각하고 있었기 때문이다. 그녀는 마르크 아르누의 말을 떠올렸다. 눈앞에서 움직이고 있는 남자의 성욕이 그녀에게 그 말을 상기시킨 듯했다. 마르크는 남자의 성기를 두고 '이건 칼이야' 라고 말하곤 했다. 그녀는 날 만지지 말아요, 틀림없이 추할 거예요, 라고 말할 수 있었을지도 모른다. 분명 그녀의 내부에서는 그렇게 말하고 있었다. 그들은 서로 잘 알지 못했고, 이 남자는 독수리처럼 그녀를 덮칠 궁리만 하고 있었다. 그리고 그녀는 그의 앞에 내던져져 있는 셈이었다! 그녀는 애교를 부리고 그와 함께 도박을 한 것을 후회했지만, 그럼에도 계속 그렇게 할 작정이었다. 그녀 자신도 그 사실을 알았고, 그렇게 하는 데서 환상적인 기쁨까지 느꼈다. 그녀는 감미로운 목소리가 이렇게 속삭이는 것을 들었다. 나한테는 그렇게 완강하게 굴지 말아요! 그는 그녀가 자신을 밀어낸 것에 대해 약간은 분한 감정을 느끼며 그녀를 놀리고 있었다. 맞았어, 이 여자가 아직 준비가 안 됐다는 판단이 옳았어, 그는 생각했다. 난 잔인한 여자는 아니에요, 그녀가 말했다. 두려움이 그녀를 사로잡아 입을 다물게 했다.

그들은 얼굴을 마주하고 있었다. 그는 노골적이고 줄기차게 그녀의 입을 바라보았는데, 그 눈길 속에는 뭔가 빛나는 것이 있었고 얼굴에는 약간의 희롱기가 묻어 있었다. 그는 그녀의 입술에서 눈을 떼지 않았다. 그녀는 혹시 자기 입이 이상하게 생긴 걸까 속으로 생각했다. 그녀는 엄중한 감시 한가운데 던져진 기분이 되어 당황하고 있었다. 저항할 수 없는 힘이 그들 사이를 떠돌고 있었다. 그녀는 그가 키스하고 싶은 거라고 느꼈다. 과연 그는 키스를 생각하고 있었고, 그녀가 그렇게 하라고 요구하는 거라고 생각되기도 했다. 그러나 그녀는 준비가 되어 있지 않았다. 신체적 접촉을 생각하면 몸과 마음이 송두리째 마비됐다. 그런데도 그녀는 저항할 수 없는 유혹을 계속 받아들였다. 앞뒤가 맞지 않는 경우인가? 그녀는 이 남자를 잃고 싶지 않았다. 그러나 서둘러 갖고 싶지도 않았다. 사랑에 빠진 여자의 시곗바늘과 남자의 시곗바늘은 같은 속도로 움직이지 않는다……

저녁식사가 끝났다. 그들은 일어나서 나갈 수도 있었다. 그런데 뭔가가 그들을 붙잡아놓고 있었다. 그들이 서로에게 행하고 있는 유혹, 바로 그것이었다. 함께 있는 데서 느끼는 쾌락보다 큰 무엇, 다시 말해 존재의 의무였다. 이 저녁나절에 헤어지는 것은 강력한 의지가 필요한 일이었고, 그들에게는 그런 의지가 없었다. 커피 한잔 더 하겠소? 그가 물었다. 커피 두 잔 더, 그가 종업원에게 말했다. 그들은 잠시 침묵 속에 있었다. 말의 부재라는 이 친밀감은 입 밖으로 나온 그 어떤 말보다 그들을 더욱 흔들어놓았다. 그래서 그는 근엄해졌다. 그의 얼굴이 일그러졌다. 그는 자신을 온통 점령하고 있는 이 감정을 그녀에게 선언할 참이었다. 에두르지 않고 고백함으로써 오랫동안 억누른 욕망의 상처를 치유할 참이었다. 그녀는 즉시 그의 심중을 읽었다. 바로 그 때문에 그녀는 말했다. 선수를 치고 싶었던 것이다. 당신이 무슨 말을 하려는지 알아요, 왜냐하면…… 그녀는 주저하다가 마침내 결심한 듯 말을 마쳤다. 왜냐하면 나도 그렇게 말하고 싶거든요. 그는 그녀의 다시 입을 쳐다보기 시작했고 그녀는 눈을 내리깔았다. 말하지 말아요, 그 말 하지 말아요, 난 아무것도 할 수 없으니까요, 그녀가 말했다. 그는 그녀의 입술 끝에 매달린 채 꼼짝도 할 수 없었다. 그녀는 자신이 흔들리고 있음을 감히 고백한 것이다. 그는 그녀가 예쁜 여자임에도 불구하고 진실하다는 것에 감탄할 수밖에 없었다. 흔들리는 건 극히 드문 일이니까요, 안 그래요? 그녀가 말했다. 그녀는 억지로 웃었는데, 그녀가 '성적으로 흔들리는 건'이라고는 감히 말할 수 없었기 때문이고, 사실 그녀가 생각한 것이 바로 그것이었기 때문이다. 그는 아무 말도 하지 않았고 그녀는 말을 이었다. 당신이 말이 아닌 다른 방법으로 그것을 말해주기를 원해요, 그녀가 속삭였다. 그는 꿈을 꾸는 것만 같았다. 그러나 아니었다. 그녀는 방금 그에게 사랑에 빠진 남자에게 말하는 것처럼 '아무 말도 하지 말아요. 하지만 내게 반하고 나를 사랑하는 것, 그건 계속해요'라고 말한 것이다. 이런……! 그녀는 얼마나 여성적인가! 하지만…… 내가 왜 그래야 하죠? 그가 물었다. 그의 농담은 그녀가 방금 말한 것에 송두리째 저항하는 것이었다. 그는 그녀를 놀리고 있었다. 그렇게 하면 기분이 좋으니까요, 그녀가 대답했다. 그러자 그는 웃음을 터뜨렸다. 이 솔직하지 못한 교태, 우선 미루고 보자는, 그래서 결국 아무 데도 이르지 못하는 심리는 얼마나 경멸스러운가! 제대로 도박도 못 하는 이런 여자들! 한마디로 쩨쩨했다. 아니, 그녀는 그런 한심한 도박꾼 부류에 속하는 것이 아니라 그저 자기 자신에게 거짓말을 하고 있을 따름이었다. 그는 그녀에게 조금 난폭하게 굴 테지만, 어쨌든 마지막에 이기는 사람이 진정한 승자가 아니던가. 내가 당신한테 무슨 이야기를 하려고 했는지 어떻게 알죠? 그가 짓궂게 웃으며 말했다. 그는 그녀의 뺨을 후려치기라도 하는 것처럼 물었다. 그러나 그녀는 전혀 당황하지 않았다. 그녀는 이 상황에 완전히 충실했다. 그리고 충실함이 우리의 힘을 열 배로 강하게 만들어준다는 것을 신은 아신다. 나도 당신한테 똑같은 이야기를 할 수 있었을 테니까요, 그녀가 얼굴을 붉히며 말했다. 그의 확신은 옳았다. 그녀는 알고 있었다. 그녀는 두 사람 모두를 고통스럽게 하는 게 무엇인지 알고 있었고, 말과 욕망을 두려워하지 않고 그의 환심을 사려 했다. 그녀는 오직 그 말과 욕망이 구체적으로 실현되는 것을 두려워할 뿐이었다. 그 순간 그녀는 못된 아이처럼 보였다. 무슨 일이 일어날 것 같은데요? 그가 물었다. 모르겠어요, 그녀가 대답했다. 그는 아무 말도 하지 않고 그녀의 눈을 들여다보았다. 그러자 로맨스를 향한 욕망이 구조물에 쩍쩍 금을 내는 것이 보였다. 그녀는 자신의 동요 그리고 자신의 기질과 삶에 존재하는 혼돈을 누설했다. 모든 게 너무 복잡해요, 그녀가 말을 이었다. 우린 이미 우리 삶을 결정했고, 난 아이를 가졌고…… 그녀는 제대로 판단할 수가 없었다. 동시에 두 사람을 사랑할 수 있다고는 생각하지 않소? 그가 물었다. 물론 그렇게 생각해요, 그녀가 말했다. 하지만 실제로 그렇게 살 수는 없어요, 혼외의 관계는 아무것도 해내지 못하니까요, 그런 관계엔 꽃피기 위한 시간도 공간도 없어요. 그렇다면 당해낼 수 없는 유혹은 느낄 수 있어요? 그는 다시 은근히 그녀를 놀리면서 물었다. 그녀는 그렇다는 신호를 보냈다. 당신은 정말 강한 여자로군요! 그가 말했다. 그래요, 그녀가 고개를 떨구었다. 그러나 당신은 틀렸어요, 언젠가 후회할 거요, 십 년 후, 혹은 이십 년 후, 당신은 어떻게 손안에 들어온 사랑을 거부할 수 있었나 자문할 거요, 우린 그런 것을 위해 창조된 존재들이에요, 우리가 살아야 하는 이유가 바로 그거요, 다른 게 아니라 바로 그거, 그가 말했다.

그는 위험한 남자였고, 그의 논리는 설득력이 있었다! 그는 자신만의 회중을 위해 진심으로 설교하고 있었다! 그녀는 그의 말을 들으면서 그렇게 생각했다. 그를 의심한 것은 그녀의 판단착오였다. 그는 그녀를 탈선시킬 방법을 찾고 있는 것이 아니라 성실하게 말하고 있었고, 무엇이 그로 하여금 그런 행동을 낳게 하는지 고백했을 따름이었다. 그렇소, 언젠가 당신은 후회할 거요, 그가 되뇌었다. 그러고는 웃더니 말을 이었다. 그리고 내 생각을 하게 될 거요, 왜냐하면 내가 경고했으니까. 그녀는 그가 '왜냐하면 내가 당신 마음에 들려고 노력했으니까' 라고 말할 수 있었는지도 모른다고 생각했다. 그들은 다시 웃었고, 이 저녁이 눈부시게 시작되던 때로 되돌아갔다. 아! 그녀는 그와 함께 있어서 행복했다. 다시 소생한 어지러운 욕망 속에 있는 것은 지극히 간단한 일이었으며 또 달콤했다. 그를 떠나야 한다는 생각이 그 쾌락을 반감시켰다. 나비 한 마리가 그녀의 보드라운 다리 위에서 날고 있었다. 허벅지 깊숙한 곳에 지은 둥지 속에서 날개를 파닥이며. 그녀는 파고드는 그 욕망의 비웃음 속에서 나약해지는 자신을 느꼈다. 그러나 그녀의 육체는 그녀가 말한 것을 송두리째 부인했다. 그녀는 방금 자신이 선언한 것과 정반대의 것을 생각하고 있었다. 그녀는 이 남자를 원했고, 무슨 수를 써서라도 이 남자와의 자리를 마련할 것이고, 이 반박할 수 없는 몸의 명령을 따를 것이고, 두 개의 사랑을 동시에 가질 것이다! 내겐 연인이 있어! 내게 연인이 있는 거야! 그렇다. 여자들이란 그런 것에 기뻐서 어쩔 줄 모르는 법이다. 그녀는 다른 여자들과 다를 것이 하나도 없었고, 수치심과 순진함과 광기를 갖고 있었다. 그녀의 침묵이 그런 생각을 감추어주었다. 그는 침묵할 줄 안다는 것 하나만으로도 그녀를 사랑할 수 있으리란 것을 알았다. 그리고 자신이 그녀를 연인으로 삼지 않고는 절대로 놔주지 않으리란 것도 알았다. 그는 그녀가 소리지르게 하고 싶었다. 그 장면이 벌써 그의 눈앞에 생생히 그려졌다. 그의 내부에 도사린 욕망과 사냥의 욕구가 꿈틀거렸다. 한창 맹위를 떨치는 이 혼돈을 그녀가 알 리 없었다. 그는 정말로 그녀를 소리지르게 하고 싶었다. 그러자 그는 대담해졌다. 이 여자는 침대에선 어떨까? 그녀를 바라보고 그녀가 하는 말을 들은 덕분에 상상할 수는 있었다. 그러나 그녀에게 직접 물어보지 못할 이유는 또 뭐란 말인가? 그런 생각을 하자 즐거워졌다. 그래서 그는 그렇게 하기로 했다. 당신은 잠자리에서 좋은 연인이요? 이것은 거의 악의적인 질문이었다. 그의 얼굴은 진지한 것도 같고 농담을 하는 것도 같았다. 그들은 함께 욕망에 사로잡힌 사람들만 가질 수 있는 빠르고 깊은 친밀감을 공유하는 데 도달했다. 그녀는 주저했다. 몰라요, 그녀가 동요하면서 초라한 미소를 지었다. 그리고 되물었다. 내가 그런 걸 묻기에 적합한 사람인가요? 그녀는 약간 얼굴을 붉혔다. 내가 보기엔 적합한 사람이에요, 그가 짓궂게 대답했다. 그녀는 사랑에 빠진 여인의 광기에 휩싸여 그 말을 그가 그녀를 사랑한다는 증거라고 받아들였다. 남편은 내가 너무 관능적이래요, 그녀가 말했다. 그건 당신 남편이 볼 때죠, 그가 놀리는 듯한 웃음을 지으며 말했다. 당신이 차가운 여자는 아니라는 걸 알아요, 그가 그녀의 눈을 들여다보며 말했다. 내가 좋은 연인이라면, 그건 내가 몸을 허락하는 게 중요한 일이라고 믿기 때문이에요, 그녀가 말했다. 충분히 이해합니다, 그가 말했다. 그들은 다시 웃을 수밖에 없었는데, 그들이 자못 심각하게 검증하고 있는 주제가 상당히 기이한 것이었기 때문이다. 실은 당신이 얼굴을 붉히는 걸 보고 싶어서였소, 그가 말했다. 그녀는 그의 말을 이해하지 못했다. 뭐가요? 그녀가 물었다. 그 바보스런 질문 말이오, 그가 대답했다. 바보스럽지 않아요, 그녀가 말했다. 아뇨, 바보스러워요! 나쁜 연인이란 건 없으니까요, 그가 말했다. 그녀가 입을 열었다. 내 남편은…… 그러자 그는 다시 엄한 선생 같은 얼굴로 그녀의 말을 막고는 이렇게 말했다. 그건 단지 그가 여자 경험이 그리 많지 않다는 뜻일 뿐이오. 그럼 당신은요? 그녀가 짓궂게 물었다. 난 많죠, 그가 말했다.

　늦지 않았어요? 그녀가 손목시계를 들여다보며 말했다. 추위요? 당신 잔뜩 움츠린 것 같아요. 괜찮소? 그가 물었다. 자, 먹고 싶은 건 다 먹었소? 가도 되겠어요? 그가 일어섰다.

그들은 다시 길로 나왔다. 그것은 연인들의 운명이었다. 그는 레스토랑을 나올 때부터 그녀의 뒤에서 걸었다. 그는 그녀를 줄기차게 바라보았다. 불 붙을 듯한 눈길로 그녀를 바라보는 그는 온통 욕망에 사로잡혀 있었다. 그녀는 언제 또 만날 수 있을지 모르는 채 그와 헤어져야 한다는 사실에 생각이 미치자 조용히 자신의 욕망을 가늠해보았다. 그녀에게 필요한 것은 그인가? 아니면 사랑의 대화와 남자의 눈길인가? 전화하세요, 그녀는 목 메인 음성으로 말했다. 그것은 애원이었다. 그러겠다고 약속하죠, 그가 침실에서 속삭이는 듯한 감미로운 목소리로 말했다. 그 순간 그가 생각한 것은 다름아닌 침실이었다! 그녀는 투명한 비탄에 잠겼다. 그는 그녀를 잡으려는 기색 없이 침착하게 그녀 곁에 있었다. 너무나도 이상하게 보였다. 그를 그녀에게로 떠미는 것을 막는 힘이 대체 무엇인지 그녀로서는 알 수 없었다. 그녀는 그 순간 그가 느끼고 있던 욕망에 대해서는 전혀 몰랐다. 물론 그도 그녀 또한 식인귀 같은 욕망의 제물로 바쳐져 있음을 몰랐다. 그 모든 것이 두 사람 모두에게 은밀했다는 것은 불행이 아닌가?

그들은 길가의 작은 호텔 앞을 지나갔다. 길 쪽으로 난 두 개의 돌계단 위로 수수한 문이 있고 잿빛 건물의 정면에 좁다란 창문들이 달린 호텔의 간판이 빛을 발하고 있었다. 호텔. 그녀는 간판의 네온 글자들을 읽기 위해 눈을 들었다. 리옹도르 호텔. 난 절대로 연인과 호텔 같은 데는 갈 수 없을 거야, 그녀는 생각했다. 그녀가 그렇게 생각한 것은 호텔로 가고 싶어서였다. 그녀가 뭘 할 수 있는지 알기란 불가능했다. 그는 자신을 바라보는 그녀를 보았다. 두 사람 사이는 저녁이 막 시작되었을 무렵보다 더 멀어져 있었다. 그녀 뱃속 깊은 곳에 침묵과 욕망과 후회의 실타래가 자리잡고 있었다. 그녀는 그와 헤어지는 것, 그를 만지는 것, 그리고 그녀 자신까지도, 그 모든 것이 두려웠다. 그녀는 모든 것이 슬픔이고 박탈일 뿐인 검은 지평선 앞에서 갑자기 자신이 부정하다는 느낌과 슬픔에 사로잡혔다. 그는 어쩌면 갈 수도 있었을, 아무도 그들을 보지 못할, 그 길에서 조금 떨어진 은밀한 방에 대하여 생각하고 있었다. 그리고 그녀가 아직 준비가 되어 있지 않으며, 더구나 호텔로 데려갈 만한 유의 여자가 아니라고 혼자 생각했다. 그는 조용히 다시 그녀를 바라보았다. 그녀의 곧은 옆모습, 그리고 고집스런 느낌이 드는 조그마한 턱이 보였다. 그녀는 줄곧 입술에 미소를 띤 채 걷고 있었는데, 그것은 어떻게 봐도 고통의 미소처럼 보였다. 그런 생각이 든 것은 실은 그 자신도 고통스러웠기 때문이다. 바깥 공기가 무척이나 포근하군요, 그가 중얼거렸다. 좀 걷는 게 어때요?

늙은 흑인 권투선수의 여자 같은 다리가 다시 춤추듯이 움직였다. "176센티미터에 57킬로그램이야!" 기욤이 말했다. 친구들은 텔레비전 주위에 활 모양으로 놓인 널찍한 안락의자에 몸을 파묻고 있었다. 그들은 흑단 같은 살갗 속에 갇힌 탄력 있는 무수한 근육들을 바라보고 있었다. 다른 사람들과는 비교할 수 없는 눈부신 몸이었다. 바라볼 가치가 있는, 아니 존재하는 것만으로도 값진 그 불공평한 아름다움이 증오와 주먹이 지배하는 링 위에서 활짝 꽃피고 있었다. 나약함 따위는 없었다, 오직 순수하고 탄력적인 육체, 발의 끊임없는 움직임 속에서 도취되는 육체뿐이었다. 그들은 완전무결한 눈부신 육체에 사로잡혀 있었다. 톰이 그 매혹의 순간을 깨뜨렸다. "저 친구 생활이 어떤지 알아?" 그가 말했다. 아는 사람은 아무도 없었다. "아르퀘이에서 창고 관리인으로 일하면서 아내와 두 딸과 함께 주택단지의 방 세 개짜리 작은 아파트에서 살지. 그리고 이제 자기 체급의 챔피언이 되는 거야!" 사람들은 권투선수의 조화로운 몸짓에 홀려 침묵 속에서 바라볼 뿐이었다. 권투선수에게 싸움은 예술이었다. 그의 용맹함은 체육관에 모인 만오천 명의 관중을 정복했다. 해설자의 목소리 뒤로 사람들의 고함 소리가 들끓었다.

“남자들은 뭘 하고 있을지 궁금한데.” 마리가 말했다. “알면서 뭘 물어! 두 사람이 서로 치고받는 걸 보고 있잖아. 네 남편 좀 내 버려둬라! 안 그러면 도망갈 거야!” 사라가 말했다. “그럴 리 없어!” 마리가 말했다. “아, 그래? 그렇게 자신 있니?” 마리는 주저 없이 그렇다고 대답했다. 같은 순간 장은 이렇게 말했다. “암새들은 엄청 수다 떨고 있겠군!” 사라가 말했다. “그렇게 장담하다 당한 사람 여럿 봤어.”

“오늘 저녁엔 말이 없구나.” 루이즈가 에브에게 말했다. 에브는 대답하기 전 잠시 뜸을 들였다. 마치 상상 속에서 할말들이 생겨나기라도 하는 것처럼 그녀는 머릿속의 상상을 멈추지 않고 말했다. “막스랑 나, 오는 길에 보기 좋게 한판 했어.” 그리고 이렇게 덧붙였다. “우린 맨날 엄청나게 해대.” “무슨 일로?” 루이즈가 물었다. “전부 다. 하찮은 건 하찮은 것대로, 중요한 건 중요한 것대로 믿든 이유가 되지. 옷 정리가 안 됐다고, 저녁식사 때문에, 상대방이 싫어하는 친구들 때문에. 시부모도 내 신경을 건드려.” 에브가 말했다. “어느 집이나 똑같아.” 루이즈가 말했다. “그렇겠지. 그런데 점점 더 그런 싸움을 견디기가 힘들어. 늙었나봐! 옛날엔 몇 마디 다퉈도 금세 잊어버렸는데, 이젠 뭐라고 말했는지

하나하나 다 기억이 나. 어떻게 하면 서로에게 상처를 더 많이 입힐 수 있는지 속속들이 터득한 것처럼. 우린 서로를 잘 알고 그래서 이제는 거짓말 같은 건 하지 않고 제대로 파악한 진실만 큰 소리로 내뱉는 거야. 그 숱한 슬픔, 절망, 의심 같은 게 죄다 내 속에 새겨지고 머릿속에서 날뛰어. 내가 막스를 사랑하는지 자꾸 헤아려보게 돼. 게다가 이젠 그 사람이랑 자고 싶다는 생각이 안 들어. 날 그런 식으로 생각하는 남자와 사랑을 나눌 수가 없는 거야. 그게 바로 부부싸움이 내게 미치는 영향이지." "부부싸움은 사랑의 언어라고 생각해. 부부싸움이란 게 남편하고만 하는 거잖아? 그 독점권을 즐겨!" 멜뤼진이 말했다. "그래도 '변호사를 부르겠어!' 라고 무쇠처럼 호되게 말해놓고 십 년이 지나도 여전히 그 사람 옆에 있는 건 좀 웃긴 일이야!" 루이즈가 말했다. "아니. 싸움은 날 망가뜨려. 싸우면 싸울수록 그가 나를 어떻게 생각하는지 알게 되니까. 그리고 내가 차분히 말하려고 애써도, 분위기를 배려해서 내 생각을 고스란히 말로 옮기지 않으려고 노력해도, 결과적으로는 조금도 배려한 꼴이 안 돼. 말이 또다른 말들을 기차처럼 엮어 줄줄이 끌고 오고, 그래서 과거에 이미 들은 말들까지 몽땅 따라오니까. 말 한마디 한마디가 모여 말로 만든 목걸이가 되는 거야. 그러니 한마디 입 밖에 내면, 그게 어떤 말인지는 상관없어. 아무것도, 정말 아무것도 아닌 말 한마디 가볍게 입 밖에 내더라도 상대방의 두 귀는 목걸이 전체를 들어버리지. 그래서 아주 작은 한마디에도 신경질이 뻗치기 시작하는데, 결국 그 한마디는 과거란 게 없었으면 정말 아무것도 아닐 수 있는 것이거든! 결국 말들이 꼬리에 꼬리를 물면서 엮이기 때문이라는 거지."
"밀폐된 공간에서 한 남자와 한 여자가 같이 사는 건 기적 같은 일이야. 사랑이 대체 뭐냐고 묻는다면 대답은 이래. 사랑은 기적이다!" 사라가 말했다. "왜 그런 말을 해? 그래도 고독이 남자랑 같이 사는 것보다 더 고약해." 마리가 말했다. "둘 다 고약해!" 독신과 결혼과 이혼을 차례차례 경험했으며, 지금은 톰이 원하지 않기 때문에 톰과 같은 한집에서 살지 않는 사라가 말했다. 그녀가 말을 이었다. "어쨌든 한 남자와 같이 살지 않으면서 사랑하는 건 어려운 일이야. 내가 보증해! 사는 게 아니라 그저 기다리는 거지. 전화가 울리기를, 약속을 정하기를, 다시 만나기를 기다리는 거야. 기다리고, 꿈꾸고, 두려워하고, 울고, 혼자가 되는 거라구. 내 생각에 여자에겐 집 그리고 그 집에서 같이 사는 남자가 필요해!" 루이즈와 멜뤼진이 웃었다. "그렇지만 아무 남자나 다 괜찮은 건 아니지!" 에브가 말했다. 에브는 생각했다. '이 친구들은 내가 막스와 어떻게 사는지 몰라. 내 갈등이 사랑으로 채워진 한 쌍의 남녀가 겪는 갈등이라고 여기겠지……' 그러자 자기 부부의 초라한 사랑이 떠올라 눈물이 핑 돌았다. "막스와 내가 서로 깊이 사랑하는지조차 잘 모르겠어." 에브가 중얼거렸다. 루이즈는 작은 새가 깃털을 부풀리듯 몸을 부르르 떨었다. "서로 깊이 사랑하잖아!" 그녀는 농담하듯이 그러나 회의적으로 되뇌었다. "서로 깊이 사랑한다고 확신할 수 있는 사람이 어디 있어! 그리고 그게 대체 무슨 의미인데?" 루이즈는 심각하게 말을 이었다. "사랑한다는 거, 그게 뭐야? 넌 알아?" 루이즈가 에브에게 물었다. "넌 자신에 대해 확신이 있어? 절대로 의심 같은 거 안 해? 우린 한 번이라도 그게 사랑이라는 걸 확신할 수 있을까? 다른 사람들은 그걸 알기 위해 어떻게 하는데? 사람들은 자기들이 하는 게 사랑이라고 확신할까? 절대로 의심 같은 게 없을까? 이를테면 다른 누군가가 필요한데도 절대로 의심하지 않을까? 사실 사람들은 다른 누군가를 절실히 원하잖아!" 루이즈가 말했다. "사람들은 사랑에 대해 너무 많은 관심을 갖고 있어. 그런데 그게 정말로 사랑에 관한 관심일까?" 루이즈는 말을 이었다. "진정한 사랑은 무상(無償)일 거야. 그건 다른 사람을 위해 온전하게, 통째로 존재하는 것이어야 해. 상대방의 자유를 위해, 상대방의 삶을 위해. 난 행복한 결혼생활을 한 여자가 그 사랑을 두번째 남자에게도 줄 수 있을 거라고 이따금 생각해. 물론 그 두번째 남자는 그 여자와 함께 나눌 수 있을 삶이라곤 눈곱만큼도 갖지 못한 남자지." "연인 말이야?" 멜뤼진이 물었다. "꼭 그런 건 아냐." 루이즈가 대답했다. "그 남자가 물론 연인일 수도 있어. 그렇지만 누구나 연인을 가질 시간이 있는 것도 아니고 누구나 그런 욕심을 내는 것도 아니야. 그런데도 결혼한 후에 다른 사람과 사랑에 빠질 가능성은 얼마든지 있지…… 그리고 그렇게 되면," 그녀는 말을 이었다. "우린 진정한 사랑을 체험할 기회를 가지는 거야. 내 말은 아무것도 가져다주는 것이 없는 사랑, 아무것도 요구하지 않는 사랑, 그저 단순한 감정이란 거야. '당신을 사랑해. 당신이 행복하길 바래.' 그게 다야." 루이즈가 말했다. "그런 게 가능하다고 믿어?" 에브가 물었다. "대체 어떻게 그런 걸 다 궁리해냈대?" 멜뤼진도 물었다. "궁리한 게 아니라 저절로 그런 생각이 들었어." 루이즈가 말했다. "넌 항상 많은 질문을 스스로에게 퍼부었지! 늘 그런 의문을 품어왔다구! 그리고 네 말이 맞아." 멜뤼진이 몽롱한 얼굴로 말했다. 그리고 덧붙였다. "누구는 사는 데 만족하고 누구는 사는 게 뭔지 묻는 거, 그건 절대 설명할 수 없는 거야."

"나 너무 마신 것 같아. 이렇게 마시면 안 되는데. 나이가 들면서 술도 잘 못 이기겠어." 루이즈가 말했다. 그녀는 머리를 빙빙 돌게 만드는 포도주를 그토록 많이 들이켠 것을 후회했다. 그녀들은 파티의 화합을 위해 마셔야만 했다, 하지만 파티에는 어쩌자고 술이 필요한 것일까? "그야 흥을 돋우기 위해서지! 그러지 않고는 우린 별로 웃을 일이 없잖아!" 멜뤼진이 말했다. 그녀들은 하나같이 잊어야 할 불행을 지니고 있었다, 모두. 마리만 빼고. 에브는 남편과 싸웠고, 멜뤼진은 도대체 자기 인생을 어떻게 살아야 하는지 알 수 없었고, 루이즈는 아이가 없었고, 페넬로프는 혼자였다……"그 말 진짜 맞는 말이야! 언제나 잘못 흘러가는 게 있단 말이야. 그런데 이거 대화가 좀 우중충해진 거 아냐?" 루이즈가 말했다. 그녀는 생각했다. '사랑하는 것…… 저항할 수 없이 끌리는 것? 오랫동안 끌리는 것? 만지고 싶은 것? 같이 자는 것? 함께 아이를 가지는 것? 같이 사는 것? 그 사람을 위해 고통받는 것……?' "무슨 생각해?" 마리가 물었다. "'사랑하다' 라는 동사의 정의를 찾는 중이야." 루이즈가 대답했다. 그녀는 생각이 흘러가는 대로 되뇌었다. "사랑한다는 것, 그건 뭘까? 저항할 수 없게 끌리는 것? 오랫동안 끌리는 것? 만지고 싶은 것? 같이 자는 것? 함께 아이를 가지는 것? 같이 사는 것? 그 사람을 위해 고통받는 것, 그런 걸까?" 멜뤼진과 에브는 뷔페 코너의 끝, 햄이 들어 있는 조그만 빵들이 놓인 곳 옆에 삼각형을 이룬 채 앉아 잠자코 이야기를 들으면서 마리에게 자리를 내주었다. 그러자 삼각형은 원이 되었다. "고려 대상에 넣는 것?" 멜뤼진이 제안했다. "믿는 것?" 에브가 말했다. "싸우지 않는 것?" 에브가 또 말했다. "아찔해지는 것?" 루이즈가 말했다. 그녀들은 한동안 사랑이라는 마법의 정의에 대해 이야기하며 즐거워했다. "상대의 죽음에서 살아남지 못하는 것?" 다시 루이즈가 말했다. "기다리는 것?" 마리가 말했다. "기다리게만 하는 것?" 루이즈가 말했다. "상대의 사랑을 원하는 것?" 에브가 말했다. "상대의 행복을 원하는 것?" 마리가 말했다. "잊어버리는 것?" 멜뤼진이 말했다. "자신에게서 벗어나는 것." 마리가 말했다. "자신에게서 벗어나는 것, 그것 참 아름다운 정의네……" 슬픔에 젖은 루이즈가 보이지 않는 숲의 반수신(半獸神)처럼 조심스럽게 속삭였다. "그렇다면 우린 사랑하고 있는 걸까?" 루이즈가 희미하게 웃으며 말했다. 그것은 그녀 자신에게 던진 물음이었다. "난 무척 사랑하고 있다고 느껴." 마리가 대답했다. "그래? 난 아냐." 루이즈가 말했다. "난 모르겠어." 멜뤼진이 말했다. 에브는 아무 말도 하지 않았지만 속으로 '당연히 절대로 아니야' 라고 생각했다. "누구 포도주 마실 사람?" 루이즈가 말했다. "나." 멜뤼진이 대답했다. "너 너무 마신 것 같지 않아? 이건 그리 좋은 포도주가 아니라 몸이 고장날지도 몰라!" 루이즈가 걱정했다. "상관없어." 멜뤼진이 말했다. "몸이 고장나면 자면 되지. 긴긴 하루 동안 할 일도 없는걸 뭐. 하나도 없어! 날 기다리는 사람? 아무도 없어. 심지어 나 자신도! 너무 늦었어. 모든 게 너무 늦어버렸어." 멜뤼진은 말을 이었다. "난 술을 마셔. 알코올 중독이야. 하지만 숨기지 않아. 내 등뒤에서 수군거리던 사람들이 나중에 깜짝 놀라는 것보다는 차라리 내 입으로 말하는 게 나아. 그렇지만 내가 알코올 중독이란 건 일찌감치 인정된 거고, 변하기 위해 노력 같은 건 안 할 생각이야. 고치고 싶은 생각도 없어. 난 그 동안 너무 말을 잘 들었거든. 그런데도 성공하지 못했단 말이야." "넌 기욤을 사랑하지 않아?" 마리가 루이즈에게 물었다. "사람들이 사랑하는 것처럼은 아니야." 루이즈가 말했다. "그걸 네가 어떻게 알아?" 마리가 물었다. "알아. 난 그걸 잊으려고 애써. 모르는 척하지. 하지만 나 자신의 어떤 부분은 그걸 알고 있어." 루이즈가 말했다. "왜 그를 사랑하지 않아?" 마리가 물었다. "넌 남편을 사랑한다는 게 얼마나 비싼 대가를 치러야 하는 일인지 아니?" 루이즈가 되물었다. "모르겠는데." 마리가 대답했다. "비싸, 무척 비싸." 루이즈가 말했다. 그녀는 마리를 쳐다보면서 덧붙였다. "인생을 통째로 잡아먹을 정도로." 마리는 한순간 말없이 있었다. 꿋꿋하게 그러나 좌절한 채. 그녀는 자기 생을 내주었기 때문이다. 그녀는 루이즈에게 말했다. "우린 늘 우리 삶을 누군가에게 내주어야만 하는 존재인 거야."

그녀는 누군가의 욕망의 대상이 되기를 원했다. 하지만 그는 숭배하지도 걱정하지도 않았으며, 다만 사로잡힌 한 남자로서 부드럽고 주의 깊을 뿐이었다. 그의 육감적인 목소리가 그 진실을 함축하고 있었지만, 그녀는 환상을 품고 있었고 그래서 행복했다.

IV

파티가 한창일 때

1

여자들 가운데 아직 오지 않은 이는 블랑슈였다. 그녀의 친구들은 그녀에 대해 이야기했다. 이야기할 거리가 있었기 때문이다. 블랑슈가 행복했다면 이러쿵저러쿵 입방아에 오를 필요가 없었을 테지만, 그녀는 그렇지 못했다. 사람들이 제아무리 그렇게 말한다 해도, 슬픔을 나누어서 반이 되는 것은 아니었다. 그녀들은 수다를 떨었다. 그녀들이 정말 친구인지 생각해볼 필요가 있었다. 비밀과 고백에 가장 열을 올린 건 에브였는데, 그건 그녀가 심술궂기 때문이었고, 그녀가 심술궂은 건 그녀가 불행하기 때문이었다. 블랑슈의 이혼은 애정이 식은 그녀의 부부관계를 조금 홀가분하게 만들어주었다. 어쨌든 그녀는 아직 결혼한 상태이고 편안했으며, 아무것도 잃은 것이 없었다. 그러므로 그녀는 말했다. "블랑슈가 이혼한 후로 한 번밖에 보지 못했어. 그녀는 잘 지낸대?" 에브는 걱정하는 것처럼 보였지만 실은 블랑슈가 어떻게 지내든 그런 건 아무래도 좋았다. 여자들 가운데는 물어뜯으면서 웃는 사람들이 있는 법이다. 그녀는 그 깨진 결혼 이야기로 대화를 끌어가고 싶었다. 오직 루이즈만이 그 위선을 간파했다. "일을 많이 하잖아." 멜뤼진이 말했다. "이제 됐지? 에브가 궁금해하던 걸 알았으니." 루이즈가 입술을 깨물며 말했다. 그 자리에 없는 사람 이야기를 하는 기이한 풍습은 누구도 비켜가지 못한다. 그러므로 모두 자발적으로 이 대화를 이어받았다. 블랑슈는 이혼했고, 한 사랑의 종말에 대해서는 이야기하지 않을 수 없는 법이다. 그녀들은 친구의 이혼에 흔들렸고 그래서 저마다 부부 중 누가 버림을 받았고, 누가 옳고 그른지 잘잘못을 따지며 한마디씩 던졌다. 우정은 제 의견을 가진다. 그리고 제 거울도 가진다. 다른 친구의 부부생활이 불행하다는 것을 알게 된 이상 그 누가 자신들의 사랑을 진단해보지 않을 수 있겠는가? 자신들은 어떻게 버티고 있는지, 자신들도 틀어질 위험이 있는지 어떻게 따져보지 않을 수 있겠는가? 그렇게 되면 이야기는 자신들의 처지를 평가해보는 문제로 넘어간다. 죽음이 우리에게 그 누구도 영원히 살 수는 없다는 진리를 상기시키는 것처럼, 한 사랑의 종말은 모든 사랑, 말하자면 사랑의 덧없음, 실패의 예감, 사랑이 영원하기를 비는 기원 그리고 갈등까지 그 모든 것을 헤아려보게 만든다. 그렇다. 다른 이들의 사랑은 저마다에게 신명재판(神明裁判)*이다. 연인들의 공동체가 있는 것과 마찬가지로 헤어진 연인들의 공동체도 있다. 그리고 이미 끝난 사랑은 다른 모든 사랑을 논박할 수 있다.

그러므로 그녀들은 그 자리에 없는 이혼한 친구의 이야기를 했다. 일부러 심술궂게 말한 것은 아니었지만 블랑슈가 들었으면 상처를 받았을 것이다. 그 말들이 블랑슈가 얼마나 오랫동안 열정적으로 사랑했는지, 그토록 선명했던 감정이 어떻게 그렇게 허망하게 소멸해버릴 수 있는지 등 그녀들아 건드리는 온갖 주제를 차례차례 뭉개고 짓이겼기 때문이다. "그 두 사람은 내가 항상 본보기로 들던 한 쌍인데." "정말이지 아무도 짐작 못 했던 일이야." "그래. 얼마나 놀랄 일이니?" "그런데 블랑슈는 어때?" "그렇게 나쁘진 않아." "난 그녀가 용기 있게 처신했다고 생각해." "당연하지. 그녀는 이혼을 잘 견뎌내고 있어. 너무나 원하던 이혼이니까……"

<hr />

* 서양 중세의 재판. 불에 손을 넣어도 다치지 않는 자나 싸워서 이기는 자를 무죄로 했다.

말은 난폭함을, 숙명적이고 잔인한 뭔가를 갖고 있다. 생각이 말보다 더 깊다는 것을 놓고 볼 때 그건 이상한 일이다. 그녀들은 대화에 완전히 빠져들어 줄기차게 말하고 있었다. "이혼을 원할 수는 있어. 그러나 고통을 받는다는 것도 알아야지. 이혼이 최선일 수 있지만 그걸 견뎌내는 건 힘든 일이야." "그럼 딸은?" "아이들한테 부모의 이혼은 불행이야. 내 생각에 그 아이가 상당히 충격을 받은 것 같아. 더구나 그애는 아버지를 무척 좋아했거든." "이럴 때 제일 괴로운 사람은 아버지야." 등등. "항상 궁금해. 사랑했던 두 사람이 어떻게 상대방 없이 살아갈 수 있는지." 마리가 말했다. "영원한 건 아무것도 없어!" 에브가 농담처럼 말했다. "너희가 한 번이라도 사랑이란 걸 해본 적이 있는지 의심스러워. 변하는 건 사랑이 아니야. 사람들은 자기들이 사랑한다고 믿지만 그건 착각이지." 마리가 말했다. "그건 너무 과격한 말 같은데?" 루이즈가 웃었다. 그녀는 말을 이었다. "사람들은 변하게 마련이야. 그리고 두 사람이 반드시 동시에 변하는 건 아니지. 삶은 놀라운 일들을 마련해놓고 있어. 인생이 모든 걸 주는 건 아니라구." 루이즈는 자신이 불임이라는 이유로 떠난 남자를 떠올렸다. "어쩔 수 없이 헤어져야 하는 경우도 있어. 그래도 질은 이혼을 원하지 않았어. 그는 이혼을 피하기 위해 할 수 있는 일은 전부 다 했어. 그는 아직 블랑슈를 사랑해. 그리고 자기 딸도 무척 사랑하지." 루이즈가 말했다. "너희, 그가 나한테 뭐라고 고백했는지 알아?" "아니. 뭐라고 했는데?" 친구들이 물었다. "그 말이 어찌나 아름답게 들렸는지. 그는 이렇게 속삭였어. '난 내가 여자를 떠나는 짓은 할 수 없다고 믿어요!'" 루이즈가 중얼거렸다. "너 질이랑 그렇게 잘 아는 사이야?" "아니. 얼마 전 클럽 바에서 우연히 마주쳐 이야기하게 된 것뿐이야. 그는 내가 불행한 걸 알아챈 것 같았어." "네가 왜 불행한데?" 에브가 물었다. "맞혀봐." 루이즈가 말했다. 자신의 처지를 적절히 설명할 표현을 찾아낼 수 없었다. 그녀는 '나 불임이야'라고 또박또박 말할 자신이 없었다. '불임'이라니, 얼마나 추한 말인가! 그리고 '난 아이를 갖지 못해'라는 말에는 '아이'라는 단어가 들어갔으므로 결국 그녀는 울고 말았다. 그녀는 그 말이 그렇게 목구멍에서 콱 막힐 줄은 몰랐다. 그 말들은 그것들이 의미하지만 그녀에겐 없는 어떤 것 안에서 소리를 잃었다. 그녀는 에브 앞에서는 입이 굳게 닫혔다. 차라리 그게 나았다. 만일 말문이 열렸다면 '넌 내가 아이를 가질 수 없다는 걸 잘 알 텐데!'라고 소리소리 질렀을 테니까. "정말 모르겠는 걸." 에브가 말했다. "잘 생각해봐." 멜뤼진이 에브에게 말했다. 에브가 눈살을 찌푸렸다. 침묵이 깔렸다. "루이즈가 왜 불행한데?" 에브가 낮은 목소리로 마리에게 물었다. "그녀가 임신할 수 없다는 거 잘 알잖아." 마리가 말했다. "그것 때문에 절망스러울 거란 건 이해할 수 있어. 그렇지만 가지지 못한 사람은 자기가 뭘 못 가졌는지도 모르는 거 아닌가?" 에브가 말했다. "그래도 상상은 할 수 있잖아.” 마리가 말했다. 에브는 입을 다물었다. “그렇지 않니?” 마리가 말했다. “난 그녀가 아이 문제를 그렇게 중요하게 생각했는지 몰랐어.” 에브가 말했다. “중요하게 생각했어. 그리고 지금도 그래. 그녀는 포기하지 않았거든.” 마리가 말했다. 그러나 에브는 누구에게고 연민 같은 것을 품는 여자가 아니었다. “난 그렇게 말한 그를 이해할 수 있어.” 마리가 다시 질의 이야기로 돌아갔다. 그녀는 ‘난 내가 여자를 떠나는 짓은 할 수 없다고 믿어요’ 라는 말을 곱씹었다. “난 장이랑 헤어지는 건 상상할 수 없어. 불가능할 것 같아.” 그녀가 말했다. “대개 그렇게들 생각하지. 하지만 모든 게 망가지고 나면 결국 그렇게 되는걸!” 사라가 말했다. “난 이혼하는 사람들이 어떻게 괴로워하지 않는지 그걸 모르겠어.” 마리가 말했다. “괴로워해. 그렇지만 그럼에도 헤어지는 거야.” 사라가 말했다. “나도 어쩌면 떠나고 싶어지는 날이 올지 모르고, 남편을 떠나겠다는 각오를 선언하게 될지도 모르지만, 그래도 실제로 행동에 옮길 수는 없을 것 같아!” 마리는 말을 이었다. “가방을 꺼내고, 소지품을 정리하고, 책들을 나누고, 어떻게 그 모든 일을 참아낼 수가 있을까?” “사람들은 그렇게 해! 그것보다 더 나은 해결책이 없으니까.” 사라가 말했다. “죽은 사람의 소지품을 꺼내 정리하는 것과 마찬가지야. 끔찍하지만 그래도 해야 하는 일이지.” 에브가 말했다. 마리는 공상 속으로 빠져들었다. 그녀가 아름다운 사랑을 나누고 있는 탓에 파란만장한 일들을 겪는 사람들에게 늘 상처를 주곤 했다는 점을 생각하면 그녀의 입장은 늘 미묘했다. 그럼에도 불구하고 그녀는 말했다. "그리고 어떻게 금방 새로운 사람을 사랑할 수 있어? 어떻게 똑같은 말로, 똑같은 몸짓으로 다시 시작할 수 있냐고……" "넌 너무 복잡해!" 에브가 말했다. "아니, 로맨틱한 거지. 난 이해할 수 있어. 나도 그렇거든." 멜뤼진이 말했다. "그리고 사랑받고 있지!" 루이즈가 말했다.

블랑슈는 식당으로 통하는 계단을 올라갔다. 여자들은 디저트를 먹기 시작한 참이었다. 온갖 종류의 과일 파이가 준비된 것을 보고 그녀들의 표정은 뿌루퉁했다. 그 파이들이 그녀들을 뚱뚱하게 만들 것이기 때문이었다. 블랑슈의 손이 안쪽으로 휘어진 난간을 따라 올라가는 사이 여자들의 웃음소리가 들려왔다. 블랑슈는 무의식적으로 잠시 걸음을 멈추었다. 냇물처럼 졸졸 떠드는, 그러니까 서로 만나면 어쩔 수 없이 말을 무척 많이 하게 되는 친구들이라는 세계와 마주하기 전에 숨을 고르는 것처럼. 우리는 바로 그렇게 이야기를 하기 위해 친구를 만나기 때문이다. 우리 모두 일시적 영원성 안에, 존재라는 어려움 속에 존재한다는 것을 확인하기 위해, 우리 모두 사랑을, 눈부신 애무를, 타인의 헌신을, 공모의 웃음을 기다린다는 것을 확인하기 위해 만나기 때문이다. '오늘 저녁엔 누가 와 있을까?' 블랑슈는 생각했다. 사라에게 이미 들었지만 하나도 기억이 나지 않았다. 그녀는 자신의 괴로움을 걱정하는 척하면서 실은 즐거워하는, 악의를 가진 그들을 만나고 싶지 않았다. 블랑슈는 그 여자들이 과연 자신의 친구인지 확신하지 못했다(오히려 그들이 모두 친구는 아니라는 사실을 알고 있었다). 그럼에도 이 파티에 오기로 한 것은, 그녀가 일단 헤어지기로 작정하자 단호히 이혼을 결행한 것과 비슷하다면 비슷했다.

여자들이 앉아 있는 곳에서부터 붉은 머리칼과 얼굴, 그리고 상체가 차례로 떠올랐다. 이윽고 어두컴컴한 마지막 계단에 이르자 몸의 윤곽이 뚜렷이 드러났다. 크지도 작지도 않은 키에 상당히 벌어지긴 했어도 아름다운 가슴을 지닌, 정숙하고 섬세한 얼굴을 한 기품 있는 여자였다. 전형적인 슬라브 여자. 그녀의 조상이 매력적일 뿐만 아니라 의지도 강한 폴란드 사람이라는 것을 아는 사람들은 이렇게 말하곤 했다. 서둘러 오느라 그녀는 숨을 헐떡이고 있었다(그래서 굳이 계단의 불을 켜지 않았다). 몹시 피곤한 하루였다. 오는 아이들마나 실실 싸고 훌쩍훌쩍 울었고, 수요일에는 학교 다니는 아이들이 진료를 받도록 양보해달라고 백 번도 넘게 요청했건만 숱한 엄마들이 젖먹이들을 데려왔다. 오죽하면 새로 깐 카펫에 침을 흘린 한 아이의 엄마에게 화를 냈겠는가. 그녀의 눈밑은 부풀어올랐고 안색은 줄담배를 피우는 사람처럼

잿빛이었다. 물론 그녀는 담배를 피우지 않았고 잠이 부족할 뿐
이었다. 그런데도 그녀는 오늘 저녁모임에 참석해야겠다고 생각
했다. 그녀가 이혼 때문에 모임에 안 나타난다고 지레 짐작한 사
람들이 이러쿵저러쿵 입방아를 찧을지도 모른다는 사실이 불쾌
해서였다(사실 하루 종일 파김치가 되도록 일한 그녀가 원한 것
은 딸과 함께 집에 틀어박혀 저녁시간을 보내는 것이었지만!). 한
편 피곤하기는 했지만 이 파티가 즐겁게 느껴지기도 했다. 그녀
는 클럽에 자주 오고 싶었지만 질을 만날까봐 그럴 수 없었다. 오
늘 저녁은 좋은 기회였다. 그는 오지 않을 것이다. 그녀는 그가 여
자와 약속이 있다는 것을 알고 있었다.

그가 그녀에게 그렇게 말했다. 그는 전부 말했다. 붉은 외투, 미
소, 번개, 자석처럼 끌리는 마음, 주고받은 시선, 의심 그리고 남
편이 존재한다는 불행, 초대, 동의, 불타는 욕망, 모든 것을 공유
했다는 기이한 감정, 정해진 약속, 기다림, 또다른 기다림 등 전
부. 심지어 폴린이라는 그 여자의 이름까지도. 구태여 그 이름을
블랑슈의 머릿속에 넣어줄 필요가 있었을까? 한숨이 나올 일이었
다. 블랑슈는 말이 많은 남자를 좋아하지 않았다. 그녀는 사랑의
비밀을 고이 간직하는 편을 좋아했다. 그리고 보통 질은 비밀을
숨기는 남자였다. 그녀가 그와 결혼한 데는 그런 이유도 있었다.

그런데도 살뜰하게도 다 풀어놓은 걸 보니 틀림없이 사랑에 빠져 정신을 잃은 것이다…… 그녀의 이름은 폴린이야…… 불행한 일이지만 듣지 않을 수 없는, 머릿속에 남아 사라지지 않는 문장들이 있는 법이다. 뭐라고 대답해야 했을까? 블랑슈는 말했다. "예쁜 이름이네." 그러나 그는 이미 물처럼 흐르는 걱정과 기다림 속에 잠겨 있었다. "그녀가 올 거라고 생각해?" 그는 자신의 아내였던 여자에게 이 질문이 얼마나 묘하고 무례하게 들릴지 전혀 신경쓰지 않았다. 그 새로운 친밀감이 그녀로서는 다시없이 야릇했다. 자기 남편이 다른 여자와 사랑에 빠진 것을 보는 것은 설명할 수 없이 고통스러운 일이었다. '사람들은 두 번 헤어지는구나. 사랑이 죽었을 때 한 번, 그리고 사랑이 다시 태어날 때 또 한 번.' 블랑슈 앙드레는 생각했다. '먼저 새로운 사랑을 찾는 사람은 이미 쓰러진 상대방의 가슴에 칼을 꽂는다. 그러나 그것이 반드시 전쟁은 아니야. 우리가 사랑하는 사람들은 또한 우리를 괴롭히는 사람들이기도 하다.' 그건 엄마와 아이들의 관계를 봐도 쉽게 알 수 있다. 감정은 우리의 면류관인 것이다. "그녀가 올 것 같아?" ㄱ가 되물었다. ㄱ의 머릿속에는 ㄱ 질문 말고는 아무것도 없었기 때문이다. "내가 그걸 어떻게 알아?" 그녀가 말했다. 그가 조금의 배려도 없이 괴롭히는 것에 그녀는 짜증이 났다. 그녀는 질이 그처럼 초조해하는 것을 보고 그가 단순한 연애감정에 빠진 것이 아니라 진정한 열정에 사로잡혔음을 알았다. 한마디로 그녀는 폴린이 사랑받고 있다는 것, 그러나 그 폴린은 그 사실을 모르고 있다는 것을 알아챘다. "당신은 여자잖아. 여자들이 어떤 식으로 행동하는지 알 거 아냐." 질이 재촉했다. "여자라고 모두 똑같이 행동하는 건 아니야!" 그녀가 되받아쳤다. 그러고는 은근한 비난 조로 덧붙였다. "나라면 그런 약속 자체를 아예 안 했을 거야." 이런 말을 한 것은 그녀가 몰랐기 때문이다. 욕망에 푹 잠기는 것, 아무것도 경계하지 않고 모험에 빠지는 것이 얼마나 설레고 로맨틱한 일인지. 설령 알았다 해도 그녀는 별수 없이 그렇게 말했을 것이다. 그러나 그녀는 자신이 모르는 그 여자를 헐뜯고 싶은 생각을 억누를 수 없었다. '얼마나 쩨쩨한 일이야!' 그녀는 혼자 속으로 생각했다. '난 그게 쩨쩨하다고 판단할 수는 있지만 그렇다고 그걸 삼가진 않아……' 이건 여성에게 고유한 특성의 문제였다. 그렇다, 그녀는 질투와 경쟁심이라는 차원에서는 틀림없이 여자였다. 더욱이 질은 극도로 여자다운 여자를 사랑했다. 그 형용사의 나쁜 의미까지 포함해서. 그런데 그 폴린이라는 여자, 몇 살인데? 그녀가 끝내 묻고 말았다. 그것을 알고 싶었으므로, 그리고 그가 그것을 말해주지 않았으므로.

"블랑슈!" 에브가 자리에서 일어나면서 소리쳤다. "네가 안 오는 줄 알았어!" "응급 환자가 줄줄이 있어 진료 예약 시간이 계속 어긋났어." 블랑슈가 말했다. "피곤하겠구나. 집에 가서 그냥 자지 않고." 마리가 상냥하게 말했다. "여기 오는 게 즐거우니까." 블랑슈가 말했다. 그녀는 "난 이제 아무도 안 만나"라고 덧붙일 뻔했지만 꾹 참았다. 너무 고단한 나머지 까딱하면 아무것도 아닌 일로 울음을 터뜨릴 것 같았다. 그녀가 모인 사람들을 한 바퀴 둘러보았다. "모두 모였어. 내가 소개해주려고 했던 폴린만 빼고." 멜뤼진이 말했다. "그래, 알아." 질을 생각하고 있던 블랑슈가 말했다. "그녀가 어디 있는지 안다고?" 루이즈가 물었다. "누구?" 블랑슈가 되물었다. "폴린 말이야!" 루이즈가 대답했다. "아, 아니! 몰라. 미안해! 난 네가 질이 여기 없다고 말하는 줄 알았어. 그 사람이 어디 있는지는 알거든." 블랑슈가 말했다. 그 순간 그녀 무의식의 한 부분은 이미 폴린이라는 여자와 남편의 관련성을 파악하고, 따라서 그날 저녁 그 두 사람을 이곳에서 '볼' 가능성은 절대로 없다는 것을 알아챘을 수도 있다. '블랑슈는 질을 볼 수 없을 거라고 확신했기 때문에 온 거야.' 루이즈는 즉시 그렇게 생각했다. "이상하네. 폴린은 이런 파티에 빠지는 법이 없는데." 돌연 멜뤼진이 말했다. 클럽과 학교에서 잠깐잠깐 마주친 폴린이 바로 남편을 매혹시킨 장본인이라는 걸 블랑슈가 안 것은 바로 이 순간이었는지도 모른다. 그녀는 자기도 모르게 "마르크는? 그도 안 왔어?"라고 속삭이듯 물었다. "왔어. 지금 다른 사람들이랑 같이 권투를 보고 있어." 에브가 대답했다. "네 남편도 권투 좋아하니?" 에브가 물었다. "응." 블랑슈가 대답했다. 그녀는 그 단어를 듣는 것이 괴로웠다. 네 남편. 그는 영원히 그녀의 남편일 것이다. 그가 권투를 얼마나 좋아하는지 다른 여자가 아는 데는 시간이 꽤 걸릴 터였다. 나랑 같이 경기를 보자구, 식사는 쟁반에 담아서 먹으면서 보자, 내가 전부 치울게, 당신은 아무것도 안 해도 돼. 그러나 그녀는 인생을 누군가와 함께하는 그 안락한 행복을 포기했다. 곁에 한 남자가 있다는 것, 그것은 여자에게는 위안이요 안락함이었다. 특히 세상으로 나가 그 세상과 마주해야 할 때, 타인들, 여자들과 남자들 앞에서 그리고 도시의 미로들 속에서 혼자가 아니라는 것은 비록 사람들이 그런 사실을 수시로 내세우지는 않아도 얼마나 안심되는 일인가. 그녀가 혼자 사는 데 소질이 있는지는 알 수 없는 일이었다. 옛날에는 혼자 여행도 하고 뭐든 꾸려나갔으니 나이를 더 먹은 지금 그게 불가능할 이유는 없었다. 잘 풀리지 않는다 해도 그저 일시적인 현상일 것이다. 블랑슈는 머릿속이 뒤죽박죽이 된 채 뭘 생각하는지도 모르면서 계속 생각했다. 그녀의 머릿속에서 질, 블랑슈, 딸 사라, 그 가족이 겪은 여러 순간들, 갑자기 나타난 여자의 존재, 고독 등이 회전목마처럼 빙글빙글 돌아갔다. 병원에서 진료하는 동안은 다른 사람을 돌보았기 때문에 고통이 중단되었다. 그러나 친구들이 모인 테이블 한가운데로 오자 그녀는 잔뜩 흥분이 됐다. "자, 한잔 마셔. 그리고 뭘 좀 먹어." 루이즈가 말했다. 블랑슈의 뺨이 장밋빛으로 물들었다. 그녀는 오른손으로 빵조각을 무심히 주물럭거렸다. 아무도 물어보지도 않았는데 그녀는 이렇게 말했다. "질은 약속이 있어." "누구 이야기를 하는 거야?" 대화를 따라가지 못한 멜뤼진이 물었다. "곧 내 '전남편'이 될 사람." 블랑슈는 웃으려고 애쓰면서 말했다. 배신당하고, 사랑하기를 멈추고(또는 멈추었다고 믿고), 공동생활을 더이상 참지 못하고, 헤어지고, 사람들에게 헤어진다고 선언하고, 이혼하고, 이혼녀가 되는 그 모든 일이 그녀에게 상처를 주지 않았다고는 할 수 없다. 그녀는 기진맥진했지만 깨닫지 못할 뿐이었다. 우리는 자신이 어지간해서는 지쳐서 바닥을 칠 거라고는 생각지 않는다. 그녀도 그랬다. 자신은 옛날과 똑같다고, 세상을 향한 미소도 흥분을 가져오는 욕망도 호기심도 아무것도 변질되지 않았다고, 그런 것은 기질이며 타고나는 것이라고 생각했다. 기질은 소멸할 수도 있는 것이던가? 그녀는 기질이란 것이 지칠 수도 둔화될 수도 있음을 깨달았다. 아, 그녀는 얼마나 변했는가! 슬픔이 그녀에게 와 둥지를 틀었다. '지금 난 뭐지?' 그녀는 생각했다. 그보다 더 어리석은 질문은 없었다. 그녀가 오직 질의 아내라는 역할만 했기 때문에 그렇다고 생각할 수도 있다. 그러나 그녀에게는 늘 그 이상의 뭔가가 있었다. 그녀에게는 질과 부부로 살아가는 삶 외에도 개인적인 삶이 있었고, 그녀의 그 개인적 삶은 깨지지 않았다. 그녀에게는 직업이 있었고, 그 일을 열렬히 좋아했다. 그런데 이제는 그 무엇도 그녀의 흥미를 끌지 못하는 것 같았다. '남자들은 절대 이렇지 않을 거야. 그들이라면 전과 다름없이 자기 일에 집중하겠지.' 그녀는 생각했다. 그러나 보라, 그녀는 남자가 아니었다…… 당연히. 그녀는 자신의 생명력 속에서 동요하고 있었다. 그녀는 백 번쯤 되뇌었다. '죽은 사람은 아무도 없어.' 그러나 그것은 질의 대사였다. 그 대사는 위안이 될 수도 있고 지혜일 수도 있었다. 그런데도 전혀 효과를 발휘하지 못했다. 감정은 죽었다. 블랑슈는 생각했다. '이 대사가 효과를 발휘하지 못하는 건 당연해.' 그 말이 질을 떠올리게 만들었을 뿐만 아니라 더욱이 그게 사실이 아니기 때문이었다. 그녀의 눈이 눈물로 그렁그렁해졌다. 그녀는 너무도 피곤했다! "질은 다른 사람들과 같이 있지 않았어?" 너무 취해서 무슨 말을 들었는지 제대로 기억하지 못하는 멜뤼진이 물었다. "그가 너랑 만나는 자리를 피하려고 안 온 줄 알았지." 에브가 말했다. "아니, 그는 경기를 보러 가지 않았어." "질이 권투 좋아하지 않았던가?" "무슨 소리, 무척 좋아하는걸." "그런데?" "그런데, 그 약속이 더 좋았던 모양이지."

다른 사람들은 이야기를 나누고 있었다. 그녀들은 쉴새없이 이야기했다. '오지 말았어야 했어. 못 견디겠어.' 블랑슈는 생각했다. 그녀들은 노골적이었다. '그가 날 떠났다면, 그런 거였다면 상황은 달랐을 거야. 그랬으면 다들 내가 불행하다는 걸 알았을 거야.' 그녀는 중얼거렸다. '그렇지만 지금 상태로는 아무도 그런 상상조차 못 해. 다들 내가 선택했고, 당연히 내가 삶을 순조롭게 다시 꾸릴 거라 생각할걸.' 그럼에도 불구하고 블랑슈는 잘 알고 있었다. 그녀의 결정은 자신이 주모자가 아니었던 훨씬 폭넓은 현상의 표면에 지나지 않았다는 것을. 결별이라고 선언하는 것이 반드시 결별을 의미하지는 않으며, 결별 속에는 거센 소용돌이가 감추어져 있는 것이다. 결정을 입 밖에 내어 말하는 사람이 반드시 결정한 사람은 아니다. 입 밖에 내어 말하는 것? 그보다는 침묵 속에서 짓밟는 것, 한마디도 하지 않고 조롱하고 저버리는 것이 더 무겁고 돌이킬 수 없는 짓이다. 제길, 소리소리 지르고 싶은게 있다면 바로 이런 것이다. 어째서 우리는 잘못과 어둠을 구별할 수 없었는가? 어째서? 어째서 사랑이 끝나면 배신과 어둠만 남는가? 파탄에 이른 한 쌍의 헤어진 두 심장을 쫓는 독약 같은 고독만 남는 것일까? 보라! 마침내 생각의 회전목마가 멈추었다. 블랑슈는 울음을 터뜨렸다.

  블랑슈는 될 대로 되라는 심정이었다. 친구들이 종이냅킨을 건네며 위로의 말을 찾았다. 미묘한 순간이었다. 그럴 땐 아무 말 하지 않는 편이 나았다…… 루이즈가 블랑슈를 살포시 껴안았다.

"울지 마." 속삭이는 그녀의 목소리가 떨렸다. "넌 질을 사랑하는 거야." 사랑했던 남녀의 종말을 도저히 순순히 용인할 수 없는 마리가 말했다. "그런 말 하지 마. 넌 아무것도 몰라. 설령 그게 사실이라 해도, 그건 블랑슈가 혼자 깨닫는 거지 네가 가르쳐주는 게 아니야." 멜뤼진이 속삭였다. "난 그렇다고 확신하는 걸. 그를 사랑하지 않는다면 그녀가 이토록 괴로워할 수는 없어." 마리가 말했다. "아니. 이럴 수도 있어!" 멜뤼진이 되받았다. 그녀는 말을 이었다. "넌 결별이 아무 고통도 주지 않는다고 생각하니? 그게 미래의 사랑까지 통째로 위태롭게 하지 않는다고 믿어? 난 수시로 이런 생각을 해. 불행이나 깨어짐이나 결별만 우릴 울리는 게 아니라, 행복이나 결합이나 사랑도 우릴 울린다고. 그래, 모든 게 우릴 울려. 눈물은 우리의 운명이야. 그리고 모든 것엔 끝이 있지. 그건 우리가 어떻게 손 써볼 수 없는 거야. 난 평생 그런 일을 경험하면서 살았어." 멜뤼진이 말했다. "하지만 넌 항상 울잖아!" 마리는 그렇게 말하고는 금세 거북해졌다. 멜뤼진이 취했다는 것을 깨달았기 때문이었다.

루이즈는 블랑슈의 어깨를 감쌌고, 에브와 사라는 커피와 커피잔을 가지러 갔으며, 멜뤼진과 마리는 테이블을 대충 치웠다. 종업원은 이미 오래 전에 사라지고 없었다. "나 자신이 너무 바보 같다는 생각이 들어." 블랑슈가 말했다. "그렇지 않아." 루이즈가 말했다. "만약 내가 왜 우는지 안다면……" 블랑슈가 말했다. "왜 우는데?" 루이즈가 속삭였다. "그가 다른 여자를 사랑한다는 생각 때문에 우는 거야! 마치 그런 일은 절대 있을 수 없다고 믿기라도 했던 것처럼, 그런 일이 금지되었거나 아예 불가능하기라도 한 것처럼!" 블랑슈가 말했다. "그가 다른 여자를 사랑한다는 걸 어떻게 알았어?" 루이즈가 물었다. "그가 나한테 그렇게 말했어." 블랑슈가 대답했다. '배려할 줄 모르는 인간이 여기 또 한 명 있었군.' 루이즈는 생각했다. 그것도 모르고 그녀는 늘 질이 세심한 사람이라고 생각해왔다. "그는 완전히 사로잡혔어." 블랑슈가 말했다. "사로잡힌다, 사로잡힌다, 그게 무슨 뜻인데?!" 루이즈가 웃으면서 투덜거렸다. 그러나 그것이 사실일 수도 있다는 생각에 마음이 흔들렸다. "그는 사랑에 빠졌어." 블랑슈가 말했다. "그래서? 그럼 더 잘된 일이잖아! 넌 그가 널 좀 가만히 놔두길 바랐잖아. 너도 곧 새로운 사랑에 빠질 거야." 루이즈는 논거를 바꾸었다. 블랑슈는 회의적이라는 표정을 지었다. "그는 그 여자를 학교에서 보고 한눈에 반했어. 그러더니 매일 아침 사라를 교실까지 데려다주기 시작했지." 블랑슈가 말했다. "그는 널 잃은 걸 그런 식으로 위안받는 거야." 루이즈가 말했다. "아니, 그런 게 아냐. 그는 열렬히 빠졌고, 그건 육체적인 거야. 우리가 아직 사랑하는 사이였다 해도 그는 그 여자에게 빠졌을 거라구." 블랑슈가 말했다. 생각이 거기에 미치자 블랑슈는 얼굴을 감싸쥐고 다시 흐느꼈다. "아, 그건 누구도 모를 일이야." 루이즈가 말했다. "그럼 그 여자는? 그 여잔 어떤데? 그 여자도 그를 사랑한대? 그가 뭔가 말해주던?" 루이즈는 조심스레 물었다. 블랑슈는 아니라는 뜻으로 고개를 흔들었다. "그는 괴로워하고 있어. 그 여잔 결혼을 했거든." 블랑슈가 말했다. '복잡하게 돌아가는군.' 루이즈는 생각했다. "그 여자 이름이 폴린이래." 블랑슈가 말했다. '어라, 이상하네.' 루이즈는 아무 말도 하지 않고 그렇게 생각했다.

눈물이 그쳤다. 블랑슈는 커피를 마셨다. 그녀의 머릿속엔 남편 생각뿐이었다. 지금 이 순간만큼 질이 그녀에게 생생하게 존재한 적은 한 번도 없었다. 얼마나 야릇한 일인가. 그녀는 이혼했다가 다시 결혼하는 커플을 비로소 이해할 수 있을 것 같았다. 사실 그 생각은 블랑슈 앙드레의 머릿속에서 이미 시작되고 있었다. 그녀는 그 문제를, 그리고 사랑의 흔적을 통해 남편을 다시 생각해볼 절대적인 필요성을 느끼고 있었다. 질은 연인이었다. 그는 재미있는 사람이었다. 그의 눈길을 받으면 그녀는 자신이 아름다운 여자인 듯했다. 그는 절대로 화내는 법 없이 늘 웃었다. 그녀는 사랑에 빠진 여자처럼 생각에 잠겼다. 그녀가 그와의 관계를 저버리고 싶었던 것은 한 남자와 영원히 묶여 있어야 한다는 생각 속에 뭔가 참을 수 없는 것이 존재하기 때문이었다. 그녀가 지치고 이유 있는 질투를 느꼈기 때문이며, 그가 거절한 일들을 그녀가 하는 사이 그는 원하는 대로 사는 데 화가 났기 때문이었다. 그러나 사랑한다면 그 모든 건 정말 별것 아니었다. 그녀가 했던 불평들! 그것들은 이젠 다시없이 어리석은 것으로 보였다. '내가 다 망쳐버린 거야.' 그녀는 생각했다.

그사이 사라가 에브에게 말했다. "그는 사랑할 누군가가 필요했던 거야." 그러자 마리가 항변했다. "두고 봐. 블랑슈는 질과 다시 합칠 테니까." "너희와 상관없는 일로 이러쿵저러쿵하지 마!" 멜뤼진이 말했다. 그녀는 선 채로 몸을 조금 떨면서, 커피잔이 받침에 부딪쳐 쨍그랑쨍그랑 소리나게 그냥 두면서, 새빨개진 목에 핏대를 세우며 소리쳤다. "한 쌍의 남녀를 곁에서 보는 것보다 더 불가해한 게 있을까! 누가 누구랑 살며, 왜, 어떻게 그 모든 일이 일어나는지, 어떻게 견디는지, 아니, 누가 행복하고 누가 행복하지 못한지, 누가 사랑을 하고 사랑하지 않는지, 그런 건 아무도 모르는 거라구……! 그러니 아무 말 하지 말자구." 블랑슈는 멜뤼진의 말을 들으면서 미소 지었다. 그녀는 생각했다 '안에서 들여다봐도 우린 우리가 어떻게 사는지 몰라. 어느 순간에 우리가 서로를 잃기 시작하는지 모른다구. 그런데 지금 질은 무슨 생각을 하고 있을까?' 그녀는 혼자 물었다. 어떻게 그는 그녀의 고통의 메아리를 듣지 못할까? 어떻게 다른 여자 앞에서 미소를 짓고 그 여자의 마음에 들려고 애쓸 수 있는 걸까? 그녀는 슬픔으로 가슴이 터질 것만 같았다. 그러나 또 울 수는 없었다. 친구들은 그녀를 위로하느라 지칠 것이고, 그러면 그녀는 그 자리를 떠날 수밖에 없을 것이다. 블랑슈는 다시 일어서서 손에 포도주잔을 쥐고 이런저런 이야기들, 오늘 하루가 어땠으며 어디 가서 무얼 보았는지 따위를 시시콜콜 이야기하기 시작했다. 그녀가 눈물을 멈추고 웃을 수 있도록 힘을 준 것은 그녀의 마음속 깊은 곳에 감추어져 있었는데, 그건 바로 질을 다시 정복하겠다는 믿을 수 없는 해결책이었다. 질이 다른 여자를 사랑하기 시작하자 그녀 안에서 질을 향한 이 기이한 사랑이 탄생했다. 그녀는 그것을 깨달았다. '그러니 사랑해야 할 사람은 세상이 꼭 지목해주어야만 하는 걸까? 여자는 한 남자를 선택하기 위해 다른 여자의 의견이 필요한 걸까?' 그녀는 생각했다. '우린 완전히 혼자야. 생각하고 선택하고 틀리고 맞는 행동, 이 모든 걸 할 때 완전히 혼자라구! 이따금 안심하려고 하는 건 자연스러운 거 아냐? 자기 관점을 확신하려면 남의 관점이 필요할 때도 있는 것 아니야? 난 나약한 사람이야.' 블랑슈는 생각했다. '난 쉽게 영향을 받아. 내가 원하는 게 뭔지 몰라. 내가 원하는 것에 확신을 가져본 적도 없어. 하지만 우리 딸 사라는 행복해질 거야.' 이런 생각을 하자 그녀의 얼굴에 미소가 돌아왔다. "좀 나아진 듯 보여서 다행이야." 루이즈가 말했다. "그래, 실은 나 완전히 지쳐버렸어." 블랑슈가 속삭였다. 생각의 회전목마가 다시 돌기 시작했다. '오늘 밤 질에게 꼭 전화해야 해. 그는 뭘 하고 있을까? 어딜 갔을까? 그 여자를 어디로 데려갔을까? 집에는 들어갈까?' 그녀는 이렇게 자문하면서 안도감을 느꼈다. 그 여자가 결혼한 여자이므로 그는 집으로 들어갈 수밖에 없을 것이다. '그는 몇 시에 돌아갈까?' 그가 반했다던 그 여자 생각은 머릿속에서 말끔히 지워졌다. 그녀는 어서 집으로 돌아가 그에게 전화해야겠다는 생각으로 초조해졌다.

2

그는 노란 원피스 옆에서 걷고 있었다. 그는 다른 여자를 향해 웃어 보이고 그 여자의 환심을 사려 하고 있었다. 그리고 그 여자는 그 순간 그가 틀림없이 원하고 있는 것(육체적 접근)을 주지 못하는 것에 난처해하는 기색이었다. 그는 돌연 엄청나게 구미가 당김을 느꼈다. 이따금 그는 발걸음을 멈추고 그녀 앞에 우뚝 서서, 지금까지 말한 것보다 훨씬 중요한 이야기가 남아 있는데 그걸 고백하자면 걸음을 멈추어야 하는 것처럼 속삭였다. 대부분의 경우 그는 그녀에게 무언가를 물었다. 그는 그녀에게 다가갔고, 그의 목소리는 갈수록 팽팽해지고 나직해졌으며, 그의 눈은 같이 걷는 여자에 붙박여 있었다. 그녀 앞에 있는 그는 남성적인 힘이었다. 그는 그녀 옆에 있으면서 마음이 들떴다. 겉으로 드러나지도 않고 만질 수도 없는 것일 텐데도 폴린은 그를 밀어내는 자신의 힘을 느꼈다. 그는 자꾸만 다가왔다. 그녀가 물러서도 마법에 걸린 것처럼 또 다가왔다. 그녀는 도망치고 싶었다. 그 순간 그녀를 만지고 싶은 격렬한 욕망이 그를 휘어잡았다. 그의 손은 그녀의 얼굴을, 머리칼을 잡을 수 있을 것이고, 그녀가 거부한다 해도 입을 맞출 수 있으리라. 그는 참았다. 그러나 내부의 힘이 너무 강렬해 결국 손이 앞으로 나가고 말았다. 그는 자기 눈 높이까지 올라간 그 손을 보고서야 동작을 멈추었다. 그녀는 너무나 생생한 그 손들의 움직임을 놓치지 않고 보고 있었다. 열에 들뜬 동반자 옆에 있는 그녀는 그가 상상할 수 없을 정도로 어안이 벙벙해져 있었다. 자신이 그런 흥분을 불러일으킨 것이 황홀하기도 했지만, 막상 그것과 마주 대하자 두렵기도 했다. 반면 그는 이렇게 생각하고 있었다. 이 여자는 야릇해, 날 그냥 내버려두는 것 같아, 내가 어떻게 행동하는지 보려고 기다리는 것 같아, 게임처럼 즐기고 있는 걸까? 갑자기 그는 확신할 수 없어졌다. 이제는 아무것도 확신할 수 없었다. 식사를 할 때 그는 자신이 진정으로 그녀의 마음에 들었다고 생각했다. 그녀를 육체적으로 사로잡았다고까지 생각했다. 그러나 지금은…… 알 수 없었다. 그는 난감해진 마음으로 다시 걷기 시작했다. 훗날 그는 이렇게 말할 것이다. 당신이 준비가 안 됐다고 느꼈소, 왜 그랬소?

그렇다. 그녀는 확실히 그와 그렇게 가까이 있을 준비가 되어 있지 않았다. 그녀는 욕망을 품고는 있었지만 친밀성과 대담함을 받아들일 수 없었다. 한마디로 그녀는 몸짓보다는 말을 덜 겁내고 있었다. 감미로운 목소리에 떨림을 맛보면서도 그녀는 그와 입맞춤을 할 수도, 그를 순순히 사랑할 수도 없었다. 반면 그는 당장이라도 그녀를 껴안고 그녀의 연인이 될 수 있었다. 그녀는 그 앞에서 흔들렸지만 사랑이라고 짐작하게 할 만한 장면은 조금도 내비치지 않았다. 상상해보라. 그녀가 이 모르는 남자와 태곳적부터 남녀가 만나면 으레 하는 일을 벌이고, 흔적을 지우고, 다시 옷을 입고, 지워진 일들의 거짓 순결 속에서 집으로 돌아가고 그리고 거짓말을 하는 장면을! 있을 수 없는 일이었다. 그녀는 꿈속에 있었다. 행동이 문제가 아니었다. 그렇다면 뭐가 문제야? 폴린 아르누는 자문했다. 환심을 사려는 행동, 그녀는 혼자 대답했다. 그리고 그녀는 이 남자 앞에서 애교를 부린 자신을 자책했다. 밖에서 스스로를 냉정하게 보고 느끼자 수치심이 일었다. 모든 것이 그녀에게 수치심을 불러일으켰다. 시작부터 전부 우스꽝스러웠다. 그 모든 건 그들을 지배하는 단순한 본능을 감추기 위한 허위이고 냉소에 지나지 않았던 것이다.

그러나 본능이 이기지는 못했다. 내부의 목소리는 '좀더 후에'라고 말하고 있었다. 그러자 구체적인 일들은 멀리 밀려나고, 목소리의 마법과 친밀감과 웃음만이 남았다. 그 모든 것은 유혹의 흥분이었으며, 남자의 눈길을 받는 기쁨을 활활 태우는 것이었다. 이 점에서 그녀는 어린 여자가 아니었다. 말하자면 그녀는 자신의 욕망이 불러올 격렬한 결말을 정확히 알고 있는 것이었다. 그녀는 자기 몸을 방어했다. 그녀는 둘로 쪼개지고 있었다. 이 남자의 마음에 들었다는 취기가 일으킨 생생한 정열이 몸에 깃드는 한편, 실제의 몸짓은 거부하게 만드는 양면성. 그녀의 욕망이 가공의 것인 것처럼 말이다. 사실 그 욕망은 가공의 것은 아니었지만 준비를, 연애라는 유희에 따르는 시간과 상대방이 지닌 기묘함과 친밀감을 느낄 것을 요구했다(난 당신이 준비가 안 됐다고 느꼈소, 왜 그랬소?). 그 순간 그녀는 언젠가 이 남자 앞에서 모든 것이 투명해지리라는 것을 상상할 수 없었다. 그러나 그녀는 결국 준비가 되고 뜨겁게 달아오르리라.

더욱이 아이도 있었다. 그녀는 태동을 느꼈다. 뱃속에 아이를 지닌 채 아무 탈 없이, 무거운 죄의식 없이 낯선 남자와 사랑을 나눌 수 있을까? 이 생각을 하자 폴린 아르누의 얼굴에서 웃음이 가셨다. 그는 그녀가 걱정하는 것을 눈치채고 그게 무얼까 혼자 헤아렸다. 그러나 그로서는 그녀가 잘못이냐 결백이냐, 쾌락의 감미로움을 택할 것이냐 아니면 태어날 어린아이를 생각해 정조를 지킬 것이냐로 치열한 고뇌를 겪는 것을 알 수는 없었을 것이다. 괜찮아요? 돌아갔으면 좋겠소? 그가 감미로운 목소리로 물었다. 하지만 그녀는 그의 말을 듣지 않고 있었다. 피곤한 모양이군요, 그는 갑자기 그런 생각이 든 것처럼 말했다. 실제로 그는 그제야 줄곧 잊고 있던, 눈에 보이지 않는 임신에 생각이 미쳤다. 난 용서받을 수 없는 놈이요, 피곤할 텐데 당신을 걷게 했으니, 그가 말했다. 그녀는 괜찮다고 안심시키며 계속 걷자고 했다. 모욕당한 듯한 어여쁜 얼굴로 고집스럽게 말했기 때문에 그는 그녀가 매력적이라고 생각했다. 그렇다, 그녀는 사랑스러웠다! 그래서 그는 그녀에게 사랑스러운 폴린! 하고 말했다. 그러나 그녀는 욕망과 그 욕망의 억제 속에서 길을 잃은 채 아무것도 듣지 못했다. 불안이 부풀어오르고 있었다. 그녀는 이 비밀스러운 사랑 속으로 끌려들어가는 자신을 느꼈다. 발을 빼기에는 너무 늦었다. 그들은 전진하고 있었다. 전속력으로 전진하고 있었다. 그녀에겐 이 남자의 존재가 필요했다. 하지만 그들은 헤어질 것이고, 그녀는 고통을 받을 터였다. 그는 뭔가 결정적으로 어긋났다고 느꼈다. 그리고 그녀의 남편을 떠올렸다. 우린 오늘 저녁모임에 가야 해요, 그가 갑자기 걸음을 멈추고 말했다. 내가 당신을 독점해선 안 되죠, 그들은 당신에 대해, 나에 대해 얘기할 거요, 대체 우리가 어디서 뭘하고 있는지 궁금해할 거요, 어쩌면 우리가 같이 있다고 생각할지도 몰라요, 당신 남편이 그렇게 생각한다면 그에게 뭐라고 말하겠소? 그녀는 간단히 대답했다. 그들이 어떻게 그런 생각을 하겠어요? 그럴 리가 없어요. 이 말은 그날 저녁모임에 가지 않기 위해 그녀가 한 거짓말을 상기시켰고, 그로 인해 그들이 한패라는 의식이 순간적으로 형성됐다. 그녀는 그 사실을 깨닫고 몸을 떨었다. 비밀은 사람 사이를 얼마나 가깝게 만들어주는가! 당신 말이 옳아요, 그는 자신이 몹시 부주의하게도 아내에게 그녀에 대한 이야기를 했다는 사실을 잊어버린 채 동의했다. 하지만 어쨌든…… 우리는 그 모임에 가야 한다고 생각해요, 그가 말했다. 그게 좋은 생각인지는 잘 모르겠어요, 난 진실을 감추는 데 소질이 없거든요, 그녀가 얼굴을 붉히며 중얼거렸다. 그가 웃음을 터뜨렸다. 그건 거짓말 전문가들의 대사예요! 그녀 역시 그의 말이 옳다고 생각했다. 물론 자신은 거짓말을 거의 하지 않지만 할 때는 실수 없이 한다는 사실까지 고백하지는 않았다. 그런데도 그녀는 아뇨, 정말이에요, 그건 좋은 생각이 아니에요, 라고 되뇌었다. 아니, 좋은 생각이오, 그것도 아주 좋은 생각이오, 당신이 먼저 가요, 저녁식사가 빨리 끝나서 들른 것처럼, 그가 말했다. 내가 당신을 보고 얼굴을 붉히면 어쩌고요? 그녀가 말했다. 그런 일은 없을 거요, 이 사실을 아는 건 당신 한 사람뿐이고 당신은 대담한 사람이니까, 오늘 저녁 있었던 일을 아는 사람은 당신과 나뿐이라는 걸 믿어요, 그러면 떨리지 않을 거요, 그는 확고하고도 단호하게 말했다. 당신 부인이 와 있을 가능성은 없나요? 그녀가 물었다. 모르겠소, 하지만 그럴 것 같진 않아요, 이혼한 후로는 외출을 잘 안 하니까, 그가 말했다. 그녀를 만나면 곤란할 것 같아요? 폴린이 다시 물었다. 그녀 속으로 그의 아내에 대해 언급하고 싶은 야릇한 욕구가 치밀었다. 당신을 알게 된 이상 그렇지 않소, 감미로운 목소리가 말했다. 그 목소리가 너무 매끄럽고 감미로워서 그녀는 그가 과장한다고 말하고 싶은 것을 또 한 번 포기했다. 그러나 그녀는 그가 선명한 열정에 사로잡혀 그렇게 과장되게 구는 것이 좋았다. 그리고 그는 그녀가 속삭임과 부드러움이라는 그물에 걸려들리라는 것도 알고 있었을 것이다. 갑시다! 은밀한 방에서의 황홀한 꿈에서 떠나지 못하고 있던 그가 스스로를 설득하는 것처럼 말했다. 아주 좋은 생각이오, 클럽에 갑시다. 그녀가 웃으며 물었다. 정말 그렇게 생각해요? 그녀는 괜한 질문을 했다고 생각하고 금방 후회했다. 어떤 일이 벌어질까? 그녀는 홀로 위험에 빠진 것이다. 그러자 그가 걸음을 멈추고 그녀의 팔을 잡았다. 그는 그녀의 눈동자를 빤히 들여다보며 이렇게 물었다. 이 저녁을 연장할 다른 방법을 알고 있어요? 그 말은 화살처럼 그녀의 가슴에 와 박혔다. 그녀가 잠자코 있자 그가 말했다. 내가 보기에 방법은 이것 하나뿐이오, 당신한테 다른 생각이 있다면 더이상 반대하지 말아요! 그녀가 민망해하자 그는 웃음을 터뜨리며 속삭였다. 난 이 저녁이 끝나길 원치 않아요. 그는 그녀의 팔을 놓지 않았다. 그녀는 격렬한 쾌감과 더불어 뜨거운 무엇에 사로잡힌 듯한 느낌이 들었다. 그렇게 작은 몸짓 하나에! 순정이 담긴 사랑은 우리를 바보로 만든다.

3

텔레비전 주위에 모인 남자들 사이에 흥분과 고함이 파도처럼 일었다. 흑인 권투선수의 용맹함은 그들을 후려치듯 매료했다. 그의 적수인 세계 챔피언은 증오로 뒤틀린 얼굴을 주먹 뒤에 감추고 있었다. 낯빛이 창백한 깡마르고 작은 사내였는데, 아래쪽으로 심술궂게 구부러진 턱수염 때문에 품위 없어 보였다. 더욱이 주먹을 날리려는 순간의 찡그린 표정이 너무나도 잔인해 보여서 그의 승리를 바라는 사람은 한 명도 없었다. 사람들은 모두 그를 싫어했고, 그가 지기를 바라고 있었다. 아름다움과 추함을 가르는 기묘한 경계선은 불공정하다는 말이 옳은지, 관객이 등을 돌리게 만드는 것은 순전히 그의 얼굴 탓인 듯했다. "놈은 한 방에 케이오를 노리고 있어." 톰이 말했다. "아직 상대방이 완전히 이기지는 못했으니까." 그는 흑단 같은 몸을 가진 아름다운 흑인 권투선수를 두고 말했다. "눈 깜짝할 사이에 링에 뻗어버릴 수도 있단 말이야." 정확한 그의 해설은 긴박감을 북돋웠다. 톰은 친구들이 다 이긴 게임이라고 철석같이 믿었다가 예기치 못한 결과에 실망할까봐 "스포츠는 끝까지 가봐야 아는 거야!"라고 말했다. "어떤 경기이건 이기지 못하는 사람들이 있게 마련이지! 이기는 게 차라리 두려운 사람들 말이야." 그가 덧붙였다. "이기는 게 무서운 사람들도 있어?" 일터에서 아무 문제 없이 성공가도를 달리는 기욤이 웃으면서 물었다. 이따금 기욤은 음료수를 돌렸다. 더 마시기 싫은 사람들은 손가락을 세워 거절의 신호를 보냈고, 마시고 싶은 사람들은 고개를 끄덕였다. 그들은 침묵 속에서 화면을 주시했다. 흑인 권투선수는 여자 같은 다리로 춤추듯이 유연하게 스텝을 밟고 있었다. 그는 이길 수 있었고, 그럴 자격도 있었다. 하지만 아직 패배의 위협이 가신 것은 아니었다. "그래! 그래! 그거야! 몰아붙여!" 목소리들이 입을 모아 외쳤다. 공이 울렸다. 귀가 멍멍할 정도로 울려 퍼지는 관중의 열광 속에서 미니스커트를 입은 라운드걸들이 링을 돌기 위해 들어왔지만, 이번에는 관심을 보이는 관중이 아무도 없었다. "불쌍한 여자들!" 톰이 웃으면서 말했다. 예쁜 다리도 멋진 경기에는 대적할 수 없었다. "질이 안 됐어, 이 경기를 놓치다니! 이런 데 관심 없는 거 아냐?" "천마에! 절대 아냐! 어릴 때부터 권투라면 사족을 못 썼어!" "그럼 어디 간 거야?" "아! 그거야 알 수 없지." "여자?" "글쎄, 그렇다면 놀랄 일이지." "그런 일이라면 무슨 사건이 벌어져도 놀라지 않아. 블랑슈가 떠난 후부터 그는 성실하게 지내겠다고, 그녀와 사이가 안 좋다면 아무하고도 잘 안 될 거라고 했거든. 이혼이 그에게 찬물을 끼얹었어. 그는 정말 변했다구.” “변하다니, 어떻게?” “자기 입으로 자신이 어리석었다고, 바람둥이 짓 좀 덜 했어야 한다고 하더라니까. 우리 나이에 어떻게 여자 생각을 안 하고 사냐? 누구나 여자 생각만 하지!” 톰이 말했다. “과장하지 마!” “과장하는 게 아니야. 난 그렇게 생각해! 우린 너나 할 것 없이 여자들을 보고, 여자들 가슴을 흘깃거리고, 엉덩이를 쳐다보고, 그 여자들이랑 아무 짓도 안 하더라도 여자들을 생각하고, 그리고 이렇게 스스로에게 묻잖아. 어째서 그게 허락된 일이 아니면서 또 가능한지, 어째서 한 여자를 가지는 게 다른 여자를 가지는 걸 방해하는지, 어째서 마음대로 여자들을 보거나 만져서는 안 되는지!” 그들은 웃었다. “됐어, 그만 해!” 장이 말했다. “이런 바보!” 기욤은 톰에게 한 방 먹이는 시늉을 하며 킬킬거렸다. “그 이야긴 그만 하자!” 앙리가 말했다. “그래, 그 얘긴 아까 끝난 줄 알았는데.” 장이 말했다. “어쨌든,” 기욤이 입을 열었다. “이혼했다고 해서 방탕한 생활이 시작될 거라고 생각해선 안 돼. 이혼, 그거 비싼 대가를 치러야 하는 거야……” 그는 만족한 얼굴로 말했다. “네가 무슨 이야길 하고 있는지 알기는 하나?” 톰이 물었다. “물론 알지!” 기욤이 말했다. “질이 블랑슈에게 얼마 준대?” “아직 결정 안 했대. 하지만 넉넉하게 주고 싶어해. 딸이 있으니까.” “그걸 딸이 누릴 거란 보장은 없어.” “내 생각에 그는 아내를 믿는 것 같아.” 앙리가 말했

다. "마지막 라운드다!" 막스와 마르크가 외치는 바람에 대화는
중단되었다.

그들은 숨을 참았다. 그들은 자기 일도 아닌 일로 겁이 났고, 그
래서 아무것도 할 수 없을 정도로 극도로 흥분해 있었다. 그들은
작달막한 백인 권투선수가 싫었다. "나쁜 자식! 놈은 케이오를 노
리고 있어! 나쁜 놈, 나쁜 놈, 나쁜 놈……" "로프에 기대!" 톰이
자신이 응원하는 선수에게 소리쳤다. "그래! 그거야! 싸움을 걸
지 마! 로프에 기대라구!" 경기가 거의 끝나가고 있었다. 흑인 권
투선수는 주먹을 올려 몸을 보호했고 백인 권투선수는 있는 힘을
다해 펀치를 날렸다. 두 피부색이 뒤엉켰다. 흑단 같은 몸뚱이가
순백색 몸뚱이를 부여잡고 버티면서 주먹질을 피했다. 그리고 공
이 울렸다. 경기가 끝났다. 아름다운 흑인 권투선수는 로프에 기
댄 채 마우스피스를 꺼내고 손을 번쩍 쳐들었다. 그는 자신이 승
리했음을 알고 있었다. "좋았어!" 남자들이 활짝 웃은 뒤 팔을 쳐
들면서 일어섰다 "기다려. 아직 심판의 판정이 남았어. 가끔 엉
뚱한 결과가 나올 때가 있단 말이야." 톰이 말했다. 그들은 백인
권투선수가 가운을 걸치고 링에서 나가는 것을 보았다. 분노로
새하얗게 질린 그의 얼굴 아래쪽에 잔인한 주름이 잡혀 있었다.
사람들이 달려나가 흑인 권투선수를 헹가래쳤다.

경기가 끝나자 마르크는 제일 먼저 아내를 떠올렸다. 돌아왔을까? 밤늦은 시각에 그녀 혼자 밖에 있으면 걱정이 되었다. 아무 말도 하지 않았지만 그는 아내가 돌아왔다는 걸 알고 나서야 안심하곤 했다. 폴린은 남편의 걱정을 질투로 간주했다. 그러나 아무래도 그는 느긋할 수 없었다. 결국 그는 그녀가 친구들과 함께 있는지 보러 가기로, 같이 있지 않다면 집으로 전화를 해보기로 했다. "몇 시야?" "자정이 다 됐어." 그렇다면 저녁식사는 틀림없이 끝났을 것이다. "여자들한테 가봐야겠어." 그가 말했다. "여자들은 좀더 놔둬!" 막스가 말했다. "폴린이 왔는지 궁금해서." 마르크가 말했다. "날아갈까봐 겁나냐!" 기욤이 말했다. "당연하지!" 마르크가 활짝 웃으면서 대답했다. "그건 네가 우리한테 설명한 것과 일관성이 있는 일이냐?" 막스가 물었다. "그렇다고 생각하는데!" 마르크가 말했다. "좀더 있어봐. 판정이 나올 때까지." 톰이 말했다. 모두 일어나 기지개를 켜면서 한두 마디 논평을 해댔다. 그들은 하나같이 크고 힘이 셌는데, 밀폐된 공간에 모여 있으니 그 사실이 더욱 눈에 띄었다. 그런 힘은 어딘가에 소모되지 않으면 안 될 듯했다. 그들은 저녁으로 먹다 남은 음식들을 대충 치우면서 판정을 기다렸다. "굉장한 경기였어." 톰이 되뇌었다. 톰이야말로 권투를 가장 잘 아는 친구였으므로 모두 그가 말한 후에

의견을 개진했다. 흑인 권투선수는 정말로 승자가 되었다. 중계
방송이 끝나자 톰이 텔레비전을 껐다. "한잔 더 할 사람?" 톰이
술병에 조금 남은 술을 없애기 위해 물었다. 그들은 각자 주변을
대강 정리하고—그런데도 뭔가 남성적인 것, 어질러진 것이 산
재해 있었다—여자들에게로 갔다. 마르크는 아내를 만난다는 생
각에 앞장서서 힘있고 경쾌하게 걸었다. 그는 아내가 곁에 없을
때면 자신이 얼마나 아내를 사랑하는지 특히 절절하게 느꼈다.

4

"그거 말해도 되는 거야, 아니면 비밀이야?" 루이즈가 페넬로
프에게 (그녀의 결혼 건에 대해) 물었다. "아냐, 아냐, 비밀이 아
니야." 페넬로프가 말했다. 그녀는 웃었다. "사람들이 그 사실에
적응하려면 시간이 좀 필요하겠지만!" 그러자 루이즈가 "어렵게
생각할 것 없어" 하고 상냥하게 되받았다. "아니, 어렵게 생각하
지 않아. 정말로 '어려운 일'이니까!" 페넬로프가 말했다. 그리고
말을 이었다. "두고 봐, 별말 다 들을 테니. 아마 네가 나한테 전해
주지도 못할 정도로 심술궂은 말들일걸…… 파이 좀 가져올게."
페넬로프가 접시를 집으며 말했다. 삶이 이 여인을 죽이고 있었
다. '어째서 어떤 사람들은 불행에 바쳐지는 걸까?' 루이즈는 생

각했다. 삶에 부적격한 톱니바퀴가 그들 내부에 돌고 있는 걸까? 끊임없이 그들을 존재의 어려움 속으로 끌고 들어가는 톱니바퀴가? '어떤 사람들은 일부러 불행을 선택해.' 루이즈는 생각했다. 그러나 그건 그저 그녀의 통찰력일 뿐, 그런 것으로 사람을 이렇다 저렇다 판단할 생각은 없었다. 루이즈는 혼자 생각에 빠졌다. '그래, 페넬로프는 오래 전에 죽은 그 젊은 약혼자를 잊을 수도 있었을 거야. 새로운 사랑을 만나기 위해 그렇게 오래 기다리지 않을 수도 있었을 거고. 이렇게 머지않아 죽을 남자를 선택하지 않을 수도 있었을 거야.' 그녀가 그를 사랑하게 된 건 틀림없이 그도 먼젓번 연인처럼 곧 죽으리라는 사실, 그것 때문일 것이다……말하자면 페넬로프는 손해 보는 데 달인인 셈이었다. 그리고 무의식적으로 줄곧 유지되어온 그 어둠 속에 야릇한 아름다움이 깃들어 있었다. "무슨 생각 해?" 에브가 물었다. 그녀는 페넬로프의 의자로 와 앉았다. "페넬로프한테 들은 이야기." 루이즈가 대답했다. 에브는 발랄하고 예쁜 얼굴에 금발이고 골격도 섬세했지만, 성미가 까다롭다고 얼굴에 씌어 있는 여자였다. 루이즈는 그녀와 만날 때마다 이렇게 생각했다. '에브의 얼굴에는 뭔가 씌어 있어. 아무리 우아함과 미소로 지우려 애써도 없어지지 않는 거야. 그게 바로 그녀니까.' 루이즈는 에브를 시험해보았다. "페넬로프가 결혼한대." "뭐라구! 정말 잘된 일이네!" 그런 일과 자신은 아무 상관 없다고 생각하면서도 에브는 그렇게 말했다. "폴이랑." 루이즈가 덧붙였다. "그 노인?" 에브가 되물었다. 그러고는 당장 얼굴을 찡그렸다. "그는 멋진 남자야. 그런 남자는 만나본 적이 없을 정도로." 루이즈가 짐짓 모르는 체하며 말했다. "좋아, 그렇다고 쳐. 하지만 일흔 살이잖아!" 에브가 말했다. "일흔두 살이지!" 루이즈가 고쳐 말했다. "신랑으로 삼기엔 너무 늙은 거 아냐? 나이가 너무 많다는 생각 안 들어?" 에브가 물었다. "뭘 하기에 너무 많아? 넌 일정한 나이가 되면 사랑하기를 멈춘다고 생각하니?" 루이즈가 물었다. "그런 건 아니지만!" 에브는 말을 이었다. "그 남자 심정은 얼마든지 이해할 수 있어(그녀의 목소리는 조소에 차 있었다). 그러나 내가 생각하는 건 그 노인이 아니야. 페넬로프라구!" 그녀는 내처 되뇌었다. "그 남자야 이 결혼을 강행하고 싶겠지. 페넬로프는 완전히 정신이 나간 거야! 낙담해서 키스할 수도 있고, 한 남자가 아니라고 말하니까 다른 남자한테 좋다고 말할 수도 있어…… 좋아, 그건 이해할 수 있어. 여자가 퇴짜 맞거나 불행에 빠졌을 때 그 기회를 틈타 여자를 낚아채는 남자들이 제법 많다는 건 나도 알고 있어. 그렇지만 아무리 그래도 이건 좀 심해!" 에브가 말했다. "난 페넬로프가 그를 사랑한다고 생각해. 그거면 되지 않을까." 루이즈가 말했다. "난 못 믿겠어! 그건 불가능해! 페넬로프가 그와 결혼할 수밖에 없는 다른 중요한 이유가 있는 거야!" 에브가 말했다. "아, 그래?" 루이즈는 입씨름을 계속하고 싶지 않았으므로 몸을 일으키며 말했다. "넌 나보다 아는 게 더 많겠지. 하지만 난 아는 게 별로 없어서 페넬로프가 말한 그대로 믿는 데 만족해. 그래서 기쁘고. 그녀가 행복해 보이니까."

남편들이 몰려옴으로써 묘하게 돌아가던 저녁식사 자리는 구제됐다. 에브는 눈살을 찌푸린 채 디저트 접시들을 치웠고, 페넬로프는 아직 먹고 있었으며, 블랑슈와 멜뤼진과 마리는 평온히 커피를 마시고 있었다. "잠을 못 잘 거야." 마리가 중얼거렸다. 루이즈와 사라는 붉은 포도주를 홀짝였다. 여자들은 제각기 즐기고 있었다. "무슨 소리가 들리는데!" 마리가 말했다. "기욤 웃음소리가 들려!" 루이즈가 말했다. "남자들, 설마 아무것도 안 먹은 건 아니겠지?" 사라가 말했다. 잠시 후 장, 마르크, 막스, 앙리, 기욤, 그리고 톰이 여자들 앞에 와 섰다. "어때, 하고 싶은 얘기들 실컷 나눴어?" 톰이 사라에게 물었다. 여자들은 일제히 기분이 상한 시늉을 했다. "당신들만큼은 아닐 테지!" 사라가 응수했다. "아니, 그렇지 않을 거라 확신하는데!" 앙리가 놀리면서 멜뤼진을 끌어당겼다. "내 사랑!" 앙리가 말했다. 루이즈에게는 그 목소리가 꼭 염소 울음소리처럼 들렸다. 그렇다면 그는 아내를 경멸하고 있는 걸까? "괜찮아? 좋은 저녁시간 보냈어, 당신?" 그는 그랬기를 바라는 사람처럼 물었다. 그러나 멜뤼진은 상당히 둔해져 있었다. "응, 응……" 그녀는 대충 대답했다. 루이즈는 기분이 상했다. 그는 어쩜 저렇게 바보처럼 친절할 수 있을까. 그러는 것은 아무한 테도 도움이 되지 않았다. 통제가 보호인 줄 아는 남성 우위의 사 랑 속에서 멜뤼진이 어린애처럼 되는 것은 당연했다. '남자라고 뻐기기는.' 그녀는 생각했다. 남자들과 여자들이 제각기 짝을 찾 았다. "이리 가까이 와." 마리가 장에게 말했다. 그녀는 팔을 남편 의 목에 감고 꼭 껴안았다. "뭘 했길래 이렇게 몸이 뜨거워?" 그 들은 웃었다. '저 두 사람이야말로 진정한 한 쌍이야.' 사라는 생 각했다. 톰도 그녀를 팔로 감싸안았고, 이 분 전에는 그녀의 가슴 에 두 손을 얹기까지 했다. '그건 그저 신호일 뿐이야.' 그녀는 생 각했다. 그가 그녀를 '원한다'는 신호. 톰은 그녀를 사랑하는 걸 까? 그녀가 보기엔 톰 자신도 그 답을 모르고 있었다. 그렇지 않 다면 그녀가 바라는 것(그와 함께 사는 것)을 왜 거절한단 말인 가? 그녀는 블랑슈와 이야기하는 그를 바라보았다. 대체 무슨 이 야기를 하는 걸까? "힘들겠지만 그렇다고 의기소침해하지는 마." 톰이 말했다. "왜?" 블랑슈가 물었다. "당신은 무척 아름다운 여 자이니까." 톰이 말했다. "그게 어디에 소용이 있다구." 블랑슈가 말했다. 그는 늘 품고 있던 연정에 떠밀리듯 그녀 곁으로 바싹 다 가갔다. 그녀가 뒤로 물러섰다. "남자를 사로잡는 데." 그는 그녀 의 눈을 들여다보며 말했다. "그건 또 무슨 소용인데?" 블랑슈가 다시 물었다. "존재하는 데." 톰이 근엄하게 대답했다. 그는 그렇 게 믿고 있었다. 그러나 그녀는 아니었다. 하지만 덕분에 한결 덜 늙고 덜 추한 느낌이 들었다. '늙음과 추함, 누구도 피해갈 수 없는 약속된 미래지.' 그녀는 그렇게 생각하고는 웃었다. 그녀와 이혼하는 남자가 수시로 그렇게 이야기하던 것이 떠오른 것이다. 막스와 에브는 낮은 목소리로 싸우고 있었다. 막스는 다음날 자기 엄마 집에서 점심 먹기로 한 것을 아내에게 상기시켰다. 그녀는 조금도 가고 싶은 기분이 아니었다. 시어머니라면 신물이 났다. 하지만 그는 아랑곳하지 않았다. 그녀는 결국 가게 될 것이므로. "난 당신 가족과 결혼한 게 아니야!" 에브가 말했다. "그래? 난 당신 가족과 결혼했는데!" 막스가 말했다. "어이, 두 사람, 그만둬!" 기욤이 말했다. 그리고 덧붙였다. "루이즈, 당신은 내 가족하고 결혼했어?" 그는 웃었다. 마르크만 침묵을 지키고 있었다. 폴린이 없는 것에 놀라기도 했고, 걱정도 됐던 것이다. 그는 집으로 전화를 걸어보았지만 그녀는 집에 없었다. 그는 사람들이 있는 곳으로 돌아왔다. 그는 질이 거리를 걷고 있는 사이 택시 한 대가 클럽 앞에 자기 아내를 내려놓은 것을 모르고 있었다. 블랑슈는 톰이 사라 곁으로 돌아간 후부터는 짝을 이룬 남녀의 무리에서 조금 떨어져서 혼자 있었다. "블랑슈한테 뭐라고 했어?" 사라가 물었다. 톰은 그녀가 아름답다고 말했다는 것을 감히 고백할 수 없었다. "기운 내라고 몇 마디 한 것뿐이야." 그가 대답했다. 마르크가 블랑슈에게 다가갔다. 그녀를 클럽과 학교에서 본 적이 있었다. 그는 그녀가 폴린을 알고 있으리라 생각했다. "혹시 제 아내가 전화하지 않았나요? 아, 아내 이름은 폴린 아르누입니다. 확실히 온다고 하지는 않았습니다만." 그가 말했다. "제가 늦게 와서요. 하지만 그녀가 저녁식사에 오지는 않은 것 같아요." 블랑슈가 대답했다. 그녀는 그가 걱정하고 있음을 알아챘다. 그 모습은 감동적이고 애처로웠다. "루이즈에게 물어보세요." 블랑슈가 친절한 미소를 지으며 말했다. 그녀는 그 이름을 듣고 몸을 떨었다. 폴린. 그 이름이 머릿속에서 바람 소리를 내며 지나갔다. 그녀는 폴린의 남편이 다른 친구들 사이를 돌아다니며 이것저것 알아보는 것을 바라보았다. 그를 학교에서 본 적이 있었다. 그는 이따금 아들과 아내를 학교에 데려다주었다. 이제 그녀는 폴린 아르누라는 여자의 얼굴을 확실하게 떠올릴 수 있었다. 심지어 머리 색깔이 흰색에 가깝던 그 금발의 사내아이도 기억해냈다. 마르크가 찾고 있는 여자와 질이 매료된 여자가 동일 인물이란 것을 그녀가 짐작한 것은 아마 그 순간인지도 몰랐다.

5

폴린이 먼저 도착하고 질이 나중에 나타나기로 그들은 합의했다. 같이 저녁을 먹었다고 말하는 게 더 간단하지 않을까요? 그녀가 말했다. 그렇게 생각해요? 그는 그녀를 놀리면서 말했다. 그는 그것이 사람들에게 얼마나 이상하게 비칠지 알고 있었다. 오늘 아침 남편한테 나랑 저녁을 먹을 거라고 말했소? 그가 물었다. 그는 어떤 대답이 나올지 알고 있었고, 그건 논증을 위한 출발에 지나지 않았다. 그녀가 고개를 저었다. 자, 그렇다면 이제 와서 남편한테 말할 수는 없어요, 그는 당신이 애초에 왜 그걸 숨겼는지 납득하지 못할 거요, 그가 말했다. 그녀는 그의 말에 수긍했다. 난 그런 것까지 생각할 능력이 안 되는 거야, 그녀는 생각했다. 그녀는 부부가 실제로 저지르는 배신은 물론이고 의심에 대해서도 짐작하지 못했다. 외려 벌거벗은 진실이야말로 가장 효율적인 은폐라고 혼자 생각했던 것이다. 세상엔 믿어지지 않는 진실도 있지 않던가? 제 몸을 망가뜨릴 줄 뻔히 알면서도 거부하지 못하는 것들이 있지 않던가? 그렇지만 내가 질 앙드레와 함께 있었고 호텔에서 사랑을 나누었다고 농담처럼 말해도 남편은 믿지 않을 걸요! 그녀가 말했다. 이렇게 말하면서 그녀는 얼굴을 붉혔다. 그 모습에 그는 그녀가 정말 사랑스럽다고 생각했다. 확신할 수 있소? 그의 얼굴에 그런 생각이 드러났지만, 그는 굳이 감추지 않으며 물었다. 그런 것 같아요, 그녀가 대답했다. 그럼 그렇게 해요! 지금 말한 대로 남편에게 말해봐요! 난 당신 옆에 서서 웃고 있을 테니, 그가 말했다. 문제는 내가 그런 식으로 거짓말을 할 능력이 안 된다는 거죠, 폴린 아르누가 말했다. 우선 내가 당신을 호텔에 데려가고, 그런 후에 저녁모임에 데려가면 그런 말을 할 수 있다, 그

뜻이오? 마침내 그녀도 자신의 생각이 어리석다는 사실을 납득했다. 꼭 그런 건 아니에요, 연기를 해야 한다는 기분이 드는데(그는 이 말에 웃음을 터뜨렸다), 그런데 도저히 그렇게 못 할 것 같아서요, 그녀가 말했다. 당신이 거짓말을 할 수 없다면…… 그는 꿀처럼 달콤한 목소리로 말했다. 그녀는 그가 무슨 의미로 그런 말을 하는지 구태여 헤아려보지 않았다. '당신이 거짓말을 할 수 없다면 앞으로도 계속 불편한 일이 많을 거요'라는 의미로 단정해버렸기 때문이다. 그의 영혼을 읽었다고 확신하자 그녀는 민망하기도 하고 기쁘기도 했다.

그녀는 그가 말하지는 않았어도 무슨 생각을 하고 있는지 전부 이해했다. 그의 생각은 대략 다음과 같았다. 어떤 이야기들은 비밀을 필요로 한다. 그들이 반드시 거짓말을 해야 할 필요는 없지만 침묵, 말하자면 함구에 의한 거짓말은 해야 한다. 그들이 간직한 비밀은 금지된 것이고, 그것을 천하에 드러내기에는 너무 늦어버렸기 때문이다. 두 사람의 사랑은 침묵 속에서 꽃처럼 피어나야 했다. 그는 우린 비밀 속에서 사랑할 거요, 당신은 그 비밀을 간직할 수 있어야 해요, 라고 말하고 있음이 틀림없었다. 그러자 그녀 안에서 한 단어가 팔락팔락 날갯짓하기 시작했다. 연인…… 말은 우리를 파괴할 수도 있고, 우리 안에서 욕망과 계획을 탄생시킬 수도 있다. 그 욕망과 계획은 가슴 설레게 빛나지만, 실은 틀림없이 말썽을 불러올 구체적인 일들에 지나지 않는다. 내게 연인이 생기는 거야. 그녀는 이 한 문장에 항복해버렸고, 전율에 빠졌다. 그래서 그 눈부신 실수 속에 있기로 했다. 그가 그녀를 보고 어른스럽게 미소 짓자 그녀는 어린 소녀가 된 기분이었다. 그녀는 걷고 있는 그의 다리를 어색한 눈길로 바라보았다. 얼마나 야릇한 일인가, 그녀는 생각했다. 이렇게 행복하면서 또 이렇게 가슴이 답답하다니 기이한 일이 아닌가. 그녀는 이런 특별한 감정을 한 번도 맛본 적이 없었다. 남편 곁에서 남편과 상관없이 막 새로 태어난 이 사랑의 순간에, 그녀는 행복하기만 했다. 미래는 그들의 것이었다.

폴린 아르누는 레스토랑에서는 느낄 수 없었던 편안함을 길에서 느꼈다. 보폭의 리듬은 일종의 구실이 되어주었다. 걸으면서 말하는 것은 그의 시선에 통째로 내맡겨진 채 입을 벌리고 테이블에 앉아 있는 것보다 훨씬 나았다. 질 앙드레로 말하자면, 흥분한 것 같지도 않고 거북한 것 같지도 않았다. 그의 옷은 구겨져 있었다. 더운 날씨였으므로 하루 종일 땀을 흘렸음이 틀림없었고, 자신은 느끼지 못하는 듯했지만 피곤해 보였다. 그는 대단한 도박을 한 것도 아니고 거짓으로 꾸미지도 않았다. 그는 한결같이 그 자신 그대로였다. 자화자찬하지 않았고 우쭐거리지도 않았으며, 마음에 없는 겸손을 부리지도 않았다. 그런 태도는 대단히 보기 드문 것이었으므로 그녀는 깊은 인상을 받았다. 다른 누군가인 것처럼 꾸며대지 않는 사람, 비교할 수 없는 한 사람, 흥미로운 한 사람, 확고부동하고 자신감으로 가득 찬 사람, 그것이 바로 그였다. 그녀는 그 강렬한 존재방식 앞에서 자신이 조금 작아진 느낌이었다. 그 순간, 그러니까 바로 곁에 있는 거인의 존재로 한껏 기분이 고조된 순간, 그가 택시를 발견했다. 빈차가 오는군요, 그가 말하면서 도로 쪽으로 다가가 운전사에게 신호를 보냈다.

그는 처음으로 그녀 곁에 나란히 앉아서, 절반쯤 감춰버리는 테이블의 방해를 받지 않고 그녀의 무릎과 살결을 바라볼 수 있었다. 길고 날씬한, 아름다운 다리였다. 그는 자신의 눈길이 얼마나 집요한지 아랑곳하지 않고 줄기차게 그녀의 다리를 보았다. 그녀는 그의 시선을 느끼고 거북해졌다. 하려고 들면 능란하게 처신할 수도 있었겠지만 그러고 싶지는 않았다. 눈길을 받는 것은 어찌 보면 지극히 여성적인, 여자의 숙명과도 같았다. 그럼에도 그녀는 자신이 저녁 내내 애교를 부린 것에, 한 남자의 탐욕의 대상이 된 것에, 돌연 먹이처럼 노려진 것에 제법 화가 났다. 그녀는 거북해하면서 원피스를 끌어내렸다. 내리지 말아요, 그대로 있는 게 예쁘니까, 그가 그녀를 약간 놀리면서 말했다. 그러자 그녀는 다시 한번 얼굴을 붉히면서 좌석에 푹 파묻혔다. 그러나 실상 그녀는 그의 무례함을 전부 용인하고 있었다. 마법에 걸린 느낌으로 그녀는 순순히 그의 말을 따르고 있었다. 내가 먼저 내릴 테니 당신은 이 차로 계속 가서 클럽 앞에서 내려요, 그러면 나보다 먼저 도착할 거요, 그가 말했다. 그들은 잠시 더 달렸다. 그녀는 점점 겁이 났다. 그녀의 등을 적시는 식은땀이 그날 저녁 그녀의 마음속에 도사렸던 그 모든 의도의 증거처럼 여겨졌다. 아니면 왜 겁을 내겠는가? 그녀는 아무 말도 하지 않았다. 그는 자신이 말한 대로 했다. 그가 자동차를 세우고 운전사에게 지폐를 건넨 후 문을 닫았다. 괜찮죠? 그가 감미로운 목소리로 물었다. 그녀는 네, 라고 들릴락 말락 하게 중얼거렸다. 그녀의 눈이 룸미러를 통해 자신을 바라보는 운전사의 눈과 마주쳤다. 운전사는 두 사람을 호텔에서 저녁시간을 함께 보내고 나온 연인쯤으로 보았을 것이다. 그녀는 자신이 정숙하지 못한 여자이며 비밀을 훤히 들켜버린 듯한 생각이 들었다. 그녀의 연인도 그것을 느꼈는지 속삭였다. 아무도 당신이 나랑 저녁 먹었다는 걸 몰라요, 그건 의심하지 말아요. 그녀는 또 한 번 기어들어가는 목소리로 수긍했다. 그러자 그는 그녀가 신경이 곤두서 곤혹스러워한다는 것을 알아챘고, 그런 그녀가 더욱 우아하게 느껴졌다. 그래서 문 앞으로 다가와 열려 있는 차창으로 손을 넣어 그녀의 뺨을 손등으로 어루만졌다. 오늘 밤 다른 사람들과 같이 있을 때 내가 당신한테 말을 걸었으면 좋겠소, 아니면 그냥 놔뒀으면 좋겠소? 그가 물었다. 그녀는 알 수 없었다. 그녀 역시 자신이 어디까지 감당할 수 있을지 몰랐다. 두고 보면 알겠죠, 그가 말했다. 당신이 걱정하는 게 느껴져요, 그렇지만 그럴 이유는 하나도 없어요…… 그는 그녀를 바라보며 말했다. 그녀는 그 이유는 자기밖에 모르는 거라고 생각했다. 다음주에 전화하겠소, 그가 말했다. 그녀는 아무 말도 하지 않았다. 그래도 되겠소? 그가 물었다. 그녀는 좋다고 대답하면서 가슴 깊숙한 곳에서 벅찬 기쁨을 느꼈다. 그가 그녀를 특별히 배려하기라도 하는 양 물었기 때문이었다. 그녀는 누군가가 자신에게 요구하고 간청하기를, 누군가의 욕망의 대상이 되기를 원했다. 그녀는 연인이 걱정스럽고 숭배가 깃든 상냥함을 보이길 원했다. 하지만 그 순간 그는 그 어느 것에도 해당되지 않았다. 그는 숭배하지도 걱정하지도 않았으며, 다만 사로잡힌 한 남자로서 부드럽고 주의 깊을 뿐이었다. 그의 육감적인 목소리가 그 진실을 함축하고 있었지만, 그녀는 환상을 품고 있었고 그래서 행복했다.

V

그녀는 아름답다 못해 도발적이었다. 이제부터 그녀에게는 한 남자가 더 있었다. 그 남자와 헤어진 순간 그녀에게는 비밀의 발산이라는 빛나는 흔적이 새겨졌다. 폴린, 한 남자의 욕망의 대상이 된 그녀는 그 남자와 공유한 욕망으로 환히 빛나고 있었다.

거짓말의 한복판에서

1

이제 폴린 아르누는 예전의 폴린 아르누가 아니었다. 밖에서도, 안에서도. 그녀는 밖에서는 훨씬 빛났고, 안에서는 꿈꾸고 있었다. 그 꿈이 그녀를 빛냈다.

하늘하늘한 원피스를 입고 굽 없는 단화를 신고 노란 스카프를 두른 여자는 여전히 섬세하며 대담한 젊음의 기운을 내뿜고 있었다. 그녀는 아름답다 못해 도발적이었다. 이제부터 그녀에게는 한 남자가 더 있었다. 그 남자와 헤어진 순간 그녀에게는 비밀의 발산이라는 빛나는 흔적이 새겨졌다. 폴린, 한 남자의 욕망의 대상이 된 그녀는 그 남자와 공유한 욕망으로 환히 빛나고 있었다. 그 모든 것을 유발한 남자는 시간이 흐른 뒤에 그녀에게 말할 것이다. 우린 전생에 연인이었소, 라고. 환심을 사기 위한 말이겠지만 스스로 그렇게 믿고 싶기도 할 것이다. 어쨌든 지금은 그런 말을 하지 않고 그는 그저 바라보기만 했다. 그가 너무나 능란한 눈빛으로 봐서 그녀는 사랑에 빠졌다. 오가는 사랑을 느끼면 여자는 아름다워진다. 그녀는 즉각 공범이 되었다. 폴린 아르누는 자신감에서 기인한 자유로움으로 인해 더욱 아름다워졌다. 새로운 누군가를 만났다는 느낌이 그녀의 자연스런 우아함을 한층 돋보이게 했다. 질 앙드레는 애정이 싹터서 꽃을 피우는 메커니즘을 잘 알고 있었다. 그러나 순진한 얼굴, 원피스를 입은 한 여자의 불가해함, 뭔가를 말하는 눈, 남자와 여자가 벌이는 놀이, 남자와 여자의 꾸밈과 의혹 그리고 흥분, 그들의 가면과 비밀, 다시는 빠질 일이 없으리라 믿었던 수줍음에 또 빠지고, 젊어지는 아니 다시 태어나는 듯한 기분을 느끼고, 전율이 일고 평범하게 흘러가던 삶이 졸지에 흥분 상태에 빠지는 것…… 이 모든 것에는 현기증과, 상대를 백번은 더 속일 수 있는 두취가 깃들어 있었다. 어쨌든 이 여자는 그에게 흥미는 보이면서도 거리를 유지할 줄 알았다. 그녀는 수줍음을 탔고 저속한 흔적이 없었으며, 사랑에 대한 심미안을 지니고 있었다. 그것은 남자가 여자를 애인으로 삼고 싶을 때 찾는 것이기도 하다. 그것을 전부 지닌 것은 축복이었다. 그렇게 해서 그녀는 그를 사로잡은 것이다. 이제 그는 설령 기회가 주어진다 해도 그녀에게 키스할 수 있을지 알 수 없었다.

폴린은 생각들이 너울너울 춤추는 가운데 다시 좌석에 깊숙이 몸을 묻었다. 택시 운전사가 몰래 그녀를 훔쳐보고 있었다. 그는 침묵 속에서 살짝 흥분했다. 얼마나 아름다운 여자인가! 게다가 사랑에 빠진 여자이다. 보자마자 알 수 있었다. 그는 장님이 아니었으므로 그녀 안에서 타오르는 빛을 놓치지 않았다. 조금 전 그 남자를 바라보는 그녀의 눈빛이 어떠했던가. 그들은 틀림없이 연인이다. 그는 혼자 웃었다. 남편을 그런 눈으로 바라보는 여자가 있던가?! 운전사는 결혼한 지 십이 년째였고 그 정도는 알고 있었다. 조금 전의 이 여자 같은 눈길로 자기를 바라본 여자는 여태껏 단 한 명도 없었다. 그녀의 눈동자 속에서는 관능적인 기쁨이 활활 타올랐다! 남자가 내린 후로 여자는 꿈꾸는 듯한 표정을 짓고 있었다. 그는 그녀가 떨고 있는 것, 그리고 그녀 주위로 빛이 뿜어져나오는 것을 느꼈다.

그녀는 자잘한 교태와 미소와 함축된 의미들로 인해 얼이 빠졌고, 욕망 속에 파묻혔으며, 이미 고독해져 침울해져 있었다. 어느

길로 갈까요? 이 아름다운 여자가 넋이 나간 듯 앉아 있었으므로
운전사는 물을까 말까 망설이다가 마침내 입을 뗐다. 거의 다 왔
는데요, 그녀는 등을 돌리며 방심한 어조로 중얼거렸다. 그녀는
뒤쪽 차창으로 익숙한 풍경들이 스러져가는 것을 보았다. 그녀는
문득 사랑에 빠졌다는 확신이 들었다. 그렇다, 그녀는 분명한 증
거와 무서운 불행의 예감에 잠겼다. 이제부터 그가 그녀의 삶에
끼어들 것이다. 그의 부재, 그리고 만남의 간헐적 중단이라는 고
통도 따를 것이다. 그는 절대로 그녀의 남편이 될 수는 없을 것이
기에.

그러자 그녀는 유희를 벌인 것이 후회스러웠다. 지금 맛보는
감정의 진실성은 그 감정이 태어나면서 나타난 태도들과는 합치
하지 않았다. 난 교태를 부렸어, 폴린 아르누는 생각했다. 그러고
는 낙담했다. 꼭 그렇게 할 필요가 없었는데도 그렇게 한 것이다.
남자의 유혹을 받은 여자들이 태곳적부터 수행하는 역할 속으로
들어가는 것을 그녀는 끝내 거부하지 못했다. 그녀는 자신이 저
항하지 않았다는 것, 한 남자의 마음에 들었다는 데 쾌감을 느끼
며 교태를 부렸다는 것을 인정해야 했다. 우스꽝스러운 구경거리
였을 거야, 그녀는 다시 한번 생각했다. 그녀 역시 연애감정에 사
로잡힌 커플을 볼 때마다 그렇게 생각하지 않았던가. 룸미러를

통해 운전사와 그녀의 눈이 마주쳤다. 운전사는 그녀를 화류계 여자쯤으로 생각할 것이다. 운전사의 눈길을 보면 무슨 생각을 하고 있는지 쉽게 짐작할 수 있었다. 만나자마자 즉시 역할을 떠맡고 다른 여자들과 다를 바 없이 흥분하다니! 잘 생각해보지도 않고! 그 흔해빠진 충동에 몸을 내맡기는 것은 얼마나 두려운 일인가! 로맨스가 진부한 이야기로 전락하지 않고 흥분과 감미로움을 유지하려면 몇 가지 세부적인 안전장치가 필요해, 폴린 아르누는 생각했다. 그녀는 두 사람을 만나게 한 필연성을 믿어야 했다. 필연이라는 전제가 없으면, 그들의 만남은 진부해지고 따라서 피할 수 없이 조잡해질 것이었다. 실은 헛된 것이나 다름없었지만 사랑의 순수성만이 그녀의 존엄을 지켜줄 수 있었다. 아름답기 위해서는 헛되어야 하는가? 동시에 영원하기도 해야 한다.

그러니까 오늘 저녁은 긴 이야기의 시작이야! 폴린 아르누는 그렇게 믿고 싶었다. 새 연인도 그렇게 생각하리라 믿고 싶었다. 그녀는 묻고 싶었다. 물었어도 그는 놀라지 않았을 것이다. 남자가 여자를 어떻게 정복할까 궁리하고 있을 때 여자는 이미 그 관계의 영원성을 생각하죠. 그 때문에 일시적 사랑은 사냥감보다 사냥꾼으로 하여금 더 많은 거짓말을 하게 만들지 않던가요? 사냥꾼은 현재를 유지하기 위해 미래를 약속하지 않던가요? 그러나 새 연인은 떠났다. 그에게 물을 길은 없다. 사실 그가 곁에 있었다 해도 감히 묻지 못했을 것이다. 그녀는 타오르고 있었다. 뺨은 불이 붙은 듯했고 숱한 영상들이 눈앞에서 날뛰었으며, 몸은 비정상적으로 흥분한 상태였다. 이 모든 것이 한 남자 때문이었다. 그런데 그녀는 결혼했고 또 임신한 몸이었다! 도저히 상상할 수 없었던 일이었다. 그녀의 머릿속은 그날 저녁의 기억으로 가득 차 있었다. 어떤 기억들, 그러니까 그에게 붙잡힌 손을 빼내고 설명할 수 없는 두려움에 사로잡혔던 순간, 그리고 그 뒤에 이어진 거북한 감정, 그후에 그녀가 내뱉었던 앞뒤가 맞지 않고 격정에 휩싸여 이성이 결핍되었던 말들. 그리고 최후의 역전이 일어나 그녀가 잘 알지도 못하는 남자에게 온몸을 다해 동의한 것. 그 모든 것이 환각처럼 느껴졌다. 도대체 무슨 일이 일어난 것인가? 내가 정신을 잃은 거야, 그녀는 생각했다. 그 저녁에는 끝이 있었다. 그들의 대화는 지속될 수 없을 것이다. 참을 수 없었어. 달콤한 남자와 헤어져야 한다는 게 얼마나 절망적인 일이야? 무미건조한 내 삶으로 다시 돌아가야 해! 하지만 받아들일 수 없는 일이었다. 내 삶의 무미건조함! 물론 어떤 삶이나 무미건조한 법이지만. 그렇게 재빨리 애정을 품을 수 있었던 것, 번개를 맞은 듯 강렬하게 그를 원했다는 것이 그녀에게는 선택을 요구하는 신호로 보였다. 한 연인이 그녀의 삶으로 들어오고 있었다. 그녀는 그가 집으로 돌아가기도 전에 이미 언제 어떻게 그를 또 만날 수 있을지 생각하고 있었다. 그들이 각자 따로 클럽으로 가기로 결정했을 때, 그녀의 마음은 비로소 가라앉았다. 거기서도 그를 볼 수 있을 것이므로. 그녀는 그를 보고, 그의 목소리를 듣고, 그의 시선과 욕망을 느끼고, 그리고 유일한 존재가 될 수 있을 것이다.

전류와도 같은 한 만남이 뚜렷한 흔적을 새겨놓았다. 폴린 아르누의 몸은 달아올라 있었다. 그녀는 여성적인 기쁨이 작열하는 가운데 식당으로 이어지는 계단을 올라갔다. 1층은 불이 전부 꺼져 있었다. 탁구장, 놀이방, 탈의실 입구, 모든 곳이 어둠에 잠겨 있었다. 폴린 아르누는 상반되는, 그러나 그녀가 화해시킨 두 가지 사실을 생각하고 있었다. 매혹적인 새 연인을 다시 만날 수 있을 테지만, 그 자리에는 남편도 있을 것이다. 그녀는 그 생각만으로도 얼굴이 붉어졌고, 배신이 얼마나 두려운 것인지 절감했다. 행동으로 옮기지 않았다 해도 그녀의 의도, 그녀가 바란 것, 그녀가 느낀 것이 얼굴에 드러나지는 않을까? 그 저녁약속을 받아들이면서 꾸민 일에 그녀는 아무 회의도 품지 않고 있는가? 거북함이 대답을 대신했다. 물론 그녀 혼자만 아는 대답이었다! 그녀는 한 남자를 사로잡았고, 그리고 사랑에 빠졌다. 그녀는 그 사실을 깨닫고 행복해졌다. 그녀를 사랑하는 두 남자에 둘러싸일 것이다. 그것을 즐겨야 했다. 알려진 진실과 침묵된 진실의 뒤섞임은 불성실한 것도 아니고 불공평할 것도 없었다. 그 순간 그녀는 지극히 명확하게도 다음과 같이 생각했기 때문이다. 두 사람에 대한 감정 중 어느 한쪽도 약화시키지 않고 두 사람을 동시에 사랑할 수 있다고. 그녀와 남편의 관계에는 변질된 것이 없었다. 그녀는 남편을 사랑했다. 의혹의 여지가 없는 사실이었다. 남편이 덜 사랑스럽다고도 덜 매력적이라고도 생각하지 않았으며, 남편이 그녀의 삶을 짓누른다고도 생각하지 않았다. 전혀 그렇지 않았다. 진실을 말하자면 그는 그런 건 생각도 못 하는 남자였다. 남편은 감옥이 아니야, 절대 그렇지 않아. 그녀는 모든 것을 원했고 모든 것을 갖고 있었다. 한마디로 승리자였다. 그녀는 그렇게 생각했다. 그녀는 규칙보다, 관례에 집착하는 보통 사람들보다, 독점권보다 더 높은 곳에 존재했다. 그녀는 티끌만치도 후회하지 않았다. 그녀는 질투와 침울함과 지겨움을 물리쳤다. 사랑하고 사랑받는 삶을 활짝 꽃피운 것이다. 규칙적인 리듬으로 빠르게 계단을 올라가는 그녀의 머릿속은 타협적인 생각들로 가득 차 있었다. 여자들 소리가 들려왔다. 마리의 날카로운 웃음소리와 루이즈의 이름다운 목소리가 들렸다. 무슨 이야기를 하고 있는 걸까? 그녀는 몸을 숨긴 채 잠시 이야기를 엿듣고 싶은 유혹에 이끌려 발걸음을 멈추었다. 톰이 웃는 소리가 쩌렁쩌렁 울렸다. 그러니까 남자들도 같이 있다는 뜻이었다. 권투경기는 끝났을 것이다. 벌써 시간이 그렇게 됐단 말인가? 그녀는 손목시계를 보았다. 열

두시 이십분. 아무리 긴 저녁식사라도 끝나고도 남을 시각이었다. 마르크의 쓸쓸한 뒷모습이 보였다. 심장이 거칠게 뛰기 시작했다. 그녀는 기품을 잃지 않으려고 애썼다. 그녀는 이제 막 도착한 몽유병자였다. 함구한 그녀의 비밀이 그녀의 얼굴에서, 몸에서 읽히지는 않을까? 난 사랑에 빠졌어! 그녀의 아름다움은 말하고 있었다. 한 여자의 심장 속에 두 개의 사랑이 있는데, 그게 얼굴에 드러나지는 않을까? 그녀는 그가 한 말을 떠올렸다. 아무도 당신이 나랑 저녁 먹었다는 걸 몰라요! 그래, 아는 사람은 아무도 없어, 그녀는 되뇌었다. 그녀는 거짓말할 준비를 했다. 어디 갔었느냐는 질문을 받으면 일 관계로 사람을 만나 저녁을 먹었다고 말할 생각이었다. 어떤 잡지사에서 그녀의 그림을 사고 싶어한다는 간단한 대답으로도 충분했다. 그녀는 얼굴을 붉히지도, 떨지도 않을 것이고, 사람들이 아무것도 묻지 않으면 그녀도 아무 말 하지 않을 작정이었다. 진실도 거짓도 입에 올리지 않을 테니 배신은 아니었다.

간단한 일이었다. 그렇게 할 가치가 있기 때문이다. 그보다 더 좋은 것은 없었다. 그것이 비밀로 남아 있는 한 삶은 계속 반짝일 테니까. 마르크 아르누와 폴린 아르누의 완성된, 그리고 부러움을 사는 삶은 이 비밀을 필요로 했다. 그녀가 비밀을 가짐으로써 마르크는 구원받을 것이다. 그는 그녀에게 사랑하지 말라고 요구한 적이 없으며, 그녀가 하나 이상의 사랑을 가질 수 있는데도 단 하나의 사랑만 가짐으로써 슬픔에 빠지라고 요구한 적도 없었다. 각자 자신의 심장에 빗장을 걸어 닫고 다른 사람을 보지 말라고 요구할 수 있는가? 완성되고 부러움을 사는 삶은 비밀을 금하지 않았다. 그녀는 금지당한 것이 아무것도 없었다. 그녀의 남편이 그런 현명함과 지성을 지녔다는 생각이 들자, 그리고 그 점에 대해 그들 둘 사이에 어떤 견해차도 없다는 생각이 들자 새삼 남편을 향한 격렬한 사랑이 일었다. 그는 뭐든 이해할 수 있고 용서할 수 있는 사람 같았다. 맹세를 지킬 수 없을지도 모른다고 생각했기에 그들 두 사람은 영원히 성실하겠다는 맹세 같은 것은 하지 않았다. 더 잘 된 거야, 폴린 아르누는 생각했다. 그들 부부는 '평생 상대방에게 정절을 지킬 수 있다' 는 식의 생각을 썩 좋아하지 않았는데, 그건 감정을 쇠퇴시키는 일이자 인생의 빛나는 놀라움을 감소시키는 일이라고 생각했기 때문이다. 대신 그들은 침묵의 기쁨을 맹세했다. 생생히 살고, 그리고 침묵한다는. 완성된 사랑의 협약을 위해서는 거짓말이 필요했다. 거짓말이 무엇인가? 별 것 아니라고 그녀는 생각했다. 그 누가 투명성을 믿을 수 있는가? 그녀는 변질, 육체의 장벽, 얼굴에 끊임없이 존재하는 울타리, 오로지 그런 것만 믿었다. 그녀가 마르크를 안다고 주장할 수 있을까? 그녀는 자신이 그라고 상상하는 이미지, 그리고 그가 스스로 보여주는 이미지를 오랫동안 사랑하는 것, 그것 이상은 희망할 수 없었다. 더도 덜도 아니야, 그녀는 생각했다. 우린 서로에게서 도망칠 뿐이야, 설령 계획적으로 거짓말을 하지는 않아도 우린 늘 서로에게 수수께끼이고 비밀이고 고백할 수 없는 상처이며 광대한 침묵의 땅이야. 우리는 얼마나 수시로 말하기를 포기하던가! 그녀는 온갖 생각을 하면서 계단을 올라갔다. 이윽고 사람들이 그녀를 보았다. "폴린! 우! 우! 못 들었나봐, 우우!" 물론 그녀는 그 소리를 들었지만 대답하는 순간을 늦추고 있을 뿐이었다. 다른 사람들이 내는 소음이 그녀가 지닌 흥분과 비밀을 삼키려 들고 있었다. 실제로 그녀는 사람들의 시선을 한몸에 받고 있었다. "어디 갔었어? 뭐 한 거야? 보고 싶었어! 온통 노란색이랑 흰색으로 치장했네! 너무 예쁘다! 봐, 폴린이 얼마나 우아한지!"(그들은 서로 얼굴을 마주하며 동의를 구했다.) "어라! 얼굴이 빨개졌어! 누구 보라고 그렇게 우아하게 차려입은 거야?" 에브가 말했다. "네 남편이 찾더라." 루이즈가 말했다. "아! 여기 오네." 그녀가 덧붙였다. 마르크가 아내에게 다가갔다.

　그는 그녀에게 입을 맞추고 다정하게 허리를 안았다. "걱정하던 참이었어." 그가 변명처럼 속삭였다. "집에 전화했는데 아무도 안 받더라구." 그가 말했다. 그는 그녀의 매끈하고 긴 팔을 어루만졌다. 마르크보다 다정하고 섬세하고 주의 깊은 사람을 그녀는 본 적이 없었다. 그녀는 아무 대답도 하지 않은 채 그를 향해 웃고 열렬히 입을 맞추었다. 그가 더욱 세게 그녀를 안았다. 그러자 전기 충격 같은 욕망이 솟구쳤다. "향기가 좋은데." 그가 속삭였다. "정말 눈부시도록 아름다워." 그가 약간 물러서서 그녀를 바라보며 말했다. 그녀가 웃었다. "눈부셔." 그가 물결 같은 그녀의 치열을 바라보며 되뇌었다. 그는 그녀에게 입맞추는 것이 좋았다. 그녀의 입술 뒤에 진주처럼 어여쁜 이가 있었기 때문이다. "오늘 아침에도 봤으면서!" 그녀가 말했다. "하지만 오늘 아침엔 이 옷이 아니었잖아." 그가 말했다. 그녀는 그 말을 한 것을 즉시 후회했다. "아까 집에 들렀을 때 당신이 옷을 갈아입은 걸 알았어." 그가 말했다. 그녀는 아무 대답도 하지 않았다. 그녀는 남편에게서 빠져나와 그가 그녀에게 상냥한 것처럼 그에게 상냥하게 대하기 위해 그의 손가락 끝을 잡았다. 목소리들이 레스토랑 안에 울려 퍼졌다. 톰의 웃음소리는 어마어마하게 컸다. 완전히 취한 멜뤼진의 목소리도 그에 뒤지지 않았다. "많이 마셨군요!" 폴린이 말했다. 마르크가 고개를 끄덕였다. 루이즈와 막스는 조용조용 이야기를 나누고 있었다. 그들의 대화는 여전히 불교에 관한 것이었다. 루이즈는 갈수록 명상에 대해 박식해졌다. 막스는 불교 신앙이 프랑스에 급속도로 퍼진 데 대한 납득할 만한 이유를 찾으려고 애쓰고 있었다. 기독교라고 사람들에게 위안을 덜 주는 건 아니니까. "그건 불교가 육체에 대해 고집하기 때문이 아닐까. 근육이 완, 정신집중 같은 거 말야…… 그런 걸 하면 금세 기분이 한결 나아지거든." 루이즈가 말했다. 막스는 그런 생각은 해본 적이 없었다. "반면 기독교는 더 추상적인, 그러니까 좀더 난해하고 따분한 접근이라 그거지……" 막스가 말했다. 에브가 두 사람 사이에 끼어들었다. "이제 달라이 라마 얘긴 지겨워!" 그녀가 말했다. 그녀는 막스의 이야기는 뭐든 끊어버렸다. 사람들의 말마따나 막스가 너무나 월등한 정신세계를 갖고 있어서 그녀는 그걸 받아들일 재주가 없는 것이었다. "막스는 정말 지적이고 친절하고 겸손해!" 사람들이 말할 때마다 에브는 "다들 눈이 멀어서 그래. 실은 그렇게 겸손하지도 않아!"라고 대꾸했다. 막스에 대한 친구들의 애정을 그녀는 질투했다. "아, 그래! 막스는 밖에서의 자기 이미지에 무척 신경을 쓰니까! 가족을 그 정도로 챙기지 않는 게 유감이라니까!" 에브는 이렇게 말하곤 했다. "지금 몇 시인 줄 알아? 집에 가야겠어." "몇 신데?" 막스가 손목시계를 들여다보았다. "이런, 맙소사!" 베이비시터를 집까지 데려다주어야 했다. "루이즈, 또 만나." 그가 루이즈에게 입을 맞추었다. "또 만나!" 에브도 인사했다. 그들은 자리에서 일어났다. 블랑슈는 남몰래, 속을 알 수 없는 얼굴로 포도주를 한 모금 마셨다. 폴린의 눈빛이 그녀의 침울한 눈빛과 마주쳤다. 폴린의 비밀이 그녀를 여성적인 수치심으로 가득 채웠다. 순간적으로 폴린은 진실을 알고 있는 블랑슈의 입장이 되었다. 자기 남편과 달콤한 저녁시간을 보낸 젊은 여자…… 그리고 그 젊은 여자의 흐릿하고 모호한 눈동자는 그녀가 거짓말했음을 증언하고 있었다. 폴린이라면 그런 가증스런 여자의 뺨을 한 대 후려쳤을지도 모른다. 그러나 그 가증스런 여자는 다른 사람이 아니라 폴린 자신이었다! 그녀는 예기치 못했던 야릇한 불쾌감을 느꼈다. 자기 남편보다 연인의 아내와 얼굴을 마주하는 것이 더 어색했다. 그러나 정신은 필요한 경우엔 재빨리 해방되는 재주를 가진 것이었으므로 폴린은 금세 이렇게 생각했다. 그녀는 이제 그의 아내가 아니야.

하지만 그녀는 블랑슈에게 인사를 건넬 수는 없었고, 그래서 열심히 권투경기 이야기를 하는 마르크 곁에 있었다. 폴린은 피할 수 없는 질문을 기다리고 있었다. "당신, 저녁식사는 어땠어?"라는. 바로 그렇기 때문에 그녀는 남편의 이야기를 듣지 않고 있었다. 그녀는 자신이 내놓을 대답에 몰두해 있었다. 그럼에도 우연은 관대했다. 거의 축복이라 할 수 있었다 마르크가 마침내 결정적인 질문, "당신, 저녁식사는……"을 하려는 순간 계단에서 질이 등장했고, 남자들이 일생일대의 경기를 놓친 그를 향해 일제히 소리를 질러댔던 것이다. 남자들의 목소리와 여자들의 웃음소리가 섞여 뒤죽박죽이었고, 폴린은 비밀과 불안을 품은 채 그를 바라보는 쾌락 속으로 얼른 숨어들었다. 목소리와 눈빛을 갖고 있던 그, 그리고 이제는 그녀를 바라보지 않는 척하는 그를 바라보는 은밀한 쾌락 속으로. 그녀는 어린 소녀처럼 흔들렸다. 흔들림을 감추기 위해 안간힘을 쓴 탓에 그녀는 오히려 더 흔들렸다. 마르크 아르누는 아내가 지쳤다고 생각했다. 그 상황에선 당연했다. "당신한텐 너무 늦은 시각이군. 괜찮아?" 그가 그녀의 허리를 감싸안으며 물었다. "피곤하지 않아? 집에 갑시다." 그리고 그는 속삭였다. "오늘 밤 당신 정말 아름다워."

2

질은 마치 달 위를 걷는 기분으로 부드러운 여름밤의 공기 속을 걸었다. 그는 차라리 날고 있었다. 그는 그 순간에 흠뻑 취했고, 세상은 감미롭고 포근해져 있었다. 그가 한 쌍의 흰 손을 잡았을 때, 그리고 그 손이 빠져나갔을 때 세상은 통째로 한 얼굴이 되어버렸다. 참으로 야릇한 여자야! 그는 혼자 중얼거렸다. 그는 송두리째 사로잡혀 있었다. 요정한테 붙들렸어, 그는 생각했다.

그러나 클럽의 철책 앞에 도착하자 마법은 흩어졌다. 폴린과 헤어지자 그는 매혹에서 빠져나왔다. 그녀가 그의 내부에서 흘러 나오게 한 노래는 그녀가 사라지면서 함께 자취를 감추었다. 그 는 정신을 되찾았다. 그러자 감탄하며 바라본 한 여자의 풍경과 는 비교도 할 수 없을 만큼 비속한 현실이 눈앞에 펼쳐져 있었 다…… 그는 그녀의 남편을 만날 것이고, 게다가 블랑슈를 만날 위험도 있었다. 블랑슈를 만날지도 모른다는 생각은 그녀의 남편 을 만난다는 생각보다 훨씬 더 그를 동요시켰다. 그녀의 남편이 라면 별로 어려울 것이 없었다. 조금도 당황하지 않고 그와 이야 기할 수 있을 것이다. 어쨌든 그녀의 남편 앞에서 당황해야 할 짓 은 아직 저지르지 않았으니까. 그러나 그는 블랑슈에게 말했었 다…… 그제야 그 사실이 떠올랐다. 그리고 그녀가 그에게 묻는 다면, 그러니까 폴린이 있는 자리에서 '당신이 그토록 고대하던 그 만남은 어땠어?' 라고 묻기라도 한다면…… 그는 철책을 밀고 들어가 오솔길을 따라 걸었다. 빠르게 걷는 그의 발 아래서 자갈 들이 와글거렸고 장미 향기가 코를 찔렀다. 그는 꽃을 한 송이 따 려다가 그만두었다. 딴다 한들 누구에게 주랴! 준다면 블랑슈일 것이다. 블랑슈에게는 배 송이의 장미도 줄 수 있었다. 그가 열렬 한 마음으로 선물을 줄 사람은 폴린이 아니라 블랑슈일 것이다. 그의 마음속에 자리잡은 과거가 아직 조금도 지워지지 않았기 때 문이다. 계단을 올라가면서, 그러니까 블랑슈와 폴린이 저마다 품고 있는 그 숱한 비밀을 감추면서 제각기 비슷한 생각과 흥분의 소용돌이에 사로잡혀 잡고 걸었던 바로 그 난간을 잡고 올라가면서 그는 표정을 가다듬었다. 그리고 이번에는 그가 다른 사람들이 벌인 소동 속으로 들어섰다.

얼마나 수다를 떨어대고들 있는지! 그들은 아예 말을 이리저리 던져대고 있었다. 화제가 무엇이건 상관없었다. 일단 말만 할 수 있으면 된다. 그런 후 깡그리 잊어버리는 것이다. 어차피 가치도 없는 말들이니까. "젠장, 너 정말 엄청난 시합을 놓친 거야!" "우리랑 있지 않고 대체 어디 가서 뭘 하다 오는 거야? 이런 비겁자 같으니!" 등등. "누가 이겼어?" 질은 친구들의 질문 공세를 중단시키기 위해 물었다. 원했던 대로 친구들이 곧장 경기 이야기를 늘어놓았으므로 그는 자기 비밀 속에서 입을 다물기만 하면 되었다. 그사이 멜뤼진이 폴린에게 말했다. "그러니까 넌 남편이랑 따로 저녁을 먹고 네 친구들은 내팽개쳤다 그거지!" "그러게." 폴린이 말했다. "잘 했어. 난 젊었을 때 너무 그러질 못했어. 그리고 이젠 너무 늦었고. 난 이제 외출 같은 건 못 해!" 멜뤼진이 말했다. 폴린이 웃었다. 멜뤼진은 너무도 순진한 여자였다. 멜뤼진은 비밀리에 남자가 반하게 내버려두는 일 따윈 절대 할 수 없을 것이다! 그녀는 접근할 수 없는, 그리고 순정한 아내였다. '그래서 그녀는 행복했을까?' 폴린은 생각했다.

질은 남자들의 이야기를 듣고 있었다. 그는 두 여자(블랑슈와 폴린)에게서 멀찍이 떨어져 있었다. 블랑슈는 혼자서 조금 물러나 그를 끊임없이 바라보고 있었다. 그녀가 뭘 원하는 걸까? 그는 알 수 없었다. 그녀의 눈빛은 할말이 있어서 그를 기다렸다고 말하고 있었다. 폴린의 눈길은 그를 피했다. 딱 한 번 그의 눈과 그녀의 눈이 마주쳤다. 눈 깜짝할 새에 그녀의 얼굴이 붉어졌다. 그는 걱정하기는커녕 즐거웠다. '저건 사랑과 의지의 선언이야.' 그는 생각했다. 그녀의 의식 속에 아무것도 없다면 얼굴을 붉혔겠는가? 그녀는 둘 사이의 유희를 완벽히 읽어낸 것이 분명했다. 그는 그녀를 바라보기를 그만두었다. 그러자 이번에는 에브가 폴린을 뜯어보기 시작했다. 폴린의 얼굴에서 뭔가를 읽은 것이었다. 아무도, 아무것도 보지 못했다. 그렇지만 폴린의 시선은…… 아무도 아무것도 눈치채지 못했다. 에브의 심장이 들뛰기 시작했다. 폴린에게서 눈을 뗄 수 없었다. 마침내 그녀는 마르크에게 눈길을 던졌다. "그는 마지막까지 케이오를 노렸지." 마르크가 말하고 있었다. 순찰을 돌던 야간 경비원이 다가왔다. "죄송합니다만 신사 숙녀 여러분, 이제 문을 닫을 시간입니다." 경비인이 말했다. 곧 새벽 한시였다.

그들은 전부 출구를 향해 걸었다. 블랑슈는 마르크의 옆에 있었다. "부인을 되찾았군요?" 그녀는 루이즈에게 물어보라고 할 때와 똑같은 친절한 미소를 지으며 말했다. "이제 난 세상에서 가장 행복한 남자죠!" 마르크 아르누가 말했다. 그가 아내의 허리를 감싸며 말했다. "폴린이랑 아는 사이세요?" 두 여자는 아는 체를 하며 인사를 나누었다. "친절하게 대해주셔서 고맙습니다." 마르크가 말했다. 질은 뒤에서 걷고 있었다. 그는 폴린을 바라보았다. 머리칼, 목덜미, 큰 사다리꼴의 등, 가는 허리, 가슴, 엉덩이, 장딴지. 그녀는 그가 보고 있다는 것을 알았다. 질은 빠르게 걸어 아내를 따라잡았다. "이쪽은 마르크 아르누, 알아요?" 블랑슈가 말했다. 그때 불이 꺼졌다. 두 사내는 어둠 속에서 인사를 나누었다. "바에서 마주친 적이 있죠." 질이 말했다. "당신이 바로 권투경기를 놓친 주인공이군요!" 마르크가 말했다. "당신 친구들이 당신을 가로챈 게 대체 뭘까 토론을 했죠!" 마르크가 말했다. "텔레비전 앞에 앉아 있는 것 말고 다른 일을 할 수도 있다는 걸 모르는 녀석들이죠. 하지만 다른 일을 할 수도 있답니다!" 질이 말했다.

길가에 나오자 일행은 헤어졌다. 남자들은 저마다 "잘 가"라든가 "정말 엄청난 경기였어!" 따위의 인사를 나누었다. 그들의 얼굴에는 모처럼 시원한 기분전환이었다고 씌어 있었다. 여자들은 상대방이 자기보다 키가 작기라도 한 듯 하나같이 몸을 앞으로 숙이며 입맞춤을 나누었다. 멜뤼진만이 루이즈를 덥석 안아 풍만한 가슴으로 꾸욱 누르며 잠시 말없이 있었다. 그들은 제각기 짝을 이루어 자동차를 향해 떠났다. 누군가 그 장면을 보았다면 그들이 똑같은 방식으로 걷지 않는다는 것을 눈치챘을 것이다. 장은 마리가 팔짱을 낄 수 있도록 팔을 내주었고, 앙리는 멜뤼진의 어깨를 감쌌다. 루이즈와 기욤은 손을 잡고 있었다. 사라와 톰은 나란히 걸었는데, 그래도 막스와 그의 아내보다는 더 가까이에서 걷고 있었다. 질과 블랑슈는 얘기를 하기 위해 보도에 남았다. 폴린과 마르크는 앞뒤로 서서 주차장 쪽으로 내려갔다. 그녀는 질이 있는 쪽을 돌아보지 않았다. "당신 저녁은?" 마르크가 물었다. 그녀는 아무렇지도 않은 기색으로 대답하기 위해 정신을 집중하고 온몸의 힘을 있는 대로 끌어모았다. "좋았어?" 그녀가 아무 대답이 없자 그가 다시 물었다.

3

"그 두 사람이 애인 사이인 것 같아?" 에브가 남편에게 물었다. 그들은 다시 자동차를 타고 있었다. 아까 파티에 오는 길에 벌어졌던 싸움은 말끔히 잊은 듯했지만 실은 그렇지 않았다. 막스는 쓸쓸했고 에브는 불안했다. 내가 너무 해댄 건 아닐까? 얼마 전부터 그녀는 자기가 너무 심하게 몰아붙이기 때문에 막스가 불만일지도 모른다고 수시로 생각하고 있었다. 그러나 실제로 그렇다고 해도, 그러니까 그들처럼 비밀스런 불화가 진행된다고 해도 그 결과까지는 미처 생각해보지 못했다. "질과 폴린?" 막스가 웃음을 터뜨렸다. "내가 헛소리를 하는 걸까?" 에브가 물었다. "그래, 완전히 헛소리지!" 그가 말했다. 에브는 몹시 들떠 있었는데, 그런 이야기야말로 부러운 동시에 두려운 이야기이기 때문이었다. "내가 봤어. 내 직감이 틀림없어." 에브는 그런 일이라면 누구보다 잘 안다는 투로 말했다. "질은 그런 짓 할 수 있는 사람이 아니야. 절대로 친구의 여자한텐 접근 안 해. 게다가 폴린은 임신중인걸." 막스가 말했다. "그걸 어떻게 알아? 난 전혀 눈치 못 챘는데?" 그녀가 물었다. "마르크한테 들었어." 그가 말했다. "그래서, 임신했으니까 폴린이 질의 애인이 될 수 없다고 믿는 거야, 당신?" 에브가 재차 물었다. "당신은 어떻게 그런 말이 그렇게 대뜸 나와?" 막스가 말했다. "그럼 내가 어떻게 말했으면 좋겠는데?" 그녀가 물었다. 그는 대답 대신 폴린은 마르크를 매우 사랑한다고 말하는 것으로 그쳤다. "그게 뭔가를 하지 못하게 하는 이유가 돼?" 에브가 말했다. "나야말로 당신한테 묻고 싶은 말이야. 내가 여자들 마음을 어떻게 알아?" 그가 웃으면서 말했다. "난 두 사람을 동시에 사랑할 수 있다고 믿어." 에브가 짐짓 심각하게 말했다. 막스가 미소를 지으며 물었다. "그거, 나한테 경고하는 거야?!" 흥! 그녀가 바람 빠지는 소리를 냈다. 그녀는 웃고 싶은 생각이 없었다. "안심해. 난 폴린이 임신한 동안 마르크를 배신할 만큼 머리가 어떻게 됐다고는 생각 안 해. 임신은 여자의 인생에서 성스러운 기간이잖아." 막스가 말했다. 에브는 자신은 기회가 없어서 한 번도 가져보지 못한 '연인'을 폴린이 가졌다고 생각하니 질투가 일었다. 그래도 어쨌든 그 순간에는 여성으로서의 연대의식이 더 강했으므로 그녀는 이렇게 말했다. "많은 남편들이 아내가 임신한 사이에 그런 짓을 하지. 그게 훨씬 비열해. 아내가 십오 킬로그램이나 늘어서 다른 남자를 사로잡을 위험이 없는 동안 으스대고 다닌단 말이야. 폴린이 질을 사로잡았다면 나로선 차라리 기쁜 일인걸!" 그러자 막스가 소리쳤다. "당신 뭘 믿고 그렇게 단정적으로 말하는 건데?" "글쎄 내 두 눈으로 봤다니까. 틀림없어! 눈에 확 들어왔다고!" 에브가 말했다. "폴린 아르누는 그렇잖아도 눈에 확 들어오는 여자야." 막스가 말했다. 순전히 아내의 속을 긁으려고 한 말이었다. "그래, 그녀가 매혹적인 건 사실이야." 그가 말했다. '난 쏘는 족족 맞힌단 말이지!' 그는 자신의 대답을 되씹으며 슬그머니 웃었다 "당신네 남자들은 대체 무슨 소릴 하는지 알다가도 모르겠어! 난 폴린이 어디가 그리 예쁜지 모르겠다구. 눈은 암소 눈에다 발은 또 얼마나 큰지 알아?" 에브가 말했다. 막스가 웃음을 터뜨렸다.

그사이 사라와 톰은 외곽 순환도로를 달리고 있었다. 사라가 속도를 늦추라고 줄곧 읊어댔으므로 톰은 우거지상이 되어 아무 말도 하지 않았다. "오늘 모임 좋았어. 안 그래?" 사라가 먼저 말을 걸었다. "엄청 성공적이었지." 톰이 여전히 인상을 구긴 채 대답했다. '오늘 밤은 글러버린 것 같군. 노력 같은 건 하지 않겠어.' 사라는 생각했다. 그녀는 그의 입맞춤을 얻기 위해 억지 미소를 지을 생각 따위는 없었다. "집 앞에 내려줘." 사라가 말했다. "좋아." 톰이 말했다. 사라는 장과 마리, 아이들로 가득 찬 그들의 집 그리고 그들 사이의 만져지지 않는 감정을 떠올렸다. 그들은 모든 사람이 찾는 것, 다시 말해 삶을 관통하는 생생한 사랑을 찾은 한 쌍이었다. 도대체 어떻게 그럴 수 있었을까?

루이즈도 똑같은 질문을 하고 있었다. 자동차에 올라타면서 그녀는 기욤이 너무 살이 쪘고 술에 취했으며 웃음마저도 느끼하다고 느꼈다…… 자기도 모르는 사이 쌓여가는 그의 부정적 인상이 걱정스러웠다. 상대가 내뿜는 추한 인상은 '사랑 없음'이라는 신호처럼 보였다. 바로 그런 이유 때문에 그녀 역시 마리로 하여금 장을 열렬히 사랑할 수 있게 하는 건 무엇일까 혼자 묻고 있었다. 그녀는 폴린에 대해서도 생각했다. 폴린은 조화로운 사랑 속에서 눈부시게 빛났다. '부부의 조화란 정말이지 미스터리야.' 루이즈는 생각했다.

"폴린은 정말 아름다웠어." 같은 순간 앙리가 말했다. "나쁜 놈!" 멜뤼진이 말했다. "당신 역시 폴린 앞에선 언제라도 굽실거릴 테지! 다른 사람들이랑 똑같아!" 그녀의 목소리는 뒤틀리고 변질되어 알아듣기 힘들었다. 그녀의 인격은 알코올 속에서 모조리 흩어지고 없었다. 그녀는 남편에게 상냥함이라고는 보이지 않았다. 그런데도 앙리는 화내지 않았다. 그는 아내를 중병 환자처럼 다루었다. "사랑하는 당신! 난 당신만 사랑해!" 그가 웃으면서 말했다. 입을 맞추기 위해 그가 아내에게 다가갔지만 그녀는 그의 뺨을 후려쳤다. "이거나 받아!" 그녀가 말했다. "이런!" 그가 웃었다. "내 사랑! 왜 나한테 화를 내는 거야?"

4

"집에 가서 당신에게 전화하려고 했어." 블랑슈가 말했다. 어두운 밤중, 자신이 남편으로 삼았다가 전남편으로 만들어버린 사내와 얼굴을 마주한 그녀는 일을 꾸미고 끝내 망친 건 어디까지나 자신이라는 것을 절감하고 있었다. 어떻게 말을 꺼내야 할지 알수 없었지만 그녀의 결심은 단호했다. 그들은 아직 클럽의 철책 앞에 서 있었다. "하지만 그랬다면 너무 늦었을 거야. 그래서 어쩌면 전화를 못 했을지도 모르겠어." 그녀는 덧붙였다. 거짓말이 아니었다. 물론 그녀는 몇 시가 되었건 전화를 했을 것이다. 말을 하지 않고는 절대 잠을 청할 수 없었을 것이다. 그를 되찾고 싶다는 생각에 온몸이 떨리고 있었기 때문이다. '생각이 바뀌었어. 이혼하고 싶지 않아. 그건 엄청난 실수였어. 아직도 당신을 사랑해. 정말이야. 이제야 깨달았어.' 그 말을 하기 위해 기다릴 수 있었을까? 한시도 미룰 수 없는 일이 있는 법이다. 사랑하는 사람에게 사랑한다고 당장 알려 틀린 것을 바로잡는 것도 그런 일에 속했다. 그녀는 그에게 그렇게 말하고 싶었다. 그러나 그녀는 아무 말도 하지 못한 채 숨만 몰아쉬면서 떨고 있었다. 그가 그녀를 향해 웃었다. 그는 할말이 전혀 없다는 얼굴이었다. 그런 그의 모습을 보자 그녀는 속이 뒤틀렸다. "저녁식사는 좋았어?" 그녀가 중얼거렸다. 그러고는 즉시 멍해져서 대답을 듣지 않았다. 왜 지워버리고 싶은 바로 그것에 대해 말한 걸까? 그녀는 입을 다물어버렸다. 왜 항상 할말을 찾지 않으면 안 된단 말인가?! 그녀는 단호히 입을 다물었다. 그는 고개를 까딱하는 것으로 그쳤다. 그러나 얼굴에는 지극히 부드럽고 비밀스러운 행복의 느낌이 떠올라 있었다. 블랑슈는 만족스러워하는 그를 보는 것이 끔찍하게 고통스러웠다. 그녀가 이 저녁모임에서 어떤 결단을 내렸는지 이제 그에게 고백해야 했다. "오늘 저녁, 많은 생각을 했어." 블랑슈가 말했다. "아!" 그는 짧막한 감탄사만 한마디 내뱉었다. 그는 그녀를 도와주지 않을 것이었다. 그는 아이처럼 순진한 얼굴을 하고 있었다. 그녀는 자존심을 접어두었다. 그런 건 아무래도 좋았다. 전남편인 동시에 다시 미래의 남편이 되려고 하는 남자 곁에서, 어둠을 바라보며 그녀는 그렇게 생각했다. 그녀는 정말로 피곤해 보였다. 피부는 잿빛이었고 눈밑은 부어 있었다. "당신 피곤해 보여." 그가 말했다. 사실 그는 "잘 지내고 있는 것 같군"이라고 말하고 싶었지만 그렇게 하지는 못했다. 비웃는 것처럼 들릴 수 있었기 때문이다. 사랑하는 사람에게는 할 수 없는 어리석은 거짓말들이 있는 법이다. 그녀는 자신의 기력이 쇠진했음을 잘 알고 있을 터였다. "그럴 이유가 없는데." 그가 중얼거렸다. 짐짓 심술궂게 구는 걸까, 아니면 단순히 의식하지 못하는 것일까? 자신을 온통 점령한 화해하고 싶다는 흥분이 없었다면 블랑슈는 화를 냈을 것이다. 어떻게 그런 말을 할 수 있을까? '그래도 싸움을 다시 시작하지는 않을 거야.' 그녀는 마음을 다잡았다. "나도 모르겠어. 통 잠을 잘 수가 없어." 그녀가 말했다. "게다가 일이 너무 많아……" 다시 눈물이 솟구치려 했다. 조금 전 친구들과 같이 있을 때처럼. 그녀는 자신이 불쌍해졌다. "아프진 않아, 당신?" 질이 물었다. 그는 그녀를 너무 잘 알았다…… 그녀가 입을 다문 것이 울지 않기 위해서란 걸 알 수 있었다. 그는 가까이 다가가 아내의 등에 손을 갖다대고 말했다. "괜찮아, 울어. 그냥 울어도 돼." 그녀는 남편의 가슴으로 파고들어 흐느꼈다. "미안해." 그녀가 중얼거렸다. "미안해, 미안해……" 남편의 손이 등줄기를 몇 번이고 어루만지는 것을 느끼자 그녀는 긴장이 풀렸다. "사랑해." 그녀가 되살아난 열정을 토로했다. 그녀도 몰랐던 일이었다. 그를 잃었다는 생각이 들자 비로소 그녀는 그에게 털어놓았다. "오늘 저녁처럼 당신을 사랑한 적이 없어." 그녀가 말했다. 대답은 바로 돌아왔다. "나도 그래. 나도 당신을 사랑해. 한 번도 당신을 사랑하지 않은 적이 없어." 질이 말했다. 그녀의 몸속에 안도감이 퍼졌다. "당신이 미친 짓을 했을 때조차도!" 그가 말했다. 그녀는 미소를 지었다. 그러나 그녀는 남편에게 무슨 일이 일어났는지는 모르고 있었다. 그가 이긴 것이다. 그의 아내가 돌아왔다. 그는 더 이상 아내에게 버림받은 남자, 아내를 곁에 두지 못한 남자가 아닌 것이다. 이제 가족도 없으면서 돈만 지불해야 하는 사내가 아니었다. 그는 사랑 속에서 믿음을 잃지 않은 사람이 되었다. 그는 그녀보다 영리한 사람이었다. 밀려오는 행복을 모조리 챙긴 사람이었다.

그들은 팔짱을 끼고 걸었다. 그녀는 안심하고 온갖 이야기를 뒤죽박죽 늘어놓았다. "나, 오늘 오후에 환자 엄마를 진료실에서 내쫓았어! 사라한테 이가 생겼던 거 알아? 그래서 집 안의 베갯잇을 죄다 빨아야 했어! 멜뤼진은 여전히 무척 많이 마셔. 왜 앙리가 멜뤼진을 그대로 내버려두는지 이해가 안 돼. 당신 페넬로프가 결혼하는 거 알아?" 그는 놀랐다. 그녀는 계속 이야기했다. 그들은 웃었다. "나 교회에서 결혼식을 하고 싶어." 그녀가 웃는 틈을 이용해 말했다. 질은 고개를 내저었다. 거절이었다. "날 위해서, 제발!" 그녀가 고집을 부렸다. 그들은 웃었다. "내가 아이디어를 내볼 테니 좀 기다려." 그는 이렇게 말하면서 빠져나갔다. 그녀가 그에게 입을 맞추었다. "난 걸어왔어." 그가 말했다. 그녀는 아무 말도 하지 않았다. 그들은 다시 걷기 시작했다. "옛날처럼!" 그가 말했다. 그는 다음날 딸을 보게 된다는 생각에 행복했다. "당신, 우리 딸 사라가 머리를 짧게 자른 모습이 얼마나 예쁜지 보면 아마 놀랄걸." 블랑슈가 말했다. 그것은 기묘한 문장이었다. 전략적인, 전술적인 문장이었다. 기다림의 상자 속에서 계산된. 블랑슈는 이 게임에서 아이라는 패를 쥐고 있었다. 어째서 그 으뜸패를 모른 체하겠는가?

그들은 블랑슈의 집까지 걸었다. 그가 그렇게 기대했던 그날의 저녁 약속, 그리고 그녀가 모르는 그 여자에 대해 더 많이 생각한 것은 두 사람 중 블랑슈였다. 폴린. 폴린…… "무슨 생각해?" 마침내 그가 물었다. "행복하다는 생각." 블랑슈는 거짓말을 했다. "나도 그래. 행복해." 질이 말했다.

5

폴린 아르누도 거짓말을 했다. 그것도 제법 능숙하게, 얼굴도 붉히지 않고. 위험 앞에선 감정도 소멸하는 법이다. "잘 됐네. 나도 기뻐." 마르크가 말했다. 그로써 대화가 시작되었다. "아주 훌륭한 전문 잡지잖아." 그가 논평했다. 그녀는 그림을 한 점 팔았고, 이건 예사로운 일이 아니었다. 이 대화 속으로 들어가야 했다. "그쪽에서 제시한 가격이 얼만데? 더 높은 가격이 아니고?" 그녀가 좀더 요구했어도 됐을 테지만 어쨌든 그건 중요하지 않았다. 사실 그녀는 존재하지도 않는 일에 대해 말하는 것이 좀 거북했다. "나 피곤해." 그녀가 말했다. "금방 잘 수 있어." 그가 말했다. 마르크는 아내에게 다정했다. "거의 다 왔어. 주차장엔 나 혼자 가도 돼." 그가 말했다. 그녀는 언제나처럼 같이 가겠다고 말하고 싶었지만 혼자 있고 싶은 마음이 남편에 대한 배려보다 더 컸다. 침묵이 흘렀다. 잠시 후 그가 침묵을 깼다. "저녁은 어디서 먹었어?" 그녀는 이 부분은 사실대로 말했다. "맛있었어?" 그가 물었다. 그녀는 짤막하게 대답했다. "그 사람, 나이는 몇 살쯤되었는데?" 그가 물었다. 그녀는 사실과 다르게 말할지, 약간 손을 대서 꾸며낼지, 아니면 완전히 새로 만들지 생각했다. 그 가운데 어느 것을 택해 말하느냐 따위는 사실 그 순간엔 어려운 일이 아니었다. 다만 시간이 흐르면 복잡해질 수 있었다. 기억이 희미해져서도 안 되고, 존재하지 않지만 입 밖으로 낸 것을 잊어서도 안 되었다. 그러므로 그녀는 되도록 말을 최소한으로 줄였다. 어쨌든 나이를 추정하는 정도라면 별로 위험할 것은 없었지만. "그걸 어떻게 알겠어?" 그녀가 말했다. "서른다섯에서 마흔다섯 사이?" "내 또래?" 그가 물었다. 그녀는 그 대목에서 비밀스러운 진실로 돌아가 이렇게 말했다. "당신보단 많아." 그녀는 영화의 한 장면을 사는 듯한 묘한 기분이 들었다. 자신의 진짜 삶은 옆에 따로 두고 영화를 찍는 듯한, 거짓된 순간.

"다 왔어." 마르크가 그들이 사는 건물 앞에 자동차를 세웠다. "먼저 들어갈게." 폴린이 말했다 "그래" 그가 말했다. 그는 정문을 향해 뛰어가 건물 안으로 들어가는 그녀를 바라보았다. 그의 눈과 손은 그녀의 육체 이상의 어떤 것, 그녀 안의 무언가를 사랑했다. 그녀가 건물 안으로 사라지자 그는 자동차에 다시 시동을 걸었다. 이날 저녁의 시작은 물론 그뒤에 벌어진 일에 대해서도 그는 전혀 아는 바가 없었다. 그녀는 미친 여자처럼 정신없이 잠옷을 걸치고, 이를 닦고, 침대의 시트를 걷어내고, 그 안으로 기어들어가 눈을 감았다. 그리고 문고리가 돌아가는 소리가 들리자 그들의 방으로 들어오는 남자의 사랑스러운 눈길 밑에서 주먹을 그러쥐고 자는 시늉을 했다. 마르크 아르누는 아내를 깨우지 않으려고 무척 조심하면서 소리없이 아내 곁으로 미끄러져 들어갔다. 그리고 물론 그녀보다 먼저 잠이 들었다. 그녀가 어떻게 잠들 수 있었겠는가? 온갖 장면들이 빙글빙글 돌고 있었다.

VI

전화

목소리는 당신에게 깃들어 살 수 있고, 당신 뱃속 깊은 곳에 가슴 한복판에 귓가에 집을 지을 수 있고, 당신 안에 있는 사랑의 욕망을 괴롭히고 선동하고 바닷가의 바람처럼 그 욕망을 들쑤셔 일으킬 수 있다. 내가 사랑하는 것은 목소리일까?

1

 다음날 아침, 질 앙드레는 블랑슈와 같이 학교에 갔다. 그들은
함께 딸을 데려다주었다. 사라는 팽팽하게 빛나는 얼굴로 엄마와
아빠를 번갈아 올려다보았다. 그들은 각자 한 손을 딸아이에게
내주고 있었다. 둘은 출입구 옆을 지나면서 활짝 웃었다. 그들은
다시 태어나는 눈부신 사랑 속에 선 승리자였다. 그들이 웃는 순
간, 폴린이 그들을 보았다. 그건 청천벽력이나 다름없었다! 나란
히 나타난 두 사람을 보자, 폴린은 어쩌면 그가 모든 것을 말했는
지도 모른다고 생각했다. 얼마든지 상상할 수 있는 일이었다. 블
랑슈가 전날의 저녁식사와 그녀가 느꼈던 친밀감에 대해 알고 있
으리라 생각하니 참을 수가 없었다. 여자의 배신을 보는 여자의

눈! 그러므로 폴린이 블랑슈 앙드레 앞에서 편할 수 없는 것은 당연한 일이었다. 폴린의 얼굴은 그녀가 걸친 외투처럼 새빨개졌다. 순식간의 공포가 그녀의 몸짓을 빠르게 만들었다. 테오도르가 놀라서 쳐다보자 그녀는 혼란스런 얼굴로 아이의 뺨을 어루만졌다. 질은 교실을 향해 걸어갔다. 그러나 그가 인사도 하지 않고 그녀 곁을 지나친 것은 아니었다. 그는 이 젊은 여자의 숨을 아예 멎게 하려고 작정한 사람 같았다. 그런 자기 통제가 가능하다니, 그녀는 그가 거장처럼 보였다. "안녕하세요." 그는 감미로움이라고는 찾아볼 수 없는 지극히 무미건조한 목소리로 말했다. 그는 즉석에서 아침마다 학교에서 마주치는 아빠 엄마들이 인사를 나눌 때의 어조를 취했다. 블랑슈는 한 술 더 떠 한결 열정적으로 인사했다. 전날 저녁 인사를 나눈 사이였으므로. "당신 남편이 어젯밤 걱정스럽게 당신을 찾던데요! 당신이 안 보이자 몹시 낙담하더군요." 블랑슈가 미소를 지으며 말했다. "내가 어디로 사라진 것도 아니었고, 남편하고는 바로 만났어요." 폴린이 말했다. "그렇게 걱정하는 걸 보니 나까지 안타깝더군요. 무척 인상적이고 감동적이었어요." 블랑슈가 말했다, 두 여자가 함께 이야기를 나누다니! 질 앙드레는 공포에 사로잡혔다. 한 여자와의 전류 같은 만남의 비밀들 가운데 무엇무엇을 다른 한 여자에게 말했는지 기억나진 않았지만, 말을 많이 한 것만은 분명했다. '내가 어리석은 짓을 한 거야.' 그는 생각했다. 어쩌자고 자신의 철칙을 깨뜨린 걸까? 더욱이 이렇게 중요한 때에! 그는 곰곰이 따져보다가 한 가지 세부사항에 생각이 미쳤다. 학교에서의 그 번개 같은 만남에 대해 이야기했던가? 그렇다, 분명 이야기한 것 같다! 폴린이라는 이름을 남편에게 들은 아내가 어떻게 접근하지 않을 수 있었겠는가? 그는 생각했다. '그러고 싶겠지.' 그리고 다시 두 여자를 관찰했다. 블랑슈는 정말로 편안해 보였다. 승리감을 느끼기 때문일까? 반면 젊은 폴린은 완전히 당황해서 어쩔 줄 몰라하고 있었다. 그는 이 여자가 레스토랑에서 자기 앞에 앉아 어떻게 웃었는지 떠올렸다. 지금 그녀는 이를 악물고 있었다…… 그녀의 혼란스런 얼굴을 보자 괴로웠다. 모든 것이 나쁜 전조였다. 그녀는 사태를 너무 깊이 마음에 담아두고 있었다. 그건 그도 예기치 못한 바였다. '일은 이렇게 돌아가고, 난 운 나쁜 멍청이이고, 그래서 또 한 번 모든 사람을 불행하게 만들겠군.' 그는 중얼거렸다. 그러나 미처 손쓸 새도 없이, 그것도 아이들이 들끓는 교실 옆에서 일어난 일이었다. 엄마들이 아이들을 교실로 밀어넣고 있었고, 그는 재빨리 블랑슈를 향해 검지손가락으로 손목시계를 톡톡 쳐서 시간이 없다는 신호를 보내고 사라졌다. 그를 외면하는, 붉게 물든 폴린의 얼굴이 참기 힘든 고통을 주었다.

오후에 그는 그녀에게 전화했다. 그녀는 말이 없었다. 침통한 정열 속에서 아예 목이 메어버린 그녀는 사랑의 첫 임무는 아마도 침묵하고 받아들이고 따라가는 것, 심지어 그것이 더는 불가능해 보일 때조차 그렇게 하는 것임을 깨닫고 있는 듯했다. 날 원망하진 않소? 감미로운 목소리가 물었다. 폴린은 자기도 모르게 동요했다. 그 목소리는 그녀의 폐허이자 끓어오름이었다. 그녀는 그 감미로운 목소리를 계속 듣고 싶었다. 그래서 대답했다. 아뇨, 왜요? 그녀는 애써 담담한 어조로 덧붙였다. 난 당신이 유부남으로 돌아가지 못하도록 막지는 않을 거예요! 그러나 그녀는 그렇게 되지 않기를 간절히 원했고, 그 또한 그런 그녀의 말에도 불구하고 그것을 훤히 짐작할 수 있었다. 그는 웃으려고 애썼다. 이런! 어쨌든 당신은 질투하지 않는군요! 그가 말했다. 그녀가 질투한다는 것을 믿을 수 없었다. 그는 은근하고 상냥하게 그녀를 놀렸는데, 그건 어디까지나 세심한 배려였다. 그녀는 입을 다물었다. 여보세요, 내 말 듣고 있어요? 그가 물었다. 네, 그녀가 대답했다. 아무 소리도 안 나서 전화가 끊긴 줄 알았소, 그가 말했다. 그녀는 자신의 상태를 제대로 파악하고 있었다. 그녀는 탐욕에 빠졌고 매료되어 있었다. 그녀는 말을 잃었다. 그는 그녀가 길을 잃었음을 눈치채고 고삐를 쥐었다. 남편을 사랑해요? 그가 물었다. 어떤 대답이 돌아올지는 알고 있었다. 그건 대화를 시작하기 위한 거짓 질문일 뿐이었다. 왜 그런 걸 묻죠? 그녀가 말했다. 내가 이혼하라고 사정해도 당신은 이혼하지 않을 테니까요, 그가 말했다.

이혼할 거요? 그가 되물은 것은 아뇨, 라는 그녀의 대답을 듣기 위해서였다. 아뇨, 생생히 체험했던 욕망을 되살리며, 그리고 그 욕망이 꿈처럼 흩어져버렸다는 두려움을 맛보며 기어들어가는 목소리로 그녀가 대답했다. '남자들은 다 이런 식이야. 여자를 사로잡고, 그러고 나선 다른 일에 몰두하지.' 그녀는 생각했다. 그러자 그가 말했다. 그렇다면 잘 된 일이고 난 안심이오, 그건 당신이 내 짐작대로란 걸 증명하거든요, 이제 무슨 일이 일어났는지 설명하리다.

그는 전날 블랑슈와 무슨 일이 있었는지 이야기하기 시작했다. 어떻게 된 건지도 모르겠고 이유도 모르겠지만, 아내가 이혼 소송을 없던 일로 하기를 원해요, 아내는 내가 그녀와 우리 딸 곁으로 돌아오길 바라죠, 어젯밤 클럽을 나오면서 아내가 그렇게 말하더군요. 그가 말을 멈췄지만 그녀에게선 아무 반응도 없었다. 아무 말도 하기 싫소? 그가 물었다. 그러고는 잠자코 기다렸다. 내가 무슨 말을 할 수 있겠어요? 폴린 아르누가 중얼거렸다. 나도 모르겠소, 그가 말했다. 그냥 당신이 하고 싶은 말을 하면 돼요, 뭐든지 말해도 돼요, 나한텐 마음을 터놓아요, 난 무슨 말을 들어도 놀라지 않아요, 그는 생생한 애정을 담아 중얼거렸다. 그녀가 계속 침묵을 지키자 그는 말을 이었다. 삶이란 건 묘해요, 안 그렇소? 그는 감미로운 목소리로 속삭였다. 몇 달 전부터 줄곧 이런 기회를 기다려왔소, 간절히 기다리다 지쳐 절망밖엔 없었죠, 그리고 마침내 우리가 같이 시간을 보낸 날 밤…… 내가 당신을 진정으로 알게 된 기분이 들었던 그 저녁식사 후에 그런 일이 일어나다니. 그는 자신의 말투가 폴린의 냉소를 자아냈다는 것을 전혀 몰랐는데, 그건 그가 쉴새없이 말하고 있었기 때문이었다. 내가 아내의 청을 거절해야 한다고 생각해요? 나야말로 그렇게 되기를 바라고 있었으면서, 그런데도 아내가 그걸 모른다는 걸 핑계 삼아? 그는 입을 다물었다가 다시 말을 이었다. 아무 소용 없는 일이니까 당신한테 말하진 않았지만, 실은 정말 이혼으로 끝나버릴 거라고 생각한 적 없소, 아내는 강하고 명석한 여자이고 나를 사랑했어요, 난 그녀가 가정을 깨고 싶어하는 걸 이해할 수 없었소, 그렇지만 사람들은 정신이 나간 건 나라고 생각했죠, 내가 이혼당해도 할말 없다는 식이었소, 다들 내가 단념해야 일이 정리된다고 했어요, 요즘은 그런 일이 노래 후렴구만큼이나 흔한 시대죠! 그는 씁쓸한 웃음을 터뜨리더니 잠시 침묵했다. 폴린 아르누는 그의 부자연스런 표현을 곱씹었다. '내가 당신을 진정으로 알게 된 기분이 들었던 그 저녁식사!' 그녀는 그 말을 듣고 하마터면 웃음을 터뜨릴 뻔했다. 어째서 솔직하게 사실을 이야기하지 않는 걸까? '그가 그녀를 사로잡은 그 저녁식사'라고! 그렇게 말하기엔 너무 늦은 것이 사실이었다…… '다른 여자를 사로잡은 바로 그날 자기 아내를 되찾다니 운도 없지.' 그녀는 생각했다.

　그들은 수화기를 귀에 갖다댄 채 각자 침묵을 지켰다. 폴린은 그에게 들은 그 모든 이야기로 인해 목이 메었다. 그녀는 그 이야기의 진실성을 고스란히 느끼고 흔들리고 있었다. 감미로운 목소리는 그녀에게 피할 수 없는 영향력을 행사하고 있었다. 게다가 사랑의 감정은 이 남자의 고백과 상관없이 계속 비약하고 있었다. 그가 말했다. 사람들이 이런저런 충고를 할 거요…… 하지만 그런 말은 듣지 말아요, 그들이 맞을 수도 있어요, 그러나 혼자만 알 수 있는 일도 많죠, 우리가 지니고 있으며 또 이따금 꽃 피운 사랑 같은 것 말이오, 결국 난 모르겠소, 그렇지만…… 난 행복해요, 자, 다 말했소, 아무것도 감춘 게 없어요, 당신이 놀랐을 거란 건 충분히 짐작해요, 나도 놀랐으니까, 하지만 무슨 일이 있어도 그 놀라움을 망치고 싶지는 않았다는 것, 최소한 그 점에 대해선 날 원망하지 않겠죠? 그가 물었다. 아뇨, 그녀가 대답했다.

　마침내 그녀가 말을 했다! 그는 정당화할 수 없는 후회가 그녀에게서 말을 훔쳐갔음을 알아챘다. 그래서 그녀가 안심할 수 있도록 말하기로 했다. 이 젊은 여자의 혼란 앞에서 그가 느끼는 애정이 그의 감미로운 목소리를 한층 더 감미롭게 만들었다. 이 사실이 우리 사이의 뭔가를 바꿀 거라고 믿소? 그는 놀랍도록 정확하게 핵심을 짚었다. 그는 그것이 블랑슈가 돌아옴으로써 일어난 문제임을 꿰뚫고 있었다. 폴린 아르누는 감히 그 말을 입에 올릴 수 없었지만, 그는 솔직하고도 단순하게 그 사실을 끄집어냈다. 추할 것도, 고백할 수 없을 것도, 몰상식할 것도 하나 없는 것처럼. 그녀는 즉각 그의 마음을 읽었다. 모르겠어요, 그녀가 안심하면서 말했다. 내 생각엔 당신이 상상하고 있는 게 바로 그것인 것 같은데요, 그가 말했다. 그는 그녀를 고통에서 끌어내기 위해 쾌활하게 덧붙였다. 당신 정말 제정신이오?! 그는 그녀를 웃기거나 최소한 미소라도 짓게 만들고 싶었지만 그녀는 그 어느 것도 해주지 않았다. 그래서 그는 다시 심각해졌다. 남편한테 내 얘기 했어요? 그가 물었다. 아뇨, 그녀가 대답했다. 봐요, 괴로워할 것 없어요, 그가 감미로운 목소리로 말했다. 당신이 원했던 건 남편이 아니잖소? 그가 짐짓 훈계조로 덧붙였다. 맞아요, 그건 아니에요, 그녀가 말했다. 당신 남편과 당신은 천생연분이오? 그가 속삭였다. 그러고는 다시 웃었다. 웃지 말아요 그녀가 말했다 그러나 그녀는 미소짓고 있었다. 그들 사이에 연애감정이 다시 돌아와 있었다.

아아, 그러나 끝이 찾아왔다. 그는 하고 싶은 말을 다 했고, 그녀는 그에게 할 말을 한 마디도 찾지 못했다. 그럼 또 다음에! 그가 말했다. 그래요! 그녀가 중얼거렸다. 또 전화할 게요, 약속하죠, 감미로운 목소리가 속삭였다. 고마워요, 그녀는 여전히 아니, 더더욱 알 수 없는 목소리로 말했다. 다음에! 그가 속삭이고 수화기를 내려놓았다. 다시 일상의 침묵이 내려앉았고 그녀는 흐느낌을 토해냈다.

2

그녀는 자유로이 꿈꿀 수 있는 순간만 되면 곧바로 그를 생각했다. 그녀가 사는 침묵의 삶은 모조리 그에게 바쳐졌다. 그것은 그녀가 한 번도 건넌 적이 없는 가장 눈부신 사랑의 꿈이었다. 그녀의 들끓음, 그들의 만남, 저녁식사, 산책 그리고 그날 저녁 말한 모든 것을 마음껏 회상하기 위해 그녀는 틈만 나면 홀로 있고 싶었다. 그녀는 그 추억의 광주리 속에 똬리를 틀었고, 상상 속의 연인과 관계가 없는 것은 적당히 무시했다. 이따금 그녀는 그 꿈이 얼마나 어이없는 광기인지 실감했다. 다른 사람들도 이런 공상 속에서 살고 있을까? 그녀는 단 한 순간도 그를 생각하지 않을 수 없었을까? 그녀는 옛날처럼 살아보려고 애썼다. 그러나 당장 예기치 않았던 것들이 튀어나와 질 앙드레를 그녀의 생각 속으로 데려왔다. 그녀는 자동차를 타고 그들이 저녁을 먹었던 거리를 지나갔다…… 그리고 막 출간된 천사에 관한 책을 읽었다…… 노란 원피스도 다시 입었다. 학교에서는 블랑슈를 만났다. 그녀의 내밀한 세계는 말들에 포획된 얼굴로 가득 찼다. 그 말 가운데 하나가 불쑥 솟아오르면 그 다음엔 기다렸다는 듯이 그 얼굴이 되돌아오고, 모든 기억 ― 장소, 이름 그리고 존재들의 뒤얽힘 속에서 공들여 만들어진 기억들 ― 이 통째로 돌아왔다. 잊어버리자고 마음먹어도 잊을 수 없는, 그녀 삶 속에 제멋대로 연인을 만들어버리는 말들의 목록이 있었다.

　내면에서 끊임없이 일어나는 의문들은 그녀의 비밀을 집요하게 들볶았다. 그녀가 다른 여자들과 하나 다를 것 없는 여자였나? 남편이 아닌 한 남자를 비밀리에 꿈꾸는 것은 타락인가? 물론 그녀는 답을 내지 않았다. 그 물음들은 결국 그를 생각하는 다른 방식이었다. 속삭이는 그의 목소리가 그녀의 귀에 들리는 듯했다. 그녀는 그들이 속삭였던 대화, 그 감미롭던 대화를 속속들이 기억했다. 그의 한 마디 한 마디가 그녀의 몸속 어딘가에 걸려 있었다. 그 말들은 그녀가 기억해낼 때마다 눈부시게 반짝였고, 보드랍게 짜인 관능적인 목소리로 졸졸졸 소리를 냈다. 간단히 말해,

그 남자가 그녀 안에 들어와 살고 있었다. 그녀는 그와 함께 체험한 것, 이미 지나간 것 그리고 일어났으면 좋겠다고 바란 것은 물론, 상상 속에서 혼자 꾸며낸 답변까지 그가 하게 만들면서 꿈꾸고 또 꿈꾸었다. 그는 그녀의 삶을 집어삼키고 있었다. 그의 존재는 줄기차게 그녀의 머리에서 떠나지 않아 결국 실제적인 것이 되었고, 마침내 그녀의 허벅지 위쪽, 그녀 안에 고여 있는 물을 떨게 만드는 동그랗고 간지러운 그곳에서부터 자꾸만 내려왔다.

질 앙드레는 아내와 함께 살기 위해 돌아갔다. 그 역시 사로잡혔던 것일까? 폴린 아르누는 그렇기를 꿈꾸었다. 그러나 믿을 수 없는 일이었다. 그럴 수는 없었다…… 남자들은 사랑 때문에 무언가를 보류하지는 않는다. 그들은 자신이 하는 일 옆에서, 그들을 점령하고 그들을 중요하고 불가결한 사람으로 만드는 것의 여백에서 사랑을 한다. 남자들이 집요하고 끈질긴 것은 사랑을 시작하려고 할 때뿐이다. 그러면 여자들의 마음은 눈물과 희망, 그리고 남자들이 자신의 변절을 정당화하기 위해 쏟아낸 말들로 푹 젖은 채 먼 여행을 시작하는 것이다. 질 앙드레도 그런 남자라는 것이 드러났다. 그는 학교에서 완전히 모습을 감추었고 그녀를 다시 만나려고 시도하지 않았다. 그럼에도 불구하고 그는 매일 전화를 했고, 꽤 오랫동안 이야기를 했다. 그녀가 매번 전화를 기다렸다는 말을 굳이 할 필요가 있을까? 그녀는 아무것도 알지 못한 채 목소리에 매달렸고, 그리고 그는…… 일이 그렇게 흘러가도록, 시간이 질주하도록 내버려두었다.

그의 욕망은 불확실한 것이 되었다. 물리적인 거리가 확보된데다 이성까지 되찾음으로써 남자는 마법에서 빠져나온 것이다. 그는 매혹의 장에서 몸을 뺐다. 심지어 그 여자가 환각이었다고 상상할 수도 있었다. 그녀는 장대, 아니 커튼봉이지, 가슴도 없고 엉덩이도 없는! 한마디로 그렇게 굉장한 여자는 아니었어! 그러나 그를 이 젊은 여자에게 이어놓는 뭔가가 있었는데, 그것이 꼭 욕망만은 아니었다. 그리고 블랑슈가 돌아왔다…… 그는 언제라도 달려갈 수 있었을지도 모르지만 이제 그렇지 않다는 걸 느꼈다. 다른 관계를 생각하기 시작한 것이다. 그건 다름아니라 모호하고도 완전한 우정이었다. 그는 그런 관계를 탄생시키려고 애썼다. 쉬운 일은 아니었다. 열정은 열정이 아닌 모든 것을 지독히 싫어하기 때문이다. 약간의 인내심을 발휘하면 그녀도 결국 따라올 거라고 질 앙드레는 생각했다. 그래서 그는 전화를 했다. 그리고 여전히 감미로운 목소리로 속삭였다. 폴린은 속삭임과 웃음의 그물에 걸려들었다. 몸 위에 직접 대고 꿰맨 옷처럼 그가 한 올 한 올 짠 그물이었다.

그녀가 "난 꿈속에 있어요, 당신도 그래요? 날 생각하기도 하나요?"라고 감히 물을 수 있었다면? 그는 이렇게 대답했을 것이다. 그래요, 매우 자주 당신을 생각해요. 그러므로 그들은 서로를 생각한 것이다. 그는 매우 자주, 그녀는 끊임없이. 그것만 다를 뿐이었다. 그는 담담하고 진실되게 다음과 같이 대답했을 것이다. 꿈이 있었소, 하지만 생활이 꿈을 집어삼켰고 이젠 그 꿈의 흔적만 남아 있죠. 그는 순조로이 그녀에게서 떨어져나와 생활하는 데 도달했지만 그래도 그에게는 그녀의 존재가 필요했다. 그는 그녀가 거기 있다는 것, 사랑에 빠져서 감미롭게 그곳에 존재한다는 것을 확인할 필요가 있었다.

　　그의 내면생활의 일부는 참으로 이 여자에게 할애되고 있었다. 그는 그녀에게 말할 시간을 냈다. 그리고 전화로 오랫동안 그녀가 하는 말을 들었다. 그는 그녀의 떨림을 느꼈고 그녀가 웃게 만들었다. 그는 그녀와 한패라는 야릇한 동류의식을 느꼈다. 그녀를 향한 자신의 욕망도 인정했다. 그리고 그 욕망이 지속될지 자문했다. 이제 그녀를 애인으로 삼고 싶은 욕구는 없었다. 그러나 그 모든 불꽃을 꺼서 잠재우는 것으로 일을 해결할 수는 없었다.

그럴 용기는 없었다. 그렇게 해야 하는 이유가 정말 있기는 한가? 그가 그녀의 마음을 아프게 한 걸까? 그는 그녀가 고통스러워한다고는 생각하지 않았다. 그러기를 원치 않았다. 그녀가 고통스럽지 않도록, 그녀가 그들이 끊을 수 없는 관계로 이어져 있음을 의심하지 않도록 그는 그녀에게 전화를 했다. 그러나 그녀는 더 많은 것을 원했다. 우물쭈물하며 망설였던 그녀는 이제 그 남자를 송두리째 원하고 있었다. 반면 최초의 욕망에서 뒤로 물러난 남자에게는 얼마든지 시간이 있었다. 그는 느긋했다.

3

그러므로 그들은 매일 이야기를 나누었다. 친밀감은 헤어진 뒤에도 살아남아 있었다. 두 사람에게 저마다 다른 형태로. 그는 그녀가 존재하는 것에 행복해했고, 그녀는 격분했다. 그녀 안의 애정은 말들과 기다림과 생각과 눈물과 욕망으로 변했다. 그리고 그 모든 것은 전화선 끝에서 이루어졌다! 언제 만날 수 있죠? 그녀는 애원했다. 그는 늘 똑같은 대답을 했다. 곧. 그러나 그들은 한 번도 만나지 않았다. 그 은밀한 최초의 저녁식사 이후 한 번도 만나지 않다니, 다시없이 이상한 일이었다. 다시 함께 저녁식사를 하는 날이 오기를 간절히 원해요, 그녀가 말했다. 곧, 이라고 그가 대답했다. 그리고 하루하루가 흘러갔고, 그녀는 열에 들떠 기다렸다. 그는 꿈쩍도 하지 않았다. 그는 그녀를 내버려두었고 서두를 생각이 없었다. 일이 많아요, 시간이 없소, 그가 말했다. 당신은 늘 똑같은 말만 하는군요! 젊은 여자가 말했다. 진실을 말하는 거요, 그가 대답했다. 둘 가운데 더 현명한 사람은 질이었다. 그는 그녀가 곧 낳을 아기를 생각했고, 그녀 곁에서 자는 남편을 생각했고, 되찾은 자기 딸을 생각했다. 한마디로 그는 너무 많은 것을 생각하느라 열정으로 직행할 수 없었다. 그녀는 이제 아무것도 이해하지 못했다. 도대체 뭐가 뭔지 하나도 모르겠어요, 그녀가 말했다. 도대체 뭐가 뭔지 하나도 모를 거란 걸 나도 잘 알아요, 그가 말했다.

그는 행복했다. 그의 삶에서 씁쓸함은 사라졌다. 그는 하루도 빼놓지 않고 꼬박꼬박 딸에게 입맞춤을 했고, 아내가 자기를 몹시 사랑하는 것처럼 보일 때도 있었다. 일에서도 그늘 한 점 없는 성공을 거두고 있었다. 그는 창의력이 넘친다고, 예의가 바르다고, 지적이라고 인정받았다. 유용한 우정을 맺을 줄 아는 통찰력이 있었으므로, 그는 자신이 좋아하는 일을 하면서 많은 돈을 벌었다. 오후가 끝날 무렵 그는 폴린 아르누에게 전화를 해서 그가 매혹한 이 여자의 우수에 젖은 웃음과 욕망을 들었다. 왜 날 만나

지 않으려고 하죠? 그녀가 물었다. 내가 겁나나요? 그녀는 무섭
게 소용돌이치는 자신의 욕망을 내보인 탓에 그가 자신을 두려워
한다고 믿었다. 내가 왜 겁을 낼 거라고 생각하오? 그가 되물었다.
그러자 그녀는 더이상 아무것도 이해할 수 없었다. 이해해야 할
무언가가 있기는 한가? 연인은 충분한 시간을 가지고 연애놀이를
계속하면서 자신의 욕망을 신중히 청진하고 있었다…… 그렇다
면 대체 왜 그렇게 변한 거죠? 그녀는 마침내 물었다. 난 변하지
않았소, 그가 말했다. 아뇨, 변했다는 걸 잘 알 텐데요, 그녀가 말
했다. 그러나 그는 절대로 인정하지 않았다. 백 번도 넘게 다짐했
듯이 우린 만나게 될 거요, 라고 고요한 확신을 가지고 말할 따름
이었다. 당신은 늘 그렇게 말해요, 하지만 난 당신을 만날 수 없
죠, 그녀가 말했다. 그녀는 그와 약속을 정해야 한다는 단 한 가지
강박관념에 빠져 있었다. 그 강박관념이 그녀의 주위를 나비처럼
날아다녔다. 그녀는 저녁식사 때 자신을 향해 웃던 그의 미소를
다시 보았다. 꼭 옛날에 본 영화 같았다.

　이 모든 일이 벌어지는 동안 남편이 있었다! 그가 아무것도 눈
치채지 못했을까? 아내의 눈…… 아내의 눈은 이따금 아무것도
보고 있지 않았다. 그가 아무리 쳐다봐도 그녀가 알아차리지 못
할 때도 있었다. 그녀의 파란 눈은 그에게 바다이고, 하늘이고, 바

람과 꿈에 씻긴 쪽빛 보석이 되었다. '알고 보니 아내는 엄청난 몽상가였군!' 이것이 남편의 생각이었다. 폴린은 어디에도 없었다. 그녀의 귓전에는 늘 감미로운 속삭임이 맴돌았다. 기진맥진한 듯 나직하게 속삭이던 질의 목소리가. 그녀는 고요히 그를 생각하기 위해 침대로 들어갔다. 어서 그 꿈속에서 뒹굴고 싶었다. "잘 거야?" 남편이 물었다. "응." 그녀는 시트 사이로 미끄러져들어가면서 대답했다. 그녀는 그를 생각하는 것만으로도 달떠 있었다. 그러므로 어떤 남자라도 상관없었다. "이리 와요." 그녀가 남편에게 말했다. 그는 침대로 다가가 다정하게 몸을 굽히고 감미롭게 그녀를 어루만졌다. 그녀는 다른 사람을 향한 비밀스런 욕망 속에서, 현실의 쾌락과 사랑의 유령이 기묘하게 섞이는 가운데 남편을 받아들였다. 육체란 얼마나 불투명한가. "이 녀석 어떤 얼굴을 하고 나올까?" 그가 아내의 동그란 배를 쓰다듬으며 말했다. "당신은 아름다워." 그가 말했다. "좀 뚱뚱해!" 그녀가 대답했다. 그는 고개를 내저었다. 그리고 그들은 익숙하게 몸을 맞대고 그들이 가야 할 길을 갔다. 그것은 허락된 스침이고 비밀스런 작은 말들이었으며, 부드러운 몸짓이었다. 서로를 어루만지는 그 모든 축복에는 실은 상대에게 보여줄 수 없는 무수한 비밀이 감춰져 있었다. "정말 보드라워." 남편이 아내에게 말했다. 아내는 다른 남자도 똑같은 말을 할 것이라 생각했다.

4

사랑에 빠지면 핑계를 마련하고, 꿈꾸고, 몰두하는 법이다. 폴린 아르누도 친구들을 조금쯤 팽개쳐두었다. 사라가 두어 번 전화를 해왔지만 폴린은 전화하지 않았다. 그녀는 사라가 청혼해오지 않는 톰과 결혼하고 싶어한다는 것을 알고 있었다. 사랑으로 고통받기는 매한가지였으므로 그들은 가까워질 수도 있었지만 폴린은 혼자인 것이 더 좋았다. 더욱이 그녀는 끊임없이 질의 전화를 기다리고 있었다. 사라는 애인이라는 자신의 슬픈 운명을 이렇게 이야기했다. "난 그의 집에서 밤을 보내. 우린 새벽녘에야 잠이 들지. 별짓을 다 해. 정말이야! 난 완전히 뻗어서 집에 들르지도 못하고 바로 사무실로 출근한다구. 그러면 다들 이렇게 쑥덕거리는 게 내 귀에 들려. '외박했군……' 내가 전날이랑 똑같은 옷을 입고 있거든. 지난번엔 편집자 하나가 나에게 점심을 먹자더라구. 진짜 용건이 뭐였을 것 같아? 그 여자, 톰이 딴 여자들이랑 어떤 짓을 벌이고 다니는지 나한테 죄다 늘어놓지 않겠어? 해도 너무하더라구. 그 자리에서 졸도하는 줄 알았다니까. 정말이야." 사라가 말했다. 폴린은 대답할 말을 찾지 못했다. 어차피 사라도 대답을 원한 것은 아니었다. "블랑슈와 질은 이혼 안 하기로 했나봐. 그 얘기 듣고 무지 기분 좋았어." 사라가 말했다. "너

블랑슈 앙드레와 잘 아는 사이야?" 폴린이 물었다. "그녀의 남편이랑 잘 알지!" 사라가 말했다. "아, 그래? 몰랐어." 폴린이 말했다. "갈수록 승승장구하더라구!" 사라가 말했다. 폴린은 입을 다물었다. 그에 대해서라면 아무것도 듣고 싶지 않았다. 아무도 그녀에게 그 남자를 놓고 이러쿵저러쿵해서는 안 되었다. 다른 사람들 이야기 하듯 그의 이야기를 해서는 안 되었다. 더욱이 그녀는 아무것도 알고 싶지 않았다. "반대로 막스와 에브 사이는 갈수록 악화되는 것 같아!" 사라가 말했다. "나도 벌써 오래 전부터 그렇지 않나 짐작했어." 폴린이 말했다. 그 둘은 점점 자주, 심지어 공공장소에서도 싸웠다.

사라는 전화로 모든 사람의 소식을 전해주었다. 멜뤼진은 알코올 중독 치료시설에 들어가 있었다. 앙리는 매일 저녁 클럽에서 저녁을 먹었다. "너 가서 그 꼴 한번 보렴. 매일 포도주를 들이붓는다니까! 아마 멜뤼진이 돌아왔을 땐 앙리가 술 없이는 못 사는 신세가 되어 있을걸! 정말 골때리는 작자야!" 사라가 말했다. 폴린은 아무 말도 하지 않았다. 딱히 할말도 없었거니와 멜뤼진을 잘 몰랐기 때문이다. "루이즈는 다섯번째 인공수정을 했는데 또 실패야. 눈뜨고 볼 수 없게 말랐는데도 기욤은 아무 배려도 안 해……" 사라가 말했다. "네가 아무것도 모르는 걸 수도 있어. 그

두 사람 집에서 함께 사는 것도 아니잖아. 아마 기욤은 루이즈에게 신경쓰고 배려하고 있을 거야." 폴린이 말했다. "마르크는 아직 안 들어왔니?" 한 시간쯤 통화한 끝에 사라가 물었다. "몇 신데?" 폴린이 손목시계를 들여다보았다. "올 때가 된 것 같아." 그녀가 말했다. 그들은 전화를 끊었다. 아홉시였다. 폴린이 그렇게 오래 통화를 한 것은 그 시간이면 질은 전화를 할 수 없기 때문이었다. 그는 아내와 함께 있었다. '그들의 저녁시간은 어떨까?' 폴린은 혼자 생각했다. 그녀는 여러 장면을 상상해보다가 이내 그 생각들을 쫓아버렸다. 마르크 아르누가 돌아와 아내를 안았다. "테오도르는 자?" 그는 자기 일과를 이야기했다. 폴린도 화실에서 오고간 대화를 되풀이했다……

다른 사람들은 다투고 있었다. "당신, 아홉시 이십분에 돌아올 거면서 (그녀는 자기 손목시계를 들여다보았다) 왜 여덟시에 온다고 해?" 같은 순간 에브는 말했다. "왜냐고? 사람들이 갑자기 찾아올 줄은 짐작 못 한데다 그렇게 오래 걸릴 줄도 몰랐으니까." 막스가 대답했다. "게다가 돌아오는 길이 어찌나 북적거리던지." 그가 덧붙였다. 그녀는 한숨을 쉬었다. "이젠 지겨워. 전부 내가 해야 하잖아? 당신은 절대로 집에 있는 법이 없어. 항상 파티에 모임에 점심 약속이야. 난 점심 먹을 시간도 없어. 알아?" 그는 이미 속속들이 알고 있는 불평의 목록을 그녀가 다 읊을 때까지 기다렸다. 그녀는 눈살을 찌푸리고 있었는데, 그것 또한 그가 늘 봐서 익숙한 모습이었다. "그래? 잘 됐군. 이젠 나도 지겹거든." 그가 말했다. 대단히 단호한 태도였다. 그에게는 이따금 그런 단호함이 부족했는데 알고 보니 그렇지도 않았다. 그가 그렇게 나오면 아내도 움츠러들었다. "당신이 원하면 바꾸면 돼. 당신이 나가서 오십만 프랑을 벌어오고, 난 집에 남아서 아이들을 돌보겠다구." 그가 말했다. 흥! 그녀가 바람 빠지는 소리를 냈다. "당신은 그렇게 못 할걸? 난 할 수 있어도." 그가 말했다.

"애인을 만들어야 해. 내가 애인을 만들어야 한다니까!" 에브가 말했다. "그렇게 해서 당신이 웃음을 되찾을 수 있다면 그렇게 하시지!" 막스가 말했다. 그녀는 아무 반응도 없었다. "나만 그런 건 아닐걸! 당신 권투경기가 있던 날 밤 클럽에서 질과 폴린 봤어? 아무것도 눈치 못 챘어?" 그녀가 말했다. "전혀! 당신 또 그 말도 안 되는 이야기 시작하려는 거면 그만둬!" 그가 말했다. 그녀는 눈살을 찌푸렸다. "당신, 그들이 사귀는 거라고 생각해?" 그녀가 물었다. "아니. 그런 상상은 안 해. 하지만 이 세상엔 별별 일이 다 있잖아. 그러니까 절대로 아니라고 단정하지는 않겠어. 하지만 나랑 상관없는 일이긴 하지. 그리고 난 비밀 이야기나 험담이라면 질색이야. 그들이 사귄다면 그 두 사람을 위해선 잘 된 일이네. 하여튼 나하고는 상관없어." 그가 말했다. "그 두 사람을 위해선 잘 된 일이라고? 그렇게 말했어, 당신? 그럼 마르크는? 마르크한테도 잘 된 일이야?" 그녀가 말했다. "그날 저녁 클럽에서 폴린은 천사처럼 아름다웠어." 막스가 말했다(이 칭찬에 아내가 성질이 뻗칠 거라고 생각한 그는 여느 때처럼 쾌감을 맛보았다). 에브는 아무 말도 없었다. "그래, 그녀는 특별한 빛을 갖고 있었어. 그런 빛을 자주 발산하지. 그녀의 미소는 그야말로 매력의 정수야." 그가 말했다. "도대체 당신네 남자들은 왜 죄다 폴린 앞에서 살살 녹는지 모르겠어. 별로 예쁘지 않은 여자인데. 눈이 암소 눈이라구!" 에브가 말했다. "당신네 여자들은 하나같이 질투를 하지." 막스가 말했다. "어떻게 그런 식으로 살 수 있지? 서로 질투하면서? 심지어 친구들끼리도 싫어하면서?" 그가 말했다. "우린 싫어하지 않아! 서로 바라보는 거지." 그녀가 말했다. '우린 관찰함으로써 배우는 것뿐이야.' 그녀는 생각했다. 그녀는 클럽에서 파티가 있던 날 폴린 아르누의 얼굴에 떠오른 로맨스의 미소를 보았다. 폴린은 얼음처럼 차가운 아름다움을 이용해 자신의 유희를 능란하게 숨겼던 것이다. 그리고 그녀의 숨은 짝은 그 암새를 손아귀에 넣은 기쁨으로 충만했던 것이 틀림없었다……

5

그것은 자신감에서 오는 기쁨이었을까? 그는 전화를 할 때면 약간 젠체하며 무엇이든 단정적으로 말하곤 했다. 그는 그러는 게 즐거운 듯했고, 그녀는 그가 실제로 생각해서 그렇게 주장하는 건지 아니면 그녀를 도발하기 위해 장난을 치는 것인지 알 길이 없었다. 난 당신이 남편을 사랑한다고는 생각하지 않소, 어느 날 오후 질이 말했다. 그녀는 이제 출산 휴가를 얻어 집에 있었다. 그걸 당신이 어떻게 알 수 있죠! 그녀가 말했다. 그녀가 놀라자 그는 웃었다. 당신이 내게 그렇게 말했으니까요, 그가 응수했다. 난 그런 말 한 적 없어요! 그 반대라고 생각하는데 어떻게 그런 말을 했겠어요? 그녀가 말했다. 당신이 이 분 전에 내게 한 고백을 듣자 그런 생각이 들었소, 그가 말했다. 그리고 말을 이었다. 당신은 남편을 사랑하지 않아요, 당신은 그에게 매여 있고, 애착을 갖고 있고, 애정을 느끼고, 그에게 일어난 일이 당신에게 영향을 주고 당신 머릿속을 점령하지만, 그건 사랑이 아니죠, 그가 말했다. 사랑이 아니면 뭐죠? 그녀가 말했다. 아! 그건…… 그가 뜸을 들였다. 설명하자면 너무 길어요, 아마 사랑은 그게 아닐 테지만 그 모든 것을 포함하는 거요, 그리고 그렇다고 하면 당신한텐 한 가지가 부족하죠, 아니면 적어도 (그는 고쳐 말했다) 내 눈엔 그 한 가지가 당신한테 없는 것으로 보였어요. 그게 뭐죠? 그녀는 웃으면서, 집요하게 그러나 (그가 생각하기엔) 화는 내지 않고 물었다. 마치 그녀가 그의 입에서 나올 말을 듣기도 전에 항복한 것처럼, 그가 할 말이 진실이라는 걸 벌써 알고 있는 것처럼. 상대가 다른 누구도 아닌 당신이라는 걸 염두에 두고 하는 말이오…… 그가 말했다. 말해봐요, 열심히 들어줄 테니까요, 그녀가 말했다. 그가 유혹적인 미소를 지었다. 그녀는 그의 목소리 깊은 곳에서 소리 없는 웃음을 들을 수 있었다. 그 무례한 대화를 편한 자세로 계속하기 위해 그녀는 전화기를 가까이 끌어당기고 침대 위에 누웠다. 감미로운 목소리가 그녀를 사랑의 번민 속으로 데려갔다. 내 생각에 그건 희생이라는 문제요, 그가 말했다. 그녀가 아무 말도 하지 않자 그는 말을 이었다. 당신은 남편을 위해 아무것도 희생하지 않아요, 당신은 당신 삶을 살고, 당신 남편은 그 삶을 안락하게 해줘요, 당신은 그림을 그리고, 당신 이미지를 원하는 대로 유지할 수 있소, 당신은 남편을 양말 한 짝에 신경쓰는 만큼도 돌보지 않아요! 그는 웃었다. 그녀는 그 웃음소리를 듣는 것이 정말 좋았다. 천만에요! 난 남편을 돌봐요! 그녀가 항변했다. 거의 격식에 가까운 돌봄이죠, 그가 말했다. 문득 그녀는 그의 말이 맞다는 것을 깨달았다. 굉장히 단정적으로 말하는군요! 그녀가 말했다. 난 당신을 알거든요, 당신은 내 앞에선 벌거벗은 거나 마찬가지요, 그가 말했다. 그녀는 대꾸하지 않았다. 긴 침묵이 흘렀다. 그녀는 그와 함께인 이 침묵마저도 사랑했다.

그녀가 물었다. 누군가를 사랑한다고 확신해본 적이 있어요? 그런 걸 확신할 수 있을까요? 난 항상 의혹을 가져요, 부부의 일원으로서 남편의 행복에도 신경을 쓰지만 나 자신의 쾌락에도 신경을 쓰니까요, 감정 뒤엔 너무 많은 욕심과 에고이즘이 숨겨져 있어서 난 그것도 사랑일까 궁금해질 때가 있어요. 진짜 문제는 그게 아니죠, 그가 말했다. 당신은 어쩜 그렇게 뭐든 확신하고 단정짓죠? 그녀가 물었다. 당신 화를 돋우기 위해서요, 하지만 당신 이야기가 무슨 뜻인지는 알겠어요, 당신은 남편이 필요한데 그게 사심 없는 이타적 사랑에 대한 당신의 생각을 동요시키잖아요, 감미로운 목소리가 말을 이었다. 당신은 남편을 사랑하지 않으니까. 그녀가 웃었다. 수화기 너머까지 들리도록 또렷이. 그가 말을 이었다. 그렇지만 그건 당신도 어쩔 수 없는 일이오, 당신은 그렇게 제휴를 결성하도록 교육받았으니까, 당신 부부는 지출과 수입이 있는 기업이죠, 서로 보완적인 두 개인의 제휴 덕분에 아이들을 생산한 기업, 많은 부부들의 생활이 그런 식이니까 이 말이 적절치 않다고는 못 할 거요, 왜냐하면 그건 사랑이 아니니까, 그가 말했다. 그럼 당신은요? 당신은 아내를 사랑해요? 그녀가 물었다. 아뇨, 난 당신이 남편과 함께 있는 것과 똑같은 이유로 아내와 함께 있을 뿐이오, 그가 말했다. 아내에게 사랑을 느낀 적은 있어요? 그녀가 물었다. 아뇨, 그가 대답했다. 그는 그녀에게 속임수를 쓰는 것도, 잘난 척하는 것도 아니었다. 그것이 그의 자연스러운 모습이었다. 아니라구요? 그녀가 웃으면서 되받았다. 그럼 나한테는요? 그녀가 물었다. 그래요, 그가 말했다. 당신은 내가 아는 사람 가운데 가장 사랑에 약한 여자요. 그들은 웃음을 터뜨렸는데, 그 말은 결국 '당신은 날 사랑하죠'라는 말이기 때문이었다. 그렇다. 그는 그녀가 그 사실을 모르기라도 하는 양 그녀에게 말한 것이다. 그리고 그는 알고 있었다. 그러나 그녀는 그 사실을 그리 쉽게 공개하고 싶지는 않았다. 그렇게 믿지 말아요, 흔들릴 때가 있는 것도 사실이에요, 하지만 그건 유혹일 뿐이에요! 그녀가 말했다. 틀렸소, 내가 벌써 말했잖소? 당신과 나, 우린 독특한 관계일지는 모르지만 성적인 관계는 아니오, 그가 말했다. 그가 일부러 그 말을 되풀이한 것일까? 그녀는 항변하고 싶었다. 아니에요, 당연히 성적인 관계 아닌가요, 라고. 그러나 그녀는 아무 말 하지 않았고 그저 행복할 따름이었다. 시간도 상관없고 전진이냐 후퇴냐도 상관없고 갖지 못한 것을 욕심낼 필요도 없었다. 그녀는 오직 입 밖으로 흘러나온 말들과 신뢰감과 흰페리는 목게, 그것만으로도 행복했다. 난 다른 누구와도 당신하고와 같은 관계는 맺고 있지 않아요, 감미로운 목소리가 말했다. 나 역시 당신하고 하는 이야기는 다른 누구와도 하지 않아요, 그녀가 말했다. 나도 그러길 바라오, 그가 짓궂게 말했다. 이윽고 그는 재빨리('안녕'

이라고 말하면서) 그녀와 작별했다. 그는 자주 그렇게 전화를 끊었고, 그녀는 번번이 그것이 갑작스럽다고 느꼈다. 수화기를 내려놓고 싶지 않아서, 말하자면 뜨거운 열을 품은 그 목소리를 그런 식으로 잃고 싶지 않아서였다. 꼭 전화해줘요! 그녀는 이따금 낮은 목소리로 애원했다. 몸뚱이처럼 목소리도 사람을 붙잡을 수 있었다. 목소리는 남자의 그것보다 훨씬 깊이 몸속을 파고들었다. 대체 목소리가 뭘 할 수 있지? 그녀는 사랑에 빠진 채 혼자 물었다. 목소리는 당신에게 깃들어 살 수 있고, 당신 뱃속 깊은 곳에 가슴 한복판에 귓가에 집을 지을 수 있고, 당신 안에 있는 사랑의 욕망을 괴롭히고 선동하고 바닷가의 바람처럼 그 욕망을 들쑤셔 일으킬 수 있다. 내가 사랑하는 것은 목소리일까? 그녀는 탄식했다.

6

그가 한 말들은 모조리 그녀의 깊은 곳으로 달려들었다. 베어져 호수에 던져진 나무들처럼, 보이지는 않지만 분명히 저 밑에 누워 있는 나무들처럼, 물결이 소용돌이칠 때마다 흔들리는 나무들처럼, 한 그루 한 그루 쌓여 점점 높아지고 끝내 수면을 뚫고 올라오는 나무들처럼. 그녀 안으로 들어온 말들은 묵직한 통나무가 되었고, 통나무는 겹겹이 쌓여 비밀스런 생각의 집을 지었다.

당신은 내가 아는 사람 가운데 가장 사랑에 약한 여자요. 당신의 가장 좋은 점, 그건 당신의 아름다움이 아니라 기질이오, 난 다른 누구와도 당신하고와 같은 관계는 맺고 있지 않아요, 당신은 남편을 사랑하지 않아요, 당신은 그를 사랑한다고 생각하지만 실은 그렇지 않죠, 당신들은 제휴 관계를 맺고 있을 뿐이오, 그건 당신 잘못이 아니오, 당신은 그렇게 교육받았으니까. 말들이 어지러이 춤추기 시작했다. 그렇다. 그들은 독특한 관계를 맺고 있었다. 그 반대라고는 할 수 없었다. 그녀는 남편을 사랑하지 않는 것일까? 때로 남편이 곁에 있는 것만으로도 신경이 곤두서기도 했는데, 그게 바로 그 신호는 아닐까? 그녀는 남편을 사랑했는가, 아니면 사랑한다고 착각했을 뿐인가? 이들 부부는 제휴 관계에 불과한가? 설령 그렇다 해도 그녀는 절대 그 제휴를 파기하지 않을 것이다. 무슨 일이 있어도 이혼은 하지 않을 것이다. 당신은 그렇게 길들여져왔어요…… 그가 어떻게 그 모든 것을 알 수 있었을까? 그녀는 아무것도 몰랐는데.

아무한테도 내 얘기를 하지 말아요, 우리가 하는 이야기를 아무도 몰랐으면 좋겠소, 그가 말했다. 왜요? 그녀가 물었다. 말했죠, 난 비밀을 사랑한다고, 가장 절대적인 비밀, 그 속에서 난 사랑을 발견하거든요, 그가 대답했다. 당신은 비밀이라는 걸 믿어요? 그녀가 재차 물었다. 난 내 비밀을 믿소, 그가 말했다. 난 누구나 언젠가는 배신한다고 생각해요, 폴린 아르누가 말했다. 마치 그들이 자신들을 기다려온 사람, 미리 예정되었던 사람, 속내 이야기를 할 수 있는 사람을 필연적으로 만났다는 듯. 비밀이란 여러 사람이 아니라 단 한 사람한테만 말할 수 있는 걸 뜻하는 게 아니던가요? 그녀가 물었다. 당신은 다른 사람에게 당신이 나에 대해 느끼는 감정을 고백할 수 있을 것 같소? 그가 물었다. 그는 심각했다. 너무 심각해서 그녀는 그가 부러 과장한다고 느꼈다. 요컨대 그 심각함이 그녀가 그에 대해 느끼는 감정을 윤색하게 한 것이었다. 더구나 그런 말을 하는 게 그녀가 아니라 그라니, 이상하지 않은가! 그러나 그녀는 비방하지도 웃지도 않고 이번에도 항복했다. 아뇨, 아무한테도 말할 수 없을 거예요, 그녀가 말했다. 봐요, 그가 짓궂게 말했다. 그는 너무 행복한 나머지 짓궂어졌다. 그녀가 입을 열었다. 어느 날, 자기 아내를 수없이 배신한 남자를 만났어요, 왜 그걸 감추지 않느냐고 내가 비난하자 그는 이렇게 말하더군요, '비밀로 해야 한다면 그건 사랑이 아니오', 나는 그가 사랑이란 건 비밀로 간직하기에는 너무 강하고 매력적이며 파괴적이라는 말을 하려 했다고 생각해요, 그녀가 말을 마쳤다. 틀림없이 그래요, 그런 의미였을 거요, 내가 직접 듣지 않아서 잘은 알 수 없지만, 그가 말했다. 그래서요? 당신 생각은 어떤데요? 그녀가 물었다. 그는 깊이 생각하지 않고 바로 대답했다. 어쩌면 그의 말이 옳을 거요. 그 말이 그녀의 가슴을 후벼팠다. 그건 결국 '난 당신을 사랑하지 않소. 당신과 나의 관계, 그건 사랑이 아니오' 라는 말이 아닌가. 그가 생각한 것도 바로 그랬다. 당신과 나, 우리의 관계가 대체 뭔지 나는 모르겠소, 그가 말했다. 그는 처음 만났을 때부터 그렇게 말했다. 그는 줄곧 그렇게 생각했다. 그들은 묶여 있었다. 그러나 무엇으로 묶여 있는지는 그도 알 수 없었다. 그는 욕망을 느끼기는 했다. 그렇다, 첫날 저녁 그는 상당한 욕망을 느꼈었다. 그러나 다른 뭔가가 이 욕망에 저항했다. 커다란 애정. 감춰진 쌍둥이에게로 달음질치는 듯한 사랑. 이 여자는 그의 누이이고 닮은꼴이었다. 그는 자신과 이렇게 꼭 닮은 존재를 만난 적이 한 번도 없었다. 그러므로 그는 그녀를 애인으로 삼을 수 없었다.

그러나 이제 그녀가 원하는 것은 다름아니라 그의 애인이 되는 것이었다, 어쩌면 그녀는 단순히 그가 미지근한 태도를 취하고 있다고만 생각했을지도 모른다. 첫째, 그녀는 그가 무슨 생각을 하는지 몰랐고, 둘째, 그럼에도 그의 안에는 그녀를 향해 달려가는 남성적인 힘이 존재했기 때문이다. 그는 욕망에 사로잡혔고, 그녀는 어루만져지고 사랑받기를 원했다. 그녀는 그를 어디까지

원한 것이었을까? 그는 어디까지 스스로를 보호할 수 있을까? 그는 스스로를 보호하지 않았다. 그저 우물쭈물했고, 그 무엇과도 닮지 않은 이 관계를 충분히 즐기며 맛볼 뿐이었다. 시간은 얼마든지 있었다. 이 매혹이 지속될까? 그는 생각했다. 그는 딸을 학교에 데려다주는 일을 아내에게 넘겼다. 그는 폴린을 다시 볼 수 있을 기회가 될 일은 아무것도 하지 않았다. 그녀는 그를 만나고 싶어했다. 그는 사랑에 빠진 여자의 열정을 들었다. 그러나 그의 앞에서 그녀의 요구는 죽은 문자였다. 그는 거리를 둘 줄 알았고, 부부 사이를 회복시키느라 바빠서 싫증난 젊은 애인을 미련 없이 버려둘 줄도 알았다. 그러나 그녀가 그를 잊도록 내버려두지는 않았다. 그 또한 얼마나 약한 존재인가! 여자들…… 그는 지칠 줄 모르고 여자들을 사랑했다. 나에겐 당신의 존재가 필요해요, 훨씬 시간이 흐른 후에 그는 그녀에게 말할 것이다. 그는 전화를 했다. 방해한 건 아닌가요? 뭘 하고 있었소? 일은 잘 했어요? 슬퍼요, 당신? 난 그렇게 생각 안 해요, 오늘 그림을 그렸소? 그것 잘 됐군요, 아무 일도 안 하고 있으면 안 돼요, 그건 당신한테 어울리는 일이 아니오. 그는 전화 속에서 그녀와 함께 편히 쉬었다. 그는 그녀에게 다른 사람들 이야기는 하지 않았다. 항상 그녀에 대해, 그리고 그녀가 물어보면 그 자신에 대해, 특히 그들 두 사람에 대해 이야기했다. 얼굴을 마주했던 때의 그들, 두 달 전의 그들, 오늘의 그들, 내일의 그들, 독특하고 완전한 그들의 관계, 기타 등

등…… 사랑은 우리가 자신에 대해 이야기하기를 기다린다. 그는 황홀했다. 그는 그녀와 함께 웃었다. 한마디로 그는 삶이 웃음 짓게 하는 이였다. 당신 정말 재미있는 일을 하는군요! 아, 나요? 난 잘 지내요, 당신 무슨 옷을 입고 있소? 언제나 우아한 그녀는 말을 할 때면 뜨거워졌고 전화를 끊을 순간이 되면 침울해졌다. 서서히 타오르던 불꽃에 물을 끼얹은 것처럼.

침묵과 어둠이 그들을 덮었다. 그가 낮게 속삭였다. 그녀는 뺨에 그의 숨결을 느꼈다. 그녀는 아직도 그의 존재를 포식하지 못했다. 이 순간을 연장하고 싶었다. 그녀는 상식도 이성도 안중에 없었다.

VII

침대에서

1

　결국 그들은 다시 만났다. 두어 번. 카페에서. 그녀는 연애감정으로 충만한 그 순간들에 열광했다. 그녀는 시시한 농담들에도 무척 즐거워했다. 그녀가 말한 것…… 그건 별로 중요하지 않았다. 그녀의 크고 푸른 눈동자는 끊임없이 웃었다. 그리고 그녀가 웃을 때면 입술 사이로 진주 같은 치열이 드러났다. 그녀가 발산하는 우아한 젊음은 그야말로 눈이 부셨다. 그리고 그 눈부신 여자를 정복한 남자는 다른 누구도 아닌 바로 그였다. 더는 그 사실을 모른 체할 수 없었다. 그녀는 로맨스의 한복판에 있었다. 심장은 꿈꾸는 기계였다. 어떻게 그가 그녀를 잊을 수 있었단 말인가? 그러므로 그는 그녀를 생각했다. 그들이 서로 반대 방향으로 전진한 것은 참으로 기이한 사실이었다. 그녀가 불을 향해 걸어간 반면 그는 자신이 품었던 화염 덩어리에서 멀어졌다. 그는 정말로 회복되었기 때문이다. 그녀는 그에게 더이상 똑같은 효과를 불러오지 못했다. 두번째로 만났을 때 그는 그녀의 순수한 얼굴에 크게 놀라지 않았다. 눈곱만큼의 결함이라도 재회의 기쁨을 반감시킬 수 있었다. 그는 그녀가 더 창백해졌다고 느꼈다. 그녀가 피곤한 것은 당연히 임신 때문이었다. 그러나 그 피로가 그녀를 관능적으로 만들었다. 이 여자는 나랑 자고 싶어해, 좋아, 다른 여자들한테서 그렇게 많이 훔친 걸 왜 이 여자한테선 거절하겠어? 그는 생각했다. 그럼에도 그는 주저했다. 그녀가 모든 것을 너무 깊이 마음에 담아두는 것 같았기에. 이제 그는 그녀를 만지고 싶어 미칠 지경은 아니었다. 어쩌면 그녀를 더 오랫동안 간직하고 싶은지도 몰랐다. 심지어 영원히. 누가 알겠는가? 그런 감정은 단순하지 않은 법이다. 그녀와의 관계는 다른 관계들과 같지 않았고, 그는 그녀가 자신으로 인해 고통받기를 원하지 않았다. 그는 그녀를 탐내는 것이 아니라 사랑하게 되었다. 그러나 그녀의 혈관에는 봄이 돌고 있었다. 그는 그녀가 그에게 그런 열정을 품기를 원하지 않았던가? 그녀의 마음을 사로잡기 위해 그는 별짓을 다 했었다. 그는 책임감을 느꼈다. 그래서 양보했다. 9월이었고, 계속해서 비가 내렸고, 추웠다. 그는 그녀를 자기 집으로 불러들였다. 어디까지나 그녀를 위해서지 그를 위해서가 아니었다.

그녀를 기쁘게 해주고 싶었고, 자신을 내주겠다는 여자를 더 모욕해서는 안 된다고 생각한 것이다. 애당초 그가 그녀를 줄기차게 바라본 것은 그녀를 사랑하고 싶어서였다. 그런데 실제로 일어난 일은 달랐다. 그녀에게 손을 댄 순간 그는 그것이 얼마나 어리석은 일인지 알았고, 그래서 고통의 요인을 감실에 보관하듯 넣어두고는 줄곧 모른 체해온 것이었다.

그의 집에 도착해 문 앞에 뻣뻣하게 선 그녀는 그에게 환상적인 이미지를 주었던 풍성한 붉은 외투를 입고 있었다. 그러나 외투와 매혹의 기억만 남았을 뿐 이미지는 죽어 있었다. 다시는 그가 처음 보았던 때와 똑같은 시선으로 그녀를 볼 수는 없을 것이다. 다행히 그녀는 인상이란 것이 변한다는 것을 몰랐다. 이마까지 덮는 검정 보닛 아래로 그녀의 금발 머리칼이 삐죽삐죽 나와 부드럽게 뺨을 어루만지고 있었다. 그렇게 서 있지 말고 들어와요, 그가 말했다. 새하얀 그녀의 얼굴에는 긴장감이 어려 있었다. 운명에 속은 것을 알아챈, 그런 얼굴이었다. 그녀의 심장은 두방망이질치고 있었고, 실성한 듯한 그 박동을 진정시킬 방법은 없었다. 등줄기를 따라 흥분이 솟구치는 것을 느끼며 그녀는 꽁꽁 얼어붙은 듯 서 있었다. 심장박동이 점점 빨라져 그녀를 적셨다. 파탄과 아찔함을 기다리는 마음속 힘줄이 떨리고 있었다. 그 힘줄이 황홀과 고통을 통해 그녀로 하여금 자신을 내주고, 헌신하고, 끝내 우리의 공동 운명인 죽음으로 가도록 만드는 것이다. 한 여자가 매혹과 두려움이라는 어두운 힘을 따를 때, 실은 공상에 불과한 그 힘을 따르는 게 행복이라고 믿을 때 이런 일이 벌어진다. 그녀가 사무치게 이 순간을 원해왔기에 그건 차라리 늦은 감이 있었다. 기다리다 지쳐 꿈꾸기를 멈추는 순간 찬란하게 꽃이 피어 가까스로 일궈놓은 평화를 뒤흔들러 오다니 너무 부당하고 부조리하지 않은가. 그것이 바로 폴린 아르누에게 일어난 일이었다. 그녀의 욕망은 막 기가 꺾이려던 참이었다. 그녀는 이 남자에게 속은 것이고, 이제 고통에 젖지 않고도 그를 생각할 수 있게 되었다. 그녀는 그를 만나지 않는 일에 익숙해졌다. 그를 만나지 못한다고 죽는 건 아니었다. 삶은 아름다웠다. 쓰디쓴 사랑의 구름이 그녀의 일상을 시커멓게 뒤덮는 일이 멈추자 그녀는 그 사실을 다시금 깨달았다. 그리고 체념의 순간 그가 전화를 걸어왔다. 그는 연인처럼 약속을 잡았다. 그녀가 실패를 받아들이는 중임을 알아챘던 것일까? 아니면 한 여자의 애원에 결국 양보한 것일까? 그녀는 자신을 내놓았다. 어쨌든 벗어나는 것은 불가능했다. 예쁜 여자들은 자신을 거절하는 남자들을 다섯 손가락으로 꼽을 수 있는 법이다. 그러나 폴린 아르누는 아니었다. 그녀는 마침내 연인을 정복한 것이다. 그녀는 그렇게 믿고 있었다.

연인이 그녀를 바라보았다. 괜찮소? 그가 그녀의 창백한 얼굴을 보고 물었다. 둥글어진 몸 앞에서 그녀가 임신중이라는 사실을 잊을 수는 없었다. 그녀는 얼이 빠진 것처럼 아무 말도 없었다. 한 남자의 집으로, 그의 아내가 집을 비운 사이 사랑을 나누러 오는 일을 상상해본 적이 한 번이라도 있었던가? 더욱이 임신한 몸으로 욕망을 채우기 위해 알몸이 되는 것을? 그녀는 대체 자기가 어떤 여자인지 새로 발견한 셈이었다. 외투를 이리 주고 와서 앉아요, 그가 말했다. 그녀는 외투를 벗고 싶지 않았다. 몸이 따뜻해질 때까지 그냥 입고 있을래요, 그녀가 말했다. 건물에는 아직 난방이 들어오지 않았다. 그가 미안해했다. 9월치고는 너무 추워서요, 그녀가 말했다. 당신, 몸이 좋지 않군요! 그가 미안한 낯빛으로 외쳤다. 그녀는 아름답게 미소지으며 아뇨, 그저 주눅이 들어서 그래요, 라고 중얼거렸다. 그는 다정하게 대해주고 싶어 외투 속의 가냘픈 팔을 감싸쥐었다. 미소를 짓는 것도 같고 울상인 것도 같은 그녀의 혼란스런 얼굴을 보고 그는 그녀가 당장 울음을 터뜨릴지도 모른다고 생각했다. 그녀는 완전히 엉망진창이 되어 있었다. 난 절망적인 심정으로 여기 온 거예요, 당신만을 기다렸고 이 순간만을 상상해왔지만 현실은 추할까봐 겁이 나요, 그게 나한테 중요한 것처럼 당신한테도 중요하다고 맹세해줘요, 그녀는 그렇게 말하고 싶었는지도 모른다. 그러나 어떻게 그런 말을 할 것인가? 그러면 추한 여자가 되거나 연기가 어설픈 비극배우 취급을 받을 것이다. 그녀는 그것을 잘 알면서도 어쩔 수 없이 그렇게 느꼈다. 그런데도 표현할 수가 없는 것이다. 입 밖에 낼 수 없는, 여자들의 심장 깊은 곳에 숨어 있는 말들이 있는 법이다. 요컨대 그녀는 사랑에 빠져 희망도 기다림도 고백하지 못한 채 그 앞에 서 있을 따름이었다. 야릇한 두려움밖에는 고백할 것이 없었다. 비밀스러운 떨림이 그녀 안에 살고 있었다. 당신을 만나려고 준비할 때면 겁이 나요, 시험 보기 직전처럼 가슴이 졸아들어요, 내가 뭘 겁내는 거죠? 그녀가 물었다. 그녀는 진심으로 놀라고 있었으므로 혼자 헤아렸어도 될 질문을 소리내어 하고 말았다. 나도 모르겠소, 감미로운 목소리가 대답했다. 갑자기 그는 평범한 사람처럼 보였는데, 그건 그가 품은 욕망이 평범했기 때문이었다. 그녀는 그것을 깨닫기를 거부했다. 그녀로서는 받아들일 수 없는 사실이었다. 그녀는 계속 자기 생각을 따라갔다. 내가 당신 마음에 들지 않을까봐 겁이 나요, 난 당신의 변심이 두렵고, 있었던 것이 없어질까봐, 그랬던 것이 안 그렇게 될까봐, 없던 것이 생길까봐 두려워요, 그녀가 말했다. 결국 강렬한 행복은 깊은 두려움과 비슷해요, 그녀가 덧붙였다. 다음 순간, 그녀는 그가 자기 말을 들은 걸까 자문했다. 그가 이렇게 속삭였기 때문이다. 친구 한 명이 들를지도 몰라요, 오늘 저녁은 밖에서 먹을 거라고 말해뒀지만 혹시 그 친구가 왔다가 불이 켜져 있는 걸 보면 곤란하죠.

그녀의 말과는 아무 관계도 없는, 그리고 그녀가 한 말보다 훨씬 더 그의 머릿속을 많이 차지하고 있는 일이었다. 이리 와요, 그가 그녀를 서재로 데려갔다. 불이 전부 꺼져 있었으므로 아파트 안은 완전한 어둠이었다. 그녀는 입을 다물고 절망과 기대로 인해 구부정한 것도 같고 꼿꼿한 것도 같은 모습으로 꼼짝 않고 서 있었다. 당신은 예쁜 여자요, 그가 말했다. 그리고 그렇게 말하면서 그녀 곁으로 바싹 다가왔다. 그의 입술이 그녀의 관자놀이를 살짝 건드렸다. 그녀는 자신 때문에 그가 흥분했다고 생각했지만 실은 그건 그런 상황에서 흔히 느끼는 가벼운 바람기 같은 것이었다. 그렇지 않았다면 앞질러 상상한 쾌락의 열기가 그를 마비시켜 이 약속은 엉망이 되었을 것이다. 질 앙드레는 그 순간 혼란이 아니라 그저 가벼운 바람기를 느꼈을 것이다. 하지만 그녀는 남자가 아니어서 그런 사실을 알 길이 없었고, 따라서 그것이 바람기라는 생각은 하지 않았다.

풍성한 붉은 외투를 입은 그녀 앞에 서서 그는 그녀의 눈과 목과 콧방울에 입을 맞추며 천천히 모자를 벗기고 머리칼에 코를 묻었다. 그는 느리고 부드러웠다. 그녀가 그에게 입맞춤을 돌려주었다. 그가 말없이 그녀를 안았다. 그는 그녀의 깨끗한 얼굴을 손으로 감싸고 들여다보았다. 아주 오래 전부터…… 감미로운 목소리가 속삭였다. 그녀는 그 앞에서 맑고 촉촉했다. 그녀는 그에게 몸을 내준 것이 아니라 섬세함에, 기도에, 맹세에, 부드러운 움직임에, 우리를 복종시키고 우리를 보여주며 우리의 기분을 풀어주고 우리를 공들여 빚는 그 모든 것에 몸을 내준 것이다. 겁이 나요, 그녀가 속삭였다. 뭐가요? 그가 물었다. 당신이요, 그녀가 대답했다. 그녀는 잠시 생각하더니 다시 입을 열었다. 이러다가 내가 당신을 사랑한다고 믿게 될까봐 겁이 나요, 그녀가 말했다. 벌써 그렇게 믿고 있는 걸요, 그가 웃었다. 그녀는 제정신이 아니어서 미처 화를 내지도 못했다. 그가 왜 웃는지도 알 수 없었다. 아마 그 상황이 즐거웠거나 사랑받는다고 믿는 것이 만족스러웠을 것이다. 그가 한 여자의 사랑을 그처럼 선명하게 확신한 적이 있을까……? 그렇지만 웃다니, 너무 잔인했다! 그는 그녀가 어떤 심정인지 모르지 않았고, 자기는 그렇지 않은데 그녀가 그 정도로 자신을 사랑한다는 사실을 음미하고 있었다. 그것이 그가 즐거워하는 이유였다. 당신은 날 사랑한다고 생각하지 않나요? 그녀가 재빨리 물었다. 그러나 갑자기 친구가 찾아올지도 모른다는 생각에 골몰해 있던 그는 그 질문을 제대로 듣지 못했다. 내가 무슨 생각을 해야 하는데요? 그가 침묵 끝에 되물었다. 날 사랑한다고요, 그녀가 초라하고 쓸쓸하게 속삭였다. 당신은 그렇게 생각하지 않나요? 그녀가 되뇌었다. 아뇨, 그가 그녀의 귓불에 입을 맞추며 속삭였다. 그는 그녀에게 사랑한다고 말하고 싶지 않았

다. 그런 건 아무 소용도, 의미도 없는 일이었다. 그가 그녀에게
입을 맞추기 시작했다. 그의 입술은 다시없이 부드럽고 촉촉했
다. 그가 황금빛 단추들을 하나하나 풀었다. 외투가 벌어지고 그
의 손이 미끄러져들어갔다. 그녀 안의 갈증은 단숨에 진정되었
다. 드디어 됐어! 끊임없이 그녀를 괴롭혔던 모든 것이 해결된 것
이다. 마침내, 라고 그녀가 생각하는 순간 그가 그녀를 붙잡았고
그녀는 그의 것이 되었다. 그녀는 범람하는 바닷물이 땅을 삼키
도록 내버려두었다. 그는 여인을 일깨웠고 그녀는 사랑받기를 원
했다.

그는 뚜렷한 생각은 하지 않았다. 그저 학교에서 그녀를 처음
보았을 때 그를 괴롭혔던 것을 행동으로 옮긴 것뿐이었다. 그러
니 제 길로 간 셈이다. 그는 그녀의 감정은 어떨지 간파했다. 그는
그녀에게 쾌락을 주고 싶었고 '자, 봐요, 당신은 이렇게 할 수 있
어요, 난 일찍부터 그렇게 느꼈고 당신은 내 덕분에 그걸 알게 됐
소' 라고 증명하고 싶었다. 그는 어떻게 해야 하는지 알고 있었다.
그는 그녀를 어루만지고 입을 맞추고 또 어루만지고 입을 맞췄
다. 이토록 보드라운 여자는 축복이었다. 어떠한 행동도 중요하
지 않은 것이 없었지만, 그는 그녀를 조금 부서뜨리는 위험을 무
릅썼다. 그가 그녀를 껴안았다. 그의 손이 그녀 허리의 움푹한 곳

을 잡고 있었다. 침묵하고 있는 그녀는 몸이 구석구석 이완되면서 지극히 여성적인 쾌락이 밀려오는 것을 느꼈다. 그녀는 입맞춤 속에서 해체됐다. 그녀를 유혹한 이 남자는 방금 그녀를 사랑한다고 말하기를 거부했다. 그러나 그의 욕망은 곧 그의 사랑이었다. 그가 그녀의 둥그런 옆구리를 어루만졌다. 그로서는 그녀가 임신했다는 사실만이 이 상황에서 유일하게 기묘한 부분이었다. 그는 줄곧 다른 남자들의 여자를 사랑해왔지만 그래도 모성을 염두에 두어야 하는, 어느 정도 신성한 이 시기만은 피했었다. 별로 살이 찌지 않았군요, 그가 말했다. 그는 그녀의 가슴을 어루만졌다. 임신중인데도 어린 소녀의 가슴 같군요, 꼭 버찌만 해요, 그가 말했다. 그녀가 웃었다. 결정적인 매듭이 풀렸다. 그녀는 그가 하는 대로 내버려두었다.

그녀는 오직 이것을 위해 온 것이었다. 그러나 어떻게 그것을 인정하겠는가?! 그녀는 이야기를 하기 위해 온 양 행동했다. 이야기를 한다고? 물론 말도 안 되는 소리다. 말의 친화력은 이미 깨어나 들끓기 시작하는 것들을 채워줄 수 없었다. 저 첫 저녁식사 때부터 그녀는 그가 그녀를 만지는 꿈을 뜨개질하듯 짜오지 않았던가. 그녀는 욕망이라는 반짝이는 보석 속에서 잠들고 또 깨어났다. 억눌린 욕망이 집요하게 꿈틀대는 바람에 세상의 나머지가 죄다 사라져버릴 수도 있다는 것을 상상할 수 있는가? 이건 틀림없이 운명인데, 어째서 그 일이 일어나지 않는단 말인가! 폴린 아르누는 도저히 이해할 수 없던 참이었다. 일어나야 할 일이 일어나지 않아 그녀는 달아올랐다. 그러나 그 질긴 강박관념을 고백하지는 않았다. 그렇지만 반드시 벌어져야 할 일이었다! 그리고 이제 그녀는 없었던 것을 향해 달려가는 빛나고 눈부시고 전복된 얼굴을 하고 있었다.

임신한 몸을 적나라하게 다 드러내다니! 감미로운 목소리가 속삭였다. 충격 받았어요? 그녀가 뒤로 물러나며 물었다. 전혀, 그가 말하면서 급히 그녀를 붙들어 자기 위에 앉혔다. 욕망이 당당히 고개를 들었다. 그가 그녀를 바라보며 미소를 지었다. 예쁘군요! 그가 말했다. 당신은 항상 놀라는 척하죠, 그녀가 말했다. 내가 놀라는 건, 당신이 예뻐서 내가 좋아하는 게 아니기 때문이오, 그가 말했다. 그래서 그녀는 자신이 예쁜데다 다른 장점도 있다는 것을 깨달았다. 이 남자는 행위의 무게를 가볍게 만들었다. 본능적으로 알고 있었던 것처럼, 혹은 신앙이라는 장식을 벗어던진 이교도처럼. 적어도 그녀는 그렇게 생각했고, 그가 방종한 사람이라고는 꿈에도 그려보지 않았다. 그의 덕택에 자유가 온 것이다.

그들에게는 이제 몸짓뿐이었다. 몸짓 말고는 출구가 없었다. 그들은 이제부터는 말 같은 것은 하지 않고 서로 어루만질 것이다. 그녀는 도저히 저항할 수 없는, 살이 촉촉이 젖어드는 욕망을 느꼈다. 당신을 아프게 할까봐 겁이 나요, 그가 말했다. 그럼에도 이 빛나는 여인과의 뜨거운 접촉을 포기할 수는 없었다. 손바닥에 와 닿는 비단 같은 감각이 그를 쑤셔일으켜 타인의 몸속으로 이끌었다. 본능이 그의 손을 휩쓸었다. 아프지 않아요? 그는 자신의 의지를 완전히 드러내며 되뇌이듯 물었다. 전혀요, 그녀는 속삭이다시피 대답했다.

두 사람은 처음으로 서로 아주 가까이 있었고, 말이 없었다. 그녀의 몸 위로 손가락의 길이 나고 있었다. 그는 그녀를 손끝으로 그렸고 그녀는 어떤 그림이 그려지는지 선명히 느꼈다. 당신이 불타버릴 것만 같아요, 그가 말했다. 그녀는 한마디도 하지 않았다. 그녀는 너무 떨린 나머지 감동했다. 눈물이 소리없이 눈가로 흘러내렸다. 그는 그녀를 위한 가장 부드러운 맥박을 찾았고, 가슴이 에도록 섬세한 리듬으로 절정의 쾌락을 찾아갔다.

그는 춤추는 듯한 몸들의 결합을 자연스레 발견했다. 그녀는 그를 따랐다. 그 즉각적인 친화력에 그가 놀랄 정도였다. 그가 그들이 전생에 연인이었다고 생각한 것은 바로 그 순간이었다. 그들은 서로 알고 있었다! 줄곧 서로를 알아보고 있었던 것이다! 모든 게 간단하고, 즉각적이고, 타고난 것이었다. 그는 그녀에게 연결되어 있었고, 그래서 그녀의 마음속에서 살아 움직이는 그 숱한 감각들의 뒤엉킴을 훤히 읽을 수 있었다. 그녀가 그에게 주어지자 그는 흔들렸다. 어떻게 그녀가 사랑에 빠졌다는 것을 모를 수 있었던가? 그는 천사가 되고 싶었다, 강하고 부드러운. 그는 그 이름 폴린을 속삭이며 앞뒤로 몸을 움직였고 느긋하게 행복을 음미했다. 폴린, 폴린…… 그녀는 뚝뚝 떨어지는 물방울 같은 미세한 몸짓과 흥분 속에서 도취되었다. 그녀가 그에게서 떨어져나갔다. 한숨, 그리고 침묵. 그러자 그녀는 사라졌다. 그녀였던 사람은 사라졌다. 그리고 조금씩, 소멸의 한복판에서 그녀는 자신이 뜨겁고 부드러운 불, 노래하는 불에 지나지 않음을 깨달았다. 아무도 가르쳐주지 않았지만, 그녀는 조용히 그 사실을 알아차렸다. 그녀는 물처럼 흐르는 불꽃이었다. 그녀의 피는 약동하고 있었다. 그녀의 살갗은 부드러웠다. 그녀의 흰 뺨과 이마가 빨개졌다. 도도한 아름다움은 부드러운 신성(神性) 속에 녹아내렸다.

그녀의 얼굴은 난파선이 되었고, 가면은 혼란 속에서 떨어져나갔다. 그녀는 헝클어지고 곤두서 있었다. 당신은 부드러운 연인이야, 그가 촉촉한 입술로 그녀의 귀에 입을 맞추며 속삭였다. 그녀는 대답하지 않았다. 이번에는 그가 사로잡혔다. 부풀어오른 그녀의 새하얀 나신은 관능적이었으며 바람처럼 살랑거렸고, 측량할 수 없었다. 그는 눈을 떠 그 몸을 슬쩍 엿보았다. 그녀를 잘 보려고 애썼지만 자꾸 눈꺼풀이 감겼다. 육체의 논리가 그를 휩쓸었다. 그는 탄식과 입맞춤을 쏟아내며 손끝이 살아 움직이는 대로, 스스로의 극단에 이끌려 불타는 듯한 과육 속으로 미끄러져들어갔다.

질 앙드레의 몸은 마르크 아르누의 몸과 닮은 구석이 하나도 없었다. 폴린 아르누는 확실히 전혀 다른 느낌임을 깨달았다. 그녀는 후회를 느꼈어야 했는지도 모른다. 그러나 사랑이 모든 것을 정당화했다. 그녀는 감탄하면서 사랑을 나누었고, 그 감탄 속에서 뉘우침이나 후회는 산산이 부서졌다. 그녀는 불손한 연인에게 입을 맞추었다. 그들은 원시적 감각에 잠겼다. 그 감각은 한 존재 속에 있다가 나가는 것, 내부에 있다가 배설되는 것, 살아 있다가 텅 비어버리는 것이 무엇인지 한마디 말 없이 가르쳐주었다. 그녀는 어머니였고 연인이었으며 촉촉한 광채였다. 그는 선원처럼 헤엄쳐들어갔다. 그가 지닌 생명력은 자신이 만진 몸속에서 일고 있는 떨림을 감지했다. 여인의 열기가 남자의 몸속으로 송두리째 들어왔다. 그는 그녀에게 미친 듯이 입을 맞추었다. 감사의 마음이 고스란히 드러나는 충성스런 열기를 품은 입맞춤이었다. 그는 소리없이 웃으면서, 두 팔은 가슴에 얹은 채 약간 졸린 눈으로 그녀의 둥그런 배를 바라보았다. 여자란 어떤 존재인지 그녀가 또 한 번 증명한 셈이었다. 여자는 사랑을 위해 창조된 존재였다.

그러나 그녀는 그가 다른 여자 곁에서도 똑같았을 것이라고 느꼈다. 당신이 사랑하는 건 여자예요, 여성적인 것이요, 특별히 내가 아니어도 되는 거죠, 그녀가 말했다. 그가 웃으면서 말했다. 틀렸소, 난 그 누구하고도 이 비슷한 걸 누리지 않아요. 어쨌든 당신은 다른 것들도 누리잖아요! 그녀가 섭섭한 투로 말했다. 그래요, 그가 한숨을 내뱉었다. 그녀에게 거짓말을 하고 싶지 않았다. 바로 그거요, 어떤 형태를 하고 있건 여성미는 나를 사로잡아요, 그것도 한순간에! 그는 행복해 보였다. 그의 얼굴은 미소 속에서 대담하게 빛났다. 그 쾌활함에 그녀는 몸이 떨렸다. 그녀는 그를 떠나야 한다는 생각만으로도 고통스러운데 그는 웃을 기력이 남아 있는 것이다! 그는 그녀가 마음이 아파한다는 것을 눈치챘다. 그가 말없이 그녀를 품에 안았다. 그녀는 이유도 모르는 채 울었다. 그녀는 그에게 안겨 울음을 삼켰고, 그는 임신으로 인해 굵어진 그녀의 팔을 가만히 쓰다듬었다. 그녀를 위해 그가 할 수 있는 건 아무것도 없었다. 포옹은 그들 사이의 차이를 드러냈다. 그는 또 한 번 뜨겁고 열린 육체에 붙들렸지만 이번에는 그녀에게 고백할 수 없는 슬픔을 느꼈다. 이제 사랑에 빠진 그녀의 빛나는 눈만 보고도 그녀가 아무 타격 없이 다시 일어나지 못하리라는 것을 알수 있었기 때문이다. 반면 그는 그대로, 멀쩡히 일어날 수 있었다. 설명할 수는 없었지만 어쨌든 그랬다. 여자들은 에로스의 영광에 공물을 바쳐야만 하는가? 격렬함과 미친 듯한 애정과 음란함과 속삭임, 그것들이 상처를 주는가? 이 여자를 향한 사랑의 몸짓이 애착을, 흥분을 그리고 헤어짐의 고통을 배가시키는 것은 살갗의 저주인가, 아니면 남자들의 음모인가? 애착과 기다림은 여자들의 기질인가, 아니면 어머니가 딸에게, 딸이 또 그 딸에게 가르쳐 주는 것인가? 그 모든 것은 그녀들의 연인들이 지닌 바람기와는 반대 방향을 향하고 있다. 그녀는 온전히 일어나지 못할 것이며 훌훌 털고 일어나지도 못할 것이다. 그러므로 그녀를 떠나는 순간 그는 그녀가 더이상 같은 사람이 아니라는 것을 똑똑히 확인하게 되리라. 그녀는 그가 필요해질 것이다! 이제부터 그녀는 그가 채워준 일시적 격정이 아닌, 사랑의 길고 오랜 인내심을 그에게 요구할 것이다. 아름다움에 입문한 약탈자처럼 다시 한번 그녀를 덮치는 순간, 그는 그 모든 것을 알게 되었다. 그가 한 일에 대해 책임을 져야 할 테지만 그렇게 할 수 없을 것이며, 따라서 어여쁜 한 얼굴이 어두워지는 것을 보게 될 것이다. 그렇지만 그가 사로잡아 그녀가 흥분하자, 그는 모든 생각을 벗어던지고 오직 뜨겁게 그녀에게 입을 맞추기 시작했다.

벨소리가 울려 그녀는 소스라쳤다. 그는 엘리베이터가 올라와 멈추는 소리를 숨죽인 채 들었다. 그가 미소지으면서 검지손가락을 입술에 갖다댔다. 쉿! 그가 부드럽게 말했다. 그녀는 그의 모든 몸짓과 목소리에 민감했다. 그러나 그 부드러움은 그녀를 씁쓸하게 했다. 그런 상황에서 애인과 같이 있을 때면 보이는 반응일 뿐이었다. 그들은 기다렸다. 벨이 두 번 더 울리더니 다시 엘리베이터 소리가 났다. 그들은 벌거벗은 채 나란히 누워 있었는데, 두 사람 다 겁에 질려 심장이 벌떡벌떡 뛰었다. 침묵과 어둠이 그들을 덮었다. 갔소, 그가 낮게 속삭였다. 그녀는 뺨에 그의 숨결을 느꼈다. 그녀는 아직도 그의 존재를 포식하지 못했다. 이 순간을 연장하고 싶었다. 그녀는 상식도 이성도 안중에 없었다. 겁이 났소? 그가 물었다. 무척이요, 폴린 아르누가 대답했다. 난 재미있었소, 그가 말했다. 난 아니에요, 그녀가 말했다.

그가 그녀를 바라보았다. 그들이 사랑을 나눔으로써 무엇이 바뀌었는지 찾아내려는 듯한 눈길로. 그녀는 무슨 생각을 하고 있을까? 그 생각이 옳은가 그른가는 상관없다. 그 생각이 이제부터 바뀔까? 처음 봤을 때 당신 얼굴에서 눈을 뗄 수 없었소, 그가 말했다. 난 당신이 날 본다는 걸 알고 있었어요, 그녀가 말했다. 그래서 그 사실 때문에 어땠죠? 그가 흥미를 갖고 물었다. 처음엔 아무렇지도 않았어요, 별로 깊은 의미는 없다고 생각했으니까요,

그래도 기분은 좋았죠, 하루의 시작으로서는 유쾌했으니까요, 그녀가 말했다. 일은 나중에 일어났어요, 그러니까 내가 당신 시선을 다시 떠올렸을 때, 그리고 당신이 계속했을 때…… 계속해요? 뭘? 그가 집요하게 물었다. 그녀는 아무 말도 하지 않기로 결심한 것처럼 소리없이 웃기만 했다. 여자들이 '진정한' 눈길을 받을 때면 어떤 느낌이 드는지 정확히 알고 싶어요, 그런 건 전혀 모르니까, 그가 말했다. 하지만 그게 효과가 있다는 건 당신도 알잖아요! 그녀가 말했다. 그녀가 웃는 것을 보고 그는 안심했다. 그럼 대답해봐요, 내가 학교에서 당신 마음에 들려고 수작 걸었을 때 어떤 느낌이었소? 그가 되풀이해 물었다. 제대로 표현할 수 있을지 자신이 없어요, 그녀가 대답했다. 노력해봐요, 그가 말했다. 잊어버렸어요, 그녀가 말했다. 거짓말이란 것 알아요, 그가 말했다. 아뇨, 정말이에요! 그녀가 말했다. 그럼 기억을 되살려봐요! 그가 말했다. 그녀는 그를 위해 그렇게 했다. 우선 흔들렸어요. 어떻게? 그가 물었다. 마음이 어지러워지는 거요, 편하지 않았어요, 그녀가 말했다. 그후엔? 그가 물었다. 그후엔 행복했죠, 기분이 좋았고, 그것에 익숙해졌어요, 그녀가 말했다. 경탄의 눈길을 받는 데 익숙해졌다고요? 그가 물었다. 그래요, 그거예요, 그녀가 대답했다. 그게 경탄이라고 확신했어요? 그가 물었다. 난 내가 당신 마음에 들었다고 생각했어요, 그녀가 얼굴을 장밋빛으로 물들이며 말했다. 그건 맞아요, 그가 말했다. '그럼 지금은요, 지금도 당신 마음에 드나요?' 그녀는 그렇게 묻고 싶어져서는 꿈꾸는 듯한 얼굴이 되었다. 그렇게 묻고 싶어진 것은 '눈부심은 흩어져버렸소' 라는 대답을 알고 있었기 때문이다. 그렇게 생각했을 때 무슨 일이 일어났소? 그가 재차 물었다. 인생이 다시 반짝반짝 빛나기 시작했어요, 내가 아는 기분 좋은 뭔가가 일어나려는 것처럼, 내겐 당신의 시선이 필요했어요, 그녀가 말했다. 그 얘기 남편한테 했소? 그가 물었다. 당연히 아니죠! 그녀가 대답했다. 당신 남편이 그런 걸 짐작할 수 있었을까요? 그가 물었다. 그럴 것 같진 않아요, 그녀가 말했다. 그러니까 남편과의 생활은 아무것도 바뀌지 않았군요, 그가 말했다. 그래요, 바뀐 것은 없어요, 그녀가 말했다. 왜 당신은 인생이 '다시' 반짝반짝 빛난다고 했소? 그가 물었다. 그녀는 그게 당연하다고 생각하는 것 같았다. 왜냐하면 그건, 어떻게 말해야 하지? 왜냐하면…… 오래 전부터 한 남자를 사랑하는 것과 사랑에 빠지는 건 같은 감정이 아니기 때문이죠, 그녀가 말했다. 사랑에 빠질 것 같다는 예감을 받았어요? 그가 놀라서 물었다. 그럴 가능성이 있을 것 같았어요, 그녀는 (기분이 상해서) 말했다. 나 역시 당신 마음에 들었기 때문에? 그가 물었다. 그럴 수도 있죠, 어쨌든 당신이 내 마음에 안 든 건 아니고, 그리고 벌써 말했잖아요, 난 당신이 그렇게 날 보는 게 좋았어요! 만남이란 건 참 묘하죠, 그리고 사람들이 그리 많은 만남을 가지는 건 아니에요, 그녀가 말했다. 당신은 그게 만남이란 인상을 받았나보죠? 그가 물었다. 그게 놀랄 일이에요? 그녀는 그가 그런 질문을 하는 것에 실망해서 되물었다. 아니오, 나도 무슨 일인가 일어나고 있다는 느낌이 들었소, 그가 양보했다. 뭔가 전기 같은 거요, 그녀가 말했다. 그렇게 말할 수 있을 거요, 그가 말했다. 그래서 그 다음엔? 그가 즐거운 기색으로 물었다. 그 다음? 그 다음 뭐요? 그녀가 물었다. 당신의 예쁜 머릿속에서 무슨 일이 일어났소? 그가 웃으면서 물었다. 아무것도! 그저 내가 학교에 갔을 때 당신이 거기 있기를 바랐죠, 그녀가 말했다. 아! 앙큼한 여자! 그가 말했다. 그럼 당신은? 당신의 그 조그만 머릿속에선 무슨 일이 일어났죠? 그녀가 말했다. 그는 솔직하게 웃었다. 그는 그녀가 놀이로 돌아왔음을 받아들이고 대답했다. 우선 당신을 생각하지 않으려고 노력했소, 하지만 당신이 너무 자주 보였어요. 그래서요? 그녀가 물었다. 그래서 그냥 흘러가는 대로 내맡겼죠, 난 당신한테 접근할 방법을 연구했어요, 그가 말했다. 그녀는 또렷이 기억한다는 듯 미소를 지었다. 처음엔 당신 아들을 집으로 초대할 궁리를 했죠, 그가 말했다. 그들은 같이 웃었다. 그렇지만 딸아이는 당신 아들 테오두르를 끌어올 기회를 주지 않더군요, 다른 방법을 찾아야 했소, 그가 말했다. 당신한테 접근하기 위해, 라고 감미로운 목소리가 덧붙였다. 그가 자기들 둘에 대해 말할 때면 그녀는 특히 매료됐다. 당신이 감히 그럴 수 없으리라 생각했어요, 그녀가 말했다. 내가? 감히 그럴 수 없다고? 당신은 나라는 사람을 전혀 몰랐군요! 그가 말했다. 그러게 말이에요, 그녀가 말했다. 사실 난 방법이 없을 거라고 생각했으니까요, 그녀가 덧붙였다. 그가 웃었다. 과연 그는 그 분야의 달인이었다. 그리고 당신은 행동을 개시했구요! 그녀가 그를 놀리며 말했다. 그래요, 난 완전히 반해버렸거든요! 그가 양보했다. 운에 맡기고 대담하게 부딪치는 것 말고는 방법이 없었소, 그가 덧붙였다. 난 거기에 감탄했고 그래서 그걸 존중했어요, 그녀가 말했다. 아, 그래요? 그는 흥미를 보였다. 왜 그랬소? 그가 물었다. 내가 먼저 남자한테 접근한 적은 없으니까요, 그녀가 대답했다. 없어요? 정말로? 그가 물었다. 난 그런 건 못 할 거예요, 그녀가 말했다. 왜냐하면 당신 자신이 절대 그렇게 못 할 거라고 생각하니까, 그리고 당신이 정말 그렇게 할 필요가 있었던 적이 없으니까, 그가 말했다. 그럴지도 몰라요, 하지만 난 수줍음을 탄다구요, 그녀가 말했다. 아니, 난 당신이 그리 수줍음을 타는 여자라고는 생각 안 해요, 그가 말했다. 당신한테는 안 그렇죠, 그녀가 말했다. 왜 그런지 알아요? 그가 물었다. 진심 어린 질문이었다. 아뇨, 몰라요, 그냥 당신이랑 있으면 마음이 편해요, 그녀가 말했다. 나도 당신이랑 있으면 당장 마음이 편해져요, 그가 말했다. 그는 그녀가 그 말을 음미한다는 느낌을 받았다. 그러나 그가 그런 목적으로 그렇게 말한 것은 아니었다. 그는 진지했다. 그리고 거짓말을 하지 않고도 그녀를 기쁘게 할 때마다 매우 행복했다.

이런 대화를 다른 여자랑 나눈 적이 있어요? 그녀가 물었다. 틈날 때마다 그런 질문 좀 하지 말아요! 그가 소리쳤다. 어린 계집아이를 나무라는 지긋한 신사 같았다. 그가 나무랐으므로 그녀는 그의 말을 따를 수밖에 없었다. 그에게 감탄까지 하면서! 닮은 구석은 하나도 없어요, 난 여자들이랑 많은 관계를 가졌지만 각각의 관계가 다 독특했소, 그가 말했다. 당신 부인하고는요? 그녀가 물었다. 내 아내랑 뭐요? 내가 아직 더 뭘 말해야 하오? 당신한테? 그는 어린아이에게 웃어 보이듯 그녀를 향해 웃었다. 그녀는 무슨 말을 해야 할지 몰랐다. 침묵이 내려앉았다. 사람들은 말을 함으로써 진정 해방되는가? 이 대화는 그의 환상을 수정했다. 그녀는 상상했던 것처럼 유일한 우상이 아니라 사실은 다신교의 침대 속에 누워 있는 것이었다. 어쨌든 당신은 날 따라왔잖아요! 그녀가 말했다. 그녀는 그가 그 점에 동의해주기 바랐지만 그는 그러지 않았다. 난 그렇게 생각 안 해요, 저녁 초대를 한 후에 난 당신을 가만히 놔뒀소, 그가 말했다. 그렇지만 그건 이미 일을 저지른 뒤잖아요! 그녀가 말했다. 그건 당신이 너무 앞서가서요! 그가 말했다. 오늘 저녁 나한테 와달라고 애원한 건 당신이었소, 그가 말했다. 그녀는 그가 무례하다고 생각했다. 그러나 다만 이렇게 말할 뿐이었다. 당신은 내가 오길 바라지 않았나요? 그녀의 목소리는 작아져 있었다. 그녀가 그렇게 약해지는 것이 그는 싫었다. 바랐소, 그리고 당신과 보내는 시간은 한없이 감미로웠어요, 당신은 정말 관능적이야…… 그는 말끝을 흐리며 갑자기 웃기 시작했는데, 틀림없이 혼자서 무엇 때문인가 흥분했고, 웃음으로써 그걸 털어버리려는 것 같았다. 그녀는 아무것도 느끼지 못했기 때문에 몹시 상처를 받았다.

  오늘 일을 남편한테 말할 거요? 그가 물었다. 평생 절대로! 불행해지기만 할 걸요! 그녀가 대답했다. 그렇소, 그가 말했다. 난 내가 당신을 닮았다고 믿어요, 우리 사이를 아무도 모르기 바래요, 당신을 만난 후로 난 비밀을 사랑하게 되었어요! 그녀가 말했다. 그는 행복했다. 일이 잘 해결된 것이다. 그녀는 그의 누이였고 쌍둥이였다. 당신은 나의 은밀한 연인이에요, 그녀가 농담하는 시늉을 하며 말했다. 시늉일 수밖에 없었다. 사실 그녀는 절대로 농담을 하지 않는 사람이었다. 그러나 그가 즉시 근엄하게 되받았다. 그렇게 생각하지 말아요, 난 당신 연인이 아니오. 그가 말하는 의미를 단번에 포착했으므로 그녀는 심하게 타격을 받았다. 그는 그녀에게 멋대로 헛된 상상일랑 하지 말라고 한 것이었다. 그녀 혼자 활활 타올라선 안 되었다. 그녀가 이성을 잃어선 안 된다고 못박기 위해 그는 그들이 연인이 아니라고, 그렇게 칭칭 감는 관계보다 더한 무엇일지는 모르지만 연인은 아니라고 말했다. 그녀 안의 축제는 망쳐졌다. 욕실이 어디죠? 그녀가 물었다.

　그들은 거리로 나왔다. 그리고 택시 타는 데까지 말없이 걸었다. 그녀는 부서지고 으깨진 채 상자 속에 들어 있는 느낌이었다. 당신은 정말 부드러운 여자요, 그가 말했다. 그녀는 할말을 찾을 수 없었다. 그녀는 그에게 입을 맞추고 택시에 올랐다. 고마워요, 그는 일이 끝났다고 말하는 듯한 눈길로 그녀를 보며 말했다. 그래, 끝났어, 슬픔 없이! 그는 행복한 미소를 짓고 있었다. 우리를 애착과 쾌락 속으로 데려가고, 끝내는 면직시키는 남자와 헤어지는 것에 맞먹는 마음의 고통은 과연 무엇일까? 그것은 어떤 종류의 포기일까? 그녀는 파도처럼 몸을 떨었다. 그가 몸을 숙이고 그녀의 목덜미 뒤로 손을 가져가더니 부드럽게 입을 맞추었다. 또 만나요, 그가 속삭였다. 그가 거짓말을 한다고 그녀가 확신한 반면 그는 아무것도 몰랐다. 그녀는 모든 것을 되새김질하기 시작했고, 그는 단순히 순간을 음미하고 있었다

2

그녀도 거짓말을 했다. 진주를 감춘 조개처럼, 자신을 고통스럽게 하는 비밀 주위에서 조용히, 그리고 몰입해서. "나 안 자." 그녀가 소리를 내지 않고 방으로 들어가자 남편이 말했다. 그는 어둠 속에 누워 있었지만 잠든 것은 아니었다. "당신을 기다리고 있었어. 즐거운 저녁 보낸 거지?" 그가 세심하게 물었다. "그래요, 무척." 그녀가 말했다. "어디 갔었어?" 그가 물은 것은 의심해서도 아니고 권위를 부리기 위해서도 아니었다. 그저 궁금해서였다. 그녀는 거짓말을 했다. 고요하게, 청렴한 얼굴로. 그리고 밤을 준비하기 위해 방을 나갔다.

그녀가 방으로 돌아왔을 때도 그는 자지 않고 있었다. 그녀는 그가 이미 잠들었기를 바랐었다. 그녀는 침대 속으로 들어가 그의 옆에 누웠다. "잠자리에 든 지 오래됐어요?" 그녀가 물었다. 그녀는 새로이 눈을 떴고, 그녀의 머릿속에는 숱한 생각들이 우글거리고 있었다. 야릇하게도 행복한 동시에 불행했다. 자신의 탐욕에 배당된 몫을 찾은 동시에 잃었기 때문이었다. "꽤 됐어." 마르크 아르누가 대답했다. 그는 선잠이 든 상태에서 미소를 지었다. 마르크는 이 눈부신 얼굴을 한 여자가 무엇에 눈떴는지 의심해보기라도 했을까? 그녀는 반쯤 잠든 그의 얼굴을 감싸쥐고 게 걸스레 입을 맞추었다. 그것은 똑같은 입술도 아니요 똑같은 입 맞춤도 아니었다. 그러나 잔류 효과라는 생리적 원칙에 의해 욕 망은 아직 살아 있었다. 사그라질 기미조차 없었다. "어떻게 된 거야?" 마르크가 행복해하면서 물었다. 그는 몸을 부르르 떨었 다. 그녀는 속으로 노래를 불렀다. 어떻게 된 거냐 하면, 한 남자 가 날 깨웠죠. 그가 그녀의 허리를 안았다. 그는 인내심 있게 단추 를 하나하나 풀기 시작했다. 그가 단추를 전부 풀고 잠옷을 벗겼 다. "당신 피곤하지 않아?" 그가 둥그런 배를 어루만지며 물었다. "사랑해." 그가 말했다. "나도 사랑해." 그녀가 말했다. 그리고 생 각했다. 한 남자가 날 깨웠고 그는 당신한테서 아무것도 빼앗지 않았어요, 나 여기 있잖아. 비밀은 행복의 보석상자였다.

밤이 깊었지만 그들은 아직도 옷을 거의 벗다시피 하고 나란히 누워 이야기를 나누고 있었다. 그는 아내의 몸을 기계적으로 어 루만졌다. "당신, 나하고만 사랑을 나누는 거 후회하진 않아?" 그 가 물었다. "별로." 그녀가 대답했다. "끌리는 남자가 별로 없어." 그녀가 말했다. 그것은 사실이었다. "심지어 어떤 남자들은 역겹 기도 해." 그녀가 말을 이었다. 그녀는 그들의 친구들 가운데서 예를 들었다. "예를 들어 필립 같은 경우는 전혀 매력을 못 느끼겠

어.” 그녀가 그렇게 말한 것은 필립이란 친구가 악명 높은 돈 후안
이기 때문이었다. “또 올리비에, 알베르…… 알베르하고도 절대
못 할 거야!” 그들은 웃었다. “막스는 괜찮아.” 그녀가 말했다.
“하지만 당신도 알다시피 난 별로 관대한 여자가 아니야. 난 같이
자는 일엔 별로 관심 없어.” 그녀가 말했다. 그녀는 어둠 속에 누
워 있었다. 그녀의 배는 완전히 둥글었다. 그가 팽팽한 살갗에 손
을 갖다댔다. 그 감촉은 그를 희열로 가득 채웠다. “정말 아름다
워.” 마르크가 말했다. 그는 그렇게 믿고 있었다. 아내가 여신 같
다고 생각했다. 그녀가 대담하게 말했다. “내가 좋아하는 건 사랑
의 감정이 섞인 우정 같은 거야. 아마도 내 삶에서의 두번째 사랑
같은 것일까.” 그녀가 속삭였다. 그들은 이 꿈에 같이 웃었다. “그
래, 나도 그래. 내가 원하는 것도 그런 것 같아. 그런 게 아니라면
조금도 흥미 없어.” 그가 말했다. 그는 여자들과는 지속적이고 정
중한 관계밖에는 갖지 않았고 엄격히 말해 관능적인 열광 같은 것
은 가져본 적이 없었으므로, 그가 아내에게 고백한 것은 틀림없
는 진실이었다. 그녀도 알고 있었다. 그녀는 그를 너무 잘 알았다.
그렇다. 어쨌든 그녀는 그가 그녀를 유혹할 당시 얼마나 소심하
고 미묘하고 느렸는지 잊지 않고 있었다. 그는 그녀가 먼저 사랑
을 고백하도록 이끌어갔고, 그래서 그녀는 그가 절대로 적극적이
고 대담하고 재빠르게 여자를 다룰 수 있는 사람이 아니란 것을
알게 되었던 것이다. 그는 취하기만 하는 것이 아니라 서로 주기

를 원했고, 심지어 요구조차 하지 않았다. '너무나도 복잡한 나의 마르크! 다시없이 세심하고 조심성 많고 주의력을 갖춘 사람!' 한 번도 그만한 남자를 만난 적이 없었다. 그녀의 삶에서 그는 가장 값진 존재였고, 그녀가 꽃처럼 활짝 피어 빛깔을 내뿜기 위한 도약대였다. 그가 진정으로 그녀를 사랑한다는 것을 그녀는 의심한 적이 없었다. 그는 있는 그대로 그녀를 사랑했고, 그녀와 같이 있는 것만으로도 충분히 행복해했다. 마르크가 비밀리에 다른 여자를 바라보는 것이 가능한 일일까? 폴린 아르누는 처음으로 그럴 수 있을지도 모른다고 생각했다. 그 누가 사랑의 힘에 저항할 것인가? 이제 그녀도 그것을 알게 되었는데 어떻게 남편에게는 그런 일이 없으리라고 확신할 것인가? 그녀의 부정(不貞)이 그녀를 의혹으로 이끌고 갔다.

마르크와 폴린 아르누의 관계가 완전히 틀어지는 경우는 드물었다. 그들은 진정으로 친밀한 사이였고, 이따금 한 사람이 상대방을 성가시게 하는 경우가 있다면 그건 그들이 서로 닮았기 때문이었다. 두 사람이 모두 똑같은 것을 찾았으므로 그것을 더 많이 얻은 사람은 질투를 유발했다. 그러므로 마르크, 그 역시 사랑의 비밀을 갖고 있었다. 그러나 야릇한 일은 상대방이 고맙게도 이혼녀이고, 그가 그녀를 오래 전부터 알고 지내며 욕망을 품어온 반면 한 번도 부정을 저지르지 않았다는 것이다. 다시 말해 그가 엄청난 욕망을 품었던 것은 사실이지만 절대 그녀와 잠자리를 같이 하지 않았다. 죄의식 때문이 아니라 일이 복잡해질 것을 알았기 때문에, 그리고 그 여자를 고통스럽게 하는 것이 두려웠기 때문이었다. 질 앙드레가 잊어버리고 싶어한 것, 그 비밀스런 몸짓들의 흔적을 그는 알고 있었던 것처럼. 그렇게 해서 그는 애인이었을 수도 있는 여자를 향한 사랑을 통해 아내에게 충실했다. 그녀는 자주 그를 만나고 싶어했다. 그녀는 존재의 고충을 그에게 털어놓았다. 그는 들었다. 인간이란 완전히 혼자인 탓에 타인이 전부가 될 수도 있는 것이다. 그는 그녀에게 전부였다. 어쩌면 그녀는 그가 자신의 품으로 오기를 기다렸을지도 모른다. 그러나 그는 강경파였다. 남편이 당신을 배신할 수 있을 거라 생각해요? 질 앙드레가 폴린에게 물었다. 아뇨, 난 아니라고 확신해요, 그녀가 대답했다. 가여운 친구! 그가 자기 삶을 살게 놔둬요! 그가 말했다. 난 벌써 그렇게 하고 있다구요! 폴린이 항변했다. 흠……질 앙드레는 신음을 내뱉었다.

3

　다음날 아침, 전화가 걸려왔다. 그의 목소리를 듣자 폴린은 단숨에 로맨스의 한복판을 달리기 시작했다. 그녀는 한 마디 한 마디에 저의가 담긴 그 대화의 쾌락에 기분 좋게 몸을 내맡겼다. 내 전화 때문에 깬 건 아니오? 지금 당신은 어떤 모습을 하고 있죠? 그가 물었다. 그녀는 그가 그녀에게밖에는 관심이 없다는 말로 알아들었다. 잠옷 차림이에요, 그녀가 말했다. 무슨 색? 그가 물었다. 흰색! 그녀는 사랑에 빠진 남자나 할 법한 어리석은 질문들에 행복해져서 웃음을 터뜨렸다. 이 여자는 늘 이렇게 신선해! 그는 황홀해서 속으로 말했다. 당신은 경이로울 정도로 신선한 여자요, 그가 말했다. 그것은 그녀의 마음에 드는 칭찬, 그녀의 나이에 어울리는 칭찬, 그리고 그녀가 가만히 있어도 받을 만한 칭찬이었다. 어쨌든 아무리 들어도 물리지 않는 말들이 있는 법이다. 이처럼 하찮은 말들의 효과만으로도 끊임없이, 한계도 없이 그녀는 자신을 지배하는 뜨거운 열정을 느꼈다. 당장 그가 보고 싶었다. 나 혼자 있어요, 오세요! 그녀가 말했다. 일해야 해요, 그는 멀리서 신음을 토하듯 말했다. 오세요! 그녀가 되풀이했다. 아이를 낳으면 어쩌라고! 그가 그녀를 놀렸다. 그러나 그녀는 그 말이 하나도 우습지 않았다.

그가 왔다. 그녀가 애원하고 울었으므로. 그는 제방을 무너뜨렸다. 그리고 그 애원 속에서 자신이 불러일으킨 진동을 느꼈다.

그녀는 지쳤고 혼자였으며, 전날 밤의 일이 있은 후 온갖 상상을 하고 있었다. 아이를 낳다 죽을지도 몰라요, 그녀가 말했다. 그를 곁에 붙들어두기 위해 무슨 말이든 할 수 있었다. 그는 슬프게 미소만 지을 뿐 할말을 찾지 못했다. 그녀는 자신이 바보 같다고 생각했지만 계속할 수밖에 없었고, 끝내 이렇게 묻고 말았다. 만일 내가 죽으면 당신은 어떻게 하겠어요? 그는 간단히 대답했다. 당신을 아쉬워할 거요. 여자에게는 불충분한 대답이었다. 그는 그녀가 이성을 찾게 하려고 애썼다. 정말로 아이를 낳다가 죽으면 어쩌나 겁내고 있는 건 아니죠? 그가 감미로운 목소리로 물었다. 그녀는 수시로 그녀에게 마법을 거는 그 부드러운 목소리에 소스라쳤다. 아뇨, 하지만 어쩌면 의식불명이 될지도 몰라요, 얼마든지 끔찍한 일이 일어날 수 있어요, 아이를 낳는 건 그리 쉬운 일이 아니에요, 그녀가 말했다. 그녀는 돌연 흔한 여자들 가운데 하나가 되어 있었다. 그녀의 목소리는 그녀의 것이 아니었거나, 그녀의 목소리라 해도 분노로 일그러져 있었다. 그 탈장할 것 같은 고통에 비하면 애무 따위, 아니, 남자의 성기가 여자의 몸속으로 들어오는 일 따위는 아무것도 아니에요. 그녀는 절망으로 산산이 부서진 얼굴로 그렇게 말했다. 알았어야 했어…… 그가 생각했다. 그리고 그 생각을 입 밖에 내어 중얼거리려고 했다. 그러나 그녀는 듣지 않았다. 그녀는 되풀이했다. 아무것도 아니에요, 아무것도, 아무것도. 그건 그가 그녀에게 한 일을 볼품없게 만드는 것이었다. 마치 여자의 삶에는 남자에 대한 사랑과 아이들에 대한 사랑 사이의 쓰디쓴 싸움이 있는 것처럼. 그녀의 주장에 뭐라고 대답할 수 있겠는가? 그는 난처했고, 그래서 침묵을 지켰다.

그녀가 다가와 그의 팔을 잡고 침대로 이끌었다. 그녀 부부가 쓰는 침대였고, 그들은 아무 말도 하지 않았다. 그녀는 그로서도 감히 저지르지 못할 일을 자신이 처음으로 저질렀음을 깨달았다. 그녀는 그를 뚫어질 듯 바라보았다. 어쩌면 그는 침대에 눈길을 주었는지도 모르고 보이지 않게 물러섰는지도 모른다. 그녀는 그가 자기를 서재로 데려갔던 그 날을 떠올렸다. 그 순간 그는 무슨 생각을 했을까? 그것은 알 수 없다. 그녀가 슬그머니 그를 바라보았다. 그는 아무 일도 아니라는 듯 아주 편안히, 애매한 미소를 지은 채 웃옷을 벗었다. 그리고 그녀에게 다가왔다. 그녀는 그가 이런 상황에서 흔히 남자들이 하는 일을 하려 든다고 생각했지만, 실은 그는 그럴 욕구가 전혀 일지 않았다. 그가 그녀의 흰 잠옷을 들추었다. 배는 터질 듯 불러 있었으며 살결은 너무 팽팽해 투명할 지경이었다. 푸른 혈관들이 사방으로 뻗어 있었다. 음부의 털이 있는 바로 위쪽에 뱀 같은 붉은 혈관들이 맑은 살갗 위를 내달리고 있었다. 내가 당신을 아프게 할까봐 정말 두렵소, 그가 말했다.

에브 드 모르트뢰가 나한테 당신을 아냐고 물은 것 알고 있소? 헤어지는 순간 그가 물었다. 진작 말한다는 걸 잊어버렸소, 뭔가 은근히 내비치는 말투였어요, 그녀에게 뭐 말한 것 있어요? 그가 물었다. 아무것도 없어요, 우린 겨우 안녕, 잘 가 정도의 인사만 하고 지내는 사이인 걸요. 그래서, 당신은 뭐라고 했는데요? 그녀가 물었다. 맞혀봐요! 그가 싱긋 웃었다. 오스카 와일드의 처방을 적용했죠, 난 이렇게 말했어요, '물론 그녀를 알죠. 난 늘 다른 사람들의 아내를 사랑해왔거든요.' 그러자 폴린 아르누가 말했다. 당신, 정말 당신이 좋아요! 당신은 배짱이 정말 좋아요! 그래, 에브가 뭐라고 하던가요? 그녀가 물었다. 당신하고 똑같은 말, 질이 대답했다. 당신이 배짱 좋다고요? 그녀가 물었다. 바로 그거요! 그가 말했다.

이제 가야 해요, 괜찮죠? 그녀가 입을 꾹 다문 채 아무 말도 하지 않았으므로 그는 그렇게 물었다. 그녀는 눈빛과 미소로 괜찮아요, 라고 말했다. 그들은 이제 오랫동안 만나지 못할 것이다. 그가 그렇게 되겠지 하고 담담히 짐작하는 사이, 그녀는 그렇게 되는 것을 두려워하고 있었다. 그녀는 아기가 태어나는 것이 일시적으로 이 관능적인 생활을 망칠 거라고 생각했다. 그러나 쉽사리 점칠 수 있는 것은 아무것도 없으며, 사람은 염려한 대로 일이 터질 거라고 생각하지도 않는 법이다. 그러므로 그녀는 아직은 미소지을 수 있었다. 그들의 삶은 아름다웠고 잘 분리되어 있었다. 그는 자기 눈으로 똑똑히 확인한 큰 피해를 더는 일으키고 싶지 않았다. 더욱이 매혹이란 한번 채워지면 극복할 수 있는 것이었다. 남자들은 묘하다. 먼저 욕망하고 먼저 유혹해놓고, 어떻게 그 사랑 없이 살아갈 수 있을까?

4

이 모든 것을 어떻게 생각해야 할까? 폴린 아르누는 그 질문을 너무 깊이 파고들지는 않았다. 그녀는 쾌락의 무의식 속에 머물러 있었다. 그녀는 충족되었고 자랑스러웠다. 두 남자가 그녀 곁에 있었다. 그녀의 삶은 매우 관능적이 되었다. 그녀가 마르크에게 털어놓지 않은 비밀도, 그녀를 도와준 몇 가지 거짓말도, 배신당한 믿음도 그녀를 흔들지는 못했다. 그녀는 다만 연인을 향한 자신의 감정에 감탄할 따름이었다. 한마디로 그녀는 큰 사랑을 가짐으로써 작은 효과를 본 것이었다. 그 감정이 그것을 일깨운 사람에게만 득이 되는 것은 아니었다. 그것은 남편에 대한 애착과 삶에 대한 미각도 함께 북돋웠다. 그녀는 한 사람 곁에서는 서로 오가는 애정의 일상적인 평화를, 다른 사람 곁에서는 사랑이라는 감정이 주는 지극한 순간들을 맛보았다. 이 충만함은 그녀가 어떻게 그 비밀을 간직할 수 있었는지 설명해준다. 여자들은 수다를 떨어야 하는데, 비밀은 그 비밀의 주인을 애타게 만들거나 짓누른다고들 한다. 그러나 폴린 아르누는 그 비밀을 아무에게도 말하지 않았다.

미신인 줄 알면서도 그녀는 침대 시트를 갈았다.

그녀는 시트를 잡아당겨 침대 밑으로 접어넣고 베갯잇을 갈아 끼우면서 줄곧 몽상에 잠겨 침대 주위를 맴돌았다. 그녀는 자기 자신을 어떻게 생각하고 있을까? 그리고 그에 대해서는? 밖에서 누군가를 사랑하는 것, 그건 어쩌면 피할 수 없는 일인지도 몰라, 마르크 아르누는 이따금 말했었다. 그러나 그건 정숙한 아내를 둔 남자가 별 생각 없이 내뱉은 가벼운 말이 아니었던가? 밖에서 사랑하는 것…… 그것은 행복한 표현이었다. 추하게 몰래 빠져나가는 기분도 들지 않고 감옥이 되는 부부의 맹세 같은 흔적도 없었다. 그들이 치명적이라 생각한 일—그들이 젊은 나이에 평생을 걸고 결혼했기 때문에—이 이제 막 일어난 것이다. 그러나 마르크가 그녀의 마음을 흔들었다. 부부간의 정절에 대해 회의적이었던 그 남자조차 성실한 생활에 성공하지 않았던가? 그녀는 그렇게 확신했다. 그는 사랑에 푹 빠져 있었는데 상대는 바로 그의 아내였다. 그런데 그녀가 그보다 먼저 저버린 것이다. 그녀는 판단을 내리지 못한 채 두 관점 사이에서 주저했다. 첫 유혹에 덜컥 넘어감으로써 먼저 남편을 저버린 것을 개탄해야 할까? 아니면 생애 가장 아름다운 경험을 위해 에로틱한 매력을 유지하고 새로운 체험을 기꺼이 누려야 하는 걸까?

난 세상에서 당신을 가장 잘 아는 사람이오, 연인은 말했다. 이 단순한 사실이 폴린에게는 유죄인 것만 같았다. 남편은 모르는 중요한 사실을 그녀의 연인은 알고 있었다. 그녀는 반항적이고 관능적이고 비밀주의자이며 존재하는 것에 지루함을 느끼지 않는 여자인데, 한 남자에게는 그것을 드러내고 다른 남자에게는 감춘 것이다.

난 세상에서 당신을 가장 잘 아는 사람이오…… 그는 그녀를 너무 잘 안 나머지 그녀를 그녀 자신으로부터 보호해주었다. 그는 자기 방식으로 그녀를 사랑했다. 적어도 그는 그렇게 생각하고 있었다. 그 부드러운 젊음을 생각하면 격렬한 애정의 바람이 그에게로 불어왔다. 그것은 그로서는 끊을 수 없는 야릇한 관계였다. 그녀를 애인으로 삼을 수는 없었다. 그녀가 욕망 속으로 충만히 들어오는 순간 그런 느낌이 들었다. 그의 애인이었던 여자들은 전부 불행했다. 그녀는 안 돼, 그는 생각했다. 그로 인해 그녀가 고통받게 할 수는 없었다. 그는 매일 오후 전화를 걸었다. 그러나 만나지는 않았다. 아이를 낳았소? 전화를 받지 않길래 아이를 낳으러 간 줄 알았소, 그가 말했다. 이제 날 만나고 싶지 않아요? 그의 이야기는 듣지도 않고 그녀가 말했다. 그는 그녀가 눈물을 흘리고 있음을 알아챘다. 그녀는 그를 기다리기 위해 태어난 사람 같았다.

그리고 아이가 태어났다. 사내아이였다. 마르크 아르누는 아이가 태어날 때도 태어난 후에도 내내 아내 곁에 붙어 있었다. 그녀가 생각하는 사람은 다른 사람이었다.

마르크는 자랑스러웠다. 두 아들, 비현실적일 만큼, 마치 시간이 특별 이익금을 배당한 것처럼 우아하게 빛을 발하는 아내 그리고 생기 있는 부부관계. 그는 이런 것들 덕분에 왕이라도 된 기분이었다. 결혼한 사람들은 모험가이다. 최초의 고조된 감정의 흔적을 배우자 곁에서 고스란히 느끼는 것은 다시없는 쾌감이 아니던가! 마르크는 그가 밖에서 성취한 모든 것보다 가족을 더 큰 자랑거리로 느꼈다. 그에게는 자신이 번 돈, 자신의 지위, 자신이 내린 결정, 자신이 바꾼 일들, 자신이 거절한 여자들보다 꽃 같은 아내와 주목(朱木)처럼 곧은 아들들이 더 소중했다. 그는 약간의 돈과 약간의 성공과 약간의 힘과 약간의 쾌락을 사랑과 혈육에 희생했다. 다른 사람들, 그러니까 다른 길을 택한 사람들은 그의 빛에 눈부셔했다. "넌 모든 걸 가졌어." 톰이 그에게 말했다. "난 모든 걸 가졌어!" 마르크는 병원의 침대가에 앉아 아내에게 되뇌었다. '심지어 거짓말하는 아내까지 가졌지.' 폴린은 혼자 생각했다. 그는 부드럽게 그녀의 손을 어루만지더니 그녀와 함께 젖먹이에게로 몸을 기울였다. '난 남편이 아닌 남자를 사랑해. 그러나 남편을 덜 사랑하는 건 아냐.' 폴린은 생각했다. 그녀가 그를 배신했는지 아닌지 어떻게 알 수 있겠는가? 한 사랑이 다른 사랑을 꺼버린다고들 하지만, 예외도 있지 않던가?

집으로 돌아오자마자 그녀는 목소리를 기다렸다.

5

잘 지내고 있소? 그가 물었다. 그래요, 그녀가 속삭였다. 그녀는 그 부름의 쾌락에 잠겼다. 당신도 아이도 모두 건강해요? 그가 물었지만 그것은 질문이 아니었다. 모두 건강해요, 그녀가 대답했다. 아이는 사랑스러웠다. 아이 이름은 아르튀르였다. 그녀는 피곤했지만 행복했다. 잘 됐군요, 나도 만족스럽소, 질 앙드레가 말했다. 더 일찍 통화가 되었음 좋았을 텐데 아무도 전화를 받지 않더군요. '그런 건 아무래도 좋아.' 그녀는 그렇게 생각하며 그가 통화를 오래 하고 싶은 생각이 없음을 느꼈다. 당신 목소리를 들으니 무척 기뻐요, 그녀가 말했다. 그러나 어떻게 이야기를 끌어가야 할지 그녀는 몰랐다. 할말이 하나도 없었다. 그녀는 젖을 먹이고, 기저귀를 갈고, 아기가 잘 때 쉬고, 학교에 큰아이를 데리러 갔다. 그리고 저녁이면 남편이 돌아왔다. 그런 일과를 어떻게 연인이라 생각하는 남자에게 말할 것인가? 그녀는 그에게 알맞을 법한 이야기를 하기로 했다. 그림 그릴 시간이 없어요, 그녀가 말했다. 그녀는 격려를 듣고 싶었고, 그가 관심 가져주기를 원했다. 한마디로 그녀가 믿고 있는 것처럼 그가 그녀를 숭배하고 애지중지한다는 것을 증명해주는 뭔가를 원했다. 그러나 그는 곧 시간이 날 거요, 라고 간단히 말했을 뿐이었다. 그런 후 그는 덧붙였다. 폴린, 지금은 이야기할 시간이 없어요, 그저 당신이 잘 있는지, 그것만 확인하고 싶었소, 자, 그럼, 그가 말했다. 그래서 그녀도 속삭였다. 자, 그럼. 그리고 절망했다. 모든 게 끝난 것 같았다. 그는 빠져나갔다. 그녀는 이제 그의 마음에 들지 않는 것이다. 사랑의 묘약은 얼마나 지속되는 걸까?

　매일 평범한 일상이 이어졌다. 아침과 저녁, 또 아침과 저녁이 흘러갔다. 두 아이는 정성과 주의를 요구했다. 그녀는 그렇게 해주었다. 그녀는 끊임없이 전화를 기다렸다. 그러나 그녀가 연인이라 생각하는 남자는 전화를 해오지 않았다. 폴린 아르누는 그 열정을 잊지 않으려고 완강히 버텼다. 과거는 그녀의 현재였다. 그녀의 마음은 갈가리 찢어졌다. 예전에 나눈 대화가 끊임없이 되살아났다. 그들은 실뭉치를 갖고 노는 새끼 고양이들이었는지도 모른다. 그리고 이제 실뭉치는 전부 풀려버렸다…… 그녀는 너무도 불행했다. 한 남자의 열렬한 눈길을 받고 그 남자의 강박관념이 되었던 자신이 이제는 평범한 호의밖에는 받지 못하는 여자가 된 것이 괴로웠다. 마르크 아르누는 아내가 산후우울증에 걸렸다고 생각했다. 그는 집에 있는 시간을 좀더 늘리고 아내의 긴장을 풀어주기 위해 애썼다. 그리고 그것이 외려 아내를 짓누른다는 것을 깨닫자 사무실에서 더 늦게까지 일했다. 그리고 저녁이면 은밀하고 부드럽게, 조용하고 세심하게, 남편보다는 연인이 되려고 노력했다. 그런데도 뭔가 제대로 되지 않는다는 느낌이 들자 그는 젖먹이들이 엄마를 독점하기 때문에 아빠들은 설 자리가 없는 거라고 생각했다.

그래서, 처음으로 그녀가 전화를 했다. 그녀는 떨었다. 이렇게 간단한 일을 두려워하는 것을 보면 그녀의 진실을 남김없이 읽을 수 있다. 만일 블랑슈가 전화를 받으면? 그가 없으면 메시지를 남겨야 할까? 그는 혼자서 메시지를 들을까? 무슨 말을 할까? 망설인 끝에 그녀는 번호를 눌렀다. 자동응답기가 돌아갔다. 메시지를 남겨야 할 때가 되자 그녀는 알아들을 수 없게 중얼거렸다. 나예요, 폴린 아르누, 당신이 잘 있나…… 즉시 찰칵 소리가 나고 목소리가 들렸다. 어떻게 지내요? 그녀는 안도와 기쁨에 사로잡혔다. 잘 지내요, 당신은요? 그녀가 물었다. 아주 잘 지내요, 그가 대답했다. 왜 전화 안 해요? 그녀 없이도 그가 잘 지내는 것을 분하게 여기며 그녀가 물었다. 시간이 없어요, 그가 조금도 감미롭지 않은 목소리로 고백했다. 그 말에는 대답할 말도 없었다. 그래서 그녀는 대담히 본색을 드러냈다. 보고 싶어요, 그녀가 말했다. 미안해요, 그가 말했다. 당신의 생활이 따분하기 때문이오, 일을 하기 시작하면 전부 잘 될 거요, 그가 덧붙였다. 그런 게 아니었다, 전혀! 그는 마치 그녀가 그의 관심 없이도 살 수 있는 것처럼 말하고 있었다! 우리 언제 만나요? 그녀가 몹시 낙담하면서 물었다. 곧, 질 앙드레가 대답했다.

왜 나를 대하는 태도가 변한 거죠? 그녀가 불쑥 물었다. 난 변하지 않았어요, 그가 대답했다. 아뇨, 변했어요, 그녀가 말했다. 솔직히 난 변하지 않았소, 그가 말했다. 그는 정직했다. 그녀는 정확히 짚어 말할 수밖에 없었다. 그의 숭배가 그립다고, 가슴속에 있는 말을 에두르지 않고 내뱉을 수밖에 없었다. 그녀는 그렇게 했다. 예전엔 매일 전화했잖아요, 그녀가 말했다. 그가 낮게 웃음을 터뜨렸다. 여자들이 숭배받는 것을 즐기며 기꺼이 상상력까지 보탠다는 것쯤은 잘 안다는 투였다. 매일 전화한 적 없어요, 그건 당신이 꾸며낸 이야기죠, 그가 말했다. 어떻게 그렇게 말할 수 있죠? 폴린이 물었다. 그게 진실이니까, 그가 대답하고는 웃었다. 그녀는 깊이 상처를 입었다. 당신은 변했어요, 당신도 그걸 잘 알고 있고요, 그녀가 말했다. 아마 내가 주의를 좀 덜 기울이고 있겠죠…… 일이 많아요, 이유라면 그거 하나요, 그가 말했다. 그럼 내가 당신을 만났을 때는 당신이 지금보다 한가했다는 의미예요? 그녀가 말했다. 그건 기억이 안 나요, 그러나 그럴 수도 있어요, 만일 당신 주장이 사실이라면, 그가 고백하듯 물었다. 내가 정말 매일 당신한테 전화했소? 무슨 그런 엄청난 질문을! 그녀는 생각

432

했다. 거의 매일이요, 그녀가 기어들어가는 목소리로 대답했다. 아! 그가 짧게 외쳤다, 봐요! 이렇게 금방 딴소리를 하면서 어떻게 내가 당신을 믿기를 바라죠? '이 남자는 즐기고 있어.' 그녀는 두려운 마음으로 생각했다. 그는 그녀의 이야기에 눈곱만큼도 거북해하지 않았다. 그녀는 그에게 정말 그러냐고 물었다. 왜 내가 거북해하겠소? 그가 되물었다. 난 당신을 아주 자주 생각해요, 그러나 당신한테 전화할 시간이 늘 있는 건 아니오, 그가 말했다. 그녀는 입을 다물어버렸다.

폴린! 당신은 피곤한 거요, 좀 쉬어요, 우린 곧 만나게 될 거요, 약속하죠, 그가 애원하다시피 말했다. 난 자신이 원망스러워요, 그녀가 속삭였다. 왜요? 그가 놀라서 물었다. 당신한테 어리광을 부린 거예요, 난 당신이 내게 주의를 기울여줘서 기분 좋았고 이젠 그것만 바라고 있는데 당신은 날 마음에 안 들어하는 것 같으니까요, 당신은 어떤 돌이킬 수 없는 상황에 빠진 건 아닌지 혼자 재본 게 틀림없어요…… 그리고 거기서 빠져나갔죠, 그녀가 말했다. 아니! 전혀 그렇지 않아요! 소설 쓰고 있군요, 당신! 그가 말했다. 아뇨, 그렇지 않아요, 난 당신한테 허영을 부렸던 거예요, 그녀가 말했다. 그건 자연스러운 거요, 난 그렇게 생각해요, 우린 누구나 그런 나약함을 갖고 있어요, 그러나 난 당신은 그렇지 않다고 생각해요, 그가 말했다. 아뇨, 나도 그래요, 그녀가 말했다. 그녀가 화제를 바꾸었지만 여전히 그 두 사람에 관한 이야기였다. 우리가 나눈 대화를 떠올릴 때면 우리가 유희를 벌인다는 느낌이 들어요, 그녀가 말했다. 어쩌면 그럴 수도 있죠, 그렇다면요? 그가 물었다. 그녀는 대답을 찾지 못해 다른 할말을 찾아냈다. 그렇지만 그건 성실하지 못하고, 부조리하고, 질 낮고, 경멸할 만한 것이죠. 그는 아무 말이 없었고, 그녀는 그의 침묵의 소리를 들었다. 그러자 감미로운 목소리가 들려왔다. 난 당신과 누리는 것과 같은 것은 그 누구와도 누리지 않아요.

　그리고 모든 것이 전과 다름없이 되풀이되었다. 그녀는 자신이 그에게 유일한 존재라는 확신이 있는 동안은 인내심 있게 그를 기다렸다. 그는 그녀에게 늘 말했다. 곧 다시 전화하겠소. 거짓말은 사랑의 피안으로 가는 짧은 여행이다. 폴린 아르누가 질 앙드레를 증오할 때도 있었다. 그러나 그것도 오래가지는 못했다.

VIII

몇 년 후

현대적인 수도의 소음에 부서지고 빛과 네온간판이 가로지르는 석양 속을 걷는 그들은 영락없이 연인으로 보였다. 연인? 그들은 결코 연인이 아니었지만 한순간도 연인이 아니었던 적이 없었다. 그들은 연인 이하이며 연인 이상이었다.

1

그것은 바보 같은 운명이었다. 그들은 카페의 작은 테이블에 얼굴을 마주하고 앉아 있었다.

그녀가 먼저 도착했다. 일부러 좀 늦게 왔는데도 그가 와 있지 않아 짜증이 났다. 약속이 있을 때마다 그는 늦었다. 그것은 작은 신호일 뿐이었다. 그녀는 어떻게도 손쓸 수 없는, 기다리는 역할이었다. 일행이 있는 사람들의 시선을 받으며 혼자 기다리게 되자 그녀는 당황스러웠다. 혹시 안 오는 건 아닐까? 갑자기 아내나 딸과 함께 있어야 할 일이 생겼는지도 모른다. 오지 않을 남자 때문에 괴로워하는 한 여자가 여기 있다. 그녀의 얼굴에 그렇게 씌어 있지 않은가? 그녀는 음악 관련 행사의 프로그램을 읽는 시늉을 했다. 이 남자에 관련된 일은 아무것도 우연이거나 불완전하게 두어서는 안 된다. 폴린 아르누는 언제나 침착하고, 가능한 한 기품이 있어야 했다. 이날 저녁 그녀는 아주 아름다웠다. 입고 있는 옷 색깔 때문에 눈이 부실 지경이었다. 그녀의 옷이 평소보다 유별나게 세련된 것은 아니었지만, 이 만남을 위해 상당히 공을 들여 고른 것이었다. 그는 편해 보이는 두툼한 스웨터 차림으로 나타났다. 그녀는 그런 그를 보고 감탄했다. 이것이야말로 이 남자의 진정한 자연스러움이라고 생각하면서. 자기 모습 그대로 마음에 들게 만드는 것, 아무것도 바꾸지 않고 숨기지도 않는 것, 사랑을 위해 자신을 바꿔야 한다면 차라리 마음에 안 들고 마는 것, 그것이 이 사람의 스타일이었다. 눈부시군요, 그가 앉자마자 그녀를 바라보며 말했다. 정말 눈부셔요! 그녀가 믿지 못하겠다는 듯 뿌루퉁한 얼굴을 하자 그가 되뇌었다. 그녀는 기뻐서 웃기 시작했다. 어떻게 그녀가 자신이 아름답다고 생각하지 않을 것인가! 그가 그녀를 아름답다고 여기게끔, 아름답기 위해 할 수 있는 모든 것을 해온 그녀가! 난 당신이 웃을 때가 좋아요! 그러니까 웃을 때의 당신이 더 좋다는 의미요, 그럼 당신이 스스로를 관찰할 수 없을 테니까! 그가 말했다. 난 나 자신을 관찰하지 않아요! 그녀가 항변했다. 아뇨, 관찰하죠! 어떤 때는 스스로를 감시하고요, 난 알아요, 아주 오래 전부터 당신이 그러는 걸 봤소, 그가 말했다. 난 세상에서 당신을 가장 잘 아는 사람이에요! 그가 미소를 지으며 덧붙였다. 그건 사실이에요, 왜 그런지는 모르겠지만, 그건 사실이에요, 그녀가 양보했다. 그들은 함께 웃었다. 즉각 그들은 한패가 되었다. 그녀는 최초의 설렘에서 태어난 고통에도 불구하고, 갈라진 그들의 삶에도 불구하고, 그리고 흐르는 물처럼 질주한 세월에도 불구하고 존재하기를 멈추지 않았다. 두 사람이 만나는 진짜 쾌락도 있었다. 그는 그녀에게 일 년에 두어 번 그 쾌락을 주었다. 그 쾌락은 둘이 공유한 것이었기에 그녀는 그가 욕구를 더는 느끼지 않는 것을 이해하지 못했다. 어떻게 당신이 나 없이도 살 수 있어요? 그녀가 물었다. 당신 생각을 해요, 그가 말했다, 당신이 잘 있으면 만족스럽고 그걸로 충분해요. 그녀는 고개를 끄덕였다. 당신을 오랫동안 생각했어요, 그는 자주 이렇게 말했다.

그들은 몇 해 전 처음 만나 이곳과 비슷한, 이 거대한 수도의 대학 거리 카페의 테라스에서 이야기하던 때와 똑같이 즐거워했다. 반복되는 순간들이 있는 법이다. 때때로 그 순간들이 가혹한 것은, 반복되어야 할 것이 반복되지 않음으로써, 설령 반복된다 해도 숱한 것―이를테면 파멸, 결을 따라 절단되는 돌, 모든 생명의 시듦, 사물과 존재들을 위협하는 추위, 우리가 누구나 죽는다는 사실을 잊으려고 노력하지 않으면 늘 우리를 덮치는, 대체 삶이란 건 무엇일까 궁금해하게 만드는 저 불가해하고 불가피한 공포 따위―을 감춘 채 찾아오기 때문이다. 완벽한 통찰력을 가지면 다소 웃을 일도 생기는 것일까? 한 남자의 눈길에 담긴 사랑의 고백을 받아들이는 고통이 어떤 것인지 알았더라면, 목소리의 마력과 한순간의 순정적 사랑의 기억 속에 갇힌 채 절대로 헤어나올 수 없는 여자도 있다는 걸 알았더라면, 그녀는 그와 한편이 되는 즐거움을 탐하지 않았을 것이다. 육체의 기억과 이따금 들리는 목소리만으로도 한 사내의 태곳적 욕구, 다시 말해 우리가 사랑이라 부를 수 있는 것을 받아주기에 충분하다고 믿는 사랑도 있다는 것을 그녀는 몰랐던 것이다. 그는 그저 그녀를 바라보고 그녀에게는 세이렌의 노랫소리와도 같은 저 목소리로 그녀와 이야기했을 뿐이었다. 행동은 없었다. 오직 보드라운 옷감 같은, 잠들기 전 연인의 귓가에 속삭이는 듯한 달콤한 목소리뿐. 시간이 흘러도, 헤어져 있어도, 함께 사랑하자고 불러주지 않으면서도 끊임없이 존재했던 그 감미로운 목소리. 그녀는 그에게 어자이 발걸음으로 다가갔다. 처음에는 작은 보폭으로 그의 부름에 응하고, 나중에는 거인 같은 보폭으로, 그렇게 그녀는 그에게 바싹 다가갔다. 그러자 그는 빠져나갔다. 그는 도망친 것일까? 아니라고 그는 혼자 말했다. 그는 특별한 것, 다시 말해 둘이 한패라는, 어쩌면 쌍둥이라는 느낌, 말해지고 낭비되어 끝내 변절하는 일이 없는 지극히 순결한 애정만 간직하고 싶었을 뿐이다. 대체 이런 것을 무어라 불러야 하는가?

그는 절대로 열정의 관계를 끊은 일이 없었다. 그가 그녀에게 너무 오랫동안 전화를 하지 않는 일은 없었다. 그러나, 참으로 야릇하게 보이지만, 그 이상도 그 이하도 아니었다. 그는 더이상 연인의 욕망에 휘둘리지도 고통받지도 않았다. 그에게 필요한 것은 그녀가 거기 존재하는 것, 그것뿐이었다. 그리고 매번 그녀는 전화선 끝에 존재했고, 말을 하고, 웃고, 그의 말을 듣고, 감동하고, 흥분했다. 그 역시 그녀와 똑같았고, 그녀야말로 자신이 아는 여자들 가운데 누구보다 싱그러운 여자라고 줄기차게 생각했다. 그녀는 여자의 노래, 누군가 봐주기를 원하는 아름다움의 노래이자 사랑에 빠진 여자들의 불평을 콧노래로 불렀다. 여기 있어요! 가지 말아요! 제발 부탁이야, 날 혼자 두지 말아요! 난 당신이 필요해요! 당신 없이 내가 뭘 하겠어요? 원하는 건 뭐든 해도 좋아요, 떠나지만 말아요! 그가 지조 없는 배우자였다면 그녀는 이렇게 말했을지도 모른다. 그러나 그는 그저 욕망 없는 연인에 지나지 않을 뿐이었으므로 그녀는 이렇게 물었다. 우린 언제 만나죠? 당신을 만나고 싶어요, 당신은 늘 곧, 이라고 말하지만 난 당신을 만나지 못하고 있잖아요.

왜 우린 통 만날 수 없는 거예요? 왜 당신과 간단히 저녁식사조차 할 수 없는 거죠? 그녀는 수시로 물었다. 그들에게 간단한 것은 없었고, 그저 저녁식사일 뿐인 저녁식사는 없었다. 그러나 그가 어떻게 그 사실을 못박아 말할 수 있었겠는가? 그녀는 그가 어디로 돌아갔는지 잘 알았다. 그는 더는 불장난을 하고 싶지 않은 것이다. 이 여자는 그를 돌아버리게 할 수도 있었고, 그래서 그는 거리를 두었다. 충족되지 않은 숱한 요구들, 그가 (유감스러운 심정으로) 짐작할 수 있는 수많은 비밀스런 눈물들, 그가 도망치기 직전의 도둑처럼 그녀 앞에 서 있었기 때문에 줄 수는 없었지만 그녀는 기다렸던 갖가지 것들…… 그녀는 그 모든 것을 가로질러 거기 존재하고 있었다. 해가 거듭된 후, 마침내 그들은 예전처럼 만났다. 술 한잔 합시다, 그는 마치 전날 만난 사이처럼 말했다. 그녀는 약간 자존심이 상해서, 조금은 즐거운 마음으로, 이 이상힌 관계를 받아들었다. 그녀는 있고, 그는 늦었고, 그녀는 기디렸다. 그가 그녀를 바라보았고, 그들은 웃었다.

그녀는 예나 다름없이 꼿꼿하게, 자신에게 쏟아지는 눈길을 받으며 의자에 앉아 있었다. 세월이 흐르면서 그녀의 얼굴도 벨벳처럼 조금 처졌지만 그럼에도 그녀는 대단히 아름다웠다. '어쨌

442

든 그의 목소리는 변했어.' 그녀는 생각했다. 그는 예전처럼 유희를 부리지 않았고, 그의 말도 옛날처럼 그녀를 괴롭히지는 않았다. 아니면 적어도 그녀는 그의 말을 똑같은 방식으로 듣고 있지 않았다. 아니다. 그들은 예전의 그들이 아니었다! 어떻게 그럴 수 있겠는가? 몇 년이라는 세월이 쉬지 않고 흘러가지 않았던가. 당신은 늘 내가 당신을 필요로 하는 것만큼 날 필요로 하지 않아요, 그녀가 말했다. 그녀의 마음은 편안해졌고, 그녀의 절망은 끝내 침묵으로 끝났다. 날 불행하게 만든 건 바로 그거였어요, 그녀가 말했다. 난 한 번도 당신이 불행하기를 바란 적이 없어요, 오히려 그러지 않으려고 애썼죠, 그가 말했다. 그러지 않으려면 끝까지 가야 하는데, 당신은 끝까지 가지는 않았어요, 그녀가 말했다. 그녀는 실은 이렇게 말하고 싶었다. 당신은 내게 다가서고 나를 만졌어야 했어요. 그러나 이제는 그런 것이 아쉽지도 애석하지도 않았으므로 그녀는 아무 말도 하지 않았다. 일어나지 않았어야 할 일이 있다면 그건 저 최초의 시선뿐이었다. 난 당신이 필요했소, 지금도 당신이 필요해요, 그가 말했다. 그런 것 같지 않아요, 그녀가 말했다. 그는 자신의 생각을 정확히 밝혔다. 내게 당신은 존재해야 하는 사람이에요. 그녀는 이 말을 잘못 이해하는 동시에 제대로 이해했다. 그녀에게 그는 존재해야 하는 (심지어 사랑 없이도) 사람이기도 했지만 동시에 그녀를 사랑해야 하는 사람이기도 했기 때문이다. 실제로 그녀를 늘 뒤틀리게 한 것은 이런 필요의 절제였다. 그녀야말로 여자다운 여자, 사랑을 탐식하는 여자였기 때문이다. 난 존재하잖아요, 먼 곳에서…… 그녀가 속삭였다. 그녀는 그를 바라보고 미소를 지었다. 그러고는 자신이 지극히 평온하다는 것을 느꼈다. 얼마나 이상한 일인가! 그렇다. 그들은 늙은 것이다. 그러자 그도 미소를 지었다. 그녀를 향해 그를 떠밀었던 전기와도 같은 힘, 그 힘은 무엇이 되었을까? 그가 그 힘을 길들인 것일까? 그 힘은 죽었을까? 그런 힘은 이제 그에게서 전혀 나오지 않았다. 이제 난 당신에게 어떤 영향도 미치지 못하는군요, 그녀가 말했다. 모르겠소, 그가 말했다. 무슨 일이 있어도 그는 그녀에게 상처를 주고 싶지 않았을 것이다. 그녀 역시 욕망이 훨씬 덜 꿈틀거리고, 예전처럼 집요하지도 않다는 것을 떠올렸다. 이제 감정, 뜨겁지만 추상적인 감정밖에는 남아 있지 않았다. 육체는 무엇을 했나? 분명 우리는 욕망에 아무것도 명령하지 않았다. 욕망은 우리도 모르게 우리에게 왔다. 우리는 그 욕망에 초대받은 손님일 뿐이었거나, 아니면 같은 말이 되겠지만 욕망에 빚진 주인일 뿐이었다. 욕망은 우리를 후끈한 피의 축제에 초대했지만, 우리는 불을 다스리지 못했다. 그녀를 향해 그를 떠밀어대던 힘은 죽었다. 정말로! 그렇다면 그 힘은 소멸할 수 있는 것이었던가? 그럼에도 불구하고 그 누구도 그녀 앞에 마주 앉아 그것과 똑같은 쾌락을 그녀 안에 불러일으킬 수는 없을 것이다. 다시 말해 뭔가가 살아남아 있었다. 그녀는 이 모든 것을 매우 짧은 시간 동안 생각했다. 그들은 둘 다 욕망의 초대를 물리쳤다. 그러나 그들은 분명 욕망의 방문을 받았고, 그 사실은 지워지지 않는다. 그녀가 입을 열었다. 오늘에야 내가 당신을 사랑한다는 걸 알게 되었어요, 당신을 있는 그대로 사랑하니까요, 포기한 채, 난 당신을 소유하지 않은 채 당신을 사랑해요, 당신은 내게 아무것도 주지 않는데, 그런데도 난 당신을 사랑해요. 그가 소리쳤다. 내가 어떻게 당신한테 아무것도 안 준다는 거요!

난 당신한테 많은 것을 주고 있어요, 그가 말했다. 그는 진지했다. 그녀는 감탄했다. 그는 환상을 품은 나머지 멋대로 흐뭇해하고 있었다. 그렇지만 영 틀린 소리도 아니었다. 그녀도 둘의 관계에서 자기 몫을 찾았으니까. 비록 고통에 의한 것이기는 했지만 흥분이라는 축복, 그리고 어쩌면 삶 자체일지도 모르는 충동의 한복판을 시원히 가로지르는 감정은 그에게서 선사받은 것이 아니었던가. 그가 지금 그녀 앞에 있는 것은, 그토록 곁에 없고 그토록 멀리 있었음에도 불구하고 그가 뭔가를 그녀에게 주었기 때문이다. 뭔가 가치가 있어야만 그것이 우리 안에서 지속될 수 있기 때문이고, 사람은 설령 그것이 절망이라 할지라도 자신을 똑바로 세워주는 것에 집착하기 때문이다. 그러나 그녀는 토론이 아니라 이야기를 하고 싶었다. 그래서 말을 이었다. 당신을 내 남편보다 더 사랑해요, 왠지 알아요? 난 남편에겐 온갖 것을 기대하고, 남편과 긴밀하게 이어져 있으니까요, 그녀가 말했다. 남편과 긴밀히 이어져 있어요? 그가 되물었다. 그는 내 삶이에요, 당신이 아무것도 아닌 반면, 그녀는 그가 그녀를 이해하지 못하는 것처럼 보이는 데 놀라워하면서 말했다. 고맙소! 그가 웃으면서 말했다. 그녀는 즉시 '당신은 아예 존재하지도 않죠' 라고 말을 바로잡았는데, 그것은 순간의 판단이었지만 잘못된 것은 아니었다―그 말이 그에게 구체적으로 들렸을까? 내 말은 내가 당신한테 아무것도 기대하지 않는다는 말이에요, 그렇지만 당신이 잘 지내길 바래요, 당신이 행복하면 나도 행복해요, 만약 당신이 죽으면 난 견디지 못할 거예요, 그녀가 말했다. 그 말은 당신이 내가 죽기를 바라는 것처럼 들리는군요, 마치 나한테 '죽어요! 글쎄 죽으라니까요!' 하고 말하는 것 같소, 그가 말했다. '아뇨, 그게 아니에요. 철저히 비밀에 부쳐야 하는 장례식이 얼마나 쓰라릴지 난 상상도 할 수 없어요. 생각해봐요, 아무한테도 내 마음을 털어놓을 수가 없다니!' 그러나 그녀는 곧 이 생각을 버리고, 하던 이야기를 계속했다 이 모든 게 사랑이 아니라면 그럼 사랑이 뭔지 난 모르겠어요, 도무지 모르겠어요, 그녀가 말했다. 그녀의 말에 그도 눈을 내리깔았다. 난 당신하고 갖는 관계를 그 누구하고도 갖지 않아요, 그가 말했다. 그녀에게 항변하는 투였다. 달리 어떻게 말해야 할지 몰랐다. 한마디로 사랑에 빠진, 그래서 빛을 발하는 지극히 여자다운 여자 앞에서 무엇이 더 빛날 수 있겠는가! 그는 지금 그녀가 포기한 수준까지 승화될 재주는 없었다. 그녀처럼 할 수는 없었다. 말하자면 매우 자주, 아무것도 기대하는 것 없이, 아무것도 말하지 않고 은혜로움 안에서 그녀를 생각할 수는 없었다. 그는 탐욕스런 남자로 땅에 발 붙이고 있었다. 그는 성공하기 위해 일에 몰두했다. 그는 직업을 중요하게 여겼고, 덕분에 상당한 유력 인사가 되었으며, 숱한 애인들을 거느린 것은 물론이고 아내와 딸(이제는 여인이 된)도 되찾았다. 그리고 조심스럽게 이 비밀, 이 은혜, 이 의지를 간직하고 있었다. 그것은 뜨겁고 은밀한 불꽃이었지만 큰 부담은 아니었다. 그는 원할 때면 언제나 이 힘을 발휘했다. 이따금 그가 사랑에 빠진 여인을 불러내는 것은 그녀가 거기 그렇게, 그를 숭배하면서 존재하는 것을 확인하기 위해서였다. 당신은 내가 아는 사람들 가운데 가장 사랑에 약한 여자요! 그가 속삭였다. 그에게 그녀는 열정과 기다림의 존재, 바로 그것이었다. 그녀는 갈수록 또렷이 그에게 그 사실을 증명했다. 그리고 그녀는 판단이 흐릿한 여자가 아니었으므로, 한 남자와 한편이 되고 그 남자의 위안이 되는 것이 무엇인지 알았다. 이따금 당신이 부러워요, 그녀가 말했다. 왜요? 그가 물었다. 당신 입장이 되어보고 싶으니까요, 이를테면 내가 당신에게 했던 것과 똑같은 고백을 듣는 입장이 되고 싶어요, 그녀가 말했다. 당신이 내게 고백을 했었어요?! 그가 물었다. 난 당신한테 많은 고백을

했다고 생각하는데요, 그녀가 말했다. 그건 사실이오, 그가 양보
했다. 그녀는 웃음을 터뜨렸다. 웃음은 모든 것을 내놓았다는, 그
런데도 아무것도 변하지 않는다는 무의식적인 절망 속에서 흩어
져갔다. 그는 그녀를 바라보았다. 예전에 그랬던 것처럼 그녀의
마음을 사로잡기 위해서가 아니라, 단지 깜짝 놀라고 감탄했기
때문이었다. 열정을 품고 기다린 존재, 그리고 포기해야만 존재
할 수 있는 투명함으로 그 사실을 고백한 존재. 이야기하고 몸을
내맡기는 자의 욕망도 그치고, 자신이 누구이고, 자신이 드러낸
것이 무엇이고, 자신이 어떻게 생각되고 말해지는지 생각하는 것
도 끝난 때. 그래요, 난 운이 좋은 사내요, 그러나 당신은 어느 정
도는 내 작품이에요! 그가 말했다. 마치 그녀를 빚기 위해 유희를
벌였고 그 수고가 헛되지 않았다는 뜻인 것만 같아 그녀는 상처받
았지만, 그 말은 틀리지 않았다. 그녀는 대답하지 않았다. 내가 당
신을 일깨웠소, 내가 당신을 사랑의 원천이라는 이름에 걸맞은
여자로 만들었어요, 그가 말했다. 아! 그가 짧게 외쳤다. 당신, 다
시 꿈꾸는 얼굴이 되었어요! 당신이 그런 얼굴을 하고 다른 데로
가버리는 게 싫소! 그가 말했다

그녀가 그렇게 된 것은 분명 그의 덕택이었다. 연정을 품은 여
자. 그는 그녀 안에 가장 깊이 감추어진 애정에 활활 불을 지폈다.
단절과 실수, 헤어짐과 실망까지도 모두 참아내고, 살아 있는 것
과 부재하는 것, 죽은 것까지도 전부 품는 부인할 수 없는 사랑의

448

힘을 불러냈다. 아이들 또한 그런 사랑의 힘을 불러일으키는 존재다. 그녀는 미소를 지으며 그의 눈을 바라보았다. 그는 행복한 웃음을 짓고 있었다. 이제 당신은 안정되었어요, 스스로를 신뢰하는군요, 그가 말했다. 모르겠어요, 그녀가 말했다. 아뇨, 안정됐어요, 당신 지금 몇 살이죠? 그는 마치 그녀의 나이를 모르고 있고, 안다 해도 도무지 믿어지지 않는다는 투로 물었다. 이제 나이 같은 건 말 안 해줘요, 그녀가 대답했다. 나한테도? 그가 물었다. 당신한테도, 그녀가 대답했다. 난 세상에서 당신을 가장 잘 아는 사람이오, 그가 말했다. 나도 비밀 하나쯤은 갖게 해줘요, 그녀가 말했다. 그녀는 아마 사십대에 가까워졌을 것이다. 당신은 젊어요! 그리고 난 얼마 안 있어 할아버지가 되죠! 그가 말했다. 당신은 아무리 나이를 먹어도 할아버지는 되지 않을 걸요! 그녀가 말했다. 하지만 어쨌든 나이는 드러나죠, 그가 말했다. 아주 오래 전부터 당신을 알고 있다는 느낌이 들어요, 당신이 늘 거기 있었던 것 같은 느낌이 들어요, 그가 말했다. 하지만 내가 늘 거기 있었던 건 아니에요, 그녀가 말했다. 날짜 같은 건 기억에 없소, 그가 말했다. 난 기억해요, 그녀가 말했다. 그녀는 아무것도 잊지 않았다. 어떻게 이토록 아무것도 잊지 않을 수 있었을까? 그런 기억을 드러내는 것은 곧 사랑의 우물을 드러내는 것이다. 그녀는 침묵 속에서 생각에 잠겼다. 그녀의 얼굴은 미소짓고 있었다. 그녀는 아이에게 웃어 보이는 듯한 기분이 들었다. 그렇다. 그는 고통이 무엇인지 모르는 아이 같은 존재였다. 그녀는 자신이 턱없이 늙고 지혜로워진 듯한 느낌에 사로잡혔다. 그녀에게 그는 아무것도 아니었다. 그녀에게 그는 모든 것이었다. 그녀의 삶에서 그는 사랑의 극치라 해도 좋았기 때문이다. 절망한 사랑. 포기한 사랑. 쉬지 않고 쫓아가는 사랑. 솔직히 그녀가 남편을 그런 식으로 사랑할 수는 없었다. 남편은 곁에 두고 있었으니까. 그녀는 매일 남편의 품에 있었다. 그것은 대상을 잃지 않은 채 여무는 사랑이었다. 그러나 없는 사람을, 빼앗긴 누군가를 사랑하는 것, 떠나버리는 존재를 사랑하는 것, 그것은 사랑의 또다른 절정이었다. 아이들에게 베푸는 것과 똑같은 사랑이었다. 결국 모든 사랑은 완성 단계에 이르면 모성적이 되는 것인가? 당신 엄마가 된 듯한 기분이에요, 난 다시는 당신을 연인으로 어루만질 수 없을 거예요, 그녀가 말했다. 어떻게 그런 게 가능해요?! 그가 빈정거렸다. 나도 몰라요, 그렇지만 그런 느낌이 들어요, 내가 당신을 사랑한다는 걸 느껴요, 깊이깊이, 그러나 다시는 당신을 만지지 못할 거예요, 그녀가 말했다. 이런! 이런! 그가 혀를 찼다. 우리가 뭘 하게 될지, 그걸 우리가 어떻게 알죠? 그가 말했다, 그러나 그녀는 앞으로 평생 그럴 거라는 생각이 들었다. 당신은 내 앞에선 벌거벗은 거나 마찬가지예요, 그래서 나와 함께 있으면 행복한 거요, 그가 말했다. 그래요, 알아요, 하지만 그건 내가 그러기를 원하기 때문이에요, 우리가 여기 이렇게 함께 있는 건 내 덕택이에요, 내가 당신의 전부를 용서했기 때문에, 내가 절대로 계산하지 않았기 때문에, 절대로 단념하지 않았기 때문에, 난 당신 때문에 너무나 불행했어요, 그녀가 말했다. 내가 말했잖소, 무슨 수를 써서라도 그건 피하고 싶었다고, 그가 되뇌었다. 그녀는 그가 약한 남자라고 생각했다. 그럼 당신, 당신은 왜 내 앞에서 벌거벗지 못하죠? 그녀가 물었다. 우리 관계가 그렇게 설정되어 있지 않기 때문이죠, 그리고 당신이 그렇게 하라고 내게 요구하지 않기 때문이죠, 그가 말했다. 그는 자신을 믿었고 모든 것에 대답을 갖고 있었다. 난 당신이 알고 싶어하는 모든 것을 당신에게 말해요, 그가 말하고는 주위를 둘러보았다. 몇 시요? 그는 손목시계를 들여다봤다. 어디 가서 저녁이나 먹읍시다.

그들은 소박하고 맛 좋은 이탈리아 요리를 먹었다. 바로 이런 걸 먹고 싶었소, 그가 말했다. 어때요, 맛있어요? 그가 다정하게 물었다. 그녀는 그가 그렇게 배려하고 주의를 기울여주는 것이 참기 힘들었다. 그녀가 저 먼 과거, 그리고 이별과 현실의 가혹한 군림일 뿐일 가까운 미래를 생각했다면 울어버릴 수도 있었으리라. 두 사람을 사랑하면서 하나의 인생밖에는 살 수 없다니 얼마나 야릇하고 또 어려운 일인가? 사람들은 사랑이 한꺼번에 오지 않고 차례차례 온다고 믿으려 든다. 한 사랑이 다른 사랑을 꼭 죽이는 것은 아닌데도. 마음은 미로 같은 그물이었다. 브론스키가 안나 카레니나를 사랑했다고 생각해요? 그녀가 물었다. 아뇨, 그는 그녀를 사랑하지 않았어요, 그가 선뜻 대답했다. 당신은 내 남편과 생각이 같군요, 하지만 난 확신하지 못하겠어요, 그녀가 말했다. 당신은 그렇게 생각하고 싶지 않은 거요, 그가 말했다. 그건 너무 끔찍할 거예요, 그녀가 말했다. 요즘도 옛날처럼 책을 많이 읽어요? 그가 물었다. 난 사람들이 어떤 작품을 통해 무언가와 만나게 된다고 믿어요, 내가 그렇게 생각하는 걸 잘 아실 텐데요! 그녀가 말했다. 그래요, 잘 알아요, 그가 미소를 지으며 대답했다. 당연해요, 당신은 창작하는 사람이니까, 그가 덧붙였다. 그는 그것이 칭찬으로 들리게끔 신중하고 성실하게 그녀를 칭찬했다. 그녀는 그 말을 들으면서 그가 뭐라고 말할지 다 안다는 투로 미소를 지었다. 그리고 그가 그렇게 가까이 있는데도 마음이 평화로운 것에 놀랐다. 시간이 흘러 마침내 만기가 되었고, 결정적인 시기는 지난 것이다. 그녀는 고통이 끝난 것이 애석했다. 차라리 고통받고, 저항할 수 없는 힘에 질질 끌려가고 싶었다. 이거 알아요? 당신이 더는 날 고통스럽게 하지 못할 거라는 것, 그녀가 말했다. 잘 됐군요! 그건 당신이 내 여자 친구들 가운데 가장 눈부시다는 의미일 테니까, 그가 말했다. 그 말이 그녀를 꿰뚫었다. 그녀는 한 번도 그의 여자 친구가 되고 싶은 적이 없었던 것이다. 그러나 그녀는 그 말을 하지 않았다. 그럼에도 그는 그 순간 그녀의 얼굴을 보고 그녀가 원통해한다는 것을 알아챘다. 당신 무척 유명해졌더군요, 그가 그늘을 걷어버리려고 말했다. 그녀도 동조했다. 난 늘 당신이 유명해질 거라고 생각했어요, 그가 말했다. 당신은 스타일을 갖고 있거든요, 심지어 당신 자신도요, 자기 스타일을 가진 사람은 흔치 않죠, 그가 말했다. 당신이 내게 그런 말을 하다니 이상해요, 실은 나도 다른 사람들을 볼 때 그런 부분을 주의 깊게 보거든요, 당신도 당신 스타일을 갖고 있어요, 아마 그래서 내가 넘어간 거겠죠! 그녀가 말했다. 아마도! 그가 말했다. 그들은 웃었다. 그러나 그녀는 금세 심각해졌다. 난 내 작업에 몰두함으로써 당신에게서 빠져나온 거예요, 그녀가 말했다. 내가 당신을 도왔다고 자신 있게 말할 수 있죠, 그가 덧붙였다. 당신이 그걸 어떻게 알아요? 그녀가 물었다. 아는 수가 있어요, 내 앞에서 당신은 벌거벗은 거나 마찬가지예요, 그가 말했다. 난 이따금 당신 눈 밑에서 그림을 그렸어요, 당신이 내 그림을 본다고 상상했죠, 그림이 잘 되지 않으면 당신의 질책과 격려를 들었어요, 그러면 지우개를 집어들고 다시 시작했죠, 요컨대 많은 작업을 했어요, 그녀가 말했다. 봐요, 내가 당신한테 뭘 주었는지! 그가 말했다. 그는 이 말을 하면서 짓궂게 애교를 떨었고, 그래서 매우 우스꽝스러웠다. 그녀는 웃음을 터뜨리며 말했다. 당신이 정말 좋아요! 정말이오? 그가 물었다. 잘 알잖아요, 그녀는 측은하게, 거의 초라하게 말했다. 그녀는 그를 무척 좋아했지만 헛되이 그에게 신호를 보내는 일에 지쳤고, 그는 여전히 아무것도 깨닫지 못하고 있었다.

　그들은 주변의 테이블이 빌 때까지 오랫동안 이야기를 나누었다. 그들은 회상과 공모의 감미로움, 두 존재 사이의 강렬하지만 이제는 밀려나버린 욕망의 덧없음이 남긴 흔적들이 가져오는 가슴에는 전율을 느끼고 있었다. 모든 말과 모든 몸짓이, 심지어 가장 정숙하지 못한 말과 몸짓까지도 그들을 뚫고 지나갔던 것이다. 그런 식으로 모든 이미지(우리가 어쩔 수 없이 자기 자신이라 믿으려 드는 이미지)가 무너져내렸던 것이다. 당신을 떠나면 난 불행해질까요? 그녀가 물었다. 부디 그렇지 않기를 바래요, 그가 대답했다. 예전 같으면 함께 저녁나절을 보내자는 청을 당신이 한 번 거절한 것만으로도 몇 주 동안을 눈물 속에서 보냈을 거예요, 당신한테서 다시 저녁 약속을 받아내려면 몇 달이 걸린다는 걸 아니까, 그녀가 말했다. 그가 미소를 지었다. 왜 나를 만나지 않으려 했어요? 그녀가 되풀이해 물었다. 도저히 이해 못 하겠더군요, 처음엔 그렇게 열정적이었으면서, 그녀가 덧붙였다. 이따금 설명하려고 했는데 당신이 들으려 하지 않았어요, 내겐 막 돌아온 아내가 있었소…… 그리고 또다른 여자, 정말로 떠날 수 없었던 다른 여자도 있었죠, 난 당신을 그 두 여자처럼 고통스럽게 만들고 싶지 않았어요, 그가 말했다. 당신이 항상 여자들에게 얽매여 있을 줄은 알았어요, 그녀가 미소를 지으며 말했다. 당신 역시 날 좀더 얽매려 했죠! 그가 말했다. 맞아요, 바로 그거예요, 그녀가 말했다. 그렇게 해서 당신이 뭘 가질 수 있었겠소? 부스러기들이었겠죠, 난 그게 싫었어요, 그가 말했다. 그녀는 대답이 없었다. 이윽고 그녀가 말했다. 그런 건 이제 중요하지 않아요, 다 체념했으니까요. 그것은 진실인 듯했지만 그는 인정할 수 없었다. 그가 그런 것을 아랑곳하지 않는지, 그리고 이로써 잠재적 애인이었던 그녀를 완전히 잃었는지, 그것 역시 확실히 알 길이 없다. 그는 그녀가 자신의 것이라고 마음속 깊은 곳에서 확신하고 있었다.

택시 타는 데까지 데려다주겠소, 그가 외투를 입으면서 말했다. 그들은 거리로 나와 나란히 걸었다. 그다지 떨어져 걷지 않았으므로 이따금 그들의 팔이 스쳤다. 팔이 맞닿자 그녀는 예전의 욕망과 추억이 되살아났다. 현대적인 수도의 소음에 부서지고 빛과 네온간판이 가로지르는 석양 속을 걷는 그들은 영락없이 연인으로 보였다. 연인? 그들은 결코 연인이 아니었지만 한순간도 연인이 아니었던 적이 없었다. 그들은 연인 이하이며 연인 이상이었다. 한마디 말이 중대한 비밀을 놓치는 법이다.

그들은 늘어선 자동차 행렬의 머리 부분에 이르렀다. 당신 키가 이렇게 크다는 걸 잊고 있었어요! 그가 그녀를 바라보며 말했다. 내가 키가 좀 크죠! 그녀가 말했다. 그는 미소를 지으며 그녀를 바라보았다. 당신은 아름다운 여자요, 늘 당신의 옷 입는 스타일을 좋아했어요, 그가 말했다. 그녀는 아무 말도 없었다. 그녀를 뚫어지게 바라보자니 그의 내부에서 다시 떨림이 일었다. 유감스러운 일이지만, 그의 욕망은 눈에 보이는 것에서만 태어났기 때문이다. 그녀는 그에게 입 맞추기 위해 얼굴을 내밀다 말고 잠시 멈칫거렸다. 그가 뒤로 물러섰다. 내 사무실로 갑시다, 집에 가지 말아요, 그가 돌연 말했다. 그녀는 사무실로 가자는 말이 무슨 의미인지 알고 있었다. 난 그럴 생각 없어요, 그녀가 말했다. 그녀는 그에게 입을 맞추었다. 또 만나요, 그는 자신이 또 거짓말을 한다는 것은 깨닫지 못한 채, 그리고 잠시 전의 그 무람없는 요구는 재고할 가치도 없다는 듯 말했다. 그러자 그녀는 그의 제안을 거절한 것이 옳았다고 생각했다. 실은 그녀야말로 진심으로 그 요구를 들어주고 싶었기 때문이다.

2

다른 사람들은 끝내 아무것도 몰랐다. 에브는 자신의 의심을 뒷받침할 만한 확증을 발견하지 못했다. 그녀는 그 저녁시간을 잊었다. 그들이 다 함께 모여 권투경기를 보는 일도 없어졌다. 그들은 산전수전을 다 겪은 연장자가 되었고, 그들의 아이들은 젊은이가 되었다. 시간이 그들을 덫 속에 가두었다. 이야기와 관계들은 제 갈 길로 흘러갔다. 누구도 자기 앞길을 제대로 짚어내지 못했다. 그럼에도 불구하고 모든 것은 가차없이, 그리고 명확하게 일어났다. 그 모든 것이 이미 기록되어 있었고, 그들을 풀어주거나 무너뜨리기 위해 준비되어 있었던 것처럼. 그들이 지니지 못했던 것은 그 신호들이었을까? 아니면 그 신호들을 해독할 대담성이었을까? 에브와 막스는 이혼했다. 에브는 다시 일을 시작했다. 자살도 기도해보았지만 실패했다. 막스는 양보하지 않았다. 그는 병원으로 면회는 갔지만 집으로는 절대로 가지 않았다. 에브는 회복되자 가구를 바꿨다. 아이들은 독립했다. 아이들은 입 밖에 내어 말하지는 않았지만 이혼이 불화보다 낫다고 확신했다. 그 아이들이 결혼하고, 어쩌면 이혼하는 일도 있을 것이다. 두 딸 가운데 큰딸에게는 벌써 남자가 있었는데, 그는 딸아이와는 잘 맞지 않을 남자, 깨질 게 틀림없는 남자였다. 에브와 막스는 그 사실을 선명히 예감했지만 막지는 않았다. 그들은 이따금 멜뤼진과 앙리 부부의 집에서 만나 같이 저녁을 먹었다. 에브와 멜뤼진은 친하게 지낸 적이 없었지만, 에브의 절망이 멜뤼진의 마음을 움직였다. 앙리는 앙리대로 친구들과 합세해 막스가 새 삶을 꾸

리도록 격려했다. 치료도, 설득도, 위험에 대한 예감도 멜뤼진을
술에서 벗어나게 하지는 못했다. 그 어느 때보다도 술이 그녀의
삶을 지탱해주고 있었다. 그녀는 아무것도 아닌 일로 격분하거나
눈물을 흘렸다. 에브는 그들의 집에서 나오면서 그 누구도 사랑
만으로는 충만하지 못하다고 생각했다. 살면서 뭔가를 해야 했
다. 아무리 아름다운 여자라 해도 꽃처럼 살 수는 없다. 정원사가
열심히 물을 주고 다듬어주어도 정원에서 꼼짝 않고 바람이 부는
대로 복종하며 사는 것으로는 부족했다. 에브는 막스에게 자기가
하는 일에 대해 곧잘 이야기했다. 그것은 새로운 현상이었다. "당
신은 내가 일하는 걸 바라지 않았지." 그녀가 말했다. "아, 물론 바
라지 않았어! 하지만 난 당신이 일하길 원치 않는다고 생각했어.
당신이 집에 있는 걸 더 좋아한다고 생각했거든." 그가 말했다.
"나도 그런 줄 알았어. 그런데 역시 루이즈 말을 들었어야 했나
봐." 그녀가 말했다. "루이즈가 뭐라고 했는데?" 막스가 물었다.
"모든 사람은 노동을 하기 위해 창조되었다고." 에브가 말했다.
"그렇지만 루이즈가 마르크스주의자는 아니잖아." 막스가 말했
다. "모르겠어." 마르크스주의에 대해서는 아무것도 모르는 에브
가 말했다. "루이즈는 어떻게 지내?" 막스가 물었다. "루이즈랑
은 안 만나는데. 알잖아, 그 클럽 멤버에서 빠진 후로 멜뤼진 말고
는 아무하고도 안 만나는 거." 에브가 말했다. "아이는 가졌는지
모르겠군. 그 문제 때문에 괴로워하는 게 참 안됐다는 생각이 들

었는데." 막스가 말했다. "아마 한둘쯤 입양하지 않았을까." 에브
가 말했다.

　그들은 그녀가 사는 곳 문 앞에 도착했다. "저기 세워줘." 에브
는 막스도 그녀만큼이나 잘 아는, 차 대기 편한 장소를 가리켰다.
그녀가 내리면서 말했다. "잘 가." 그리고 초라한 미소를 지었다.
"결혼은 진부한 거야." 그녀는 그들의 감정이 결혼함으로써 죽어
버렸다고 생각했다. "왜 그런 말을 해?" 그가 물었다. "우리 결혼
생활이 생각나서." 그녀가 말했다. "괴로워하지 마." 그가 말했
다. 그녀는 그가 그런 말을 하는 것이 싫었다. "결혼이 진부한 게
아니야. 아마 우리의 결혼생활이 진부했겠지." 그가 말했다. "난
결혼이 그것과 관련된 모든 것, 그러니까 감정과 사람들까지도
전부 망친다고 생각해. 멜뤼진과 앙리를 봐. 서로를 망가뜨리고
있잖아." 그녀가 말했다. 그녀는 말을 멈추고 한참 생각한 끝에
말을 이었다. "날 이런 여자로 만든 것도 결국은 결혼이야. 당신,
옛날엔 날 사랑했잖아?" 그녀가 말했다. "이젠 모르겠어." 그가
말했다. 그는 양보하지 않았다. 그녀가 울기 시작했다. 그는 만회
하려고 시도했다. "울지 마, 뭐라고 대답해야 할지 몰라서 그래.
당신을 사랑하지 않았다는 소리가 아니야! 예전엔 사랑했는데 이
젠 그렇지 않으니까 마음이 혼란스러운 거야, 제길!" 어쩌면 그게

삶인지도 모른다. 모양이 바뀌는 여러 개의 삶. 그녀는 그가 그렇게 말하는 것이 싫었지만 아무 말도 하지 않고 미소를 지었다. 그를 돌아오게 하고 싶다는 희망을 다 버린 것은 아니었다. "또 만나." 그가 말했다. "카트린에게 말 좀 해봐." 그녀가 말했다(그들의 큰딸 이야기였다). "쉽지 않다는 거 당신도 알잖아." 그가 말했다. "어쨌든 시도는 해봐요. 내가 말하면 신경질만 낸단 말이야." 그녀가 말했다. "알았어, 약속하지." 그가 말했다.

루이즈는 기욤과 헤어졌다. 기욤은 젊디젊은 여자, 톰의 말에 따르면 아주 매력적인 여자로서 너무 젊은 나머지 언제 기욤을 떠날지 모르는 여자랑 살았다. 그래서 기욤은 행복하지 못했다. 루이즈는 그녀와 비슷한 나이의 홀아비로, 첫 결혼에서 아이를 얻지 못한 남자와 결혼했다. 그들은 중국 여자아이 두 명을 입양했다. 더는 욕심을 낼 게 없었다. 그녀의 얼굴만 보고도 사람들은 그녀가 지극히 행복하다는 것을 읽을 수 있었다. 루이즈는 다시는 기욤을 만나려 들지 않았다. 그녀는 그의 소식을 마리를 통해 들었다. "그가 정착하지 못하다니 이해가 안 가." 루이즈가 말했다. "아름다움에 너무 민감한 사람이라 그래." 마리가 결정적인 설명을 내놓았다. 루이즈가 미소를 지었다. 그렇다면 자신은 알지 못했지만 그녀도 아름다웠단 말인가? "난 그런 거라고는 생각 안

해. 그는 첫 결혼의 실패에서 아직도 회복하지 못했어. 그게 바로 그의 끝없는 유랑의 원점이야." 그녀가 말했다. "넌 너무 감상적이야." 마리가 말했다. "뭐? 네가 어떻게 그렇게 말할 수 있니!" 루이즈가 말했다. 그리고 함께 웃었다. "넌, 넌 어떻게 지내?" 루이즈가 물었다. "꽃처럼." 마리가 대답했다. 그녀는 유일하게 아직도 어린아이들에게 둘러싸여 있었는데, 일곱 아이 가운데 밑의 아이들은 한창 크는 중이었다. "너, 페넬로프에게 전화해봐." 마리가 말했다. "페넬로프는 완전히 혼자야. 폴이 죽은 후로 그녀 주위는 온통 사막이야. 그 부부는 주로 폴의 친구들만 만났는데, 그 친구들도 차례로 죽어가고 있거든. 당연한 이야기겠지만. 네 딸들은 잘 있니?" 마리가 물었다. 그녀는 '네 딸들'이라고 아주 기쁜 얼굴로 말했다. 상대가 행복하리라 확신할 때가 있는데, 그건 바로 자신도 그런 행복을 맛보아 잘 알고 있을 때이다.

　사라는 톰이 결혼을 결심해주기를 기다렸다. "당신은 내 안의 무엇을 사랑하는 거야? 날 영원히 사랑할 거야? 그렇다면 뭘 겁내는 거야?" 그녀가 물었다. 그러나 그는 이렇게 대답했다. "종이 한 장이 뭘 바꾸는데?" "당신은 지독한 에고이스트야! 당신을 기다리면서 내 인생을 다 망쳤어. 당신한텐 아이도 있고, 애인들도 있고, 그리고 나도 있어. 난 얼간이처럼 당신이 나랑 결혼하기를 기다리고 있고. 나보다 더 멍청한 여자를 상상할 수 있어? 그것도 그렇게 오랫동안 줄기차게! 어떻게 나는 아직도 이해를 못 했을까? 그래, 나 또 시작이다! 그런 얼굴 하지 마! 나 또 시작할 거고 당신이 에고이스트 돼지 짓을 하는 한 앞으로도 계속할 거야! 좋아, 꺼져! 가버려! 이젠 지겨워! 지긋지긋해!" 그리고 폴린과 이야기할 때마다 그녀는 물었다. "마르크는 잘 지내? 정말 신통하지. 마르크 같은 사람은 진짜 몇 안 될 거야⋯⋯"

에필로그 만일 끝이 없다면

― 당신은 눈부셔요! 정말 눈이 부셔요!

― 당신은 항상 그렇게 말해요!

― 그렇게 생각하니까요.

― 하지만 그건 점점 진실이 아닌 게 되고 있죠.

― 내 눈은 변하지 않았소. 그 풍성한 붉은 외투를 입은 당신을 학교에서 처음 본 순간이나 지금이나 당신은 변함없이 아름다워요.

― 그 붉은 외투를 기억하고 있군요?

― 마치 어제 일처럼.

― 언제 일부터 기억에 남아 있어요?

― 내가 늙은이가 되면서 생긴 일부터.

― 그만둬요! 그런 말을 하다니 당신답지 않아요.

― 아, 그래요! 내가 나처럼 안 보인다구요!

—하지만 그게 당신이라는 건 알아요.

—그렇다면 당신에게 제안할 수 있겠군요!

—당신은 한 번도 나한테 뭔가 제안한 적이 없어요.

—왜 그랬는지 나 자신에게 묻고 싶군요.

—그리고 난 그게 나한테 어떤 대가를 치르게 했는지도 알아요.

—슬퍼하지는 않을 거죠?

—그래요, 한탄 같은 건 하지 않을 거예요.

—그럼 날 비난하지는 말아요. 당신이 생각을 바꾸었길 바라오. 난 당신이 생각하는 것보다 훨씬 많은 걸 당신한테 줬소.

—나한테? 이루어질 수 없는 사랑, 그리고 그뒤에 이어진 그 모든 불행 말고 뭘 줬다는 거죠?

—당신이 결혼한 게 내 잘못이오?

—난 당신을 사랑할 만큼은 자유로웠어요.

—그래서 그렇게 했잖소!

—아, 그건 맞아요! 당신은 그저 사랑 받으면서 가만히 있었고요……

—희열에 차서!

—호텔에 가면 어떻겠소?

—당신은 절대 날 호텔에 데려가려 하지 않았죠. 심지어 내가

애원할 때도.

―그게 당신 스타일이 아니라고 생각했는데요?!

―생각을 좀 덜 했으면 좋았을걸.

―당신을 어루만지고 싶소.

―이렇게 갑자기?

―난 항상 당신을 어루만지고 싶었어요!

―그렇다면 왜 그렇게 하지 않았죠?!

―그게 당신에게는 중요한 일이었으니까.

―당신한텐 아닌가요?

―당신이 생각하는 것보다는 아니오.

―우리에겐 특히 장소가 없었어요.

―뭐가 없었는지는 모르겠지만, 하여튼 뭔가 없긴 없었소.

―그게 비밀스런 일들이 가지는 슬픔이죠.

―당신의 살결은 흘러내리기 직전의 꿀처럼 보드라웠소. 호텔로 갑시다. 당신도 원해요?

―우린 그럴 나이는 지나지 않았어요?

―농담하지 말아요! 나보다 당신을 더 잘 아는 사람은 없어요. 당신은 나무처럼 완고하고 곧은 여자요!

―우린 공룡이에요!

―그래요, 내 사랑. 태곳적부터 당신을 알고 있는 듯한 느낌이 들어요.

─그렇지만 내가 항상 거기 있었던 건 아니에요.

─논쟁하려 하지 말고 그냥 다가와요! 처음 만났을 땐 당신은 지금보다는 말을 덜 했죠!

─침묵은……

─침묵은 당신을 불편하게 하죠.

─당신을 지루하게 할까봐 늘 겁이 났어요.

─무슨 그런 말도 안 되는 생각을!

─내가 당신을 지루하게 한 적이 한 번도 없나요?

─당신이 얼마나 예쁜 여자인지!

─대답해요, 나랑 있으면서 지루했어요?

─그런 일은 한 번도 없었소.

─무엇 덕분에?

─당신을 바라보는 게 좋았으니까. 내겐 당신이 너무 아름다웠소.

─그걸로는 충분하지 않아요!

─충분한 경우도 있어요.

─그럼 지금은요?

─우리 서로를 어루만지러 갑시다.

─지금 진지하게 하는 말이에요?

─당신은 원하지 않소?

─원해요, 원하지 않은 적이 없었어요.

─그럼 이번엔 뭐가 당신을 괴롭히는 거요?

─당신에 대한 사랑.

이야기는 끝이 없다.

─내가 당신을 만지면 모든 게 변해요. 당신은 요정이오!

─인내심 있는 요정!

그녀도 웃기 시작했다. 첫날 그가 그토록 감탄했던 그 깨끗한 치아는 여전했다. 난 당신이 웃을 때가 정말 좋아요, 그가 말했다. 당신은 보드라운 여자요…… 그가 속삭였다. 약간 늘어진 부드러움이겠죠! 그녀가 되받아치고는 웃었다. 그렇소, 그거요! 그가 말했다. 그녀의 표정이 일그러졌다. 당신이 늘어졌다고 해서 그렇다고 한 것뿐이오, 그가 말했다. 그는 잠깐 즐거워했고, 꿈속으로 떠나는 듯한 얼굴이 되었다가 이내 매우 근엄해져서 이렇게 말했다. 우리가 영원히 맺어져 있는 사이란 걸 이제부턴 의심하지 않겠죠? 그녀가 아무 말도 없자 그는 말을 이었다. 우린 영원히 맺어져 있어요, 폴린, 무엇으로 맺어져 있는지는 나도 몰라요, 줄곧 몰랐소, 당신 생각 많이 했어요, 그래요, 당신이 생각하는 것보다 훨씬 많이, 우릴 끊을 수 있는 건 아무것도 없어요, 난 당신의 사랑을 발견했소, 그리고 그걸 내 안에 영원히 간직하고 있어요, 그가 말했다. 그럼 난, 난 뭘 발견한 거죠? 그녀가 비난하듯이 속삭였다. 내 사랑, 그가 속삭였다. 그녀는 고개를 떨구었다. 그녀의 심장이 빠르게 뛰기 시작했다. 그녀가 처음부터 듣고 싶었던 말을 마침내 들은 것이다. 벅찬 기쁨이 솟구쳤다. 그것은 승리한 자의 기쁨이었다. 고통이 헛되지는 않았던 것이다. 그들은 진짜 길을 따라왔으며 그리고 그들은 연인이었다. 그러나 그는 여전히 속을 짐작할 수 없는 얼굴을 하고 있었다. 당신이 나를 생각할 때면 언제나 행복하길 바랐어요, 적어도 그 정도는 당신한테 해주고 싶었소, 그가 말했다. 하지만 난 행복하지 않았어요, 그녀가 말했다. 한 번도? 그가 물었다. 거의 한 번도, 그녀가 대답했다.

그들은 도시의 불 밝힌 밤 속에서 인적 없는 도로를 걸었다. 우리가 대체 몇 킬로미터나 걸었을까요! 그가 말했다. 그건 당신 생각이에요, 우린 카페에 앉아 있기만 했는 걸요! 그녀가 말했다. 당신은 걷는 걸 좋아하지 않나봐요? 그녀가 물었다. 썩 좋아하진 않소, 난 어디론가 가야 해요, 목적지가 있어야 하는 거요, 그가 말했다. 내 남편도 똑같이 말해요, 그녀가 말했다. 남편 이야긴 그만둬요! 그가 말했다. 오늘 밤 남편이 집에 있어요? 그가 물었다. 돌연 그에게는 존재하지 않던 그 남자가 떠올랐던 것이다. 그럴

걸요, 그녀가 말했다. 당신을 기다리겠군요, 지금 몇 시요? 그가
말했다. 늦었어요, 그녀가 말했다. 그럼 얼른 돌아가요, 그가 말했
다. 그녀가 고개를 끄덕였다. 저기서 택시를 잡읍시다, 그가 말했
다. 그들은 장식용 징이 박힌 보도를 벗어나 길을 건넜다. 그는 마
치 그녀를 허공으로 들어올릴 듯이 팔을 움켜잡고 있었다. 그와
헤어져야 한다는 생각을 하자 그녀 안에서 뭔가가 쩍 갈라지면서
불이 켜졌다. 어떻게 우리는 몸짓 하나에 무너져버릴 수 있는가?
우리는 사랑 없이는 살 수 없는가? 사랑은 독이고 마약인가? 그
녀는 자기 자신에게 항의했다. 자신이 그렇게 나약한 것이 원망
스러웠다. 하지만 이 가차없는, 그러나 사랑을 달콤한 무엇으로
만들어주는 사내에게는 도저히 저항할 수 없는 것이 사실이었다.
그녀는 헤어져야 하는 이 남자로 인해 결국 불행해질 것인가? 혼
외의 사랑과 부부의 사랑은 쌍둥이여서 그 둘을 동시에 충족시킬
수는 없다. 그가 그녀를 품에 안고 입을 맞추었다. 또 만나요, 그
가 속삭였다. 그 말 이젠 하지 말아요, 그녀가 말했다. 왜요? 그가
놀라서 물었다. 그 말, 더는 들을 수 없어요, 그녀가 대답했다. 혼
자 돌아간다는 생각, 엉망진창이 되리라는 생각, 달라진 그를 보
았다는 생각에 그녀는 씁쓸했다. 이젠 다 지나간 일이고, 당신의
그 모든 거짓말이 되살아날 뿐이니까요, 그녀가 말했다. 내 모든
거짓말? 그가 소리쳤다. 절대로 지켜진 적이 없는 당신의 맹세들,
그녀가 말했다. 내가 단 하나라도 당신한테 맹세한 게 있어요? 그

가 심각하게 물었다. 아뇨, 그녀가 속삭였다. 그녀의 눈에 눈물이 고였다. 전부 그녀 혼자 지어낸 것이었다. 그녀는 그저 유령을 사랑했던 것인가? 그가 그녀에게서 도망쳐 나가니까, 그래서 그를 좇은 것은 아니었나? 그녀는 그가 아니라 그를 향한 감정을 붙들고 있었던 것은 아니었나? 그녀는 그를 정말로 사랑했던가? 답이 없는 물음들이었다. 그녀는 그를 사랑한다고 믿었다. 그리고 그렇게 믿는 것이 시작의 기쁨을 배신하지 않기 위한 하나의 방법이었는지 아닌지는 별로 중요하지 않았다. 이따금 우리는 자신의 생각 속에 갇혀 있음을 느낀다. 그 생각은 우리가 사랑이 일관되게 그리고 오랫동안 이어져야 한다고 생각하는 쪽이냐 그렇지 않은 쪽이냐 하는, 기질에 관한 문제이다. 무엇이든 끝이 있어야 한다는 것을 받아들이는 사람도 있고 거부하는 사람도 있다. 그녀는 분명히 끝을 거부하는 쪽이었다. 끝나야 하는 것은 시작할 필요가 없다. 그리고 나타난 것은 머물러야 한다. 한 번의 저녁나절이 그대로 한 인생이 될 수도 있다. 절대로 변심하지 않는 여자도 있는 것이다. 그렇다면 그는? 불을 쑤셔일으키고, 쑤셔일으킨 불길을 꺼뜨리지 않고 계속 피워올리는 그 솜씨를 뭐라 불러야 할 것인가? 그녀는 이런 그를 원망해야 하는가? 그녀는 상처 입었음에도 불구하고 결코 원망을 품지 않았다. 단 한 번도 그 관계를 끊어야겠다고 생각한 적이 없었다. 이 불균형한 순정적 사랑은 그녀를 불행하게 만든 것이 아니라 외려 그녀에게 유익했다. 요컨대, 그가 그녀에게 성실하지 않은 것은 아니었다. 그는 그녀가 자신의 마음을 끌었고 자신을 사로잡았다고 생각하도록 유도한 적이 없다. 있었다면 눈빛과 목소리뿐…… 맹세는 한 마디도 없었다, 그것은 인정해야 했다. 난 당신에게 한 가지 맹세밖엔 한 것이 없소, 그리고 그건 지켰어요, 그가 말했다. 그녀의 눈물을 보았기 때문이었다. 내게 당신은 존재해야 하는 사람이고, 영원히 내 삶 속에 머물러 있는 사람이요, 그가 말했다. 알아요, 그녀가 말했다. 이제 당신 남편에게로 돌아가요, 그리고 웃어요! 봐요, 우린 살아 있어요! 그가 외쳤다.

옮긴이의 말

『사랑의 목소리』는 현재 프랑스에서 가장 재능 있는 작가들 가운데 한 사람으로 손꼽히는 알리스 페르네의 네번째 소설이다. 프랑스에서 2000년 가을에 출간된 이 작품은 매스컴의 절찬을 받으면서 각종 문학상의 최종 후보에 올랐는데, 특히 메디치 상의 유력한 후보였다. 결국 수상을 놓친 것을 두고 '불가사의하다'는 기사가 실릴 정도로 주목받은 작품이다.

'장차 연인이 될 남녀 한 쌍이 이른 저녁 보행자 전용 도로 한가운데를 걷고 있었다'라는 첫 문장이 암시하듯, 이 이야기는 한 쌍의 남녀 사이에서 일어난 '매혹'의 전 과정을 그린 소설이다.

그 한 쌍의 남녀가 각자 결혼한 사람들이라는, 식상할 정도로 진부한 소재(흔한 말로 하자면 '불륜') 때문에 결말이 보이는 듯했음을 먼저 고백하지 않을 수 없다. 이혼을 앞둔 중년의 남자가 젊고 아름다운 여자를 만난다, 그런데 그 여자는 결혼했다, 더욱이 그 여자는 남편과 열렬히 사랑하는 사이인데다 둘째 아이를 가진 상태다…… 이쯤 되면 통속적인 연속극의 요소를 두루 갖추었다고 할 만하다.

그러나 이야기는 약간 의외의 방향으로 진전된다. 남자가 끊임없이 여자를 바라보고, 그 끈질긴 시선 하나로 여자에게서 저녁식사 약속을 얻어내는 데는 별로 긴 시간이 걸리지 않는다. 그러나 그 둘이 마침내 침대로 가기까지는 무려 사백여 쪽 이상이 걸리는 것이다. 둘은 단 한 번 만나 이 책의 절반이 넘는 분량만큼의 대화를 나누고, 그후에도 그들이 하는 일이라고는 거의 전화 통화뿐이다. 그러니까, 그들은 처음부터 끝까지 '목소리'로만 사랑하는 셈이다.

물론 등장인물이 이 단둘은 아니다. 주인공 남녀 질과 폴린 주위에는 그들의 아내와 남편을 포함하는 몇 쌍의 친구들이 있고, 그네들의 저녁 모임이 질과 폴린이 처음으로 저녁 약속을 하고 만난 같은 시간에 나란히 전개된다. 서로 헐뜯고, 괴롭히고, 질투하고, 사랑하고 이제 더는 사랑하지 않는 커플들이 벌이는 말들의 잔치는 대단히 현실적이고 예리하고 경쾌한 사랑에 대한 성찰이다. 그러나 이 소설은 철저하게 질과 폴린의 것이다. 둘은 제각기 자신들의 욕망을 완수하기 위한 최상의 전략을 품고 팽팽히 긴장한 눈길로 마주보고 있다. 이 책을 관통하는 것은 그 전략, 다시 말해 그들의 말이다. 말이라는 장치 하나만으로 페르네는 사랑의 들끓음이 어떻게 태어나고 지속되며 찢어지고, 또 어떻게 다시 꿰매어지는지 선명하고도 샅샅이 묘사해나간다. 노골적인 동시에 함축적이고, 사실인 동시에 거짓이며, 화려하되 매우 느린 템포로 흘러가는 그 말들의 물줄기를 쫓아가는 일은 각별한 재미를 선사한다.

　결국 이들이 한두 번 몸과 몸이 맞닿는 사랑을 나누었을지언정, 둘의 사랑은 이 책의 원제가 말하듯 사랑의 대화 그 이상도 이하도 아니다. 어쩌면 둘은 사랑하는 사이라기보다는 '사랑의 대화'를 나누는 사이였을지도 모르겠다. 질이 사랑의 도구로 사용한 것은 시선과 목소리뿐이다('그는 그저 그녀를 바라보고 그녀에게는 세이렌의 노랫소리와도 같은 저 목소리로 그녀와 이야기했을 뿐이었다. 행동은 없었다.'). 폴린은 그가 자신을 욕망하는 눈길로 줄기차게 바라보았다는 이유 하나로('그가 너무나 능란한 눈빛으로 봐서 그녀는 사랑에 빠졌다.') 그에게 다가갔다('처음에는 작은 보폭으로 그의 부름에 응하고, 나중에는 거인 같은 보폭으로'). 그러나 폴린이 그 사랑을 감수하기로 각오한 반면 질은 용케 빠져나간다('남자들은 묘하다. 먼저 욕망하고 먼저 유혹해놓고, 어떻게 그 사랑 없이 살아갈 수 있을까?').

　비평가들의 말처럼 이 책을 '연애론'으로 읽어도 좋고 '욕망에 대한 사회학적 분석'으로 읽어도 좋을 것이다(실제로 페르네는 어느 인터뷰를 통해 욕망이 어떻게 남자에게, 그리고 여자에게 오는지 분석하고 싶었노라고 말하기도 했다). 그러나 이 작품은 무엇보다도 말의 위력을 실감케 하는 아름답고 정밀한 한 편의 소설이다. 입 밖으로 나온 말들은 물론이요, 입 밖으로 나오지 못한 침묵의 말들도 모조리 불러내 한자리에 가차 없이 대면시킨, 참으로 매력적인 작품인 것이다.

번역하는 내내 진부할 수도 있는 주제가 얼마나 신선하고 생생한 작품으로 변신할 수 있는지 유쾌하게 절감했다. 그래서 책을 다 읽을 즈음에는 그 '진부한' 주제야말로 정말 '불가해한', 그래서 '영원한' 주제일지도 모른다는 생각이 들었다.

페르네는 '이 책은 소설입니다. 그렇기에 해답을 제시할 수 없지요'라고 말했지만, 이 작품을 읽는 독자들은 해답으로 여겨도 좋을 문장들을 발견할 수 있을 것이다. 구석구석 들어앉은, 그리고 한 사람 한 사람에게 특별한 의미를 지닐 그 구절들을 찾아내 곱씹는 즐거움을 많은 독자들이 누릴 수 있으면 좋겠다.

2005년 겨울

홍은주

옮긴이 **홍은주**
이화여자대학교 불어교육학과와 동 대학원 불어불문학과를 졸업했다. 『태양의 여왕』 『현자 프타호텝의 교훈』 『디오게네스의 햇빛』 『자신있게 살아라』 『80일간의 세계일주』 『쇼비타』 『코르토 말테제』 『지구를 걷는 아이』 『장 지오노, 나의 아빠』 등의 책을 우리말로 옮겼다.

문학동네 세계문학
사랑의 목소리

초판인쇄	2005년 12월 1일
초판발행	2005년 12월 10일

지 은 이	알리스 페르네
옮 긴 이	홍은주
펴 낸 이	강병선
책임편집	김현주 김지연
펴 낸 곳	(주)문학동네
출판등록	1993년 10월 22일 제406-2003-000045호

주 소	413-756 경기도 파주시 교하읍 문발리 파주출판도시 513-0
전자우편	editor@munhak.com
전화번호	031) 955-8888
팩 스	031) 955-8855

ISBN 89-8281-998-3 03860
www.munhak.com